SOPHIE MARTALER
Die Erben von Seydell
Die Schicksalsjahre

GOLDMANN
Lesen erleben

Sophie Martaler

Die ERBEN *von* SEYDELL

Buch 2

Die Schicksalsjahre

Roman

GOLDMANN

Sollte diese Publikation Links auf Webseiten Dritter enthalten, so übernehmen wir für deren Inhalte keine Haftung, da wir uns diese nicht zu eigen machen, sondern lediglich auf deren Stand zum Zeitpunkt der Erstveröffentlichung verweisen.

Dieses Buch ist auch als E-Book erhältlich.

MIX
Papier aus verantwortungsvollen Quellen
FSC® C083411

Penguin Random House Verlagsgruppe FSC® N001967

1. Auflage
Deutsche Erstveröffentlichung Februar 2021

Gestaltung des Umschlags und der Umschlaginnenseiten:
UNO Werbeagentur, München
Umschlagmotiv: FinePic®, München; picture-alliance/dpa/dpaweb;
David Baker/Trevillion Images
Redaktion: Marion Voigt
Karte: © Peter Palm, Berlin
BH · Herstellung: kw
Satz: Uhl + Massopust, Aalen
Druck und Bindung: CPI books GmbH, Leck
Printed in the Czech Republic
ISBN: 978-3-442-49140-7
www.goldmann-verlag.de

Besuchen Sie den Goldmann Verlag im Netz

Das Schicksal kommt nicht von irgendwoher,
es wächst im eigenen Innern.

frei nach Hermann Hesse

Belfast
Irland
Dublin
Durham
Nordsee
Aintree
Liverpool
GROSSBRITANNIEN UND IRLAND
Sandringham
NIEDER-LANDE
Amsterdam
Den Haag
London
Atlantischer Ozean
Ypern
Brüssel
Armelkanal
BELGIEN
LUXEMBURG
Seine
Paris
Quiberon
Saint-Sauveur-en-Puisaye
Loire
Dijon
Mittelmächte
Entente
Verbündete der Entente
Neutrale Staaten
Bern
FRANKREICH
Lyon
Golf von Biskaya
Bordeaux
Rhône
San Sebastian
Saint-Jean-Pied-de-Port
Toulouse
Pamplona
Gestüt Los Pinos beim Dorf Urribate
Marseille
Duero
Ebro
SPANIEN
Mittelmeer
Madrid
Barcelona

DÄNEMARK
Karlskrona
SCHWEDEN
Kopenhagen
Ostsee
Königsberg
Danzig
Hamburg
estüt Seydell
Lüneburg
eim Dorf Birkmoor
Weichsel
Bug
Berlin
Warschau
DEUTSCHES REICH
RUSSISCHES REICH
Leipzig
Elbe
Oder
Krakau
Prag
N
W
O
S
Brünn
Donau
ÖSTERREICH-
Wien
Pressburg
München
Budapest
ürich
CHWEIZ
UNGARN
Drau
Donau
Save
Mailand
Venedig
Belgrad
Sarajevo
SERBIEN
MONTENEGRO
ITALIEN
Adriatisches Meer
Korsika
Rom
0 50 100 150 km
ALBANIEN

Kapitel 1

Lüneburger Heide, Mai 1914

Der Tag war kühl gewesen, und ein frischer Wind hatte Sprühregen über das Land geweht. Jetzt aber war die Wolkendecke aufgerissen, und die Abendsonne ließ die roten Backsteinmauern von Seydell warm leuchten. Das Innere des großen Herrenhauses erstrahlte festlich im Licht der unzähligen Kerzen, deren Flammen sich in den Kristallprismen des Kronleuchters spiegelten.

Luise lächelte und nippte an ihrem Champagner. Die Musik, die Gäste, das Essen und nun sogar das Wetter, alles war perfekt für die Verlobung ihrer Tochter. Es gab nur zwei Wermutstropfen: Der eine war das Fehlen ihres ältesten Sohnes Robert, der andere die Anwesenheit dieser Dirne Rebekka Stein, die in ihrem geschlitzten Kleid nach der neuesten Tango-Mode nicht einmal versuchte, den Schein zu wahren. Doch davon würde Luise sich den Abend nicht verderben lassen, sie war viel zu dankbar.

Luise fing Anna-Marias Blick auf, die selig lächelte. Wie sehr hatte Luise sich in den vergangenen Jahren gewünscht, ihre Tochter so glücklich zu sehen, doch meistens vergeblich. Sie wusste nicht mehr, wann Anna-Maria das Lächeln verloren hatte. Eines Tages jedoch war ihr aufgefallen, dass das Mädchen an der Schwermut litt und immer trübsinniger wurde. Luise hatte alles versucht, um sie aufzumuntern. Sie war mit Anna-Maria nach Berlin gereist, wo sie Konzerte und Ausstellungen besucht und im Kaufhaus Wertheim Kleider und Hüte nach der neuesten Mode gekauft hatten. Vergeblich. Luise wollte ihre Tochter auch nach Paris schicken, fest davon überzeugt, dass diese Stadt jedes Mädchen glücklich machen musste. Doch Anna-Maria hatte sich strikt geweigert. In ihrer Verzweiflung suchte Luise sogar einen Arzt auf, der ihrer Tochter Medikamente verschrieb, doch die hatten das Leiden bloß verschlimmert.

Und dann waren sie im vergangenen Sommer zum Abendessen bei der Familie Klimmeck gewesen. Lothar Klimmeck war Staatsanwaltschaftsrat in Lüneburg, er und Ludwig kannten sich von den Treffen des Alldeutschen Verbandes. An dem Abend hatte Anna-Maria Klimmecks Sohn Enno kennengelernt, der in Jena Jura studierte, und seither war sie wie ausgewechselt. Plötzlich konnte sie wieder lachen, ihre Wangen schimmerten rosig, und ihre Augen glänzten.

Deshalb hatte Luise ihren Mann dazu gedrängt, sofort der Verlobung zuzustimmen, obwohl Anna-Maria erst siebzehn war. Mit der Heirat würden die beiden ohnehin warten, bis Enno das Studium beendet hatte.

Luise trat zu ihrer Tochter. »Glücklich?«

»Ich könnte die ganze Welt umarmen!« Anna-Maria strahlte Luise an. »Ist Enno nicht wunderbar, ist er nicht der beste Mann, den eine Frau sich wünschen kann?«

Luise lächelte. »Das ist er, mein Kind.«

In ihren Augen war Enno Klimmeck ein eher unscheinbarer junger Mann, schmal gebaut und mit einem kindlichen Gesicht, dem man nicht ansah, dass er bereits zweiundzwanzig war. Seine äußere Erscheinung passte zu seinem Wesen. Er war ein gutherziger, friedfertiger Bursche, nicht so laut und wild wie viele seiner Altersgenossen. Zwar gehörte Enno der schlagenden Studentenverbindung Corps Thuringia an, doch Luise hatte den Verdacht, dass er dieser vor allem seinem Vater zuliebe beigetreten war. Lothar Klimmeck war heute in seiner Hauptmannsuniform erschienen, die noch immer perfekt saß. Überhaupt schien ihm alles Militärische überaus wichtig zu sein, mehr noch als Ludwig, der den Alldeutschen zwar nach dem Mund redete, jedoch mehr Lebemann als Militarist war.

Klimmecks Frau Dorothea war das genaue Gegenteil ihres Mannes. Üppig, warmherzig, redselig. Für die Warmherzigkeit war Luise Dorothea Klimmeck unendlich dankbar, denn sie hatte die Eigenschaft offenbar auf ihren Sohn übertragen und diesen so zu dem Mann gemacht, der Anna-Maria von ihrer Schwermut erlöst hatte.

Außer den Klimmecks hatten Ludwig und Luise ein halbes Dutzend Familien eingeladen, mit denen sie regelmäßigen Umgang pflegten. Darunter auch Kommerzienrat von Seggern und seine Frau, deren Tochter im vergangenen Jahr einen ostpreußischen Großgrundbesitzer geheiratet hatte. Es gab einmal eine Zeit, da hatte Luise gehofft, die Bankierstochter würde ihren Sohn Robert heiraten. Aber das war, bevor Ludwig seinen Erstgeborenen enterbt hatte.

Eben wegen dieses Zerwürfnisses war Robert heute nicht anwesend. Vor den Gästen hieß es, dass der junge Rittmeister in Berlin unabkömmlich sei. Tatsächlich war Robert seit jenem fatalen Sommerabend vor acht Jahren, als die Wahrheit über seine Herkunft ans Licht gekommen war, kaum ein Dutzend Mal auf Seydell gewesen, und das auch nur, weil Luise ihrem Mann mit Scheidung gedroht hatte, sollte er es nicht erlauben.

Meistens war Robert zu Weihnachten für ein paar Tage in die Lüneburger Heide gereist, außerdem im Februar vor zwei Jahren zu Luises vierzigstem Geburtstag sowie zur Beerdigung der Hauswirtschafterin Agnes Kirchhoff, die im Herbst 1910 mit sechsundsechzig Jahren tot umgefallen war. Zuvor war sie immer vergesslicher geworden, doch trotz ihrer jahrelangen Feindschaft hatte Luise es nicht übers Herz gebracht, der altgedienten Angestellten zu kündigen. Seit ihrem Tod stand das ehemalige Stubenmädchen Anni Mälzer dem Hausstand vor, das jetzt zu Luise trat.

»Es ist alles gerichtet, gnädige Frau, wir können jederzeit mit dem Auftragen der Speisen beginnen.«

»Danke, Anni.« Obwohl ihr als Hauswirtschafterin die Anrede Fräulein Mälzer zustand, nannte Luise die Frau, die genauso alt war wie sie selbst, noch immer beim Vornamen. Anni selbst hatte darauf bestanden.

Gerade wollte Luise die Gäste ins Speisezimmer bitten, wo das Diner eingenommen werden sollte, als die Türglocke einen weiteren Gast ankündigte.

Einer der Diener, die sie für den Abend gemietet hatten, eilte in die Eingangshalle. Wenig später drehten sich alle Gäste zur Tür des Salons um, wo der Neuankömmling stand. Luise entfuhr ein leiser Schrei. Anna-Maria eilte ihrem Bruder entgegen.

»Du hast es geschafft, Robert. Wie wunderbar!«

»Ich habe es dir doch versprochen, Näschen.« Er hob sie hoch und wirbelte sie herum. »Glaubst du, ich lasse mir die Verlobung meiner Schwester entgehen?«

Luise warf einen hastigen Blick zu Ludwig, der mit erstarrter Miene neben Rebekka Stein stand. Zum Glück schenkte ihm niemand Beachtung.

»Ich nehme an, das ist der Herr Rittmeister, der Erbe von Seydell«, sagte Lothar Klimmeck und streckte die Hand aus. »Hocherfreut. Klimmeck, Hauptmann der Reserve.« Er drehte sich um. »Bringt dem Mann ein Glas Champagner!«

Nun setzte das Gemurmel wieder ein. Robert wurde begrüßt und mit Fragen über die Lage in Berlin bestürmt. Ob die Gerüchte stimmten, dass es bald Krieg geben werde, ob es ihn an die Front dränge, ob man es den Franzosen wieder zeigen werde.

Robert wehrte alle Fragen mit einem Lächeln ab. »Heute geht es nicht um mich und auch nicht um das Reich, sondern einzig und allein um meine Schwester und ihren Zukünftigen«, verkündete er.

Luise wartete, bis der Trubel sich ein wenig gelegt hatte und Robert sich zu ihr gesellte. »Hallo, Mutter.« Er küsste sie auf die Wange.

»Mein Junge.« An jenem schrecklichen Tag vor acht Jahren, als sie ihm eröffnet hatte, wer sein leiblicher Vater war, hatte Luise befürchtet, dass er nie wieder ein Wort mit ihr reden würde. Tatsächlich war es schwierig gewesen, sein Vertrauen zurückzugewinnen. Umso erleichterter war sie, dass er ihr offensichtlich vergeben hatte.

»Näschen sieht glücklich aus.«

»Du sollst sie nicht so nennen, Robert. Sie ist kein Kind mehr.«

»Erinnerst du dich noch an die Zeit, als sie so neugierig war, dass sie überall ihr Näschen reingesteckt hat?«

Luise seufzte.

Robert blickte sich suchend um. »Wo steckt mein kleiner Bruder?«

Luise zuckte mit den Schultern. »Eben war er noch hier.«

Robert presste die Lippen zusammen. »Er hat sich meinetwegen verdrückt.«

»Unsinn«, widersprach Luise, obwohl sie den gleichen Verdacht hatte.

Bruno kam nach seinem Vater. Er war egoistisch, durchtrieben und missgünstig, und er hasste seinen großen Bruder. Es war fast wie damals bei seinem Vater und seinem Onkel. Bruno und Robert waren ebenso Feuer und Wasser, wie Ludwig und Alexander es gewesen waren. Als würde das Schicksal sich wiederholen.

Ein Klirren riss Luise aus ihren Gedanken. Enno Klimmeck stand in der Mitte des Salons und klopfte mit einem Silberlöffel an sein Champagnerglas. Die Gespräche verstummten, alle sahen ihn erwartungsvoll an. Er winkte Anna-Maria, die zögernd neben ihn trat. In ihrem eleganten engen Kleid mit Schleppe sah sie wunderschön aus, wie Luise voller Stolz feststellte.

»Verehrte Gäste«, begann Enno, »vor Ihnen steht ein sehr glücklicher Mann. Vor fast genau einem Jahr habe ich Anna-Maria zum ersten Mal gesehen und mich auf der Stelle unsterblich in sie verliebt. Zu meinem großen Erstaunen erwidert sie meine Gefühle.«

Einige der Umstehenden lachten leise.

»Vor sechs Wochen habe ich es nicht länger ausgehalten und um ihre Hand angehalten, und heute steht sie hier neben mir als meine Braut.«

Applaus brandete auf, Enno hob die Hand und sah seiner Verlobten in die Augen. »Als dein Ehemann möchte ich dir die Welt zu Füßen legen, meine liebe Anna-Maria, doch heute Abend ist mein Geschenk bescheidener. Sicherlich erinnerst du dich, dass alles mit einem kleinen Vogel begann.«

Luise bemerkte, wie ihre Tochter errötete.

»Diese bezaubernde junge Dame hier stieß in unserem Haus versehentlich an einen Beistelltisch, als wir einander vorgestellt wurden, und ein kleiner Vogel aus Porzellan fiel herunter. Ich konnte ihn rechtzeitig auffangen, bevor er auf dem Boden zerbrach. Liebste Anna-Maria, das hier ist der Vogel, der unser Glück begründet hat.« Er stellte das Glas ab und zog eine kleine Porzellanfigur aus seiner Westentasche. »Dieses Geschöpf ist wunderschön, wenn auch nicht annähernd so schön wie du, Liebste, und ich werde dich ebenso hüten und beschützen, dich auffangen, wenn du fällst, das verspreche ich dir.«

Er drückte ihr die Figur in die Hand, schloss ihre Finger darum und küsste sie sanft.

Wieder applaudierten die Gäste.

»Schön gesagt, mein Junge«, sagte Dorothea Klimmeck mit einem Seufzer und tupfte sich die Augen mit einem Taschentuch ab.

Ludwig räusperte sich. »Dann sollten wir jetzt zum Essen schreiten. Wenn Sie mir bitte folgen wollen!«

Auf dem Weg ins Speisezimmer kamen Anna-Maria und Enno an Luise und Robert vorbei.

»Ich hoffe, Sie haben nicht vor, meine Schwester wie einen Vogel in den Käfig zu sperren«, neckte Robert seinen zukünftigen Schwager.

»Um Himmels willen, nein«, erwiderte Enno erschrocken. »Das würde ich niemals tun.«

»Dann ist es ja gut.«

»Hör nicht auf ihn, Enno.« Anna-Maria blitzte ihren Bruder ärgerlich an und zog ihren Verlobten weg.

»Robert«, schalt Luise ihren Sohn, als die beiden außer Hörweite waren, »musst du den jungen Mann so verschrecken?«

Sie wollte noch etwas hinzufügen, doch in dem Augenblick bemerkte sie Bruno, der aus dem Dienstbotentrakt in die Eingangshalle schlüpfte. Etwas an der Art, wie er sein Jackett richtete, beunruhigte sie. Hastig wandte sie sich wieder Robert zu und hakte sich bei ihm unter, bevor sie gemeinsam das Speisezimmer betraten. Heute war ein glücklicher Tag, und den würde sie sich von nichts und niemandem verderben lassen.

Martha Horitza stand mit zitternden Knien neben der Hintertür im Hof und atmete tief ein und aus. Langsam flaute die Übelkeit ab. Sie lehnte sich gegen die Hauswand. Diesen Abend hatte sie sich wahrhaft anders vorgestellt. Dabei hatte alles so wunderbar begonnen. Kurz vor Ankunft der Gäste hatte Martha erst der Herrin und dann der Tochter beim Ankleiden und Frisieren geholfen. Obwohl die Kleider für die vornehmen Damen längst nicht mehr so schwierig anzuziehen waren wie zu der Zeit, als sie angefangen hatte, auf dem Gestüt zu arbeiten, gab es noch immer genug für sie zu tun. Vor allem im Frisieren war Martha eine wahre Meisterin, und die gnädige Frau wusste das zu schätzen. Luise war bester Laune gewesen und hatte fröhlich mit Martha geplaudert. Die beiden waren trotz ihrer ungleichen Stellung so etwas wie Freundinnen. Mehr noch, sie waren sogar heimliche Schwägerinnen, Martha war mit Luises unehelichem Halbbruder Georg verheiratet. Das jedoch wussten nur Martha, Georg und die Herrschaften.

Martha hatte sich von Herzen über den heutigen Tag gefreut, sie wünschte Anna-Maria alles Glück der Welt. Dennoch verspürte sie auch einen schmerzhaften Stich in der Brust, wann immer sie daran dachte, dass auf Seydell bereits die nächste Generation heiratete und bestimmt auch bald Nachkommen in die Welt setzen würde, während sie selbst niemals ein eigenes Kind in den Armen wiegen würde.

Vierzig Jahre war sie nun alt und würde mit Sicherheit nicht mehr schwanger werden. Anfangs hatte sie jeden Monat um die Regel gebetet, hatte Angst davor gehabt, ein Kind zu empfangen, das sein würde wie Cäcilie. Doch dann waren die Jahre gekommen, in denen es ihr egal gewesen wäre und sie sich nichts mehr gewünscht hatte als ein Baby. Hauptsache, Georgs Augen hätten nicht mehr diesen kummervollen Ausdruck, der sogar in den glücklichsten Stunden nicht ganz verschwand.

Er hatte sich damit abgefunden, dass er nicht Vater werden würde und das kleine Haus in Birkmoor vergeblich ausgebaut hatte, um Platz für eine Familie zu schaffen. Und er liebte Martha nicht weniger, weil sie kinderlos waren. Dennoch war seine Trauer mit Händen zu greifen. Als uneheliches Kind war er in einem Heim aufgewachsen, in dem Strenge und Lieblosigkeit geherrscht hatten. Er wollte es gern besser machen, wollte einem Kind ein echtes Zuhause und die Liebe eines Vaters schenken.

Nachdem die Herrschaften nach unten in den Salon gegangen waren, hatte Martha sich darangemacht, Luises Zimmer aufzuräumen, ihre Arbeit jedoch unterbrochen, um vom Fenster aus zuzusehen, wie die Kutschen vorfuhren und die Gäste das Haus betraten. Kurz nachdem alle eingetroffen waren, kam ein Reiter die Lindenallee heraufgesprengt, und Marthas Herz machte einen Satz. Es war Robert. Bestimmt hatte Anna-Maria das eingefädelt, sie liebte ihren Bruder abgöttisch, er war der Einzige, in dessen Gegenwart sie unbeschwert war und lachen konnte. Zumindest war es lange Jahre so gewesen. Bis Enno Klimmeck aufgetaucht war.

Martha hatte ein Stoßgebet zum Himmel geschickt, dass der Hausherr keine Szene machen würde, und sich abgewandt, um den Schmuck ihrer Herrin wegzuräumen. Luise trug heute Abend lediglich das Medaillon mit dem Foto ihrer Mutter, an dem sie sehr hing. Martha verstaute die übrigen Stücke in der Schatulle, die Robert seiner

Mutter zum vierzigsten Geburtstag geschenkt hatte. Sie war wunderschön, aus dunklem Holz gefertigt und mit Intarsien in Form von silbernen Schwänen verziert.

Als Martha mit dem Aufräumen fertig war, ging sie über die Dienstbotentreppe nach unten. In der Schuhkammer stand noch ein Paar schlammige Reitstiefel, die Luise am Morgen bei ihrem Ausritt getragen hatte. Als Martha auf dem Treppenabsatz ankam, hörte sie Tuscheln und Kichern.

Bestimmt die Stubenmädchen. Hatten die etwa nichts zu tun? Martha machte sich bereit, die beiden zurechtzuweisen und an die Arbeit zu schicken, als sie eine Männerstimme vernahm.

»Du machst mich noch verrückt, weißt du das?«

Martha erstarrte. Das war der junge Herr.

Jetzt schrie das Mädchen auf. »Au, du tust mir weh, Bruno.«

Großer Gott, es war Gerti, die Neue. Die arme Kleine, Martha musste eingreifen, Bruno in seine Schranken weisen. Aber sie fürchtete sich vor ihm. Er war erst fünfzehn, ein Jahr jünger noch als Gerti, doch er war groß und kräftig. Und er war wie sein Vater.

Während Martha noch fieberhaft überlegte, was sie tun sollte, sprachen die beiden wieder.

»Ist es so besser?«, fragte Bruno mit rauer Stimme.

»Viel besser.«

Gütiger Himmel! Martha fasste sich ein Herz und spähte um die Ecke in den Korridor.

Gerti stand mit dem Rücken zur Wand, Bruno vor ihr. Er hatte ihr die Bluse aufgeknöpft und seine Hand hineingesteckt. Gerti blinzelte ihn keck an und schien zu genießen, was er mit ihr tat.

Martha wurde übel. Eine Erinnerung blitzte in ihr auf, die sie in die hinterste Ecke ihres Gedächtnisses verbannt hatte. Sie wollte wegrennen, doch ihre Beine versagten ihr den Dienst.

Jetzt schob Bruno dem Mädchen den Rock hoch. Gerti wehrte sich nicht, im Gegenteil, sie griff nach seiner Hose und öffnete den Gürtel.

»Warte«, raunte Bruno. »Lass uns von hier verschwinden, bevor wir erwischt werden.«

»Die Schuhkammer ist leer«, flüsterte Gerti.

Ohne sich voneinander zu lösen, bewegten sie sich auf den Raum zu, der ein Stück weiter den Korridor hinunter lag. Das Letzte, was Martha sah, bevor die Tür hinter den beiden zufiel, war Gertis Hand, die in Brunos Hosenschlitz verschwand.

Der Anblick war wie ein Faustschlag in die Magengrube. Martha schaffte es gerade noch, die Hintertür zu erreichen. In hohem Bogen erbrach sie sich auf das Kopfsteinpflaster des Hofs, wieder und wieder, bis nur noch Galle kam.

Navarra, am selben Abend, Mai 1914

Die Nacht war lau und vom Geruch nach frisch gemähtem Gras erfüllt, unter den sich der Duft der Rosen mischte, die Isabella vor vielen Jahren entlang der Einfahrt gepflanzt hatte. Der Himmel war mit Milliarden von Sternen übersäht, funkelnd wie Strasssteine an einem Brautschleier.

Doch Alexander von Seydell konnte sich nicht an ihrer Schönheit erfreuen. Es musste bald Mitternacht sein, und seine Tochter war noch nicht zu Hause. Obwohl er ihr verboten hatte, das Gestüt zu verlassen, hatte sie sich heimlich davongeschlichen, wie so oft in letzter Zeit. Aber nicht, um auszureiten. Dafür hätte er Verständnis gehabt, das würde er ihr auch nicht verbieten. Ganz im Gegenteil. Früher waren sie häufig gemeinsam in die Berge geritten. Es waren schöne, unbeschwerte Stunden gewesen, eigentlich die einzigen, in denen er seiner Tochter nahe gewesen war, denn er tat sich schwer damit, Cristina Vater und Mutter zugleich zu sein. Viel zu oft hatte er sich in den vergangenen Jahren im Stall verkrochen oder Arbeit auf den Koppeln vorgeschützt und es seinem Gesinde überlassen, sich um seine Tochter zu kümmern.

Flora, die alte Köchin, hatte sich sehr um das Mädchen bemüht. Aber auch ihr war Cristina schon vor langer Zeit entglitten. Alexander wusste, dass er seiner Tochter nicht so viel hätte durchgehen lassen dürfen. Doch wie hätte er streng gegenüber einem Kind sein können, das so früh seine Mutter verloren hatte?

Nun hatte sich vor einigen Wochen auch noch der Hauslehrer, den Alexander für seine Tochter eingestellt hatte, in den Ruhestand verabschiedet. Einen Ersatz hatte er noch nicht gefunden. Im Frühjahr gab es immer viel auf dem Gestüt zu tun, sodass Alexander das Problem vertagt hatte. Seit der Lehrer fort war, ließ sich Cristina noch weniger bändigen. Mehrmals in der Woche schlich sie schon früh aus dem Haus, sattelte ihre Stute und blieb den ganzen Tag verschwunden. Anfangs hatte Alexander noch angenommen, dass sie lange Ausritte unternahm, und lediglich darauf bestanden, dass sie auf sich achtgab und vor Einbruch der Dunkelheit zurückkehrte. Doch dann hatte einer der Knechte ihn darauf hingewiesen, dass Cristina nicht einen der Wege in die Berge, sondern die Straße hinunter ins Tal nahm. Also war Alexander ihr eines Morgens gefolgt und hatte herausgefunden, dass sie nach Urroz ritt, einem Ort, der etwa auf halber Strecke zwischen Los Pinos und Pamplona lag, wo sie sich mit einem jungen Mann traf.

Der Bursche hieß Felipe de Olivarez, war der Sohn eines Milchbauern und nach allem, was Alexander über ihn in Erfahrung gebracht hatte, ein anständiger Bursche. Ein wenig sehr temperamentvoll vielleicht, ein wenig zu radikal in seinem Kampf für die Rechte der Arbeiter, aber kein schlechter Mensch. Doch Cristina war erst vierzehn, viel zu jung für die Liebe und erst recht für einen Kerl, der bereits achtzehn war. Mal ganz abgesehen davon, dass eine Frau sich nicht einfach ohne Begleitung mit einem Mann treffen durfte, wenn sie ihren Ruf nicht aufs Spiel setzen wollte. Und Cristina würde noch ganz anderen Männern begegnen, sobald die Zeit gekommen war, Männern von ihrem Stand, gebildet und mit dem nötigen Vermögen, um ihr das Leben zu ermöglichen, das sie gewohnt war.

An jenem Abend hatte Alexander lange mit Cristina gesprochen und ihr erklärt, warum er sich Sorgen machte und ihr verbieten musste, Felipe weiterhin zu treffen, warum er darauf bestehen musste, dass sie Los Pinos nur noch in Begleitung verließ. Sie hatte zunächst heftig protestiert, dann aber eingelenkt und zu allem, was er sagte, brav genickt, und das hatte ihn in falsche Sicherheit gewiegt.

Alexander horchte auf, als Hufschlag ertönte. Endlich. Im nächsten Augenblick sah er Cristina auf ihrer Stute. Als sie durch das Tor trabte, stellte er sich ihr in den Weg und griff nach den Zügeln.

Cristina schrie auf. »Du hast mich erschreckt, Vater.«

»Du mich auch. Wir hatten ausgemacht, dass du nicht allein ausreitest.«

»Ich bin kein kleines Kind mehr.«

»In der Tat. Du bist eine unverheiratete junge Frau und solltest auf deinen Ruf achten. Absteigen!«

Cristina rutschte aus dem Sattel. »Das ist albern, Vater. Weder eine Bäuerin noch eine Arbeiterfrau geht in männlicher Begleitung aus. Niemand verurteilt sie dafür. Wie auch? Sie müssen Geld verdienen und sich zudem noch um den Haushalt und die Familie kümmern.«

»Du bist aber keine Bäuerin. Und du musst auch keine Familie ernähren. Oder willst du bei Flora in die Lehre gehen, so wie Belen?« Alexander schob die Stute zur Seite, um seiner Tochter in die Augen zu sehen. »Du kannst gleich morgen in der Küche anfangen. Deine Mutter war sich auch nie zu schade, mit anzupacken, wenn Not am Mann war.«

»Meine Mutter, die Heilige.« Cristina verschränkte die Arme. »Ich kann es nicht mehr hören.« Sie lief trotzig ein paar Schritte von ihm weg, drehte sich dann um. »Mutter ist tot, hörst du? Tot! Tot! Jetzt hast du nur noch mich, die dumme, faule, ungehorsame Tochter.«

Alexander schluckte hart. »Ich bin sehr froh, dass ich

dich habe, Cristina. Genau deshalb möchte ich dich beschützen. Du weißt so wenig von der Welt.«

»Ich weiß mehr, als du denkst. Ich weiß, dass die Welt ungerecht ist, dass einige wenige alles besitzen, obwohl sie nie etwas dafür getan haben, und dass andere sich kaputtrackern und es dennoch nicht zum Leben reicht. Und du …« Sie zeigte mit dem Finger auf ihn. »Du bist einer von denen, die auf Kosten der Armen in verschwenderischem Prunk leben, einer von diesen Schmarotzern, die das Land aussaugen, bis nichts mehr da ist als unfruchtbare, vertrocknete Ödnis.«

»Du hältst mich für einen Ausbeuter?«, fragte Alexander fassungslos. »Du weißt, dass ich genauso hart schufte wie jeder Knecht auf Los Pinos, dass ich mir für keine Arbeit zu schade bin, dass ich abends oft der Letzte im Stall bin und morgens der Erste. Du kannst mir vieles vorwerfen, Cristina, meinetwegen auch, dass ich ein schlechter Vater bin. Aber das nicht.«

»Trotzdem ist es nicht gerecht.«

»Redet er dir das ein?«

»*Er* hat einen Namen. Er heißt Felipe. Und er muss es mir nicht einreden, ich sehe es überall. Wusstest du, dass Belen nicht einmal ihren eigenen Namen schreiben kann? Sie hat von klein auf zu Hause geholfen und nie eine Schule von innen gesehen.«

»Belen ist Analphabetin?« Alexander vergaß für einen Augenblick seine Wut auf Cristina.

»Flora hat es gut vor dir verborgen, nicht wahr? Sie wollte ihrer Großnichte etwas Gutes tun, aber sie hatte Angst, dass du sie nicht einstellst, wenn du davon erfährst.«

»Das wusste ich nicht.«

»Natürlich nicht. Für dich gibt es nur deine Pferde, Vater. Etwas anderes willst du nicht sehen. Da draußen leben Tausende wie Belen, die Hälfte der spanischen Bevölkerung kann nicht lesen und schreiben.«

»Und das wirfst du mir vor?«

»Männern wie dir, die Reichtum anhäufen, während andere nicht genug haben, um ihre Familie zu ernähren, selbst wenn sie noch so hart arbeiten. Für diese Menschen kämpft Felipe. Niemand soll etwas besitzen, alles soll allen gehören.«

»Dann will dein Felipe uns also Los Pinos wegnehmen.«

Cristina stemmte die Hände in die Hüften. »Du willst es nicht verstehen, Vater.«

»Ich verstehe sehr wohl. Geh auf dein Zimmer, sofort. Wir sprechen morgen darüber.«

Cristina rührte sich nicht von der Stelle.

»Auf dein Zimmer«, wiederholte Alexander. Er war verärgert, aber vor allem war er müde. Und schockiert über das, was seine Tochter zu ihm gesagt hatte, über das, was sie über ihn dachte.

»Du kannst mich auf mein Zimmer schicken, du kannst mich einsperren«, verkündete Cristina. »Es wird nichts daran ändern, was ich denke.« Sie wandte sich ab und stapfte auf das Haus zu.

Das werden wir ja sehen, dachte Alexander und führte die Stute in den Stall.

Lüneburger Heide, am selben Abend, Mai 1914

Es war spät, als Luise endlich ihr Nachthemd überstreifte. Sie hatte Martha, die sich anscheinend den Magen verdorben hatte, nach Hause geschickt und sich allein umgekleidet. Der Abend war ein voller Erfolg gewesen, selbst Bruno und Robert waren nicht aneinandergeraten, ganz im Gegenteil, Bruno hatte sogar mit seinem älteren Bruder gescherzt. Vielleicht bestand ja doch noch Hoffnung, dass die beiden sich zusammenraufen würden.

Gerade als Luise ins Bett gehen wollte, wurde die Tür aufgestoßen, und Ludwig marschierte ins Zimmer.

»Das hast du ja wirklich schlau eingefädelt, meine Liebe«, bemerkte er sarkastisch.

Natürlich. Wie hatte sie so dumm sein können anzunehmen, er würde die Sache auf sich beruhen lassen.

»Wenn du Robert meinst, damit habe ich nichts zu tun.« Luise trat vorsichtshalber ein paar Schritte zurück. Ludwig hatte reichlich dem Alkohol zugesprochen, das machte ihn unberechenbar.

»Blödsinn.« Er knallte die Tür zu. Immerhin schien auch er nicht zu wollen, dass jeder im Haus ihren Streit mitbekam.

»Ich war genauso überrascht wie du«, erklärte Luise so ruhig wie möglich. »Deine Tochter hat ihn eingeladen. Du weißt, wie sehr sie an ihm hängt.«

»Die dumme Pute. Wenn sie wüsste …«

»Fang nicht damit an, Ludwig.«

»Warum nicht? Ist es dir etwa unangenehm? Vielleicht

haben wir noch viel zu wenig darüber geredet. Vielleicht kenne ich noch immer nicht die ganze Wahrheit. Vielleicht ist Anna-Maria ebenso ein Bastard wie Robert.«

»Das ist blanker Unsinn, Ludwig. Als sie geboren wurde, war Alexander schon Jahre fort.«

»Ach, glaubst du wirklich, ich weiß nicht, dass mein verkommener Bruder nicht der Einzige war, mit dem du ins Bett gestiegen bist? Hältst du mich für so dämlich?«

Luise erschrak. »Anna-Maria ist dein Kind, Ludwig. Und Bruno ist es auch.«

»Ich habe lediglich dein Wort dafür. Das Wort einer Hure.«

»Rede nicht so mit mir, Ludwig! Ich jedenfalls habe immerhin noch so viel Anstand, meine Liebschaften nicht zu Familienfeiern einzuladen.« Das stimmte nicht, wie Luise im selben Moment einfiel. Auf dem folgenschweren Sommerfest vor acht Jahren war ihr damaliger Geliebter Rittmeister Leopold von Arnim unter den Gästen gewesen. Doch niemand hatte etwas von der Affäre gewusst oder auch nur geahnt, während Ludwigs Techtelmechtel mit Rebekka Stein ein offenes Geheimnis war. »Du jedoch hast keinerlei Hemmungen, dieses Flittchen zur Verlobung deiner Tochter mitzubringen.«

»Rebekka ist kein Flittchen. Sie ist eine seriöse Schauspielerin.«

Luise lachte bitter. »Ich kann nicht glauben, dass wir dieses Gespräch führen.«

Ludwig baute sich vor ihr auf. Seine nächsten Worte waren in eine Alkoholwolke gehüllt. »Wage ja nicht, Rebekka zu beleidigen, hörst du? Sie ist eine anständige junge Frau, die sich ihren Lebensunterhalt mit harter Arbeit verdient.«

Luise presste die Lippen zusammen. Ludwig schien es wirklich ernst zu sein. Er hatte die Schauspielerin vor einigen Monaten bei einer seiner zahlreichen Berlinreisen kennengelernt. Wo und wie genau, wusste Luise nicht. Rebekka Stein hatte in einer Reihe von Filmen mitgewirkt, hatte junge Frauen in Not gespielt, die um ihr Glück kämpften und dabei in allerlei absurde Situationen gerieten. Bisher hatte Luise sich nicht an Ludwigs Affäre mit ihr gestört, sie war der Frau sogar dankbar gewesen, weil sie ihren Mann bei Laune hielt. Doch offenbar machte Ludwig sich mehr aus ihr, als Luise geahnt hatte.

»Was sagen denn deine Freunde von den Alldeutschen zu deiner Liaison?«, fragte sie mit schneidender Stimme. »Einer der Ihren steigt ins Bett mit einer Jüdin, wie kann das angehen? Sind nicht für euch die Juden schuld am gesamten Elend dieser Welt?«

»Pass auf, was du sagst, Luise!« Ludwig packte sie an den Armen und schüttelte sie.

»Schon gut.« Sie machte sich los, erschrocken über seinen Ausbruch.

»Nichts ist gut«, fuhr er sie an. »Ich lasse mir deine Unverschämtheiten nicht länger bieten. Morgen früh begleite ich Rebekka nach Berlin zurück. Und du sorgst dafür, dass dein Bastard dieses Haus ebenfalls verlässt.«

»Ludwig, bitte.«

»Ich habe eine arme Pfarrerstocher geheiratet, ohne dass mich irgendwer daran gehindert hätte. Niemand hat mich deswegen geschnitten oder nicht mehr mit dem gebührenden Respekt behandelt. Ich bin Ludwig von Seydell, ein Mann von Stand, ein angesehener Gestütsbesitzer, ich verkehre in den besten Kreisen. Warum sollte ich mich nicht von der armen Pfarrerstochter wieder scheiden lassen, wenn sie mir nicht mehr gefällt? Gründe hat sie mir jedenfalls genug geliefert. Ich könnte sogar deren Namen aufzählen.«

Luise fuhr der Schreck in alle Glieder. »Ludwig, das kannst du nicht machen!«

»Ach nein? Warum denn nicht?« Er wandte sich ab und schlenderte zur Tür. Die Klinke in der Hand drehte er sich noch einmal um. »Sieh dich vor, Luise. Sonst stoße ich dich in die Gosse zurück, aus der du gekrochen bist.«

Navarra, in derselben Nacht, Mai 1914

Cristina blickte sich im Zimmer um. Sie wollte nur das Nötigste mitnehmen, der Weg war lang, außerdem würde sie nicht viel brauchen. Sie wollte nicht mehr besitzen als die Menschen, mit denen sie von nun an zusammenleben würde. Nach einigem Zögern nahm sie die Schatulle vom Frisiertisch, in der sie einige Erinnerungsstücke an ihre Mutter aufbewahrte. Eine Brosche, die Isabella bei ihrer Hochzeit getragen hatte, eine verblichene Fotografie, die sie im Sattel zeigte, und eine Postkarte, die sie Cristina aus San Sebastian geschickt hatte, als sie Alexander zu einer Hengstschau begleitet hatte. Cristina erinnerte sich, wie der Knecht Eduardo ihr stockend den Text vorgelesen und wie viel Mühe er gehabt hatte, die Buchstaben zu entziffern. Und wie sehr Cristina ihn dafür bewundert hatte, dass er aus diesen sinnlosen Zeichen richtige Wörter zaubern konnte.

Sie trat ans Fenster, doch es war zu dunkel, um viel von den Stallungen und Koppeln zu erkennen. Sie würde Los Pinos vermissen, vor allem die Pferde. Auch wenn sie es ihrem Vater gegenüber ungern zugab, sie liebte diese wunderbaren Tiere ebenso wie er. Vor allem ihre Stute Gitana. Doch wie alle anderen auch musste sie Opfer bringen für die große Sache. Sie konnte Gitana nicht mitnehmen, sich nicht einmal von ihr verabschieden, das wäre zu riskant. Ihr Vater bemerkte vielleicht nicht, wenn sich seine einzige Tochter heimlich fortschlich, aber wenn in den Ställen etwas vor sich ging, schien er das zu spüren.

Cristina unterdrückte ein Seufzen. Sie würde auch ihn vermissen, keine Frage. Warum musste er nur so stur sein! Ausgerechnet er sollte es besser wissen. Hatte er nicht am eigenen Leib erfahren, wie ungerecht es war, wenn die einen alles besaßen und die anderen nichts?

Ihr Vater hatte ihr nie viel von seinem früheren Leben erzählt, von seiner Kindheit in Deutschland, von dem Gestüt in der Heide, wo er aufgewachsen war. Er schien auch nichts aus jener Zeit zu besitzen, bis auf eine Taschenuhr, die er ständig bei sich trug. Als Cristina eines Tages all ihren Mut zusammengenommen und ihn gefragt hatte, warum er Deutschland verlassen habe, hatte er erklärt, er habe keine Wahl gehabt, weil sein älterer Bruder das Gestüt geerbt und er mit leeren Händen dagestanden habe. War das nicht ein himmelschreiendes Unrecht? Ihr Vater hatte alles verloren, bloß weil er vier Jahre zu spät zur Welt gekommen war. Wie konnte er sich da so sehr an seinen Besitz klammern?

Nicht, dass er seine Leute ausbeuten würde, das tat ihr Vater nicht. Er war bei seinem Gesinde beliebt wie kein anderer Don im ganzen Umkreis, und es war richtig, dass er immer selbst mit anpackte. Dennoch bestimmte er allein, was auf Los Pinos geschah, und er konnte seine Bediensteten jederzeit auf die Straße setzen, wenn ihm danach war.

Doch das würde sich bald ändern. Immer mehr Arbeiter wehrten sich gegen ihre Ausbeutung, in der Stadt und auf dem Land. Und ab sofort würde Cristina eine von ihnen sein. Felipe würde ihr eine Anstellung in einer Fabrik in Pamplona besorgen, und dann würde sie Seite an Seite mit ihren Brüdern und Schwestern für Gerechtigkeit kämpfen.

Cristina spähte erneut nach draußen. Alles war dunkel und still, es musste weit nach Mitternacht sein. Vorsichtig öffnete sie einen Fensterflügel. Sie wagte nicht, durchs Haus zu schleichen, die alten Dielen knarrten zu laut. Also musste sie springen. Sie hob die kleine Reisetasche hoch und stellte sie auf das Sims. Die Tasche gehörte einst ihrer Mutter, hatte die Form einer Arzttasche und bestand aus einem festen, mit einem Muster aus Schienen und Eisenbahnen bestickten Stoff, der schon ein wenig abgewetzt war.

Nachdem Cristina sich versichert hatte, dass niemand unter dem Fenster stand, ließ sie die Tasche fallen. Mit einem dumpfen Laut landete sie auf dem Boden. Cristina lauschte, doch im Haus blieb alles still.

Vorsichtig kletterte sie auf die Fensterbank und setzte sich. Es gab weder einen Baum in der Nähe noch Efeu, das an der Mauer emporgerankt wäre. Immerhin wuchs das Gras auf dieser Seite bis an die Hauswand. Cristina zählte bis drei, dann drückte sie sich ab. Der Aufprall war hart, sie knickte um, stürzte. Rasch stand sie auf und klopfte ihr Kleid ab. Im gleichen Augenblick schalt sie sich eine Närrin. Das Kleid einer Arbeiterin war nicht makellos sauber. Es war allerdings auch nicht von so feinem Stoff und Schnitt wie das ihre. Cristina hatte ihr einfachstes Kleid angezogen, dennoch war es noch immer viel eleganter als alles, was eine Arbeiterin sich leisten konnte.

Cristina nahm die Tasche, bog um die Hausecke und lief die Einfahrt entlang bis zum großen Tor. Es war nicht verschlossen, nur verriegelt. Sie schob den Riegel zur Seite und schlüpfte hinaus. Erst als sie das Tor wieder hinter sich zugezogen hatte, wagte sie einen Blick durch die Gitterstäbe zurück zum Haus.

Im Zimmer ihres Vaters brannte Licht. Cristinas Herz krampfte sich zusammen. Sie wollte ihm nicht wehtun, aber sie hatte keine Wahl. Vielleicht würde er es eines Tages verstehen, vielleicht würden sie sich eines Tages wiedersehen, und er würde sie in den Arm nehmen so wie früher, als sie noch ein kleines Mädchen gewesen war, und sie ganz fest halten.

»Ich bin stolz auf dich, mein Engel«, würde er sagen, genau wie damals.

»Und ich bin stolz auf dich«, würde sie antworten.

Alexander hatte unruhig geschlafen. Die halbe Nacht hatte er im Schein einer Petroleumlampe dagesessen und gegrübelt. Warum hasste Cristina ihn so sehr, dass sie sich auf die Seite der Menschen schlug, die alles vernichten wollten, was er aufgebaut hatte? Was hatte er falsch gemacht?

Alexander hatte durchaus Verständnis dafür, dass die Arbeiter für ein besseres Leben kämpften, und er wäre der Erste, der sie unterstützte. Aber Cristina wollte mehr, sie wollte das System umstürzen, jedem seinen Besitz nehmen und ihn neu verteilen. Dafür hatte er kein Verständnis. Wenn alles allen gehörte, wie sollte dann dafür gesorgt werden, dass die Arbeit getan wurde? Und wer würde noch um etwas kämpfen, bis zum Umfallen dafür rackern, wenn es gar nicht ihm gehörte?

Irgendwann war Alexander dann doch vor Erschöpfung eingeschlafen. Als er aufwachte, ging die Nacht gerade in die Dämmerstunde über. Er stand auf, wusch sich, kleidete sich an und eilte zu den Stallungen. Inzwischen waren zu dem großen Stall, den sie nach dem Feuer neu gebaut hatten, zwei weitere hinzugekommen. Los Pinos ging es gut.

Um diese Jahreszeit waren die Ställe jedoch leer, die meisten Pferde blieben auch über Nacht draußen auf den Koppeln. Nur einige Reittiere standen in ihren Boxen und eine Mutter und ihr Fohlen im Stutenstall. Das Kleine war krank und musste unter Beobachtung bleiben.

Nachdem Alexander nach Mutter und Kind gesehen hatte, warf er einen Blick in den Stall mit den Reitpferden und atmete erleichtert auf, als er Gitana erblickte. Er würde später noch einmal mit Cristina reden, ganz in Ruhe.

Zurück im Haus bemerkte Alexander sofort, dass etwas

nicht stimmte. Vom ersten Stock drang Floras klagende Stimme zu ihm herunter, Schritte polterten über die Holzdielen, ein Fenster wurde krachend zugeschlagen.

Cristina! Alexander nahm zwei Stufen auf einmal. Im Korridor prallte er mit Flora zusammen.

»Sie ist fort«, schluchzte die alte Köchin. »Sie hat uns verlassen.«

»Hat sie nicht«, sagte Alexander beruhigend und tätschelte ihr die Schulter. »Ihre Stute steht im Stall.«

Er blickte auf und sah den Knecht Eduardo, der in Cristinas Zimmertür stand. Sein Blick war ernst.

Alexander ließ Flora los und trat zu ihm.

»Das Fenster war offen, Don Alexander. Und ein paar Sachen fehlen, sagt Jorja.«

Alexander stürzte ins Zimmer, wo die Magd gerade den Schrank durchsuchte. Als sie ihn bemerkte, richtete sie sich auf und knickste.

»Was fehlt?«, fragte er knapp.

»Ein paar Kleidungsstücke, Don Alexander. Außerdem die alte Reisetasche von Doña Isabella. Und eine kleine Schatulle, die immer auf dem Frisiertisch stand.«

Alexander musste sich an den Türrahmen lehnen, ihm war plötzlich schwindelig. Cristina war fort, und sie hatte nicht vor zurückzukommen. Seine Gedanken begannen zu rasen. Wenn sie die Stute nicht genommen hatte, musste sie ihre Flucht schon länger geplant haben, dann hatte dieser Felipe sie mitten in der Nacht abgeholt.

Unbändige Wut wallte in ihm hoch. Der Dreckskerl, wie konnte er es wagen! Keinen Funken Ehre hatte dieser Bauernbursche im Leib.

»Ich weiß, wo sie ist«, sagte er mit gepresster Stimme. »Ich hole sie zurück.«

»Ich komme mit, Don Alexander«, sagte Eduardo hinter ihm. Er stockte. »Wenn Sie erlauben.«

Alexander drehte sich zu ihm um. »Das muss ich allein tun.«

Eduardo senkte den Blick. »Mit Verlaub, Don, aber das halte ich für keine gute Idee. Ich kenne diesen Felipe und seine Freunde.«

Alexander schnappte nach Luft. »Woher weißt du …«

»Ich habe einmal gesehen, wie er die Señorita nach Hause gebracht hat. Seine Familie besitzt einen kleinen Hof im Tal. Milchvieh. Die beiden saßen auf dem Milchkarren, Gitana hatten sie hinten angebunden.«

Alexander starrte ihn an. »Und du hast kein Wort gesagt?«

»Ich dachte, es wäre nur dieses eine Mal gewesen.«

Alexander beherrschte sich mühsam. Er schlug mit der Faust gegen den Türrahmen, einmal, zweimal. Dann sah er wieder zu Eduardo. »Sattle zwei Pferde. Beeil dich!«

Der Knecht eilte davon.

Alexander wandte sich Jorja zu. »Du bist dafür verantwortlich, dass kein Wort von dem hier nach außen dringt. Niemand erfährt etwas davon, verstanden?«

Die Magd nickte. »Ja, Don Alexander.«

»Und jetzt beruhige Flora, ihr Gejammer ist ja nicht auszuhalten.«

Zehn Minuten später ritten Alexander und Eduardo auf der Landstraße ins Tal. Sie hatten sich ihre Gewehre umgehängt, doch Alexander hoffte inständig, dass sie die nicht würden benutzen müssen. Schon allein wegen Cristina. Aber bei den Anarchisten wusste man nie. Manche riefen nur zum Streik auf, andere legten Bomben und erschossen Menschen, die ihnen im Weg standen.

Je näher sie ihrem Ziel kamen, desto unruhiger wurde Alexander. Cristina würde sich mit Händen und Füßen wehren, so viel stand fest. Und wenn dieser Felipe ein paar seiner Freunde dabeihatte, wären Eduardo und er hoffnungslos in der Unterzahl. Alexander war plötzlich sehr froh, dass er nicht allein losgeritten war. Noch wohler wäre ihm, wenn er seine anderen Knechte ebenfalls mitgenommen hätte. Aber auf den Gedanken war er gar nicht gekommen. Zu sehr war er daran gewöhnt, der Herr zu sein, dem alle gehorchten und der seinen Willen nicht mit Gewalt durchsetzen musste. Aber Männer wie Felipe de Olivarez akzeptierten ihn nicht als Herrn. Sein Wort galt bei ihnen nichts.

Endlich tauchte der Hof vor ihnen auf. Er lag am Rand von Urroz am Ufer des Río Erro. Ein alter Mann trat ihnen entgegen, kaum dass sie vor das Haus geritten waren.

Er nahm die Mütze ab. »Was kann ich für Sie tun, Don Alexander?«

»Sind Sie Señor de Olivarez?«

»Der bin ich, Don.«

»Wir suchen Ihren Sohn Felipe.«

»Da sind Sie nicht der Einzige. Darf man fragen, was Sie von ihm wollen?«

Alexander zögerte. »Das geht nur ihn und mich etwas an.«

Der Alte nickte nachdenklich. »Ich weiß nicht, wo der Bursche steckt, Don Alexander.« Er ließ den Blick über den Hof schweifen. »Ich weiß überhaupt nichts über ihn. Er kommt und geht. Sieben Kinder haben meine Hilaria und ich großgezogen, Don Alexander. Alle sind gut geraten. Nur Felipe macht Schwierigkeiten. Zu viel Wissen hat er in sich hineingestopft, das hat noch niemandem gutgetan, davon erledigt sich die Arbeit auf dem Hof nicht. Der Arzt ist schuld. Er hat gesagt: ›Schickt den Jungen zur Schule, er ist klug, aus ihm wird etwas werden.‹ Vom Mund haben wir es uns abgespart, obwohl wir seine Hilfe dringend hier gebraucht hätten. Ich dachte, dann wird er vielleicht auch Arzt. Oder Anwalt. Aber nein, nichts als verrückte Ideen hat er im Kopf, wirft mit Namen von Menschen um sich, die ihm das Hirn verdreht haben. Marx. Kropotkin. Bakunin. Haben Sie von denen schon mal gehört?«

Das hatte Alexander in der Tat. Allesamt Fanatiker, die die bestehende Ordnung der Welt gewaltsam umstürzen wollten. »Haben Sie eine Ahnung, wo er stecken könnte?«

»Bei seinen Freunden von der CNT, nehme ich an.«

Die »Confederación Nacional de Trabajo« war die verbotene anarchistische Gewerkschaft, die vor vier Jahren in Barcelona gegründet worden war.

»Danke, Señor de Olivarez.« Alexander wendete sein Pferd.

»Was hat er denn angestellt?«, rief der Alte ihm nach.

Doch Alexander antwortete nicht. Er sprengte so schnell vom Hof, dass Eduardo Mühe hatte mitzukommen.

»Wohin reiten wir?«, fragte der Knecht, als er aufgeschlossen hatte.

»Nach Pamplona. Ich werde diese Ratten schon aufstöbern.«

»Tun Sie das nicht, Don Alexander!«

»Niemand wird mich davon abhalten.« Alexander trat dem Pferd in die Seite, es machte einen Sprung nach vorn und galoppierte noch schneller.

»Denken Sie an Cristina«, rief Eduardo ihm hinterher.

Was glaubte dieser Bursche, warum er das tat? Alexander preschte weiter, doch Eduardos Worte hallten in seinem Kopf wider. Verunsichert ließ er das Pferd in den Trab fallen. »Wie meinst du das, Eduardo?«

Der Knecht ritt neben ihn. »Sie helfen ihr nicht, wenn Sie das Büro der Gewerkschaft stürmen und die Herausgabe Ihrer Tochter fordern. Im Gegenteil.«

Alexander zog an den Zügeln und sah Eduardo auffordernd an. »Red weiter.«

»Es wird sich herumsprechen, dass Señorita Cristina mit einem jungen Mann …«

»Das genügt.« Alexander hob die Hand. »Du hast ja recht, Eduardo. Aber ich muss sie finden, das verstehst du doch. Jede weitere Nacht, die sie mit ihm verbringt, macht es schlimmer.«

»Lassen Sie uns heimlich nach ihr suchen. Wenn niemand erfährt, was geschehen ist, kann es vielleicht vertuscht werden.«

Alexander nickte nachdenklich. »Also gut. Ich kehre nach Hause zurück. Zum Glück habe ich Jorja bereits darum gebeten, nichts zu erzählen. Ich werde es nochmals allen einschärfen. Du reitest nach Pamplona und siehst, was du über die CNT und die Anarchisten herausfindest. Und über Felipe. Er muss ja irgendwo übernachten, wenn er nicht zu Hause ist. Und dort finden wir auch Cristina.

Auf, beeil dich, wir dürfen keine Zeit verlieren. Aber sei vorsichtig, diese Männer sind gefährlich.«

»Das bin ich. Sie können sich auf mich verlassen.« Der Knecht schickte sich an weiterzureiten.

»Eduardo?«

»Ja, Don Alexander?«

»Ich danke dir. Du hast mich vor einer großen Dummheit bewahrt.«

Lüneburger Heide, eine Woche später, Mai 1914

Dunkle Wolken ballten sich am Himmel, ein kühler Wind blies und wirbelte trockene Blätter auf, die sich in einer Ecke des Bahnhofsgebäudes gesammelt hatten. Obwohl es erst kurz nach sieben war, drängten sich mehr als zwei Dutzend Menschen auf dem Bahnsteig.

Luise trat unruhig von einem Fuß auf den anderen. »Mach schon, Martha, wir müssen uns beeilen.«

»Ich komme, gnädige Frau.« Martha löste sich von Georg, der seine Frau zum Abschied umarmt und geküsst hatte. Er sah besorgt aus, doch zum Glück konnte sich Luise blind auf ihn verlassen. Es würde ihm nie in den Sinn kommen, sie zu verraten.

Da Luise ihrer Zofe die Wahrheit über ihr Reiseziel hatte anvertrauen müssen, war sie nicht umhingekommen, auch ihrem Halbbruder reinen Wein einzuschenken. Schließlich wollte sie seine Frau mitnehmen. Außerdem hätte Martha ihm ohnehin alles gebeichtet. So gut sie darin war, Geheimnisse zu wahren, ihren Georg mochte sie nicht anlügen. Er wusste also, was sie vorhatten, und machte sich natürlich Sorgen.

Für alle anderen auf Seydell fuhr Luise mit ihrer Zofe für ein paar Tage nach Hamburg, um Einkäufe zu erledigen, den Schneider und den Frisör aufzusuchen und Cléo de Mérode tanzen zu sehen, die im Hansa-Theater gastierte. Ihr wahres Reiseziel jedoch war fast zweitausend Kilometer weiter entfernt.

Eine Pfeife schrillte. Luise stieg in den Waggon, Martha folgte ihr hastig. Sie betraten das Abteil, in dem der Träger bereits ihre Koffer abgestellt hatte. Kaum saß Luise, da setzte sich der Zug auch schon in Bewegung. Martha ließ das Fenster herunter und winkte Georg, bis sie ihn nicht mehr sehen konnte. Dann nahm sie Luise gegenüber Platz und schaute sich um.

»Das ist das erste Mal, dass ich in der zweiten Klasse reise«, sagte sie und strich über das Polster.

»Warte ab, bis du die erste Klasse siehst«, erwiderte Luise mit einem leisen Lächeln. »Dagegen ist das hier ein Viehwagen.«

Der einfache Personenzug von Lüneburg über Buchholz nach Hamburg verfügte über keinen Waggon erster Klasse, sodass Luise für diesen Teil der Reise mit der zweiten Klasse vorliebnehmen musste. Erst ab Hamburg würden sie im Schnellzug bequem erster Klasse reisen können. Luise hatte die Zofe nicht in der dritten Klasse untergebracht, wie es üblich war, sondern für sie beide im gleichen Abteil gebucht. So konnte Martha ihr auf der langen Fahrt Gesellschaft leisten, und Luise wäre nicht gezwungen, aus Höflichkeit im Speisewagen mit Mitreisenden Konversation zu pflegen.

Von Hamburg aus sollte es erst einmal bis Paris gehen, wo Martha und Luise eine Nacht im Hotel verbringen würden, bevor sie weiter nach Süden fuhren. Mindestens drei Tage hatte Luise für die Reise veranschlagt, je nachdem, wie schnell es mit den Zugverbindungen klappte. Vor allem der letzte Teil der Fahrt war ungewiss. Luise besaß nicht einmal die genaue Adresse ihres Reiseziels, doch das hatte sie ihrer Zofe wohlweislich verschwiegen. Sie war sicher, dass sie finden würde, was sie suchte, sie hatte schließlich schon ganz andere Herausforderungen gemeistert.

Luise lehnte sich zurück und schaute aus dem Fenster, hinter dem die vertraute Heidelandschaft an ihr vorüberflog. In ihrem Bauch kribbelte eine Mischung aus Nervosität und Vorfreude. Ein Gefühl, das sie an früher erinnerte, als sie die mittellose junge Pfarrerstochter gewesen war, die sich heimlich mit ihrem Liebsten, dem jüngeren Sohn des reichen Gestütsbesitzers, in der Schäferhütte traf.

Alexander. Wie es ihm wohl gehen mochte? Vor einiger Zeit hatte Luise die Frau eines Züchters aus Oldenburg kennengelernt, der mit dem Gestüt Los Pinos Geschäfte machte, und von ihr erfahren, dass Alexander seit acht Jahren Witwer war. Ebenso lange, wie Ludwig wusste, dass sein Erstgeborener gar nicht sein Erstgeborener war.

Luise hatte den Gedanken an Alexander immer verdrängt, die Zeit ließ sich schließlich nicht zurückdrehen. Doch vor einer Woche, als Ludwig ihr aus heiterem Himmel mit Scheidung gedroht hatte, hatte sich das geändert. Nach dem fürchterlichen Streit war Luise mitten in der Nacht aus einem Albtraum hochgeschreckt, in dem sie, mittellos und in abgerissenen Lumpen, durch die Gassen einer anonymen Großstadt stolperte und um einen Kanten Brot bettelte. Niemand gab ihr etwas, und in ihrer Verzweiflung bot sie sogar ihren Körper als Bezahlung an. Doch die Männer, die sie ansprach, wandten sich angewidert ab. Einer davon entpuppte sich als Ludwig, der mit seiner schönen jungen Ehefrau aus einem Theater kam. Die Frau war Rebekka Stein, die ihr ein mitleidiges Lächeln schenkte und einen Groschen in die Hand drückte, bevor sie an Ludwigs Seite forteilte.

Nass geschwitzt und am ganzen Leib zitternd war Luise aus dem Schlaf hochgefahren. Obwohl es noch stockdunkel gewesen war, hatte sie ihren Morgenmantel übergestreift, war ins Erdgeschoss hinuntergelaufen und hatte sich im Salon eingeschlossen. Dann hatte sie im Licht einer einzelnen Kerze das Geheimfach im Sekretär geöffnet. Vor lauter Angst, Ludwig könnte den Umschlag zwischenzeitlich gefunden und vernichtet haben, hatte ihr Herz wild geschlagen. Aber er war noch da gewesen.

Kaum hielt sie ihn in den Händen, fiel ihre Entscheidung. Sie würde tun, was sie vor acht Jahren, nein, was sie vor fünfundzwanzig Jahren hätte tun sollen, in jenem Schicksalssommer, als sie den falschen Bruder geheiratet hatte.

Kapitel 2

Navarra, Mai 1914

Pamplona war laut, viel lauter als Hamburg oder Berlin, sogar lauter als Paris. Das Gewirr aus Klingeln, Hupen, Klopfen, Stampfen, Singen und Rufen war ohrenbetäubend. Der trockene Wind wirbelte Sand durch die Luft. Luise war zugleich beunruhigt und fasziniert, vor allem von dem Lärm, den die Menschen machten. Jedes Gespräch schien mit lautstarkem Rufen geführt zu werden. Dabei war nicht zu ersehen, ob die Leute aufgrund ihres Temperaments so schrien oder es tun mussten, um die anderen Geräusche zu übertönen.

Luise winkte einem Mann in Uniform, der aussah wie ein Gepäckträger, und zeigte ihm die Karte, auf die ein Mitreisender die Worte *Gran Hotel La Perla* geschrieben hatte. Der freundliche Herr, ein Landsmann, der häufiger in geschäftlichen Angelegenheiten nach Navarra reiste, hatte Luise das Hotel empfohlen. Das beste Haus in Pamplona, hatte er versichert, er selbst steige auch immer dort ab. Leider war der Herr im Gewimmel auf dem Bahnsteig nirgends zu entdecken, sodass sie sich ohne seine Hilfe würden zurechtfinden müssen.

Luise war jedoch zuversichtlich. In Paris hatte es jedenfalls wunderbar geklappt. Sie hatte mit Martha in demselben Hotel übernachtet, in dem sie im Jahr 1900 mit Ludwig beim Besuch der Weltausstellung abgestiegen war. An der Rezeption hatte man ihr Fahrkarten nach Hendaye besorgt, dem französischen Grenzort in den Pyrenäen. In Hendaye waren sie, nachdem sie ihre Pässe vorgezeigt und ein neues Billett erstanden hatten, auf die spanische Eisenbahn umgestiegen, um erst nach San Sebastian und dann weiter nach Pamplona zu fahren.

Der Uniformierte näherte sich. Luise hoffte, dass er ein wenig Französisch verstand. In San Sebastian hatte ihr freundlicher Reisebegleiter ihnen mit dem Hotel und der Fahrkarte für den nächsten Tag geholfen, doch nun waren sie auf sich allein gestellt.

»Kennen Sie das?«, fragte Luise und hielt dem Mann die Karte hin.

Der zuckte mit den Schultern, deutete aber eifrig auf das Gepäck und übergoss sie mit einem Schwall Spanisch.

Luise hielt ihm erneut die Karte hin. »Gran Hotel La Perla«, rief sie über den Lärm hinweg.

Der Mann nickte beflissen, sagte wieder etwas und griff nach Luises Koffer.

»Glauben Sie, er hat Sie verstanden, gnädige Frau?«, fragte Martha mit zweifelndem Blick. Die Zofe sah erschöpft aus, ihr Gesicht war gerötet, Schweißperlen glänzten unter der Hutkrempe auf ihrer Stirn. Es war heiß in Pamplona, noch heißer, als es am vergangenen Tag in San Sebastian gewesen war. Während Luise die stechende Sonne nicht viel ausmachte, litt Martha anscheinend sehr darunter.

»Wir wollen es hoffen.« Luise hielt nach dem Gepäckträger Ausschau, der bereits im Gewühl verschwunden war.

»Ich hatte den Eindruck, dass er nicht lesen kann.«

»Mal den Teufel nicht an die Wand, Martha.«

Sie kämpften sich zum Ausgang, wo eine Reihe Droschken wartete. Die Fahrer boten lautstark ihre Dienste an. Ein kleiner Junge in Lumpen streckte Luise die schmutzige Hand entgegen. Einer der Droschkenkutscher verscheuchte ihn mit lauten Flüchen und führte die beiden Frauen zu seinem Gefährt.

Wieder zückte Luise die kleine Karte und fragte auf Französisch, ob der Mann das Hotel kenne. Und wieder kam ein Wortschwall Spanisch zurück, aus dem Luise jedoch die Worte »Sí, Señora, La Perla, sí« herauszuhören meinte.

Die Fahrt dauerte überraschend kurz. Der Lärm und das quirlige Treiben am Bahnhof hatten darüber hinweggetäuscht, wie klein die Stadt war. Deutlich kleiner als Hamburg oder Paris, kleiner als San Sebastian, ja sogar als Lüneburg. Fast alle Gebäude drängten sich innerhalb der mittelalterlichen Stadtmauern, hinter denen nur noch wenige ärmliche Behausungen zu liegen schienen, bevor die menschenleere Weite Navarras begann, die sie vom Zug aus gesehen hatten. Immerhin gab es eine prachtvolle Kathedrale und eine Vielzahl an Geschäften und Cafés.

Schon nach wenigen Minuten hielten sie vor einem imposanten sechsstöckigen Gebäude mit Arkaden im Erdgeschoss. Sie bezahlten den Fahrer und traten durch die Tür, die ein livrierter Diener ihnen aufhielt, in die kühle Lobby. Sofort eilte ihnen ein weiterer Mann in Livree entgegen und geleitete sie zur Rezeption.

Zu ihrer Erleichterung sprach der Mann im Dreiteiler, der hinter dem Tresen stand, fließend Französisch. Luise erklärte, dass sie zwei Zimmer bräuchten, und fragte nach ihrem Gepäck.

»Ich bedauere, Madame«, sagte der Mann. »Hier sind keine Koffer angekommen.«

»Das ist doch nicht möglich!« Luise malte sich aus, wie der Gepäckträger sich ihre Koffer geschnappt und den Inhalt verscherbelt hatte, wie Kinder ähnlich dem Bettlerjungen am Bahnhof in ihr Spitzennachthemd oder ihr Mieder schlüpften und damit durch den Dreck spazierten.

»Keine Sorge, ich kümmere mich darum. Bei uns in Pamplona kommt nichts weg.« Der Mann lächelte freundlich. Er war wenige Jahre älter als Luise und hatte schwarzes, an den Schläfen ergrautes glänzendes Haar und beinahe ebenso dunkle Augen. »Ich werde jemanden nach dem Gepäck schicken, Señoras, während Sie sich in Ihren Zimmern frisch machen. Dürfte ich um die Namen der beiden werten Damen bitten?«

Luise verscheuchte die Schreckensbilder und straffte die Schultern. »Luise von Seydell. Und das ist Martha Horitza.«

Der Mann riss die Augen auf. »Seydell? Ist die Señora verwandt mit Don Alexander, dem Herrn von Los Pinos?«

Luise durchfuhr ein freudiger Schreck. Dieser Mann kannte Alexander! »Señor von Seydell ist mein Schwager«, erklärte sie so gelassen wie möglich. »Wir sind hier, um ihn zu besuchen.«

Der Spanier kam hinter dem Tresen hervor, verneigte sich und küsste Luises Hand. »Don Eusebio, Inhaber dieses bescheidenen Hotels, zu Ihren Diensten, Señora von Seydell. Es ist mir eine Ehre, Sie kennenzulernen. Wie konnte Don Alexander mir verschweigen, dass er eine so bezaubernde Schwägerin hat!«

»Sie kennen ihn persönlich?«, fragte Luise mit belegter Stimme. Am liebsten hätte sie die Hände des Mannes ergriffen. Hände, die vielleicht erst kürzlich Alexanders Hände geschüttelt hatten.

»Aber natürlich, Señora. Jeder hier kennt Don Alexander. Er ist einer der angesehensten Männer der Gegend. Das Gran Hotel La Perla hatte die Ehre, seine Hochzeitsgesellschaft zu bewirten.« Don Eusebio verzog kummervoll das Gesicht. »Viel zu lange ist das her, und die arme Doña Isabella ist schon so viele Jahre tot.«

Luise bemerkte aus den Augenwinkeln, wie Martha nach Luft schnappte. Luise hatte ihr nicht erzählt, was sie über Alexanders Leben in Spanien wusste, nichts davon, dass er verheiratet gewesen und verwitwet war, nichts von einer Tochter, die etwa in Brunos Alter sein musste.

»Tragisch, in der Tat«, pflichtete sie Don Eusebio bei.

»Sicherlich möchten Sie morgen nach Los Pinos weiterreisen«, fuhr der Hotelbesitzer fort. »Ich kann Ihnen einen Wagen besorgen, der Sie hinfährt.«

»Das wäre wunderbar.«

»Überlassen Sie alles mir, Señora von Seydell. Ich kümmere mich um den Wagen und um Ihr Gepäck. Selbstverständlich bekommen Sie die beste Suite im Haus. Don Alexander war sehr zufrieden damit bei seiner Hochzeit.«

Der Gedanke daran, in dem Zimmer zu schlafen, in dem Alexander seine Hochzeitsnacht verbracht hatte, versetzte

Luise einen Stich. Doch sie wusste nicht, wie sie das freundliche Angebot ablehnen sollte. Keinesfalls wollte sie den Mann vor den Kopf stoßen, auf dessen Hilfe sie so sehr angewiesen waren.

Wenige Minuten später stand Luise am Fenster der Suite, blickte hinunter auf die Straße und erinnerte sich, wie sie Martha in ihr Vorhaben eingeweiht hatte. Sie hatte ihr nicht die ganze Wahrheit offenbart, sondern bloß gesagt, dass Ludwig etwas vorhabe, das die Zukunft des Gestüts bedrohe. Zum Glück hatte Martha sofort eine Vermutung geäußert.

»Er will Robert enterben, ist es nicht so?«, hatte sie gesagt.

»Ich muss mit Alexander reden, nur er kann helfen.«

»Aber wie das? Er kann doch nichts daran ändern. Seydell gehört dem gnädigen Herrn, er kann frei darüber verfügen.«

»Kann er nicht«, hatte Luise aufgetrumpft. »Ich habe ein Testament gefunden.«

»Der Vater des gnädigen Herrn hat ein Testament hinterlassen?«

»Es war in einem Geheimfach des Sekretärs versteckt. Jedenfalls kann Ludwig nicht einfach so über Seydell verfügen. Und deshalb muss ich mit Alexander sprechen.«

»Können Sie ihm nicht schreiben? Spanien ist so weit.«

»Ach, Martha, glaubst du wirklich, er lässt alles stehen und liegen, nur weil ich ihm einen Brief schreibe?«

Marthas gesenkter Blick hatte ihr verraten, dass sie genau das glaubte. Doch Luise war alles andere als sicher, dass es so einfach sein würde. Sie würde all ihre Überredungskunst aufbringen müssen, um Alexander dazu zu bringen, ihr beizustehen.

Sie wandte sich vom Fenster ab und betrat das luxuriöse Badezimmer, blickte auf die Wanne hinunter, strich mit den Fingern über das Waschbecken, den Wasserhahn. Gegenstände, die Alexander vor vielen Jahren berührt hatte. War er glücklich gewesen an jenem Tag?

Die Mischung aus Vorfreude und Angst, die sie während der gesamten Reise begleitet hatte, brandete mit nie dagewesener Heftigkeit in ihr auf. Sie würde Alexander wiedersehen, schon morgen. Würde es sein wie früher? Würde ihr Herz höherschlagen bei seinem Anblick, würde sie alles andere um sich herum vergessen?

Oder würde sie enttäuscht sein, weil der veränderte, gealterte Alexander nichts mehr mit den Erinnerungen gemein hatte, die sie in sich trug?

Und wie würde er reagieren? Würde er sie überhaupt empfangen, mit ihr reden? Würde er sich an ihre Liebe erinnern, oder hatte seine tote Frau längst Luises Platz in seinem Herzen eingenommen?

Am nächsten Tag, Mai 1914

Alexander betrachtete die junge Frau, die ihre Finger knetete und nervös nach links und rechts schaute. Sie war nur halb aus der Tür ihres ärmlichen Hauses getreten, als wolle sie nicht dabei beobachtet werden, wie sie mit dem feinen Herrn sprach.

»Und ich kriege wirklich keinen Ärger?«

»Nein«, versicherte er. »Also erzählen Sie.« Seit fast zwei Wochen war seine Tochter verschwunden, und nun sah es so aus, als hätten sie endlich eine Spur. Die junge Frau, die in einer Wäscherei arbeitete, hatte Eduardo erzählt, dass sie Cristina gesehen habe. Alexander wollte unbedingt von ihr selbst hören, was sie wusste.

»Ich trug gerade einen Korb Wäsche zum Wagen«, berichtete sie, »als ich hörte, wie Ihr Knecht Ramón nach Felipe de Olivarez fragte. Ramón ist einer der Fahrer der Wäscherei, und er gehört zu den Anarchisten. Angeblich wusste er nichts über Felipe.«

»Weiter«, bat Alexander ungeduldig. Das alles hatte Eduardo ihm schon erzählt.

»Als Ihr Knecht durch das Tor nach draußen gegangen ist, bin ich ihm nach. Ich stamme aus Urroz und kenne Felipe vom Sehen. Ich dachte mir gleich, dass es um das Mädchen geht. Viel zu fein für eine Arbeiterin. Allein wie die gesprochen hat.«

»Sie haben sie gesehen?«

»Eine Cristina Sanchez hat sich um eine Stelle als Wäscherin beworben. Sie hat behauptet, sie wäre sechzehn. Nie im Leben stimmt das. Der Chef hat sie nicht genommen, weil sie ihm zu mager war.«

»Hat sie gesagt, wo sie wohnt?«

»Nee, aber ich habe gesehen, dass Felipe draußen auf sie gewartet hat. Mit einem Fuhrkarren der Brauerei Gonçalvez.«

»Gonçalvez? Sind Sie sicher?«

»Ja natürlich. Mein Vater trinkt auch Gonçalvez-Bier.«

»Wann war das? Wann haben Sie die beiden gesehen?«

»Vor zwei oder drei Tagen, glaube ich.«

»Geht das genauer?«

»Zwei, glaube ich, nein, drei. Es war am Geburtstag meiner Schwägerin.«

Drei Tage. Hoffentlich war die Spur nicht schon kalt. »Ich danke Ihnen, Señorita. Sie haben mir sehr geholfen.«

»Das will ich meinen.« Die Frau streckte die Hand aus.

Einen Augenblick lang schaute Alexander sie verwirrt an, dann begriff er, nahm ein paar Münzen aus seiner Brieftasche und überreichte sie ihr.

»Danke, Señor.« Sie knickste, dann trat sie zurück und schlug die Tür zu.

Alexander drehte sich zu Eduardo um. »Glaubst du, sie hat die Wahrheit gesagt?«

»Warum sollte sie lügen?«

Alexander zuckte mit den Schultern. »Ich weiß es nicht.« Er nahm Eduardo die Zügel seines Hengstes aus der Hand. »Dann auf zur Brauerei Gonçalvez.«

»Jetzt noch? Da ist bestimmt keiner mehr.«

Alexander blickte in den Himmel. Tatsächlich stand die Sonne bereits tief. »Also gut, lass uns heimreiten.« Auf eine weitere Nacht kam es längst nicht mehr an, sondern bloß noch darauf, den Schaden zu begrenzen. Und das ging nur, indem sie behutsam vorgingen. »Wir suchen morgen weiter.«

Sie saßen auf. Schnell waren sie aus dem Gewirr der Straßen von Pamplona heraus und auf der Landstraße nach Osten. Alexander atmete auf. Er war nicht für die Stadt gemacht, er brauchte Luft und Licht und die Weite der Landschaft.

Während sie auf die Berge zuritten, dachte Alexander darüber nach, wie schnell Dinge, die man eben noch für wichtig gehalten hatte, unwichtig werden konnten, und umgekehrt. In den ersten Tagen nach Cristinas Verschwinden wäre er beinahe verrückt geworden vor Sorge. Nachts hatte er kein Auge zugetan, und tagsüber war er wie irre in der Gegend herumgeritten und hatte sie gesucht, obwohl er wusste, dass es vollkommen sinnlos war.

Dann hatte Eduardo gehört, dass Felipe de Olivarez mehrfach mit einem jungen Mädchen an seiner Seite in Pamplona gesehen worden war. Die Beschreibung passte auf Cristina. Also war sie wohlauf. Es ging also nur noch darum, ihren Ruf zu retten, damit sie eines Tages, wenn diese Eskapade nur noch eine verblasste Erinnerung wäre, einen Mann heiraten konnte, der ihrer würdig war.

Zu Alexanders großem Erstaunen hatte sich Cristinas Verschwinden noch nicht herumgesprochen. Also hatten sie weiterhin so diskret wie möglich gesucht. Heute Vormittag war Eduardo dann auf die Wäscherin gestoßen und sofort nach Los Pinos geritten, um Alexander zu informieren.

Sie bogen auf die Straße ab, die nach Urribate führte. Ein Automobil kam ihnen entgegen. Der Fahrer betätigte mehrmals die Hupe, damit sie ihm Platz machten. Alexanders Hengst legte nervös die Ohren an, beruhigend klopfte er dem Tier auf den Hals.

»Idiot!«

»Aber schön sind sie schon, diese neuen Automobile, finden Sie nicht, Don Alexander?«

»Mir ist ein Pferd lieber.«

Als sie das Gestüt erreichten, wartete Pedro bei den Ställen. »Eben war ein Automobil hier, Don Alexander«, verkündete er mit glänzenden Augen, während er von Alexander die Zügel entgegennahm.

Überrascht sah Alexander ihn an. »Hier auf dem Gestüt?«

»Ja, Don. Es hat zwei Damen gebracht.«

Alexanders Herz schlug schneller. »Cristina?«

»Nein, Don Alexander.« Pedro senkte den Kopf. »Ich habe die Señoras nur von Ferne gesehen, aber sie waren beide viel älter als die Señorita.«

»In Ordnung.« Alexander nickte Eduardo zu und lief zum Haus.

Kaum war er eingetreten, kam Flora aus der Küche gerannt. »Sie haben Besuch, Don Alexander.«

»Wer ist es?«

»Ich bin nicht sicher.«

»Nicht sicher? Was soll das heißen?«

Flora deutete in Richtung Hintertür. »Die Señora wartet bei den Koppeln, sie wollte unbedingt die Pferde sehen.«

Eine Señora, die sich die Pferde ansehen wollte. Eine Kundin also. Aber unangekündigt und zu dieser späten Stunde? Und warum war der Wagen, der sie gebracht hatte, zurück nach Pamplona gefahren? Nun ja, es gab nur einen Weg, das herauszufinden.

Alexander durchmaß den Korridor mit wenigen Schritten und eilte nach draußen. Tatsächlich stand in einiger Entfernung eine Frau am Zaun, den Blick auf die weidenden Tiere gerichtet. Das Licht der untergehenden Sonne blendete Alexander, sodass er lediglich ihre Silhouette ausmachen konnte. Deshalb erkannte er sie erst, als er sie fast erreicht hatte.

Sein Herzschlag setzte aus, in seinem Kopf rauschte es.

»Luise?«, flüsterte er ungläubig.

Sie drehte sich um und sah ihn an. Ein Lächeln breitete sich auf ihrem Gesicht aus. »Alexander!«

Sie war älter geworden, Fältchen zeichneten sich um ihre Augen ab, einzelne silberne Strähnen schimmerten in ihrem kastanienbraunen Haar. Aber sie war noch immer seine Luise.

»Was in aller Welt tust du hier?«

Sie stemmte die Hände in die Hüften. »Wonach sieht es denn aus?«

»Aber wie kommst du …«

»Ist das deine Begrüßung nach all den Jahren?« Sie baute sich vor ihm auf. »Wohin ist der Mann verschwunden, der mich einst so leidenschaftlich liebte, dass es mir den Boden unter den Füßen weggezogen hat, der mir mit seinen Küssen den Atem geraubt und der mit seinen Händen meine Haut in Flammen gesetzt hat?«

Alexander streckte den Arm aus und berührte sanft ihre Wange. »Vielleicht habe ich einfach nur Angst, dass die Erscheinung verschwindet, wenn ich versuche, sie festzuhalten.«

Luise ergriff seine Hand und küsste sie. »Ich verschwinde nicht wieder, Alexander. Nicht, wenn du es nicht willst.«

Da riss er sie in seine Arme und küsste sie, auf den Mund, auf die Wangen, auf die Lider, auf den Hals. Er vergrub sein Gesicht in ihrem Haar, atmete den vertrauten

Geruch, bis ihm davon schwindelig wurde und seine Beine drohten, unter ihm nachzugeben. Er presste sie an sich, hielt sich an ihr fest, wild entschlossen, sie nie wieder loszulassen.

Am nächsten Tag, Mai 1914

»Das hier sind unsere Einjährigen, sind es nicht prächtige Tiere? Eins schöner als das andere.«

»Das sind sie, in der Tat.« Luise ließ den Blick über die riesige Koppel schweifen, die sich vom Ufer des Flüsschens bis an die Berghänge erstreckte.

Alexander und sie hatten sich am Morgen zwei Pferde satteln lassen, und nun zeigte er ihr sein Gestüt. Die Ställe, den Reitplatz, die weit verstreuten Koppeln, die Pferde. In jedem seiner Worte schwang Stolz mit, und das zu Recht. Das Anwesen war wunderschön, die Tiere waren gesund und lebendig, hatten glänzendes Fell und ließen das Herz jedes Züchters höherschlagen.

Natürlich hatte Alexander nach Ludwig gefragt. Luise hatte ihm erzählt, dass sie ihn verlassen und die Scheidung verlangt habe. Genau das würde sie auch tun, wenn Alexander einverstanden war. Sie musste ihn nur dazu bringen, mit ihr in die Lüneburger Heide zurückzukehren. Doch das hatte sie sich einfacher vorgestellt, als es sein würde. Er hing an Los Pinos, an dem Land, den Pferden, sogar an den Menschen.

Eigentlich hätte sie es wissen müssen. Alexander tat nichts halbherzig. So war er, und dafür liebte sie ihn. Aber sie brauchte ihn auf Seydell. Sie musste es klug anstellen, den richtigen Moment abwarten, dann würde es ihr gelingen. Schließlich hatte er Seydell einst genauso geliebt wie jetzt Los Pinos. Und es war seine Heimat.

»Siehst du den schwarzen Wildfang mit der Blesse dahinten?«, fragte Alexander und deutete mit der Gerte auf das Tier. »Das ist Fuego. Ich habe vor, ihn zu behalten. Er hat das Zeug zu einem guten Zuchthengst.«

»Er sieht aus wie …« Luise biss sich auf die Lippe.

Alexander mied ihren Blick. »Er ist sein Enkel. Sein Vater heißt Zafiro und stammt von … von Sturmkönig ab.«

»Keine Sorge, ich bin dir nicht böse, dass du Sturmkönig damals mitgenommen hast«, versicherte Luise ihm rasch. »Ich konnte es gut verstehen. Auch wenn du uns damit einen Haufen Probleme aufgebürdet hast.«

»Das tut mir leid.« Alexander war das Thema sichtlich unangenehm.

»Es ist lange her. Außerdem hatte Sturmkönig hier bestimmt ein besseres Leben als unter Ludwigs Knute.«

Alexander sah sie noch immer nicht an. »Lass uns weitereiten, ich möchte dir noch etwas anderes zeigen.« Er preschte los.

Luise trat der Stute in die Seite, die Alexander für sie ausgesucht hatte, und holte ihn mühelos ein. Nebeneinanderher galoppierten sie an der Koppel entlang und dann einen Hang hinauf. Oben fiel Alexander in den Trab zurück und hielt an einer Stelle an, von wo man einen weiten Blick über das Tal mit dem Fluss und auf die Berge dahinter hatte.

»Wunderschön«, sagte Luise.

»Du reitest noch immer wie der Teufel.«

»Hast du etwas anderes erwartet?«

Er ritt näher und griff nach ihrer behandschuhten Hand. »Ich habe gar nichts erwartet, Luise, und am allerwenigsten dich. Ich kann es noch immer nicht fassen.« Er küsste sie durch das Leder ihrer Handschuhe.

»Ich habe damals einen Fehler gemacht«, sagte sie. »Alles, was ich mir wünsche, ist, dass du mir verzeihst. Dann können wir noch einmal von vorn anfangen.«

»Ludwig wird sich nicht einfach so aufs Abstellgleis schieben lassen.«

Luise wählte ihre Worte sorgsam. »Er will die Scheidung ebenfalls.«

»Ist das wahr?«

»Ja. Aber lass uns nicht ausgerechnet über Ludwig reden, nicht heute.«

Er lächelte. »Du hast ja recht.«

»Zeig mir, was von dem Land dort unten zu Los Pinos gehört.«

Während Alexander ihr erklärte, wo die Grenzen des Gestüts lagen, welche Weiden sie dazugepachtet hatten und wer alles in dem Dorf Urribate lebte, auf dessen Dächer man ebenfalls von hier oben hinabschaute, dachte Luise an die vergangene Nacht zurück.

Nachdem Alexander sie eine halbe Ewigkeit in den Armen gehalten und geküsst hatte, waren sie ins Haus gegangen. Inzwischen war es dunkel, und ein kühler Wind blies von den Bergen herunter. Im Speisezimmer war bereits das Essen aufgetragen worden, und zu Luises Erstaunen saßen alle an einem Tisch. Luise spürte die Verlegenheit des Gesindes, doch nachdem Alexander einige Worte auf Spanisch gesprochen hatte, löste sich die Stimmung, und nach einer Weile plauderten alle durcheinander.

Luise fragte Alexander nach seiner Tochter, und er erklärte ihr knapp, dass sie auf Besuch in der Stadt sei. Das Thema war ihm offenbar unangenehm, also drang sie nicht weiter in ihn. Nach dem Essen führte eine Magd, die Jorja hieß, Luise und Martha in ihre Zimmer, wo bereits das Gepäck wartete.

Dem Inhaber des Gran Hotel La Perla war es tatsächlich gelungen, ihre Koffer wiederzufinden, die in einem anderen Hotel gelandet waren. Am Morgen hatte es jedoch Probleme mit dem Fahrer gegeben, den Don Eusebio für sie engagiert hatte, sodass sie erst am Nachmittag nach Los Pinos hatten aufbrechen können.

Martha hatte Luises Koffer ausgepackt und ihr beim Umkleiden geholfen.

»Hatten Sie schon Gelegenheit, mit Ihrem Schwager über die Angelegenheit zu sprechen, gnädige Frau?«, fragte sie, während sie ihr das Haar bürstete.

»Natürlich nicht, Martha. Glaubst du, ich will mit der Tür ins Haus fallen?«

»Also müssen wir länger bleiben?« Martha klang bekümmert.

»Gefällt es dir etwa nicht?«

»Es ist alles so fremd, gnädige Frau. Die Sitten sind rau, das Essen schmeckt seltsam, und ich verstehe kein Wort von dem, was man zu mir sagt.«

Luise legte ihr die Hand auf den Arm. »Ein paar Tage wirst du es aushalten. Länger wird es nicht dauern. Schließlich haben wir nicht ewig Zeit, auf Seydell soll ja niemand auf die Idee kommen, uns in Hamburg zu suchen.«

Nachdem es im Haus still geworden war, hatte Luise sich den Morgenmantel übergestreift und war über den dunklen Korridor zu Alexanders Zimmer geschlichen. Sie fand es auf Anhieb, denn es war das einzige, unter dessen Tür noch Licht hervordrang.

Sie klopfte leise und schlüpfte hinein. Alexander stand am Fenster, das Gesicht gegen die Scheibe gepresst. Er rührte sich nicht, auch nicht, als sie hinter ihn trat und die Arme um ihn schlang.

»Worüber denkst du nach?«, fragte sie leise.

»Über die seltsamen Wege des Schicksals.«

»Küss mich.«

Er drehte sich zu ihr um. »Wir dürfen das nicht tun.«

»Aber warum denn nicht?«

»Noch bist du Ludwigs Frau.«

»Das ist nicht dein Ernst.«

»Doch.« Er löste sich von ihr.

»Du weist mich zurück, Alexander?«

»Nein, ich …« Er sah sie mit gequältem Ausdruck an.

Da stellte sie sich auf die Zehenspitzen und küsste seine raue Wange. »Mach es uns doch nicht so schwer, Alexander.«

Er zögerte noch einen Moment, dann schloss er sie in die Arme und küsste sie mit der gleichen ungezähmten Leidenschaft wie vor mehr als zwei Jahrzehnten in der alten Schäferhütte. Danach gab es kein Halten mehr. Sie kamen gar nicht schnell genug aus den Kleidern. Alexander warf sie aufs Bett, erkundete ihren Körper neu, und sie biss sich in die Hand, um nicht vor Lust laut zu schreien. Im Moment höchsten Glücks schloss sich die Lücke der Jahre. Sie waren wieder jung, und ihre Liebe war alles, was zählte.

Alexanders Stimme holte sie zurück in die Gegenwart. »Woran denkst du, Luise?«

Sie lächelte ihn an. »An gestern Nacht. Ich war noch nie in meinem Leben so glücklich.«

»Ich kann noch immer nicht glauben, dass du hier bist. Es muss ein Traum sein.«

»Einer, aus dem du nie wieder aufwachen musst.« Sie lächelte ihn herausfordernd an. »Fang mich, du Hasenfuß!« Mit diesen Worten trat sie der Stute in die Seite, die mit einem Satz in den Galopp sprang.

Hinter sich hörte sie Alexander leise fluchen. Sie lachte auf und preschte ihm voran ins Tal.

Die Bar war nur spärlich beleuchtet, es stank nach Zigaretten, Bier und Schweiß. Und es war laut. Männer drängten sich dicht zusammen, manche in zerschlissener Arbeitskleidung und mit schmutzigen Händen, aber auch einige im Anzug und mit Pomade im Haar.

Cristina griff nach Felipes Hand. »Wo sind die Frauen?«

Er beugte sich zu ihr herunter. »Ich fürchte, du bist die einzige.«

Unbehaglich sah sie sich um. »Aber warum denn?«

»Viele haben Kinder, die sie hüten müssen. Oder sie wohnen bei ihren Eltern, die sie abends nicht ausgehen lassen.« Er machte eine Pause. »Einige Männer denken auch, dass Frauen hier nichts zu suchen haben.«

»Das verstehe ich nicht, sie arbeiten doch auch.«

Cristinas Worte wurden von der Schulter eines breiten Kerls mit aufgekrempelten Hemdsärmeln verschluckt, der sich, zwei Gläser Bier in der Hand, an ihnen vorbeidrängte.

Felipe hatte sie offenbar dennoch gehört. »Sie sagen, dass Politik Männersache ist und die Frauen zu Hause bleiben sollen, wo ihr Platz ist.«

»Denkst du das auch?«

»Habe ich dich nicht mitgebracht?«

Sie lächelte beruhigt. Mit einem Mann, der sie zu Hause einsperrte, wollte sie nicht zusammen sein. Da hätte sie auch auf Los Pinos bei ihrem Vater bleiben können. Aber Felipe war anders, das hatte sie vom ersten Augenblick an gespürt. Er respektierte sie, interessierte sich für das, was sie dachte. Er gab ihr die Bücher, die er las, und wollte ihre Meinung dazu hören. Das war einer der Gründe, weshalb sie ihn liebte. Der andere war, dass ihr ganzer Körper anfing zu vibrieren, wenn sie ihn ansah. Und dass es sich anfühlte, als würde sie mitten in die Sonne hineinfliegen, wenn er sie küsste.

Mehr als Küsse hatten sie bisher nicht gewagt. Cristina hätte sich Felipe hingegeben, wenn er es gewollt hätte, doch er sagte, dass sie damit noch warten sollten. Ihr war das recht. Zumal sie ja einen Kampf zu führen hatten, der ihre ganze Aufmerksamkeit in Anspruch nahm.

Rufe wurden laut und rissen Cristina aus ihren Gedanken. Bewegung kam in die Männer. Dann wurde es allmählich leiser. Einer der Anzugträger stieg auf einen Stuhl. Cristina stellte sich auf die Zehenspitzen, um besser zu sehen. Es war ihre erste Arbeiterversammlung, und sie wollte keinesfalls etwas verpassen. Wie viel interessanter, wie viel lebendiger das Leben in der Stadt doch war! Gegen Pamplona war Los Pinos eine aus der Zeit gefallene Oase. Friedlich und still, aber auch unendlich langweilig.

»Männer!«, rief der Kerl auf dem Stuhl. Er trug zusätzlich zu dem Anzug einen langen Mantel, der ihn noch größer wirken ließ.

Cristina wusste, dass es einer der Anführer der CNT in Barcelona war. Die Katalanen waren Vorreiter im Kampf für die Rechte der Arbeiter. Sie hatten ihr Blut für die Sache geopfert. In der tragischen Woche im Sommer 1909 war die Armee gegen die demonstrierenden Arbeiter aufmarschiert. Die Gewerkschaft hatte zum Generalstreik aufgerufen, um gegen den Krieg in Marokko zu protestieren, bei dem es nicht um die Verteidigung des spanischen Volks, sondern einzig und allein um die wirtschaftlichen Interessen der Bergwerksbesitzer ging. Bei dem Protest waren Hunderte von Menschen in den Straßen Barcelonas erschossen worden.

»Männer«, wiederholte der Mann auf dem Stuhl. »Ich freue mich, dass ihr so zahlreich erschienen seid.«

Jubel brach aus, der Redner hob die Hände, wartete, bis der Lärm abgeebbt war. »Wir sind viele, so viele, dass uns niemand ignorieren kann. Wir werden streiken, wir werden protestieren, wir werden kämpfen, bis wir das Regime in die Knie gezwungen haben!«

Wieder grölten die Männer Zustimmung, einige stampften mit den Füßen und hämmerten mit den Fäusten auf die fleckigen Tische. Cristina musste den Impuls unterdrücken, sich die Ohren zuzuhalten. Der Lärm, der Gestank, die Enge, all das ließ sie schwindeln. Wie das Stampfen einer Lokomotive donnerten die nächsten Worte des Redners an ihr vorbei, ohne dass sie eines davon verstanden hätte.

Ihr war plötzlich heiß, sie hatte das Gefühl, keine Luft zu bekommen. Sie tastete nach Felipes Hand, doch der hing an den Lippen des Katalanen und bemerkte ihre Not nicht. Plötzlich tauchten zwei riesengroße Augen vor Cristina auf. Sie schrie.

Als sie wieder zu sich kam, spürte sie einen kühlen Luftzug. Es war dunkel und still, nur Felipes Stimme war zu hören.

»Wach auf, Liebste.«

Sie schlug die Augen auf. »Was ist passiert?«

»Du bist in Ohnmacht gefallen, ich musste dich nach draußen tragen.«

Cristina sah sich um. Sie lag in Felipes Armen, der an eine Hauswand gelehnt auf der staubigen Straße saß. Um sie herum war alles dunkel. In einiger Entfernung stand eine einsame Laterne, und durch ein beleuchtetes Fenster im Haus gegenüber drang Licht nach draußen. Gedämpft meinte Cristina Stimmen zu hören, doch sie war nicht sicher, ob es nicht nur das Rauschen in ihren Ohren war.

»Ich habe dir die Versammlung verdorben«, sagte sie beschämt.

»Unsinn.« Felipe streichelte ihr über die Wange. »Zum Glück hat Mattia dich aufgefangen, du bist ihm einfach entgegengekippt.«

Die Augen, natürlich. Mattia trug eine Brille, deren Gläser seine Augen riesengroß erscheinen ließen. Er hatte studiert, schrieb für eine Arbeiterzeitung. Leider konnten die meisten seiner Mitstreiter seine Artikel nicht lesen.

Cristina legte Felipe die Hände an die Wangen. Am liebsten hätte sie jeden Zentimeter seines wunderschönen Gesichts liebkost. Sogar die Narbe auf der Stirn, die von einem Unfall im Stall herrührte, als er noch ein Kind war. Sie verlieh seinen Zügen etwas Verwegenes.

»Es tut mir leid«, sagte sie. »Du hattest dich so auf den Abend gefreut.«

»Mir sind Taten wichtiger als große Worte. Außerdem hat mir sein Mantel nicht gefallen. In der Bar war es heiß wie an einem Hochsommertag, er hat ihn doch nur aus Eitelkeit getragen.«

Cristina musste lächeln. Felipe fand immer die richtigen Worte. Er sollte auf dem Stuhl stehen und zu den Männern sprechen. »Bringst du mich nach Hause?«

Nach Hause, wie das klang. Felipe und sie wohnten im Keller eines befreundeten Gewerkschafters und seiner Frau, León und Flavia. Sie teilten sich einen Raum, der kleiner war als die Kammer der Hilfsköchin Belen auf Los Pinos. Wasser gab es auf dem Hof, wo auch das Plumpsklo stand. Eine Kochgelegenheit gab es in dem Kellerraum nicht. Mit der hätte Cristina jedoch ohnehin nichts anfangen können. Sie hätte es nicht einmal fertiggebracht, das Kohlefeuer zu entzünden. Also aßen sie zusammen mit Flavia und León, wofür Cristina ihnen einen Teil ihrer Ersparnisse gegeben hatte. Die beiden verdienten nicht viel, und Lebensmittel waren teuer und schwer zu bekommen. Halb Spanien hungerte.

Felipe half ihr auf. »Die Männer sind nicht immer so

wild und rau«, erklärte er. »Sie arbeiten hart, und sie haben nur selten Gelegenheit, über die Stränge zu schlagen.«

»Es war mir ein wenig unbehaglich da drin«, gab Cristina zu.

Felipe seufzte. »Womöglich ist der Kampf für eine gerechtere Welt doch Männersache.«

Cristina stieß ihn an. »Das meinst du nicht wirklich!«

Er lachte. »Nein, ich meine, dass jeder, der hart für seinen Lebensunterhalt arbeitet, das Recht hat, für ein besseres Schicksal zu kämpfen, egal ob Mann, Frau oder Kind. Aber das ist manchen der Kerle hier schwer beizubringen. Und jetzt komm! Lass uns sehen, was Flavia gekocht hat.« Er zog sie mit sich. »Ich habe einen Bärenhunger, du nicht?«

Während Cristina mit ihm aus der Stadt hinaus in den Vorort lief, wo es weder gepflasterte Straßen noch Laternen gab, fiel ihr auf, dass es im Grunde nicht anders war als früher. Sie musste sich um nichts kümmern, kam nach Hause, und das Essen stand auf dem Tisch. Wenn auch ein viel bescheideneres Mahl, als sie es von Los Pinos gewohnt war.

Aber es war ja nur für den Anfang. Sie musste erst lernen, ein selbstständiges Leben zu führen. Sie musste noch so viel lernen. Felipe würde ihr helfen. Gemeinsam würden sie jede Schwierigkeit meistern. Sie waren jung, sie hatten alle Zeit der Welt.

Am nächsten Tag, Mai 1914

Luise nahm das Testament, zögerte, bevor sie es in ihren Ärmel schob. Sie musste mit Alexander reden, die Zeit lief ihr davon. Doch sie hatte Angst vor dem Gespräch, Angst, dass das Wunderbare, das sie nach all den Jahren wiedergefunden hatte, in ihren Händen zerbrach.

Alexander war in seinem Schreibzimmer. Im Korridor kam Luise einer der Knechte mit versteinertem Gesicht entgegen. Als er sie sah, nahm er hastig die Mütze ab und grüßte. Beunruhigt klopfte Luise an die Tür und trat ein.

Alexander saß am Schreibtisch, doch sein Blick war ins Leere gerichtet, das Gesicht kummervoll verzogen.

»Was ist los, Liebster?«, fragte sie.

»Das muss dich nicht kümmern.«

Sie trat neben ihn, berührte seine Schulter. »Alles, was dich bewegt, kümmert mich.«

Er sah zu ihr hoch, seufzte. »Meine Tochter ist mit einem Mann durchgebrannt.«

»Lieber Himmel!«

»Wir haben eine ungefähre Ahnung, wo die beiden stecken, doch bisher haben wir sie nicht gefunden. Mit jedem Tag, der vergeht …«

»Sie ist erst vierzehn, nicht wahr?«

Er nickte. »Ich habe versagt, ich bin ein miserabler Vater. Wenn Isabella … wenn Cristinas Mutter noch leben würde, wäre das alles nicht passiert.«

Luise zog einen Stuhl heran und setzte sich zu ihm. »Ich bin mir sicher, dass du ein ganz wunderbarer Vater bist. Der allerbeste. Junge Menschen haben ihren eigenen Kopf, wir haben nur bedingt Einfluss darauf, was aus ihnen wird.« Luise dachte an Anna-Maria, an ihre vergeblichen Versuche, sie aus ihrer Schwermut zu befreien. An das Wunder namens Enno Klimmeck.

»Ich möchte sie beschützen, Luise, und sie beschimpft mich als Kapitalisten und Ausbeuter.«

»Ausgerechnet dich?« Luise schüttelte den Kopf. »Nimm es dir nicht zu sehr zu Herzen. Ich bin sicher, dass sie es nicht so meint.«

»Es wäre mir egal, wenn sie nicht weggelaufen wäre. Ausgerechnet mit einem Anarchisten! Warum tut sie sich selbst und mir das an?«

»Weil sie jung ist.« Luise nahm seine Hand.

»Und das reicht als Grund?«, fragte Alexander.

»Waren wir nicht genauso damals?«, fragte sie zurück. »Haben wir nicht das Gleiche getan, die Regeln gebrochen, die uns eingeengt haben?«

»Das war doch etwas ganz anderes.«

»War es das wirklich?«

Er schwieg. Dann machte er sich los und stand auf. »Warum bist du hergekommen, Luise?«

Sie erhob sich ebenfalls. »Das weißt du doch.«

»Aber warum jetzt? Warum nicht vor einem Monat oder vor zehn Jahren? Was ist geschehen?«

Luise zögerte. Dann fasste sie sich ein Herz. »Ich habe etwas gefunden. Im Sekretär deines Vaters.«

Verwirrt sah er sie an. »Ich verstehe nicht.«

»Das wirst du. Lies!« Sie zog den Umschlag aus dem Ärmel und reichte ihn ihm.

Mit gerunzelter Stirn nahm er ihn entgegen. Als er die Aufschrift las, stockte er.

»Öffne ihn.«

»Du hast es gelesen?«

»Ja.«

Er stand da, ohne sich zu rühren. »Ich weiß nicht, ob ich das wissen will.«

Luise erwiderte nichts.

Alexander schloss einen Moment die Augen, dann riss er den Umschlag auf, den Luise vor acht Jahren nach der Lektüre behutsam wieder zugeklebt hatte. Seine Augen flogen über die Zeilen. Als er geendet hatte, ließ er das Blatt fallen und wandte sich zum Fenster. Er sagte kein Wort, doch Luise erkannte an seinen angespannten Schultern und an den Händen, die sich um die Stuhllehne klammerten, welcher Kampf in ihm tobte.

Luise hob das Blatt auf. »Komm mit mir nach Seydell, Alexander. Fordere dein Erbe ein.«

»Das ist es also«, sagte er tonlos.

»Ich verstehe nicht, was du meinst.«

»O doch, du verstehst sehr wohl. Du bist klug. Nur ich war zu blöd. Ich dachte wirklich für einen Moment, du wärest allein meinetwegen gekommen.«

»Aber das bin ich doch, Alexander.« Sie trat hinter ihn, umschlang seinen Körper.

Er fuhr herum, schob sie von sich weg. »Es ist genau wie damals. Es ging dir nie um mich oder Ludwig, sondern immer nur um Seydell. Du wolltest die Herrin des Gestüts sein. Das war alles, was für dich zählte, und daran hat sich nichts geändert.«

Tränen schossen Luise in die Augen. »Das ist nicht wahr, Alexander. Nicht so. Ich wollte nicht arm sein, das stimmt. Aber ich habe dich geliebt, und ich liebe dich noch immer.«

Er schüttelte den Kopf, Verachtung lag in seinem Blick. »Nichts als leere Worte. Du weißt vermutlich nicht einmal, was Liebe ist. Lass mich raten. Nicht du, sondern Ludwig will sich scheiden lassen. Vermutlich hat er dich endlich durchschaut. Und nun schwimmen dir die Felle davon.«

»Das ist nicht fair, Alexander.«

»Aber es ist die Wahrheit. Du hättest den Teufel geheiratet, wenn mein Vater ihm Seydell vermacht hätte.«

»Alexander, bitte!«

»Geh! Auf der Stelle! Verschwinde aus meinem Haus und lass dich nie wieder blicken.« Er deutete auf das Testament. »Und nimm das mit. Verbrenne es oder bring es zurück dorthin, wo du es gefunden hast.«

»So hör mich doch an, Alexander!« Luise streckte die Hand nach ihm aus.

Er schlug sie weg. »Raus mit dir! Ich gebe einem meiner Knechte Bescheid, er wird Martha und dich nach Pamplona bringen.«

Eine seltsame Leere ergriff plötzlich von Luise Besitz. »Ist das dein letztes Wort, Alexander?«

Er sah sie nicht an, starrte nach draußen. »Ich habe nichts mehr hinzuzufügen. Lebe wohl, Luise.«

Nachdem die Tür hinter Luise zugefallen war, vergrub Alexander das Gesicht in den Händen. Es war, als wäre er in ein schwarzes Loch gestürzt, aus dem es kein Entrinnen gab. Bloß ewige Nacht. Seit Isabellas Tod hatte er sich nicht so elend gefühlt.

Als Luise so plötzlich wieder in seinem Leben aufgetaucht war, hatte er geglaubt, dass sie gemeinsam noch einmal von vorn beginnen, dass sie doch noch zusammen glücklich werden könnten. Er war mit Luise ausgeritten, und es war fast wie früher gewesen. Besser noch, weil das, was er für sie empfand, mit den Jahren tiefer und reiner geworden war.

Aber das galt wohl nur für ihn. Luise hatte nie vorgehabt, bei ihm zu bleiben. Sie war bloß hergekommen, um ihn zurück nach Seydell zu locken, um an seiner Seite die Herrin des Gestüts zu bleiben. Und dafür war ihr offenbar jedes Mittel recht.

Alexanders Gedanken wanderten zu dem Testament. Obwohl er den Text nur ein einziges Mal überflogen hatte, hatten sich die Worte in sein Gedächtnis eingebrannt.

Hiermit vermache ich, Otto von Seydell, im Vollbesitz meiner geistigen Kräfte und vor Zeugen, meine gesamten Güter, insbesondere das Gestüt Seydell mit allen Gebäuden, Fahrzeugen und Tieren sowie dem gesamten Weideland, meinem zweitgeborenen Sohn Alexander. Er soll das Gestüt nach meinem Ableben weiterführen. Mein erstgeborener Sohn Ludwig soll eine großzügige Apanage erhalten, damit er ein Leben führen kann, das seinem Stand angemessen ist.

Datiert war das Testament auf den vierten Mai 1883, also gut sechs Jahre vor Ottos Tod. Zwei Zeugen hatten unterschrieben, ein Notar und ein Apotheker, ehrbare Männer aus Birkmoor, die Alexander dem Namen nach kannte. Beide waren vor seinem Vater verstorben.

Wenigstens hatte Luise das Testament nicht gefälscht. Sie hätte nicht gewusst, dass Otto von Seydell diese beiden Männer gekannt hatte, die gestorben waren, als sie noch ein Kind war. Zudem hatte Alexander die markante Handschrift seines Vaters erkannt. Und auch das Datum war kein Zufall. Otto von Seydell hatte das Schriftstück eine Woche nach seiner Rückkehr aus Andalusien verfasst, wo er den ersten Zuchthengst für Seydell gekauft hatte. Den armen Admiral, der infolge einer Kolik gestorben war. Ludwig hatte mit dem verunsicherten Hengst schnell die Geduld verloren, während Alexander sich hingebungsvoll um ihn gekümmert und sich sein Vertrauen erarbeitet hatte. Da musste seinem Vater endgültig klar geworden sein, dass Seydell unter Ludwigs Führung zugrunde gehen würde.

Nun, da zumindest hatte er sich getäuscht. Offenbar machte Ludwig seine Sache besser, als alle erwartet hatten. Oder er war klug genug, die Arbeit seinem Personal zu überlassen. Einen Moment lang stellte Alexander sich vor, wie es gewesen wäre, hätte er Seydell geerbt, die Geschicke des Gestüts bestimmen dürfen und Luise geheiratet.

Er ballte die Fäuste, dann riss er von plötzlicher Wut gepackt die Uhr aus der Tasche, die Luise ihm geschenkt hatte, und schleuderte sie in den kalten Kamin. Was für ein sentimentaler Dummkopf er gewesen war, sie all die Jahre zu behalten! Als könnte er mit diesem Stück Metall die Zeit festhalten. Es führte zu nichts, einer Vergangenheit nachzutrauern, die sich nicht ändern ließ. Selbst wenn er damals Seydell geerbt hätte, er hätte sich Luises Liebe nie sicher sein können. Allzu deutlich hatte sie ihm gezeigt, was ihr wirklich wichtig war. Wie hätten sie unter diesen Umständen je glücklich werden können?

Es klopfte.

»Sí?«, fragte er ungeduldig.

»Don Alexander?« Pedro schob die Tür einen Spalt breit auf. »Jorja sagt, dass die beiden Señoras abreisen. Ist das wahr?«

Alexander zwang sich zu einem Nicken. »Bring sie bitte im Zweispänner nach Pamplona.«

»Jetzt sofort?«

»Ja.«

»Und Sie, Don Alexander, wollen Sie denn nicht …«

»Ich habe zu tun«, schnitt er dem Knecht das Wort ab.

Pedro senkte den Kopf und zog sich hastig zurück.

Alexander trat wieder ans Fenster, wo er wenig später die Kutsche durch das Tor fahren sah. Er presste die Hand gegen die Scheibe, als könnte er sie damit aufhalten. Doch selbst wenn es möglich gewesen wäre, hätte es keinen Sinn gehabt. Er hatte Luise schon vor vielen Jahren verloren. Mehr noch, er hatte sie nie besessen.

Frankreich, am nächsten Tag, Mai 1914

»Wollen Sie nicht wenigstens probieren, gnädige Frau?«, fragte Martha.

Luise schüttelte den Kopf. »Ich bin nicht hungrig.«

»Aber Sie haben seit gestern Morgen nichts gegessen.« Verzweiflung stieg in Martha auf. Sie wusste nicht, was sie tun sollte. Sie kannte ihre Herrin seit mehr als fünfundzwanzig Jahren, aber so hatte sie sie noch nie erlebt.

Es war, als wäre sie gar nicht da. Die Frau, die auf der Bank saß und aus dem Zugfenster starrte, war bloß eine leblose Hülle. Seit sie gestern Hals über Kopf abgereist waren, befand Luise sich in diesem Zustand. Sie hatte es Martha überlassen, sich um die Zugfahrkarten zu kümmern, was zum Glück nicht schwer gewesen war, weil der freundliche Hotelier des La Perla sie unterstützt hatte.

Mit den wenigen Brocken Französisch, die sie kannte, hatte sie ihm klargemacht, dass ihre Herrin krank war und geschont werden musste. Daraufhin hatte der gute Mann alle Hebel in Bewegung gesetzt, sie noch am selben Tag in einen Zug nach San Sebastian gesetzt und dem Hotel dort telegrafiert, sodass sie am Bahnsteig erwartet wurden und sich um nichts kümmern mussten.

Heute Morgen an der französischen Grenze war es etwas schwieriger gewesen, doch auch dort hatte Martha es ohne Luises Hilfe geschafft, Billetts zu erstehen und den richtigen Zug zu finden.

Dennoch fieberte sie dem Augenblick entgegen, wenn sie endlich wieder zu Hause wären. Der Zustand ihrer Herrin machte ihr Angst. Sie hatte versucht herauszufinden, was zwischen ihr und Alexander vorgefallen war. Doch Luise hatte zu all ihren Fragen geschwiegen. Waren sie über das Testament in Streit geraten? Oder über die richtige Vorgehensweise gegenüber Ludwig?

Jedenfalls war Alexander so verärgert gewesen, dass er

sich nicht einmal von ihnen verabschiedet hatte. Das sah ihm gar nicht ähnlich. Er war der warmherzigste Mann, den Martha kannte – von Georg abgesehen. Luise hingegen konnte schwierig sein. Sie war launisch, neigte dazu, anderen über den Mund zu fahren oder deren Gefühle zu verletzen. Martha wusste, dass sie es nicht böse meinte und dass sie letztlich eine mitfühlende Frau war. Eine, die für das, was sie liebte, kämpfte. Hatte sie nicht alles auf eine Karte gesetzt, um Seydell zu retten? Hatte sie nicht sogar ihr Leben riskiert? Und sie liebte ihre Kinder, da war sich Martha sicher. Auch wenn sie sich mit Bruno schwertat, weil er seinem Vater so sehr glich.

Was auch immer zwischen Luise und Alexander vorgefallen war, es musste sich um ein Missverständnis handeln. Zu dumm, dass beide so stur waren.

Der Zug ruckelte, Martha wankte gefährlich und bemerkte, dass sie noch immer mit dem Tablett dastand. Sie hatte zwei Portionen Coq au Vin de Bourgogne aus dem Speisewagen kommen lassen, da Luise sich strikt weigerte, das Abteil zu verlassen. Gerade hatte der Kellner die beiden Teller sowie eine Flasche Côte d'Or gebracht. Er hatte den Tisch für sie decken wollen, doch Martha hatte ihn weggeschickt, sie war froh, wenn sie etwas tun konnte.

Nun stellte sie resigniert das Tablett ab. Unter den silbernen Hauben duftete es verführerisch, doch ihr war ebenfalls der Appetit vergangen. Sie setzte sich wieder auf ihren Platz und griff nach dem Buch, das sie für die Reise eingesteckt hatte.

»Ich brauche niemanden«, verkündete Luise von ihrem Fensterplatz.

Martha fuhr zusammen. »Gnädige Frau?«

»Ich habe schon schlimmere Krisen überstanden, ich überstehe auch das. Ich habe über die englische Königin triumphiert, ich habe Seydell vor dem Ruin bewahrt. Soll dieser sture Esel doch in Spanien versauern. Ich will ihn nie wieder sehen. Und ich will nie wieder über ihn reden, verstanden?«

»Ja, gnädige Frau.«

»Alexander von Seydell ist für mich gestorben. Er existiert nicht. Ich dulde nicht, dass irgendwer seinen Namen in meiner Gegenwart erwähnt. Und diese Reise hat nie stattgefunden. Sie wird aus dem Gedächtnis getilgt.«

»Ja, gnädige Frau«, wiederholte Martha mit belegter Stimme.

Luise wandte sich wieder dem Fenster zu. »Wann sind wir in Paris?«

»In ungefähr drei Stunden.«

»Sehr gut.«

»Kann ich noch etwas für Sie tun, gnädige Frau? Möchten Sie vielleicht doch einen Happen essen?«

»Nein, danke. Ich brauche nichts.«

Martha beugte sich wieder über ihr Buch, aber obwohl es ein Roman ihrer geliebten Marlitt war, gelang es ihr nicht, sich auf die Geschichte zu konzentrieren. Als sie noch einmal aufblickte, sah sie Tränen auf Luises Wangen glitzern.

Navarra, am selben Tag, Mai 1914

Es dämmerte bereits, als sich Alexander mit Eduardo auf den Weg machte. Sie hatten absichtlich gewartet, bis es fast Abend war. Alexander hatte behauptet, dass er auf jeden Fall alle zu Hause antreffen wolle. In Wahrheit hatte er jedoch befürchtet, Luise irgendwo in Pamplona zu begegnen. Was natürlich Unfug war. Pedro hatte zwar erzählt, dass er die Señoras vor dem Hotel La Perla abgesetzt hatte, doch das war am Vortag gewesen. Selbst wenn sie noch eine Nacht in Pamplona verbracht hatten, waren sie inzwischen längst in San Sebastian, vielleicht sogar schon in Frankreich.

Er hatte sich verboten, an Luise zu denken, doch die Trauer lag wie ein schwerer Stein auf seiner Brust, auch wenn er mit den Gedanken bei dem Gestüt, bei den Pferden, ja selbst bei Cristina war. Niemand auf Los Pinos hatte gewagt, ihn auf die plötzliche Abreise der beiden Señoras anzusprechen, das war wohl auch nicht nötig gewesen. Seine Mägde und Knechte waren nicht dumm, sie hatten ohnehin bemerkt, dass Luise mehr für ihn war als seine Schwägerin. Und dass etwas Schreckliches zwischen ihnen vorgefallen war. Alle verhielten sich besonders rücksichtsvoll und zuvorkommend, was Alexander nur noch mehr an Luise denken ließ. Aber er konnte seinem Gesinde ja schlecht befehlen, sich gefälligst so zu benehmen wie immer.

Immerhin hatte Eduardo herausgefunden, wo Cristina und Felipe sich versteckten. Einer der Arbeiter der Brauerei Gonçalvez hatte sie bei sich untergebracht. Eduardo hatte beobachtet, wie sie am Morgen aus dem Haus in einem der ärmeren Vororte von Pamplona gekommen waren.

Als sie in der Stadt eintrafen, war es dunkel. Nur im Zentrum gab es Laternen, hier im Arbeiterviertel jedoch waren die Straßen dunkel, und nur aus wenigen Fenstern schimmerte das Licht einer Petroleumlampe. Da der Mond schien, konnte Alexander dennoch sehen, wie ärmlich und heruntergekommen die Häuser waren. Sein Herz krampfte sich zusammen. Er war noch nie in diesem Teil der Stadt gewesen, und zum ersten Mal begriff er, was Cristina antrieb. In den Gassen stank es nach Dreck und Fäkalien, der Unrat lag offen herum, darüber hing die frisch gewaschene Wäsche an der Leine.

Das Ehepaar, bei dem Cristina und Felipe wohnten, lebte in einem Häuschen, das so schmal war, dass es zwischen den beiden Nachbarhäusern zusammengequetscht zu werden schien. Es besaß nur ein Stockwerk, also gab es vermutlich bloß zwei Räume, eine Küche im Erdgeschoss und ein Schlafzimmer darüber. Für mehr war kein Platz. Wie León und Flavia Ybarra in dieser Enge noch Gäste aufnehmen konnten, war Alexander schleierhaft.

Er saß ab, übergab Eduardo die Zügel. Neben ihren eigenen Reittieren hatten sie auch Gitana mitgebracht. Alexander hoffte, dass der Anblick ihrer Lieblingsstute Cristina eher dazu bewegen würde, freiwillig mitzukommen. Am liebsten hätte er sie windelweich geprügelt für ihre Dummheit und für den Schreck, den sie ihm bereitet hatte. Aber davon abgesehen, dass er niemals die Hand gegen sie erheben würde, wollte er sie nicht noch mehr gegen ihn aufbringen. Er hoffte, dass sie genug vom entbehrungsreichen Leben der Armen mitbekommen hatte, um erleichtert nach Hause zurückzukehren.

Im Haus der Ybarras war es dunkel. Alexander klopfte an die Tür, jedoch nicht zu laut, denn er wollte nicht die gesamte Nachbarschaft aufwecken.

Nichts rührte sich. Er klopfte wieder. Jetzt knarrte es über ihm, das Fenster wurde geöffnet, ein junger Mann blickte verschlafen herunter.

»Was ist denn los?«, blaffte er. Dann, wohl als er sah, dass dort keiner seiner Arbeiterkumpel stand, fügte er rasch hinzu: »Verzeihung, Señor, wie kann ich helfen?«

»Machen Sie die Tür auf!«

»Es ist mitten in der Nacht.«

»Wollen Sie, dass ich die Guardia Civil rufe?«

»Einen Moment.« Der Kopf verschwand.

Sekunden später ging die Tür auf. »Was kann ich für Sie tun, Señor?«

»Ich bin hier, um meine Tochter abzuholen.«

Die Augen des Mannes wurden groß. »Gütiger Himmel. Ich wusste nicht … ich dachte …«

»Wo ist sie?«, schnitt Alexander ihm das Wort ab. Es interessierte ihn nicht, ob dieser Mann wusste, dass er eine Minderjährige vor ihrem Vater versteckte, er wollte bloß Cristina nach Hause bringen.

»Sie ist hier.« León Ybarra trat zurück und gab den Blick auf eine einfache kleine Küche frei. Im Mondlicht, das durchs Fenster schien, erkannte Alexander einen Tisch, um den vier Schemel standen, einen einfachen Schrank sowie eine Feuerstelle, über der verschiedene Töpfe und Pfannen hingen. Ybarra deutete auf eine schmale Tür. »Da drin.«

»Was ist da?«

»Ein Keller. Das hier war einmal eine Bar, unten wurden Fässer gelagert, oben schlief die Familie.«

»Ich nehme an, Felipe ist bei ihr?«

»Ich dachte wirklich …«

Alexander schob den Mann zur Seite und marschierte auf die Tür zu. Er war größer als die meisten Spanier und musste sich bücken, um sich nicht den Kopf zu stoßen.

»Warten Sie.« Es raschelte, dann ging ein Licht an. »Unten ist es stockfinster.«

Alexander nahm die Laterne entgegen, stieß die Kellertür auf und stieg die wenigen Stufen hinunter. Die Decke war auch hier unten so niedrig, dass er sich nicht ganz aufrichten konnte, und der Raum so winzig, dass nur eine Matratze und eine kleine Truhe hineinpassten, auf der eine Waschschüssel stand. Auf dem Boden daneben entdeckte Alexander Isabellas Reisetasche.

Er zwang sich dazu, die Lampe anzuheben und den Blick auf die Matratze zu richten. Cristina schlief tief und fest, der Mann, der neben ihr lag, hatte seine Arme um sie geschlungen. Immerhin schien sie ihr Nachthemd zu tragen, und auch er war bekleidet. Aber das musste nichts bedeuten. Für die Gesellschaft war es ohnehin egal, ob Cristina noch unberührt war oder nicht, sie hatte das Lager mit einem Mann geteilt, damit war sie versehrt.

Cristina blinzelte und rieb sich die Augen. Auch Felipe wurde wach. Als er Alexander erblickte, sprang er mit einem Satz von der Matratze.

»Was wollen Sie hier?«

»Das können Sie sich sicherlich denken.« Alexander wandte sich an Cristina. »Zieh dich an und komm. Eduardo wartet draußen mit den Pferden.«

»Nein. Du kannst mich nicht einfach mitnehmen.«

»Und ob ich das kann. Ich bin dein Vater, und du bist minderjährig.«

Sie stand auf und verschränkte die Arme. »Dann musst du Gewalt anwenden, freiwillig gehe ich nicht mit.«

»Cristina, sei vernünftig«, sprang Felipe Alexander unerwartet bei. »Es hat keinen Sinn.«

»Du schickst mich fort?« Ungläubig starrte sie ihn an. »Du stellst dich auf seine Seite? Ausgerechnet?«

»Bitte, Cristina.« Felipe warf einen Blick zu Alexander, bevor er zu ihr trat und sie bei den Händen fasste. »Du musst mitgehen. Oder willst du, dass dein Vater mich verhaften lässt?«

»Das darf er nicht!«

»Geh mit. Mir zuliebe. Ich … du hörst von mir.«

»Das werden wir ja sehen«, schritt Alexander ein. Er nahm die Tasche vom Boden und hielt sie ihr hin. »Mach jetzt, zieh dir etwas über.«

»Nein.«

Felipe drehte sich zu Alexander um. »Geben Sie uns fünf Minuten, Señor.«

Alexander zögerte. Einerseits hätte er den Kerl am liebsten mit einem Fausthieb niedergestreckt, andererseits schien er ganz vernünftig zu sein. Unter den gegebenen Umständen zumindest. Und Felipe hatte mit Sicherheit mehr Einfluss auf Cristina als er selbst. Wenn er die Angelegenheit ohne viel Wirbel klären wollte, musste er dem Burschen vertrauen.

»Fünf Minuten. Ich warte draußen.« Ohne ein weiteres Wort stellte er die Lampe auf der Truhe ab und stieg wieder nach oben.

Tatsächlich kam Cristina wenig später zu Eduardo und ihm nach draußen. Ohne ein Wort übergab sie dem Knecht ihre Tasche und saß auf. Alexander ahnte, dass Felipe und sie etwas ausgeheckt hatten, einen Plan, wie sie wieder zusammenkommen konnten, diesmal in einem Versteck, das Alexander nicht so leicht finden würde. Doch er war nicht dumm. Cristina würde keine weitere Gelegenheit erhalten wegzurennen.

Paris, am selben Abend, Mai 1914

Luise nippte an ihrem Wein und blickte über das Glas hinweg zum Nebentisch, wo es wild und lärmend zuging. Sieben Männer und eine Frau saßen dort, die alle durcheinanderredeten und sich gegenseitig an Lautstärke überboten. Der Fahrer der Kraftdroschke, mit der sie ins Hotel gefahren waren, hatte ihnen das Café La Rotonde auf dem Boulevard du Montparnasse empfohlen. Genau der richtige Ort, um die kreisenden Gedanken anzuhalten. Wenn einen etwas von sinnlosen Grübeleien kurieren konnte, dann war es Paris. Und wo war Paris mehr Paris als im Quartier de Montparnasse?

Als Luise ihr Glas abstellte, fing sie den Blick eines der Männer vom Nebentisch auf. Er war mindestens zehn

Jahre jünger als sie und ausgesprochen attraktiv. Ein wenig erinnerte er sie an Alexander, wie er vor vielen Jahren gewesen war. Das gewellte schwarze Haar trug er links gescheitelt, und wenn er redete und dabei gestikulierte, fiel ihm eine Strähne ins Gesicht. Er hatte den langen Mantel nicht ausgezogen, und statt einer Krawatte trug er ein lose gebundenes Tuch um den Hemdkragen. Gerade debattierte er mit einem korpulenten Mann mit durchdringender Stimme. Der sagte etwas, und der Schönling sprang auf und warf die Arme in die Luft.

»Die Landschaft gibt es nicht!«, rief er.

Sein Kontrahent erhob sich ebenfalls, stieß dabei seinen Stuhl um. »Tu täuschst dich, Modi, die Landschaft gibt es doch!«

»Grässliche Leute«, sagte Martha, die Luise gegenübersaß. »Keinerlei Manieren. Ich weiß auch nicht, warum uns dieses Lokal empfohlen wurde.«

»Es sind Künstler. Vielleicht sind sie berühmt, oder sie werden es eines Tages sein.«

»Mir sind sie unheimlich, gnädige Frau.«

Luise warf erneut einen Blick in Richtung Nebentisch. Soeben wurde eine neue Runde Wein ausgeschenkt. Ein eher kleiner Mann mit einer Pfeife im Mundwinkel, der von den anderen Pablo genannt wurde, gab einen Trinkspruch aus. Alle lachten. Der hübsche Jüngling schaute zum wiederholten Mal zu Luise herüber, während er sein Glas an die Lippen setzte.

»Ich finde sie sehr interessant«, sagte Luise und lächelte den Fremden an.

»Möchten Sie nicht noch ein wenig essen, gnädige

Frau? Es wäre doch schade, das alles zurückgehen zu lassen.«

Luise unterdrückte eine ärgerliche Erwiderung. Martha meinte es nicht böse, sie konnte nun mal nicht aus ihrer Haut. »Ich bin satt.«

Martha schaute zweifelnd auf den Teller mit der Terrine, die Luise kaum angerührt hatte. »Dann können wir ja ins Hotel zurückkehren.«

»Keinesfalls, der Abend hat doch gerade erst begonnen!« Luise beugte sich vor. »Wir sind in Paris, Martha. Hier geht man nicht vor Mitternacht ins Bett. Diese Stadt wacht erst auf, wenn die Sonne untergeht.«

»Wenn Sie das sagen, gnädige Frau.«

»Madame?«

Luise wandte den Kopf. Neben ihrem Tisch stand der junge Mann. Dahinter schien sich die kleine Gesellschaft aufzulösen. Gläser wurden geleert, Mäntel und Hüte angezogen. Der Tag war warm gewesen, aber die Nacht war kühl.

»Kommst du, Modi?«, rief der Dicke.

»Geht voran, ich muss dieser Dame noch meine Aufwartung machen.«

»Du alter Schwerenöter.«

»Lass ihn, Diego.« Der Untersetzte mit der Pfeife im Mundwinkel zog den Dicken zur Tür. »Vielleicht küsst ihn heute Nacht noch die Muse.« Er sprach Französisch mit einem harten Akzent.

Der junge Mann grinste. »Der Spanier versteht mich.« Er wandte sich wieder Luise zu. »Verzeihen Sie die groben Manieren meiner Begleiter. Sie sind Künstler. Benehmen ist nicht ihre Stärke.«

»Und Sie?«, fragte Luise mit einem spöttischen Lächeln.

Er legte die Hand auf die Brust. »Ich versinke vor Ehrfurcht vor so viel Liebreiz. Darf ich Sie malen?«

»Sind Sie denn ein Maler?«

»Gestatten.« Er verneigte sich. »Amedeo Modigliani. Italiener, Jude, Maler, Philosoph.«

»Ein Philosoph, ist das wahr?«

»Es liegt mir im Blut. Einer meiner Vorfahren war Spinoza.«

»Ich bin beeindruckt, Monsieur Modigliani.«

»Nennen Sie mich Modi.« Er küsste ihre Hand. »Verraten Sie mir Ihren Namen?«

»Luise.«

»Luise, ah!« Er sprach das Wort französisch aus, mit langgezogenem i und ohne das e am Ende. »Ein bezaubernder Name, der Ihrer Schönheit gerecht wird. Woher kommen Sie?«

»Aus Deutschland.«

»In der Tat? Und Sie sind ganz allein in Paris?« Er warf Martha einen raschen Blick zu.

»Mit meiner Zofe«, gab Luise spitz zurück.

»Begleiten Sie mich in mein Atelier, Teuerste, schlagen Sie einem armen Künstler diesen Wunsch nicht ab.«

Aus den Augenwinkeln sah Luise, wie Martha unruhig auf dem Stuhl hin und her rutschte. »Ist es um diese Zeit nicht viel zu dunkel zum Malen?«, fragte sie schmunzelnd.

Modigliani beugte sich zu ihr herunter. »Ich sehe mit den Händen, Luise.«

Ein süßer und zugleich schmerzhafter Schauder durchlief sie. Lächelnd nahm sie ihre Handtasche, zählte etwas

Geld ab und drückte es der schockierten Martha in die Hand. »Bezahl unsere Rechnung und nimm eine Kraftdroschke ins Hotel«, sagte sie auf Deutsch. »Warte nicht auf mich.«

»Aber, gnädige Frau …«

»Was denn?«, fuhr Luise sie an.

»Nichts. Ich sehe Sie dann morgen?«

»Ich werde zum Frühstück im Hotel sein.«

Modi half Luise in den Mantel und geleitete sie nach draußen, wo er ihren Arm nahm und sie durch die kühle Mainacht führte. Auf dem Boulevard du Montparnasse waren noch jede Menge Menschen unterwegs, eng umschlungene Paare, Gruppen von jungen Männern und einzelne Gestalten, die nicht mehr ganz sicher auf den Beinen waren. Erst als sie in eine schmale Seitenstraße einbogen, wurde es ruhiger.

Der Maler stieß eine verwitterte Tür auf. Es ging eine knarrende Stiege hinauf bis in seine Wohnung, die im obersten Stockwerk lag. Sie bestand bloß aus einem einzigen Zimmer. Eine nackte Glühbirne hing von der Decke, brannte jedoch nicht. Einzig eine Stehlampe in der Ecke verbreitete schwaches Licht. Vor dem großen Dachfernster stand eine Staffelei. Zudem gab es einen Schrank, einen schlichten Holztisch, einen Stuhl und ein Bett. Auf dem Tisch lagen Pinsel, Stifte und Farbtuben wild verstreut, an den Wänden lehnten Gemälde, die meisten zeigten Frauen.

Luise betrachtete die Bilder. Alle Frauen hatten lange Hälse, schmale Nasen und Mandelaugen ohne Pupillen. Ihr Anblick berührte sie. »Warum haben die Augen keine Pupillen?«, fragte sie.

Modigliani war hinter sie getreten. »Weil ich erst in ihre Seele schauen muss. Wenn es mir nicht gelingt, bleiben die Augen leer.«

»Und was siehst du hier?« Sie drehte sich zu ihm um.

Er studierte ihr Gesicht. »Trauer. Verlust.«

Sie wandte den Blick ab. »Erzählst du das jeder?«

Er lachte. »Meistens funktioniert es.« Er ging zu einer Kochnische und kehrte mit einer Flasche Wein zurück. »Leider habe ich keine sauberen Gläser.« Er setzte die Flasche an, nahm einen Schluck, reichte sie Luise.

Sie trank ebenfalls, der Wein schmeckte herb und schwer. »Und nun?«

Er nahm ihr die Flasche ab, stellte sie weg, fuhr mit dem Finger über ihre Lippen. Dann beugte er sich vor und küsste sie.

Sie schob ihn sacht weg. »Du bist zu jung für mich.«

»Ich bin alt genug.« Wieder küsste er sie, erst auf die Lippen, dann wanderte sein Mund ihren Hals hinunter.

»Wie alt?«, fragte Luise, während er mit einer Hand ihre Bluse aufknöpfte.

»Neunundzwanzig.«

»Dann bin ich dreizehn Jahre älter als du.«

»Zwölf. Ich werde im Juli dreißig.« Er vergrub das Gesicht zwischen ihren Brüsten.

»Das macht keinen Unterschied.« Sie zog ihm das Hemd aus der Hose und fuhr mit den Fingern über seinen nackten Rücken, spürte die Muskeln unter seiner glatten Haut.

Er hob den Kopf und sah sie an. »Was sind schon Jahre? Es zählt allein, wie man die Zeit füllt, die einem gegeben ist.«

Sie schob ihm die widerspenstige Haarsträhne aus der Stirn. »Du bist wirklich ein Philosoph, Modi.«

Luise wurde von der Sonne geweckt. Blinzelnd räkelte sie sich, brauchte einen Moment, um sich zu erinnern, wo sie war. Sie schlug die Augen auf, sah sich um. Bei Tag sah die Wohnung des Malers noch schäbiger aus als im schmeichelnden Licht der Stehlampe.

Sie entdeckte Modi am Tisch. Er saß auf dem einzigen Stuhl, einen Skizzenblock auf den Knien, die Stirn vor Konzentration gefurcht. »Malst du mich etwa so?« Luise zog hastig die Decke über ihren nackten Körper.

»Tu das nicht, Luise. Du bist wunderschön. Vielleicht nehme ich die Skizze als Vorlage für ein Gemälde.«

Sie warf das Kissen nach ihm. »Untersteh dich!«

»Keine Sorge«, entgegnete Modi, ohne von seinem Block aufzublicken. »Ich nenne es ›Liegender Akt‹. Niemand wird je erfahren, wer die Frau darauf ist.«

»Also gut.« Luise schob die Decke weg und räkelte sich. »Tu, was du nicht lassen kannst.«

»Bleib so«, befahl Modi.

Doch Luise hielt es nicht lange aus. »Das ist langweilig«, beschwerte sie sich nach ein paar Minuten. »Komm lieber zurück ins Bett.«

»Erst, wenn ich fertig bin. Und nach einer kleinen Stärkung.« Er legte Block und Stift weg, griff nach einer Flasche, die auf dem Tisch stand, und goss eine grellgrüne Flüssigkeit in ein Glas. Dann gab er einen Löffel Zucker und etwas Wasser aus einem Krug dazu und verrührte das Getränk, das nun eine milchige Farbe angenommen hatte.

»Was trinkst du da?«, wollte Luise wissen.

»Absinth. La fée verte, die grüne Fee. Trinkt man das bei euch in Deutschland nicht?«

»Nicht dort zumindest, wo ich herkomme.«

»Es ist das französische Nationalgetränk.«

»Du bist kein Franzose. Du bist Italiener.«

»Ich bin Weltenbürger.« Modi nahm ein Croissant aus einer Papiertüte, die auf dem Tisch lag, und tunkte es in die milchige Flüssigkeit, bevor er hineinbiss.

Luise schüttelte sich. »Das schmeckt bestimmt fürchterlich.«

Er sah sie an. »Probiere es.«

Luise erhob sich, trat zu ihm und biss ab. Der bittersüße Geschmack explodierte auf ihrer Zunge. Sie setzte sich rittlings auf seinen Schoß. »Genug gestärkt, Weltenbürger.«

»Wenn Sie das sagen, Madame.« Er warf das angebissene Croissant auf den Tisch und umfasste ihre nackten Brüste. »Da ist Widerspruch wohl zwecklos.«

Als sie voneinander abließen, hörte Luise in der Ferne eine Kirchturmuhr schlagen und erschrak. Es war, als würde sie aus einem Traum erwachen. Mit einem Mal wurde ihr bewusst, wo sie sich befand. »Gütiger Himmel, wie spät ist es? Ich darf den Zug nicht verpassen.«

Sie sprang aus dem Bett, raffte ihre Kleider zusammen. »Martha ist bestimmt schon ganz krank vor Sorge.« Hastig knöpfte sie ihre Bluse zu.

Modi sah ihr mit einem spöttischen Lächeln zu. »Zurück ins bürgerliche Leben?«

Sie sah ihn an. »Davon verstehst du nichts, Kleiner. Es hat mit Verantwortung zu tun.«

»Oho.«

Als Letztes zog Luise den Mantel an. »Lebe wohl, Modi. Und vergiss mich nicht ganz.«

»Wie könnte ich, meine schöne Luise.«

Er stand ebenfalls auf, ging zum Tisch, krakelte etwas unter die Skizze, die er von ihr angefertigt hatte, riss sie vom Block und hielt sie ihr hin. »Zur Erinnerung an eine unvergessliche Nacht.«

Luise zögerte. Wenn Ludwig das Blatt jemals fände, würde er toben vor Wut. »Kannst du das Gemälde denn ohne die Skizze anfertigen?«

»Deine Formen haben sich in mein Gedächtnis eingebrannt, Luise.«

Sie nahm das Blatt, warf einen Blick darauf. »Du hast meine Augen mit Pupillen gezeichnet.«

»Ich habe in deine Seele geschaut.«

Kapitel 3

Lüneburger Heide, Mai 1914

Martha hätte beinahe vor Erleichterung geweint, als sie Georg auf dem Bahnsteig erblickte. Am liebsten hätte sie sich ihm einfach in die Arme geworfen. Aber ganz abgesehen davon, dass sich das in der Öffentlichkeit nicht schickte, musste sie nach Luise und dem Gepäck schauen.

Seit Paris war die gnädige Frau wenigstens wieder weitgehend sie selbst, aß und trank und kümmerte sich um Fahrkarten, Gepäckscheine und Trinkgelder. Was immer der Maler mit ihr angestellt hatte, es war ihm gelungen, Luise zurück ins Leben zu holen. Dennoch fürchtete Martha sich vor einem erneuten Stimmungsumschwung. Außerdem hatte sie genug vom Reisen. Gestern Vormittag war Luise erst in letzter Sekunde im Hotel aufgetaucht. Martha hatte bereits mit dem Gepäck in der Lobby gewartet, und der Droschkenfahrer hatte das Letzte aus seinem Fahrzeug herausgeholt, damit sie rechtzeitig zum Zug kamen. Der hatte jedoch Verspätung, sodass sie den Anschluss verpassten und eine weitere Nacht in Hamburg verbringen mussten. Von dort hatte Luise am Morgen telegrafiert, mit welchem Zug sie eintreffen würden.

Georg eilte Martha entgegen und küsste sie auf die Wange. »Ich bin so froh, dass ihr wieder da seid.«

»Und ich erst.«

Ein Träger brachte das Gepäck nach draußen, Georg half ihm dabei, die Koffer in die Kutsche zu verladen. Dann öffnete er den Verschlag für Luise. Martha stand daneben und atmete den vertrauten Duft der Heide.

»Die gnädige Frau sieht ein wenig unwohl aus«, raunte Georg ihr zu. »Sie ist doch nicht etwa krank?«

»Nein, keine Sorge.«

Er wollte nachhaken, sie legte ihm die Hand auf den Arm. »Später.«

Georg setzte Martha zu Hause ab, bevor er Luise nach Seydell brachte. Erleichtert betrat Martha ihr Häuschen und machte sich daran, den Koffer auszupacken. Nie war ihr so klar gewesen, wie dankbar sie sich für ihr bescheidenes Glück schätzen durfte. Georg und sie liebten einander aufrichtig, sie hatten ein Auskommen und waren gesund.

Um keinen Preis hätte Martha mit Luise tauschen mögen. Was nützte einem alles Geld der Welt oder eine hohe gesellschaftliche Stellung, wenn man nicht glücklich war? Luise hatte ihre große Liebe von sich gestoßen und einen Mann geheiratet, den sie nicht einmal respektierte. Und wofür das alles?

Viel schneller als erwartet kehrte Georg zurück.

»Die gnädige Frau hat mir den Rest des Tages freigegeben«, verkündete er.

»Wie schön.« Martha schlang die Arme um ihn.

Er küsste sie auf die Nasenspitze. »Erzählst du mir jetzt, wie es gelaufen ist, meine Weltreisende?«

Martha seufzte.

»So schlimm?«

»Alexander und Luise haben sich überworfen. Erst sah es gut aus, sie wirkten so glücklich, ich habe mich für sie gefreut. Doch dann mussten wir von einem Augenblick auf den anderen abreisen.«

»Und Luise hat dir nicht erzählt, was geschehen ist?«

Martha schüttelte den Kopf. »Es muss mit dem Testament zusammenhängen. Jedenfalls hat sie mir verboten, den Namen Alexander von Seydell je wieder zu erwähnen. Du solltest das besser auch so halten.«

»Schade.« Er strich ihr über das Haar. »Hast du wenigstens etwas gesehen von der Welt? Von Paris, vom Atlantik, von Spanien?«

»Mehr als mir lieb ist. Ich bin nicht für das Reisen geschaffen, Georg, meine Heimat ist hier. Ich will nie wieder fort.« Sie drehte sich zum Herd um. »Ich brühe uns einen Kaffee auf, ja?«

»Tu das.«

Martha griff nach der Kaffeedose und stockte, als sie einen Umschlag erblickte, der dagegen gelehnt war. »Was ist das?«

»Oh, das hätte ich beinahe vergessen. Der Brief kam am Tag nach deiner Abreise. Ich wusste gar nicht, dass du jemanden in Hamburg kennst. Von wem ist er denn?«

Unvermittelt begann Marthas Hand zu zittern. Sie griff nach dem Umschlag und drehte ihn um. Der Name des Absenders war ihr unbekannt. »Bitte entschuldige mich einen Augenblick.«

»Aber was ist denn …«

Martha beachtete ihn nicht. Sie hastete ins Schlafzimmer, ließ die Tür zufallen und riss den Umschlag auf. Ihr Herz schlug so heftig, dass sie die Hand auf die Brust pressen musste.

Verehrte Frau Horitza,

ich bedauere zutiefst, Ihnen mitteilen zu müssen, dass Frau Kottersen verstorben ist. Da es keine Nachfolgerin gibt, wird das Heim in den nächsten Tagen aufgelöst werden. Ich bitte Sie, mir mitzuteilen, wie wir mit dem Zögling Cäcilie Vogt verfahren sollen. Falls ich bis zum Ende des Monats nichts Gegenteiliges von Ihnen höre, wird das Mädchen in eine Anstalt eingewiesen.

Ich verbleibe mit den besten Grüßen
Hochachtungsvoll
Ihr Gottlieb Hagedorn
Rechtsanwalt

Martha setzte sich auf die Bettkante und schloss die Augen. Sie musste daran denken, wie sie vor vielen Jahren ein einziges Mal vergeblich auf Frau Kottersen gewartet hatte. Zu der Zeit hatte diese sich noch regelmäßig alle zwei Monate das Geld für die Betreuung von Cäcilie bei ihr abgeholt. Inzwischen schickte Martha die Summe per Postanweisung. Damals hatte sie befürchtet, dass der Frau etwas zugestoßen sein könnte. Doch zum Glück war sie bloß erkältet gewesen und musste das Bett hüten.

Nun war geschehen, wovor sie all die Jahre Angst gehabt

hatte. Wenn sie nicht wollte, dass Cäcilie in eine Anstalt kam, wo man sie bestimmt ans Bett fesseln oder noch schlimmere Dinge mit ihr anstellen würde, musste sie sich etwas einfallen lassen. Aber was? Verzweiflung stieg in ihr auf. Herr im Himmel, steh mir bei!

Hamburg, zwei Tage später, Juni 1914

Fotoatelier Hinrichsen stand in goldenen Lettern auf dem Schaufenster. Luise spähte durch die Scheibe, doch sie konnte nicht erkennen, ob sich Kundschaft im Ladenlokal aufhielt. In einem solchen Atelier hatten Ludwig und sie vor vielen Jahren ein Familienporträt anfertigen lassen. Zu Beginn des neuen Jahrhunderts, als ihre Welt noch heil gewesen war. Sie hatten zu fünft auf einem Sofa gesessen, das an der Atelierwand stand. Ludwig hielt die dreijährige Anna-Maria auf dem Schoß, Luise den kleinen Bruno, der gerade erst ein Jahr geworden war. Robert saß stolz zwischen ihnen. Bruno zappelte wie ein Fisch, den man aus dem Wasser gezogen hatte, und erst als Anna-Maria ihm ein Lied vorsang, das sie von ihrer Kinderfrau kannte, beruhigte er sich auf wundersame Weise. Das Foto stand in einem vergoldeten Rahmen auf Ludwigs Sekretär im Salon. Wann immer Luise es ansah, musste sie daran denken, wie glücklich jener Moment gewesen war. Es hatte nur wenige solche Momente mit Ludwig gegeben.

Luise schob die Erinnerung fort und stieß die Tür des Ateliers auf. Ein Glöckchen bimmelte, der strenge Geruch nach Chemikalien schlug ihr entgegen.

»Ich komme sofort«, rief eine Männerstimme aus dem Hinterzimmer.

Luise schaute sich um. Ein Verkaufstresen, ein Sofa, ähnlich dem in dem Atelier von damals, zwei verschiedene Kameras auf hölzernen Stativen und eine große Leuchte. An der Wand hing ein riesiges Bild einer Alpenlandschaft, davor standen zwei Stühle, auf denen man sich mit Bergkulisse ablichten lassen konnte.

Luise hatte absichtlich ein Geschäft in Hamburg aufgesucht, nicht etwa in Lüneburg oder Jesteburg, wo man sie vielleicht kannte. Und sie würde einen falschen Namen angeben. Dennoch musste sie auf die Diskretion des Inhabers vertrauen, denn er würde wissen oder zumindest ahnen, dass der Name falsch war. Sie hatte hin und her überlegt, doch eine andere Möglichkeit gab es nicht.

Ludwig hatte sich darüber mokiert, dass sie schon wieder nach Hamburg fuhr, obwohl sie erst vor zwei Tagen von ihrem letzten Besuch in der Stadt zurückgekehrt war. Anders als sie vermutet hatte, war er nur drei Tage in Berlin geblieben und erwartete sie bei ihrer Ankunft bereits ungeduldig. Luise hatte versucht, ihn zu ignorieren, was ihr schwerfiel. Immer wieder ertappte sie sich dabei, wie sie ihn mit seinem Bruder verglich, und der Vergleich schnitt ihr wie ein Messer in den Leib.

Auch wenn sie sich verboten hatte, an Alexander zu denken, wenn sie fest entschlossen war, ihn sich endgültig aus dem Kopf zu schlagen, wanderten ihre Gedanken von ganz allein unaufhörlich zu ihm.

Noch immer begriff sie nicht, was so katastrophal schiefgelaufen war. Sie hatte Alexander einmal das Herz gebrochen, vor vielen Jahren. Damals hatte er jeden Grund gehabt, verletzt zu sein und sie zu hassen. Doch zu dieser Entscheidung stand sie. Sie bereute nicht, Ludwig geheiratet zu haben. Sie hatte ihrem Schicksal als mittellose Pfarrerstochter entrinnen wollen, und sie hatte es geschafft. Dürfte sie noch einmal wählen, würde sie wieder so entscheiden.

Diesmal hatten die Dinge anders gelegen. Es war ihr ernst gewesen damit, Ludwig zu verlassen. Sie wollte mit Alexander noch einmal von vorn anfangen. Und sie glaubte, ihm mit dem Testament eine Freude zu bereiten. Sie war davon überzeugt, dass er den letzten Willen seines Vaters respektieren und nicht zögern würde, sein Erbe einzufordern. Seydell war immer sein Ein und Alles gewesen, Luise war sicher, dass er das Land, auf dem er geboren war, das Gestüt und die Pferde, letztlich sogar mehr liebte als sie.

Zwar war sie darauf gefasst gewesen, ihm einige unangenehme Fragen beantworten zu müssen, etwa die danach, wie lange sie schon von dem Testament wusste. Doch sie bezweifelte nicht, dass ihre Liebe zueinander und ihre Liebe zu Seydell am Ende alle Hürden überwinden würde.

Offenbar hatte sie Alexanders Stolz mehr verletzt als gedacht. Und er hatte sich bitter gerächt. Diesmal hatte er ihr das Herz gebrochen. Wenn Paris nicht gewesen wäre, wenn Modigliani ihr nicht das Gefühl zurückgegeben hätte, schön und begehrenswert zu sein, würde sie wohl noch immer Trübsal blasen. Der Maler hatte sie gerettet.

»Womit kann ich dienen, gnädige Frau?« Unbemerkt war der Inhaber aus dem Hinterzimmer gekommen. Er trug ein Hemd ohne Jackett, dessen Ärmel hochgekrempelt waren. Sein grauer Schnauzbart bedeckte seinen Mund fast vollständig.

Luise sammelte ihre Gedanken. »Ich möchte eine Fotografie anfertigen lassen.«

»Da sind Sie bei mir genau richtig. Was haben Sie sich denn vorgestellt? Ein schlichtes Porträt? Oder etwas Besonderes? Ich habe verschiedenste Requisiten.«

»Nichts dergleichen.« Luise stellte ihre Handtasche auf dem Tresen ab und holte den Umschlag hervor. »Ich möchte, dass Sie dieses Dokument fotografieren. Und ich erwarte absolute Diskretion. Können Sie mir die garantieren?«

Der Fotograf blickte zwischen Luise und dem Umschlag hin und her. »Selbstverständlich«, sagte er dann.

»Es ist wichtig, dass die Schrift gut lesbar ist.«

Der Mann rieb sich über den Schnauzbart. »Das bekommen wir hin, gnädige Frau, seien Sie unbesorgt.«

»Und ich muss das Foto sofort mitnehmen.«

»Dann machen wir uns am besten gleich an die Arbeit.«

Luise fand ihren Mann im Herrenzimmer, wo er in einem der beiden Lehnstühle am Kamin saß, eine Flasche Cognac auf dem Beistelltisch, und finster vor sich hinstarrte.

»Wie heißt der Kerl?«, blaffte er sie an, kaum dass sie die Tür hinter sich geschlossen hatte.

Sie ging nicht auf seine Provokation ein. »Ich muss mit dir reden, Ludwig.«

Er sah zu ihr auf, deutete auf den Stuhl ihm gegenüber. »Bitte schön. Ganz wie Madame wünschen.«

Luise setzte sich. »Ich würde gern auf unser Gespräch vom Verlobungsabend zurückkommen.«

Er lächelte dünn. »Habe ich dir etwa einen Schreck eingejagt?«

»Das hättest du wohl gern.«

Er griff nach der Flasche und schenkte sich nach. »Auch ein Glas?«

»Nein, danke.«

»Ich habe einen Anwalt konsultiert«, erklärte er beiläufig, nachdem er einen Schluck genommen hatte. »Das Recht ist auf meiner Seite. Zumal ich sogar einen Zeugen für deine Untreue benennen könnte.« Er sah ihr direkt in die Augen. »Die brave Martha erinnert sich bestimmt an jeden deiner Bettgenossen.«

Luise bebte innerlich. Bis zu diesem Augenblick war sie nicht sicher gewesen, wie ernst es Ludwig mit seiner Drohung gewesen war. Ob er tatsächlich in Erwägung zog, die Scheidung einzureichen. Ach, Alexander, dachte sie bitter, warum hast du dich bloß so stur gestellt?

Sie straffte die Schultern, sie würde das auch allein durchstehen. »Du wirst nichts dergleichen tun, mein Lieber, es sei denn, du willst dich vollkommen ruinieren.«

Ludwig lachte auf. »Ein netter Versuch, meine Liebe. Wie solltest du mich ruinieren können?«

»Indem ich dir Seydell wegnehme.«

Er stellte das Glas ab und schüttelte ungläubig den Kopf. »Du hast wohl den Verstand verloren, Teuerste. Niemand kann mir das Gestüt wegnehmen. Und du am allerwenigsten. Dir gehört nichts. Nicht ein Stein von diesem Haus, nicht ein Haar von einem Pferdeschweif, nicht ein Krümel Erde.«

»Mir nicht, aber Alexander.«

Er starrte sie an. »Blödsinn.«

Sie öffnete ihre Handtasche und nahm die Fotografie heraus, legte sie auf den Tisch.

»Was ist das?«, blaffte er sie an.

»Lies.«

Ludwig nahm die Fotografie, hielt sie unter die Lampe und entzifferte die Schrift mit zusammengekniffenen Augen. Luise kam der Verdacht, dass er eine Brille brauchte. Dennoch reichte seine Sehkraft offenbar aus, um die Worte zu entziffern.

Er sprang auf. »Was fällt dir ein?«

»Nicht mir«, entgegnete sie ruhig. »Es ist der letzte Wille deines Vaters.«

»Ein Dreck ist es!«

Luise erhob sich ebenfalls. »Ich habe das Testament im Sekretär gefunden, schon vor Jahren. Sag bloß, du hast nichts von seiner Existenz gewusst?«

»Das ist nicht wahr. Du lügst!«

»Willst du es darauf ankommen lassen? Wenn der Fall vor Gericht geht, ist dein Ruf ruiniert, egal, wie es endet.«

»Du willst mich vor Gericht zerren, du Schlampe?«

Luise schluckte. Sie musste aufpassen, dass sie den Bogen nicht überspannte. »Das will ich nicht. Solange du es auch nicht tust. Kein Wort mehr von Scheidung, sonst lasse ich das Testament deinem Bruder zukommen. Der wartet nur darauf, es dir heimzuzahlen.«

»Alexander? Das ist lächerlich. Du weißt doch nicht einmal, wo er steckt.«

»In Navarra. Das Gestüt heißt Los Pinos.« Luise wusste, dass sie Ludwig nichts Neues verriet. Sie wollte ihm klarmachen, wie real die Gefahr war.

Ludwig kniff die Augen zusammen. »Hast du Kontakt zu diesem Schweinehund?« Er packte sie an den Armen und schüttelte sie. »Los, red schon, gib es zu!«

»Nein, habe ich nicht! Nimm die Finger weg, du tust mir weh, Ludwig.«

Er lockerte den Griff, doch er ließ sie nicht los. »Damit kommst du nicht durch, Luise.«

»Das werden wir ja sehen.«

Er stieß sie von sich weg, griff nach dem Foto und zerriss es in kleine Fetzen.

»Das ist lächerlich, Ludwig.« Luise rieb sich die schmerzenden Oberarme. »Es ist bloß eine Fotografie.«

Er erstarrte mitten in der Bewegung. Eine Weile stand er einfach so da, dann trat er zu ihr und packte sie bei den Haaren. »Wo ist das Testament, Luise? Sag es mir, auf der Stelle.«

Tränen schossen ihr in die Augen, sie keuchte vor Schmerz. »Niemals.«

Er bog ihren Kopf zur Seite. »Das werden wir ja sehen.«

»Nur über meine Leiche.«

»Das kannst du haben.« Er zerrte so fest an ihren Haaren, dass sie vor ihm in die Knie ging.

»Gnädige Frau?«, ertönte da eine dünne Stimme.

Luise blickte zur Tür, ohne den Kopf zu bewegen. »Martha, wie gut, dass du da bist. Könntest du bitte …«

Weiter kam sie nicht. Ludwig stieß sie grob zur Seite, sie prallte gegen das Tischchen mit der Cognacflasche, die in den Kamin flog und zerschellte. Schmerz explodierte in ihrer Stirn, gleichzeitig spürte sie, wie ihr etwas Feuchtes ins Auge rann.

»Glaub ja nicht, dass ich schon fertig bin mit dir, meine Liebe.« Ludwig sah mit wutverzerrtem Gesicht auf sie herab, dann marschierte er auf die Tür zu, wo Martha ihm hastig Platz machte.

Auf der Schwelle drehte er sich noch einmal um. »Wir sprechen uns noch, mach dich auf was gefasst.«

Am nächsten Tag, Juni 1914

»Was ist nur los mit dir, Martha?« Georg setzte sich zu ihr an den Küchentisch. »Seit Tagen benimmst du dich merkwürdig. Sprich mit mir, was bedrückt dich?«

Hilflos zuckte Martha mit den Schultern. »Die gnädige Frau und der gnädige Herr hatten gestern einen furchtbaren Streit. Ich bin mitten hineingeplatzt …«

Es war riskant, Georg davon zu erzählen. Er besaß einen großen Beschützerinstinkt gegenüber seiner Halbschwester, und Martha wollte auf keinen Fall, dass er sich mit dem gnädigen Herrn anlegte. Doch im Augenblick war ihr alles willkommen, was vom wahren Grund ihres Kummers ablenkte. Außerdem machte sie sich wirklich Sorgen. So wütend hatte sie Ludwig von Seydell noch nie gesehen.

»Davon habe ich bereits gehört, die Mädchen haben in der Küche darüber getuschelt. Eine Cognacflasche ist zu Bruch gegangen. Weißt du, worum es bei dem Streit ging?«

Martha schüttelte den Kopf. Es musste mit dem Testament zusammenhängen, mit ihrer Reise nach Spanien. Vielleicht hatte der gnädige Herr herausgefunden, dass sie gar nicht in Hamburg waren. Hoffentlich hatte er nicht das tatsächliche Ziel ihrer Reise in Erfahrung gebracht!

»Ich werde mit Luise sprechen. Wenn dieser Dreckskerl sich nicht anständig ihr gegenüber benimmt …«

»Halt dich lieber da raus, Georg.«

»Das kann ich nicht.«

Das wusste Martha nur zu gut. Georg liebte seine Schwester, und auf ihre Weise liebte Luise ihn ebenfalls.

»Sei bloß vorsichtig.«

»Und du auch.«

Martha senkte den Kopf. Ludwig hatte einmal versucht, sich an ihr zu vergehen. Georg war dazwischengegangen, und es war nicht wieder geschehen, dafür hatte Luise gesorgt. Aber Marthas Angst war nie ganz verschwunden.

»Der Vorfall zwischen Luise und dem gnädigen Herrn ist aber nicht der Grund, weshalb du mit einem so sorgenvollen Gesicht herumläufst«, sagte Georg.

Wie hatte sie sich nur einbilden können, dass er sich so einfach ablenken ließ? Dass er all die Jahre nicht hinter ihr Geheimnis gekommen war, lag einzig und allein daran, dass er ihr blind vertraute. Und sie hatte dieses Vertrauen schändlich ausgenutzt.

»Es hat mit dem Brief aus Hamburg zu tun, nicht wahr?«, beharrte er.

Sie vergrub das Gesicht in den Händen. »Ich kann nicht mit dir darüber reden.«

»Aber warum denn nicht?«

»Du würdest ... du würdest mich ...«

Er nahm ihre Hände und zog sie sanft von ihrem Gesicht weg. »Was würde ich, mein Liebling? Es nicht verstehen?«

Martha kamen die Tränen.

»Ach, Liebes.« Er rückte näher, nahm sie in die Arme.

Sie weinte lautlos, während er sie leise wiegte. Als sie sich endlich beruhigt hatte, fasste er sie beim Kinn.

»Und jetzt erzähl es mir.«

Martha wusste, dass sie keine Wahl hatte. Benommen stand sie auf, ging ins Schlafzimmer und holte den Brief unter der Matratze hervor.

»Ich habe dir nicht davon erzählt, weil ich Angst hatte, dass du mich dann nicht heiraten würdest.«

Wortlos griff er nach dem Umschlag, entnahm das einzelne Blatt und las es. Eine Weile sagte er gar nichts. »Wer ist diese Cäcilie?«, fragte er dann.

»Meine kleine Schwester«, erklärte Martha.

»Deine Schwester? Aber warum ...?«

»Sie ist ... krank.« Martha seufzte. »Cäcilie ist acht Jahre jünger als ich. Als sie geboren wurde, war meine Mutter schon weit über vierzig. Ich vergesse nie das Gesicht der Hebamme, als sie mit dem kleinen Bündel aus dem Schlafzimmer kam.« Martha senkte den Blick. »Mein Vater wollte sie gar nicht ansehen. Meine Schwestern wollten nichts von der Blöden wissen, und auch meine Mutter konnte kaum etwas mit Cäcilie anfangen. Dafür habe ich sie umso mehr geliebt.«

»Nichts anderes habe ich von dir erwartet, Martha.« Georg drückte ihre Hand.

»Als ich bei Pfarrer Capellan in Stellung ging, wollten meine Eltern Cäcilie in ein Heim stecken. Aber ich hatte schreckliche Geschichten über solche Heime gehört. Sie behandeln die armen Insassen wie wilde Tiere, sperren sie ein, binden sie am Bett fest. Ich konnte den Gedanken nicht ertragen, dass Cäcilie an einem solchen Ort leben sollte. Also bat ich unseren Arzt um Hilfe. Der empfahl mir eine private Einrichtung, die von einer Frau Kottersen geleitet wurde. Dort wurde auch nicht gerade zimperlich mit den Kranken umgegangen, und sie mussten bei der Hausarbeit helfen, aber zumindest durften sie sich frei im Haus bewegen und bekamen genug zu essen. Da meine Eltern nicht viel Geld hatten, stotterte ich die Kosten der Unterbringung von meinem Lohn ab. Anfangs reichte es nur, wenn ich nachts noch heimlich Näharbeiten übernahm. Mit dem Lohn einer Kammerzofe auf Seydell wurde es besser.«

»Und nun ist Frau Kottersen gestorben, und deine Schwester soll in eine Anstalt.«

Wieder schossen Martha die Tränen in die Augen. »Bestimmt wurde sie schon fortgebracht. Ich sollte doch bis zum Ende des Monats Bescheid geben, und heute ist bereits der zweite Juni.«

»Schscht, alles wird gut.« Georg tätschelte ihr die Hand. Dann sah er sie prüfend an. »Eines verstehe ich nicht, mein Liebling. Warum hast du mir nichts davon erzählt? Ich hätte dir doch geholfen.«

»Aber ich dachte …«

»Was dachtest du?«

»Wenn der Schwachsinn in unserer Familie liegt und ich schwanger werden würde, könnte unser Kind wie Cäcilie sein.«

»Gütiger Himmel, ist das dein Ernst?«

Sie nickte.

»Hast du deshalb ... ich meine, haben wir aus diesem Grund kein Kind bekommen? Hast du es verhindert?«

»Großer Gott, nein! Ich habe immer gezittert, wenn meine Blutung später kam. Aber ich hätte doch nicht ...«

Er nahm ihre Finger und küsste sie. »Schon gut.«

»Bist du mir sehr böse?«

»Nein.«

»Was soll ich nur tun?«

»Ich schätze, wir beide müssen morgen nach Hamburg fahren. Und du solltest das Kinderzimmer fertig machen. Wie gut, dass ich es damals ausgebaut habe. Jetzt können wir es gut gebrauchen.«

Navarra, am selben Tag, Juni 1914

Nachdenklich strich Alexander über den hölzernen Zaunpfosten. Genau hier hatte Luise gestanden. Kaum mehr als eine Woche war es her, und doch schien jener Moment in ferner Vergangenheit zu liegen. Wie eine längst verblasste Erinnerung oder ein Traum, der im Gedächtnis haften blieb.

Er fröstelte. Auch wenn es tagsüber warm war, sobald die Sonne unterging, wurde es kalt in den Bergen, selbst um diese Jahreszeit.

Alexander nahm die Hand vom Zaun und wandte sich ab. Luise war fort, und das war gut so. Er hatte ein drängenderes Problem, er musste mit Cristina reden. Nachdem er am Freitagabend mit ihr nach Hause zurückgekehrt war, hatte er sie in ihr Zimmer gesperrt. Dann hatte er eine lange Leiter geholt, den Fensterladen von außen geschlossen und vernagelt.

Außer ihm hatte nur Jorja den Raum betreten, um ihr Essen und frisches Wasser zu bringen und den Nachttopf zu leeren. Er hatte mehrfach versucht, mit Cristina zu reden, sich aber jedes Mal eine Abfuhr geholt. Also war er gestern und heute gar nicht bei ihr gewesen. Nun hoffte er, dass sie sich ein wenig beruhigt hatte.

Er ging ins Haus und stieg die Treppe hinauf. Jorja kam ihm mit dem Tablett entgegen.

»Sie hat wieder fast nichts angerührt, Don Alexander.«

Er sah auf die Speisen hinunter. Frisches Brot, Eier und Speck. Ein einfaches Essen und doch üppiger als alles, was ihre Arbeiterfreunde sich leisten konnten.

»Ich rede mit ihr.«

Jorja wirkte erleichtert.

Alexander klopfte an die Tür, bevor er den Schlüssel umdrehte und eintrat. Cristina hockte auf einem Schemel vor dem verdunkelten Fenster, die Beine angezogen, den Kopf auf die Knie gelegt. Sie trug bloß ein Nachthemd. Im Zimmer war es kühl, bestimmt fror sie in dem dünnen Stoff. Alexander griff nach dem Schultertuch, das auf dem Bett lag, trat zu seiner Tochter und legte es ihr um.

Wider Erwarten stieß sie ihn nicht weg. Sie wickelte das Tuch um ihren mageren Körper, hielt den Blick dabei jedoch auf den verrammelten Laden gerichtet. Im Licht der Petroleumlampe, die auf dem Nachttisch stand, sah ihr Gesicht bleich und abwesend aus.

»Wir müssen reden«, sagte Alexander.

Sie erwiderte nichts.

»Sieh mich an, bitte.«

Sie drehte sich zu ihm um. »Du hast doch deinen Willen. Was denn noch?«

»Ich möchte, dass du mich verstehst.« Er berührte vorsichtig ihren Arm. »Ich habe nur dich, Cristina, du bist das Wichtigste auf der Welt für mich.«

»Wichtiger als deine Pferde?«

»Natürlich!«

Ihre Augen füllten sich mit Tränen. »Ich vermisse Mama.«

Er zog sie in seine Arme. »Ich auch, mein Engel. Jeden Tag. Wenn sie noch hier wäre …« Ihm kamen ebenfalls die Tränen, er ließ sie laufen.

Sie hielten einander fest und weinten. Dann machte Cristina sich los, wischte sich mit dem Ärmel über das Gesicht und sah ihn an. »Was also wolltest du mir sagen?«

»Du bist vierzehn Jahre alt.«

»Willst du damit andeuten, dass ich zu jung bin, um mit einem Mann zusammenzuleben?« Sie reckte trotzig das Kinn. »Vor dem Gesetz bin ich alt genug, um zu heiraten.«

»Mit einer richterlichen Erlaubnis, ja.« Alexander unterdrückte ein Seufzen, das Gespräch nahm eine Richtung, die ihm nicht behagte. »Du kennst diesen Felipe kaum. Glaube mir, es werden andere kommen.«

»Niemals!«

Er wandte den Blick ab, musste plötzlich wieder an Luise denken. »Ist er dir wirklich so wichtig?«

»Ich liebe ihn.«

»Wenn er dich auch liebt, wird er warten.«

»Aber das will ich nicht!« Sie sprang auf. »Hast du vor, mich einzusperren, bis ich volljährig bin?«

»Selbstverständlich nicht.« Er erhob sich ebenfalls. »Es gibt noch einen anderen Grund, Cristina. Ich habe mich erkundigt. Felipe ist kein einfacher Gewerkschafter. Damit hätte ich kein Problem, ganz im Gegenteil, ich habe Respekt vor Menschen, die für ihre Überzeugungen einstehen. Ich finde es selbst schrecklich, unter welchen Bedingungen viele Menschen in Spanien leben müssen. Und du weißt, dass ich hier auf Los Pinos versuche, es besser zu machen. Auch wenn es dir vielleicht nicht gut genug ist.«

Er bemerkte, wie Cristina den Kopf senkte. Doch sie sagte nichts, also fuhr er fort. »Dein Felipe ist kein Gewerkschafter, er ist Mitglied der Esku Beltza.«

»Ja und?«

»Weißt du, was das für Leute sind? Sie nennen sich Schwarze Hand, nach der legendären andalusischen Geheimorganisation Mano Negra vor dreißig Jahren. Diese Männer haben gemordet und Schutzgelder erpresst, angeblich im Namen des Anarchismus. In Wahrheit waren es gemeine Verbrecher. Und die Esku Beltza ist nicht besser.«

»Das ist nicht wahr, du weißt überhaupt nichts über Felipe! Er würde niemals jemandem etwas zuleide tun.«

»Erst vor wenigen Monaten wurde ein Politiker in San

Sebastian auf offener Straße erschossen. Der Attentäter hat sich selbst gerichtet, es heißt, er habe der Esku Beltza angehört.«

»Was interessiert mich irgendein Attentäter in San Sebastian, Vater? Damit hat Felipe doch nichts zu tun.«

»Selbst wenn nicht, die Männer, mit denen er sich umgibt, sind gefährlich.«

»Ich werde Felipe nicht aufgeben, egal, was du sagst.« Wieder schimmerte es in ihren Augen.

Alexander setzte sich resigniert aufs Bett. »Ich verstehe dich doch, sogar besser als du denkst.« Er rieb sich die Stirn, er wusste nicht, was er tun sollte.

Cristina setzte sich neben ihn. »Jorja sagt, es waren zwei Señoras aus Deutschland hier, während ich weg war. Ist das wahr? Was wollten sie?«

Alexander war nicht sicher, ob Cristina von sich selbst ablenken wollte oder auf irgendeine Weise spürte, was in ihm vorging.

»Ich habe die beiden früher einmal gekannt«, antwortete er. »Die eine stand mir sehr nah. Bevor ich hierherkam, in einem anderen Leben.«

»Warum ist sie so schnell wieder abgereist?«

»Man kann die Vergangenheit nicht zurückholen. Was vorbei ist, ist für immer verloren.«

Cristina drückte seine Hand. »Es tut mir leid, Vater.«

»Mir auch.« Abrupt sprang er auf.

Er rannte die Treppe hinunter und nach draußen, holte die Leiter und ein Brecheisen, stieg zu Cristinas Fenster hinauf und riss die Bretter heraus, mit denen der Laden vernagelt war.

Eine Weile später standen sie nebeneinander am Fenster und betrachteten den Sternenhimmel.

»Versprichst du mir, nichts Unüberlegtes zu tun?«, bat Alexander, den Arm um seine Tochter gelegt.

»Ich verspreche es.«

Lüneburger Heide, zwei Tage später, Juni 1914

Martha ließ sich auf der Holzbank nieder und atmete auf. Kurz musste sie an den Komfort in der ersten Klasse des Schnellzugs nach Paris denken. Sie hatte die weichen Polster und die diskrete Bedienung genossen, keine Frage. Dennoch fühlte sie sich in der dritten Klasse wohler. Hier war sie unter ihresgleichen und hatte nicht ständig Angst, etwas falsch zu machen.

Sie lächelte Georg an, der neben ihr Platz genommen hatte.

»Aufgeregt?«, fragte er.

»Ein bisschen.«

Er drückte ihre Hand. »Alles wird gut.«

Davon war sie überzeugt. Nachdem sie ihm vor zwei Tagen von Cäcilie erzählt hatte, hatte er angeboten, die Sache in die Hand zu nehmen, und sie willigte dankbar ein. Gleich am nächsten Morgen suchte er den Pfarrer auf, den Nachfolger des alten Pfarrers Capellan. Der besaß seit einigen Monaten ein Telefon. Damit rief Georg den Anwalt in Hamburg an. Zum Glück war das Heim noch nicht geschlossen worden. Die Angestellte von Frau Kottersen betreute dort noch immer zwei Mädchen. Eins davon war Cäcilie.

Georg verabredete mit dem Anwalt, dass sie Marthas Schwester am kommenden Tag abholen würden, und der Anwalt versprach, dafür zu sorgen, dass sie Cäcilie sofort mitnehmen konnten. Daraufhin bat Georg bei der gnädigen Frau um einen freien Tag für sie beide. Sie reagierte überrascht, als er erzählte, dass sie Marthas Schwester zu sich nehmen wollten, stimmte aber sofort zu. Eigentlich wäre es Aufgabe der Hauswirtschafterin gewesen, ihnen freizugeben, doch Georg hatte die Gelegenheit nutzen wollen, Luise auf ihren Streit mit Ludwig anzusprechen. Das jedoch hatte sie brüsk abgewehrt. Es gehe ihn nichts an, hatte sie erklärt, sie brauche seine Hilfe nicht und komme gut allein zurecht.

Nun waren sie also auf dem Weg nach Hamburg, um Cäcilie zu holen. Gestern hatte Martha alles getan, um das kleine Zimmer, in dem ihre Schwester untergebracht werden sollte, herauszuputzen. Sie wusch alte Vorhänge und nähte sie um, schrubbte den Boden und putzte das Fenster. Sogar einen Strauß Blumen pflückte sie und stellte die Vase auf die schmale Fensterbank. Georg besorgte derweil ein Bett und baute es mit der Hilfe von Walter König auf, dem zweiten Pferdeknecht auf Seydell. Walter half auch dabei, die Scharniere des alten Schranks zu reparieren, den sie für wenig Geld von einem Nachbarn bekommen hatten.

Martha konnte es kaum erwarten, bis sie endlich in Hamburg waren. Als der Zug in den Bahnhof rollte, übernahm sie die Führung. Auch wenn sie viel zu selten die Möglichkeit gehabt hatte, Cäcilie zu besuchen, kannte sie den Weg nach St. Pauli im Schlaf. Sie nahmen die Straßenbahn und standen wenig später vor dem eisernen Tor, das Martha immer ein wenig Furcht eingeflößt hatte. Heute jedoch stand es offen, und auf ihr Klingeln riss eine junge Frau in gestärkter Schürze die Tür auf.

»Frau Horitza, wie schön, Sie zu sehen.«

»Guten Tag, Hilda.«

Martha kannte das Mädchen von früheren Besuchen. Sie war sehr schlicht, aber herzlich.

Hinter Hilda tauchte ein vertrautes Gesicht auf, und im selben Moment flog Cäcilie Martha in die Arme.

»Du bist da, du bist da!«

Martha drückte ihre Schwester an sich, dann machte sie sich los. »Ich möchte dir jemanden vorstellen, Cäci. Das ist Georg, mein Mann.«

»Guten Tag, Georg.« Artig streckte Cäcilie die Hand aus.

Georg schüttelte sie. »Es freut mich, dich kennenzulernen.«

»Es freut mich auch«, erwiderte sie ebenso ernst. Dann prustete sie los. »Bist du ein vornehmer Mann, Herr Georg?«

Er lächelte. »Nein, das bin ich nicht. Ich bin bloß ein einfacher Stallbursche.«

»Wie schade.«

Sie betraten das Haus. Im Schreibzimmer von Frau Kottersen wartete Gottlieb Hagedorn, der Anwalt, ein schmaler Mann von undefinierbarem Alter. Er reichte Martha ein Dokument, das sie unterschreiben sollte. Sie überflog den Text, konnte jedoch kaum etwas davon erfassen, weil sie von Georg und Cäcilie abgelenkt wurde, die im Flur eine Art Versteckspiel veranstalteten. Cäcilie hielt sich die Augen zu, und Georg tat, als würde er sie suchen, woraufhin sie in schallendes Gelächter ausbrach und rasch die Hände vom Gesicht nahm.

»Aber hier bin ich doch, du Dummkopf«, rief sie.

»Ach, da bin ich aber froh.«

»Frau Horitza?«

»Entschuldigen Sie.« Martha nahm den Federhalter entgegen, den der Anwalt ihr hinhielt.

»Ihre Schwester hat großes Glück«, sagte er.

Das haben wir beide, dachte Martha. Sie setzte ihre Unterschrift unter das Dokument und unter die Abschrift, die sie in ihre Handtasche steckte.

»Darf ich fragen, wie alt Cäcilie ist?«, sagte Hagedorn, nachdem er den Stift zugeschraubt hatte.

»Zweiunddreißig.«

»Wirklich erstaunlich.«

»Was ist erstaunlich?«, fragte Martha beunruhigt.

»Sie wissen sicherlich, dass Ihre Schwester an sogenannter mongoloider Idiotie leidet.«

Martha nickte, obwohl sie das Wort nie zuvor gehört hatte.

»Menschen mit dieser, hm, Krankheit werden normalerweise nicht besonders alt.«

Besorgt warf Martha einen Blick in den Korridor, wo Georg und Cäcilie noch immer ins Versteckspiel vertieft waren. »Was bedeutet ›nicht besonders alt‹?«, fragte sie.

»Die meisten sterben schon als Kinder. Fast keiner dieser Menschen erreicht den dreißigsten Geburtstag.«

Martha wurde plötzlich schwummerig, sie wusste nicht, was sie antworten sollte.

»Ich wollte Sie nicht beunruhigen, Frau Horitza, lediglich warnen. Falls Ihre Schwester krank wird und stirbt, ist es nicht Ihre Schuld, es ist normal, verstehen Sie?«

»Woher wissen Sie das alles?«

Er holte tief Luft. »Ich hatte einen Sohn. Wir hatten viele Jahre auf ihn gewartet, er war unser größtes Glück. Er wurde nur acht Jahre alt.«

In dem Augenblick stürzte Cäcilie ins Zimmer. »Können wir jetzt gehen, Martha?«

Erleichtert drehte Martha sich zu ihr um. »Nur noch einen kleinen Moment, wir brechen gleich auf. Du kannst mit Georg schon mal nach draußen gehen, wenn du magst.« Sie nahm ihre Handtasche und reichte dem Anwalt die Hand. »Danke. Für alles.«

»Leben Sie wohl, Frau Horitza.«

Als sie mit Georg und Cäcilie vor dem Tor stand, atmete sie auf.

»Alles in Ordnung?«, fragte Georg. »Du siehst besorgt aus.«

»Das ist nur die Aufregung.«

Cäcilie hüpfte auf und ab. »Fahren wir jetzt mit der Eisenbahn?«

»Das machen wir.« Georg, der die Tasche mit Cäcilies wenigen Habseligkeiten trug, sah Martha fragend an. »Oder möchten die Damen vorher noch ein Eis essen?«

Martha war drauf und dran abzulehnen, sie wollte so schnell wie möglich nach Hause zurück. Doch Cäcilie brach in Jubel aus, also brachte sie es nicht übers Herz, Nein zu sagen.

Als sie wenig später an einem der Fensterplätze im frisch

renovierten Alsterpavillon am Jungfernstieg saßen, fiel der Schrecken, den Gottlieb Hagedorns Worte ausgelöst hatten, allmählich von Martha ab. Heute waren sie glücklich, und was morgen war, wusste ohnehin niemand.

Navarra, Januar 1948

Der eiskalte Wind peitschte Elisabeth Clarkwell die Schneeflocken ins Gesicht. Wie gelähmt stand sie mitten auf dem Kirchplatz des kleinen Dorfes Urribate in den spanischen Pyrenäen und hielt den verletzten Vogel aus Porzellan in den durchgefrorenen Fingern. Sie kniff die Augen zusammen, doch in dem weißen Gestöber war kaum etwas zu erkennen. Javier de Castillo war ohnehin längst fort. Sie hatte versagt. Durch ihr unbedachtes Handeln hatte sie ihn endgültig gegen sich aufgebracht. Sie würde Seydell nicht verkaufen können, und Mr Smith würde sie zeit ihres Lebens verfolgen.

Das Treffen in der Kirche war ihre letzte Hoffnung gewesen. Monseñor Abilio hatte versprochen, sein Bestes zu versuchen, um den sturen Spanier zu überreden, dass er mit ihr sprach. Oder dass er wenigstens die Vollmacht unterzeichnete, damit sie einen Käufer für das Gestüt suchen konnte, das sie gemeinsam geerbt hatten.

Und dann hatte Javier plötzlich Deutsch gesprochen, und Elisabeth hatte alle Vorsicht fahren lassen. Sie war aus der Sakristei gestürmt, überglücklich, weil sie sich mit ihm verständigen konnte. Und fest davon überzeugt, dass Javier sie anhören würde, sie anhören musste. Aber er hatte sie beschimpft und war aus der Kirche gestürmt, ohne ihr die Chance zu geben, etwas zu erwidern.

Sie steckte den Vogel zurück in ihre Handtasche. Ach, Onkel, dachte sie, wusstest du, welche Bürde du mir mit diesem Erbe auferlegst?

Über das Heulen des Windes hinweg hörte sie eine

Stimme. »Señora Clarkwell, um Gottes willen. Wo sind Sie? Sie werden erfrieren.«

Sie drehte sich um. Erst jetzt merkte sie, wie kalt ihr war. Ihre Zähne klapperten. Ihre Finger waren taub. Steif vor Kälte stakste sie zurück zur Kirche.

Monseñor Abilio stand davor und winkte ihr zu. »Schnell, kommen Sie herein, mein Kind.«

Stumm gehorchte sie. Drinnen empfingen sie Dunkelheit und Stille. Noch immer brannte nur eine Kerze, deren Licht kaum bis zur Tür reichte. Aber immerhin war sie vor Wind und Schnee geschützt. Sie ließen sich auf einer Bank nieder.

»Es tut mir leid, dass ich nicht mehr ausrichten konnte«, sagte der Monseñor. Er seufzte tief. »Ich hätte niemals gedacht, dass Señor Castillo nicht einmal auf mich hört.«

»Sie haben getan, was Sie konnten.«

»Ich verstehe nicht, warum er solch einen Groll gegen Sie hegt. Sind Sie sich je begegnet?«

»Nein, nie.«

»Es muss mit Ihrer Familiengeschichte zu tun haben.«

»Leider weiß ich darüber nichts.«

Der Priester legte seine Hand auf ihre durchgefrorenen Finger. »Wenn Sie möchten, können Sie sich im Pfarrhaus ein wenig aufwärmen.«

»Ich möchte einen Augenblick allein sein.«

»Selbstverständlich. Sie kennen ja den Weg.« Monseñor Abilio erhob sich und verschwand in der Sakristei. Von dort führte eine Verbindungstür direkt in das kleine Pfarrhaus.

Elisabeth schloss die Augen und dachte an ihren Onkel. Sie vermisste ihn so sehr. Er war immer da gewesen, ihr ganzes Leben lang. Ein Vorfall im Sommer fiel ihr ein, der mehr als ein Jahrzehnt zurücklag. Zwölf Jahre war sie damals alt gewesen. Es war Abend, ein heißer Tag ging auf Sandringham zu Ende, und sie lag im trockenen Sand des kleinen, selten genutzten Außenreitplatzes. Alle Knochen taten ihr weh, denn Sir Albus, einer der widerspenstigsten Hengste des Gestüts, hatte sie zum siebten Mal abgeworfen. Ihr Onkel ahnte nicht, was sie da tat. Er hatte ihr strikt untersagt, sich Sir Albus auch nur zu nähern.

Aber sie war überzeugt gewesen, dass sie den Hengst unterwerfen konnte. Also hatte sie sich in den Stall geschlichen, Sir Albus aus seiner Box geholt, ihn gesattelt und auf den Reitplatz geführt. Sie wusste, dass Onkel Robert in London war und erst spät am Abend zurückkehren würde. Siegessicher stieg sie auf, und nur einen Moment später buckelte Sir Albus sie aus dem Sattel.

Und dann wieder. Und wieder.

Jedes Mal rappelte sie sich auf und versuchte es erneut. Doch allmählich verlor sie den Mut. Sie klopfte sich den Sand von den Reithosen und nahm ihren Widersacher ins Visier. Sir Albus blähte die Nüstern, als wollte er fragen, ob sie im Ernst geglaubt habe, dass er sich so einfach besiegen ließ.

Verzweiflung stieg in ihr auf. Sie hatte versagt. Der Hengst würde sie nicht als Herrin akzeptieren. Und sie würde niemals eine gute Reiterin werden. Hätte sie nur auf ihren Onkel gehört! Tränen liefen ihr übers Gesicht. Sie war nicht nur ungehorsam gewesen, sondern hatte auch noch Schaden angerichtet, denn Sir Albus musste nun erneut beritten werden.

Als sie den Hengst beim Zügel greifen und zurück in den Stall führen wollte, hörte sie plötzlich die Stimme ihres Onkels. »Bleib da!«

Sie fuhr herum. Onkel Robert stand am Zaun. Er sah blass aus, fast so, als wäre er krank.

»Es tut mir leid, Onkel«, rief sie. »Bitte sei mir nicht böse. Ich bringe Sir Albus zurück.«

»Nein.«

»Aber …« Sie fühlte sich elend, und vor allem wusste sie nicht mehr, warum sie dieses Pferd überhaupt um jeden Preis hatte bezwingen wollen, statt auf ihren Onkel zu hören.

»Jetzt hast du keine andere Wahl mehr«, rief er. »Du schaffst es. Steig auf!«

Unsicher sah sie ihn an.

»Denk daran, was ich dir beigebracht habe. Du bist das Leittier, das muss er begreifen.«

Elisabeth nahm ihren Mut zusammen und saß auf. Sie hatte verstanden, was sie falsch gemacht hatte. Bei allen Versuchen vorher war sie nervös gewesen, hatte Angst vor dem Hengst gehabt und deshalb viel zu zaghaft agiert. Kein Wunder, dass Sir Albus sie nicht als Leittier akzeptiert hatte. Aber genau das musste sie sein. Ein Pferd ist ein Herdentier, hatte Robert ihr immer wieder eingebläut, es braucht klare Führung.

Sie rief sich ins Gedächtnis, was sie gelernt hatte: Kaum saß sie im Sattel, zog sie die Zügel kräftig an und stieß Sir Albus die Fersen in den Bauch, damit er merkte, dass sie es ernst meinte, damit er erkannte, wer das Sagen hatte. Sie achtete darauf, dass sie schwer und tief im Sattel saß, dass er ihr Gewicht spürte. Dann schnalzte sie mit der Zunge und setzte die Gerte ein, nicht fest, nur so, dass Sir Albus sie wahrnahm. Er sollte ja nicht in Panik losstürmen.

Der Rest war kein Problem mehr. Sie ließ den Hengst in allen Gängen laufen, und es war herrlich, ihn zu reiten. Sein Galopp war seidenweich, seine Kraft trug sie vorwärts, und da sie leicht wie eine Feder war, musste das Tier sich überhaupt nicht anstrengen.

Danach schickte ihr Onkel sie in den Stall, wo sie Sir Albus absatteln und trocken reiben musste. An dem Abend sagte er kein Wort mehr, doch am nächsten Morgen verkündete er ihre Strafe: Jeden verbleibenden Tag der Ferien musste sie sechs Stunden lang ausmisten. Anschließend durfte sie auf Sir Albus ausreiten, aber nur in Begleitung. Nie wieder durfte sie ihn allein besteigen, sonst würde sie ihre Ferien in Zukunft in der Schule verbringen müssen.

Die Erinnerung verblasste, Elisabeth brauchte einen Moment, um mit ihren Gedanken in die dunkle kalte Kirche zurückzukehren. Sie wusste nun, was Onkel Robert ihr raten würde, wäre er noch bei ihr. Aufsitzen und weiterreiten. Genau das würde sie tun. Sie würde nicht aufgeben, bis sie ihr Ziel erreicht hatte.

Unvermindert toste der Schneesturm durch das Dorf. Elisabeth tastete sich zu der Stelle ein paar Schritte neben der Kirchentür vor, wo sie Davina angebunden hatte. Die Stute stand etwas geschützt in einer Mauernische, dennoch war sie von einer dünnen Schneeschicht bedeckt. Sie schnaubte leise, als Elisabeth sich näherte.

Rasch zog sie ihre Handschuhe an und saß auf. Sie

musste sich beeilen. Javier hatte einen großen Vorsprung. Wenn sie ihn einholen wollte, bevor er sich in seinem Haus verschanzen konnte, musste sie reiten wie der Teufel. So oder so würde sie sich nicht abwimmeln lassen. Wenn es sein musste, würde sie sich mitten im Sturm auf seine Türschwelle setzen und so lange warten, bis sich jemand ihrer erbarmte.

Als Davina lossprengte, hörte Elisabeth den Priester rufen. Sie verstand seine Worte nicht, doch sicher wollte er sie davon abhalten, sich in Gefahr zu begeben. Sie scherte sich nicht darum, ihre Entscheidung war gefallen.

Kaum hatte sie den Schutz der Häuser von Urribate hinter sich gelassen, musste sie in den Schritt wechseln. Die Sicht war so schlecht, dass sie den Weg vor sich nicht mehr sehen konnte. Wie gut, dass sie so oft nach Los Pinos geritten war. So konnte sie sich an den Wegmarken orientieren, an dem vom Blitz gespaltenen Baum, der die Stelle markierte, wo sie nach links abbiegen musste, und an dem großen Felsklotz auf der anderen Seite des Hügels, der ihr anzeigte, dass es noch etwa eine halbe Meile bis Los Pinos war.

Trotzdem verlor Elisabeth nach einer Weile jedes Gefühl für Raum und Zeit. Es war, als wäre sie in einer Welt des ewigen Schnees gefangen, aus der es kein Entrinnen gab. Dann wurde Davina plötzlich unruhig. Sie wieherte nervös und stieg, und nur weil Elisabeth schnell genug reagierte, stürzte sie nicht aus dem Sattel. Sie beugte sich vor und versuchte zu erkennen, was die Stute erschreckt hatte. Der Schnee lag inzwischen fast einen halben Meter hoch, und an manchen Stellen hatte der Wind ihn zu unüberwindlichen Wehen aufgetürmt. War da nicht etwas Dunkles? Vorsichtig ritt Elisabeth näher. Sie unterdrückte ihre Angst und klopfte der Stute besänftigend auf den Hals, damit sie ruhig blieb. Das Dunkle rührte sich nicht. War es ein Wolf? Oder ein Bär? Aber hätte ein wildes Tier sie nicht längst angefallen? Elisabeth biss sich auf die Unterlippe. Davina ließ sich nicht länger täuschen, sie tänzelte einmal um ihre eigene Achse.

»Alles gut«, sagte Elisabeth, auch um sich selbst zu beruhigen, und ließ sich aus dem Sattel gleiten.

Die Stute am Zügel haltend stapfte sie auf das Dunkle zu. Ihr Herz schlug wild. Da erkannte sie, dass es ein Mensch war. Javier! Er musste gestürzt sein. Sie beugte sich zu ihm hinunter, ohne die Zügel loszulassen, zog mit den Zähnen einen Handschuh aus und schob ihre Finger unter seinen Schal. Zu ihrer Erleichterung spürte sie seinen Puls, der ruhig und regelmäßig ging. Er lebte. Gott sei Dank!

Aber sie musste sich beeilen. Bei der Kälte konnte ein Mensch schnell erfrieren. Sie musste Hilfe holen. Nein, dafür blieb keine Zeit, und wenn es weiter so schneite, fand sie die Stelle womöglich nicht wieder. Sie musste ihn irgendwie aufs Pferd hieven und nach Los Pinos bringen. Allein würde sie das jedoch nicht schaffen.

Sie fand einen Busch, an dem sie Davina festband. Dann kniete sie nieder und ohrfeigte den Bewusstlosen. Keine Reaktion. Sie versuchte es noch einmal. Javier stöhnte.

»Wachen Sie auf«, rief sie auf Deutsch über das Tosen des Sturms hinweg.

Wieder kam nur ein Stöhnen als Antwort. Sie griff Javier

unter die Arme und zog ihn hoch, sodass sein Kopf an ihrer Brust zu liegen kam. Es fühlte sich an, als wöge er zweihundert Kilo.

»Aufwachen!«, rief sie wieder. »Sie müssen mir helfen. Allein schaffe ich es nicht.«

Diesmal kam gar keine Reaktion, doch als Elisabeth sich mit ihm aufrichtete, bewegte er die Beine. Mit seiner Hilfe brachte sie ihn in eine aufrechte Position. Die wenigen Schritte bis zu der Stute stützte sie ihn, wobei er sich mehr schleifen ließ, als dass er selbst lief.

Jetzt kam es darauf an. Sie musste ihn irgendwie auf Davinas Rücken bekommen. Sie nahm all ihre Kraft zusammen und schrie vor Anstrengung, als sie die Knie durchdrückte und ihn hochstemmte. Schmerz zuckte durch ihren Körper, doch sie hatte es geschafft. Er lag mit dem Bauch auf dem Sattel, der Kopf hing auf der einen Seite herunter, die Beine auf der anderen. Hoffentlich rutschte er nicht weg! Noch einmal würde sie ihn nicht anheben können.

Vorsichtig band sie Davina los. Ihr Herz schlug wild in ihrer Brust von der Anstrengung, ihre Beine zitterten so sehr, dass sie das Gefühl hatte, nicht einen einzigen Schritt gehen zu können. Sie atmete tief ein und aus, bis sie spürte, wie ihre Kräfte zurückkehrten. Mit Davina am Zügel stapfte sie durch den Schnee. Jeder Schritt war ein Kraftakt, und schon bald waren ihre Füße nass, weil der Schnee von oben in ihre Stiefel rieselte. Sie musste sich mit dem ganzen Gewicht ihres Körpers gegen den Wind stemmen, um nicht umzufallen, und die Schneekristalle schmerzten wie winzige Klingen, wenn sie auf ihr Gesicht trafen.

Die Zeit dehnte sich endlos. Nichts als Weiß sah Elisabeth um sich herum, sie fürchtete, sich verirrt zu haben. Der Sturm wurde von Minute zu Minute stärker. Immer wieder blieb sie stehen, um zu verschnaufen und um sich zu versichern, dass Javier noch auf dem Pferderücken lag.

Eine Ewigkeit schien vergangen zu sein, als endlich das Tor von Los Pinos aus dem Nichts vor ihr auftauchte. Sie schluchzte auf vor Erleichterung. Noch einmal musste sie alle Kraft zusammennehmen, um einen Torflügel gegen den Wind aufzudrücken. Kaum war Davina mit der kostbaren Fracht hindurch, schlug der Wind den Flügel krachend wieder zu.

Die Auffahrt zum Herrenhaus war ein Kinderspiel verglichen mit dem, was Elisabeth gerade hinter sich gebracht hatte. Dennoch zog sich der Weg. Als Elisabeth das Haus erreichte, war sie am Ende ihrer Kräfte. Mit zitternden Knien stieg sie die Freitreppe hinauf und hämmerte gegen die Tür. Fast augenblicklich wurde sie aufgerissen. Eine Magd starrte Elisabeth einen Moment lang ungläubig an, dann fiel ihr Blick auf Davina und Javier.

»Madre de Dios«, stieß sie hervor und bekreuzigte sich. Dann folgte ein Schwall Wörter, von denen Elisabeth nicht ein einziges verstand. Die Magd drehte sich um und rief etwas ins Haus.

Sekunden später waren vier Männer zur Stelle. Einer davon war der Knecht, der Elisabeth jeden Morgen höflich, aber bestimmt zurückgewiesen hatte. Drei der Männer hoben Javier behutsam vom Pferd und trugen ihn ins Haus. Der vierte griff nach Davinas Zügeln und führte sie zu den Stallungen.

Die Magd ließ Elisabeth eintreten und half ihr aus dem durchnässten Mantel. Dabei lamentierte sie ohne Unterlass. Nachdem Elisabeth sich auch der nassen Stiefel entledigt hatte, führte die Magd sie in eine warme Küche, wo eine ältere Frau dabei war, Tee aufzubrühen. Elisabeth wurde auf einen Stuhl verfrachtet und in eine Decke gewickelt. Kurz darauf stand eine Tasse Tee vor ihr. Während sie daran nippte, fragte sie sich, wie schwer Javier verletzt sein mochte und ob es bei dem Wetter überhaupt möglich war, einen Arzt kommen zu lassen. Ihre Gedanken gerieten ins Trudeln, als mit der Wärme auch die Müdigkeit kam. In ihrem ganzen Leben war sie noch nie so erschöpft gewesen.

Gähnend bettete Elisabeth ihren Kopf auf den Tisch. Schon halb im Schlaf schoss ihr durch den Kopf, dass Javier sie vermutlich aus dem Haus jagen würde, sobald er wieder zu sich kam.

Am nächsten Tag, Januar 1948

Als Javier aufwachte, spürte er als Erstes den stechenden Schmerz in seinem Kopf. Er stöhnte auf, blinzelte in die Sonne, die durch die halb geöffneten Fensterläden ins Zimmer schien. Es hat aufgehört zu schneien, dachte er, noch halb benommen, und rieb sich die Stirn. Die Bewegung löste weitere Schmerzen aus, diesmal in Hüfte und Schultern. Herrgott, was war bloß geschehen?

Er setzte sich auf, obwohl es ein Kraftakt war und sich anfühlte, als läge er auf einem Nagelbrett. Aber er musste einen klaren Kopf bekommen. Sein Hirn war wie mit Stroh vollgestopft, er erinnerte sich nicht, wie er ins Bett gekommen war.

Schnee. Es hatte irgendwie mit Schnee zu tun. Und mit Monseñor Abilio. Puta mierda! Jetzt fiel es ihm wieder ein. Diese impertinente Engländerin, sie war an allem schuld. Sie hatte den Geistlichen für ihre Zwecke eingespannt und Javier in der Kirche aufgelauert. Vor Wut hatte er alle Vorsicht vergessen und war im gestreckten Galopp nach Hause geprescht. Lebensgefährlicher Leichtsinn bei dieser Witterung. Während eines solchen Schneesturms sein Pferd galoppieren zu lassen kam einem Selbstmordversuch gleich. Es geschah, was geschehen musste. Er war im hohen Bogen aus dem Sattel geflogen. An den Aufprall erinnerte er sich, auch an den Schmerz und die Kälte. An mehr nicht.

Javier berührte vorsichtig seinen Hinterkopf, wo ein dickes Pflaster prangte. Die Knechte mussten ihn gesucht und rechtzeitig gefunden haben. Was für ein Glück! Er spürte Scham in sich aufsteigen. Für den Unfall war nicht allein die Engländerin verantwortlich. Seine Reaktion war kindisch gewesen, er war losgestürmt wie ein angestochener Stier. Auch wenn der Monseñor und diese hinterhältige Person ihn überrumpelt hatten, hätte er nicht so aus der Haut fahren brauchen. Sein Großvater hätte ihm die Ohren lang gezogen, hätte er mitbekommen, dass Javier eine Frau so behandelte. Im Grunde wollte die Engländerin ja nur seine Unterschrift. Hätte er sich dazu durchgerungen, wäre er sie längst los. So betrachtet war der Sturz heilsam gewesen. Er hatte seine Lektion gelernt. Noch heute würde er sich bei Monseñor Abilio entschuldigen und ihn bitten, als Vermittler zu fungieren. Der Geistliche könnte ihm das Dokument überbringen und nach der Unterzeichnung wieder mitnehmen. Dann müsste Javier der Frau nie wieder begegnen.

Ein Klopfen riss ihn aus seinen Überlegungen.

»Herein«, rief er und verzog das Gesicht, weil ihm selbst das eine Wort Schmerzwellen durch den Schädel jagte.

Zu seiner Überraschung war es Danel. Der Pferdemeister schloss die Tür, nahm einen Hocker und setzte sich ans Bett. »Wie geht es Ihnen, Don Javier?«

Javier lächelte gequält. »Mein Kopf fühlt sich an, als wäre er in eine Dreschmaschine geraten. Und jeder Knochen im Leib tut weh. Aber ansonsten geht es mir gut.«

»Nun ja, Sie haben sich mit einem recht soliden Felsbrocken angelegt. Der Arzt hat gesagt, Sie hätten Glück gehabt, dass die Schneeschicht dick genug war, sonst hätten Sie sich den Schädel gespalten.«

»Der Arzt war da?«

»Gestern Abend noch. Rami hat ihn geholt.«

»Und ich war die ganze Zeit bewusstlos?«

»Nein. Sie waren einige Male wach und haben unverständliches Zeug gemurmelt. Es war immer jemand an Ihrer Seite, Don Javier, die ganze Nacht. Wir haben uns abgewechselt.«

»Wie kann ich euch nur danken?«

»Reiten Sie in Zukunft vorsichtiger.« Danels Blick verriet nicht, was er dachte.

»Was ist mit Topacio?«

»Xabi und Inaki haben ihn heute Morgen vor dem Tor

entdeckt, er hat den Heimweg allein gefunden. Gestern Abend im Dunkeln war es zu gefährlich, nach ihm zu suchen. Er ist unversehrt, keine Sorge.«

»Und offensichtlich vernünftiger als sein Herr.«

»Don Javier, es gibt da noch …«

»Ich verdanke dir mein Leben, Danel«, unterbrach Javier den Pferdemeister. »Euch allen. Wenn ihr mich nicht im Schnee aufgesammelt hättet … Ich weiß gar nicht, wie ich das je wiedergutmachen kann.«

»Danken Sie nicht mir, Don Javier. Ich habe nur geholfen, Sie ins Haus zu schleppen.« Danel sah plötzlich sehr ernst aus. »Ihr Leben hat jemand anderes gerettet.«

»Und wer?«, fragte Javier überrascht. »Wer ist bei diesem Unwetter gestern Abend noch unterwegs gewesen?«

Danel zögerte. »Jemand, der Ihnen gefolgt ist.«

Javier glaubte, sich verhört zu haben. »Monseñor Abilio? Aber wie hat er …?«

»Nicht der Monseñor. Die Engländerin hat Sie am Straßenrand liegen sehen. Sie hat Sie ganz allein aufs Pferd gehievt und hergebracht. Ohne sie wären Sie jetzt tot, Don Javier.«

Javier schnappte nach Luft, seine Gedanken sprangen wild hin und her.

»Elisabeth Clarkwell?«, fragte er ungläubig. »Bist du sicher?«

Danel schwieg. Javier schoss der Gedanke durch den Kopf, wie perfide das Schicksal sein konnte, wenn es Hochmut bestrafen wollte.

Er seufzte. »Ist sie hier? Sicherlich habt ihr sie nicht bei Wind und Wetter zurück nach Urribate geschickt.«

Danel nickte.

Javier überlegte. Er war ein Sturkopf, aber diese Frau schaffte es, ihn an Hartnäckigkeit zu überbieten. Es gab nur einen Grund, weshalb sie ihn im Straßengraben gefunden hatte. Sie war ihm hinterhergeritten, weil sie nicht bereit war aufzugeben. Ob es ihm gefiel oder nicht, es nötigte ihm Respekt ab. Und nun musste er ihr auch noch dankbar sein. Umso besser, dann konnte er seine neu gewonnene Einsicht gleich in die Tat umsetzen.

»Bitte Señora Clarkwell doch zu mir, ich möchte mich bei ihr bedanken.«

Danel hüpfte vom Schemel, die Erleichterung war ihm anzusehen. »Sehr gern, Don Javier.«

Es dauerte eine Weile, bis er leichte Schritte auf der Treppe hörte und dann leises Klopfen.

»Kommen Sie herein, Señora Clarkwell«, rief er auf Deutsch. Offenbar war es die einzige Sprache, die sie beide beherrschten.

Elisabeth Clarkwell trat ein, blieb jedoch an der Tür stehen. »Wie geht es Ihnen?«

Er betrachtete sie. Gestern in der düsteren Kirche hatte er sie kaum wahrgenommen, jetzt fiel ihm auf, wie schön sie war. Honigblondes Haar, das ihr in weichen Wellen auf die Schultern fiel, ausdrucksvolle blaue Augen und ein Mund, der zusammen mit dem trotzig vorgereckten Kinn zugleich Sinnlichkeit und einen starken Willen ahnen ließ.

»Von einem brummenden Schädel abgesehen geht es mir gut. Was ich Ihnen zu verdanken habe.«

Sie erwiderte nichts.

»Kommen Sie, setzen Sie sich.« Javier deutete auf den Schemel. »Ich beiße nicht.«

Sie nahm Platz.

»Sie hätten mich im Schnee liegen lassen können. Das hätte Ihre Probleme gelöst.«

Sie öffnete den Mund, er winkte ab.

»Ich bin Ihnen wirklich dankbar, dass Sie es nicht getan haben. Und ich möchte mich entschuldigen. Ich habe mich unmöglich benommen. Es gibt … nun, sagen wir, ich hatte meine Gründe. Doch die haben nichts mit Ihnen zu tun.«

»Dann sind Sie bereit, die Vollmacht zu unterschreiben?«

»Jederzeit.«

»Ich danke Ihnen.« Sie atmete erleichtert auf. Es war ihr anscheinend wirklich wichtig. Vielleicht brauchte sie dringend Geld. Ihm fiel auf, dass er rein gar nichts über sie wusste. Bloß, dass sie die Nichte von Robert von Seydell war. Das war aus den Erbschaftsunterlagen hervorgegangen, die der englische Anwalt ihm geschickt hatte. Es hatte genügt, um ihr gegenüber Verachtung zu empfinden. Doch das hatte sich geändert. Er fühlte sich plötzlich leicht, so als wäre eine große Last von ihm abgefallen. Vielleicht lag es daran, dass er die Frau, die vor ihm saß, nicht mehr hassen musste, nicht mehr hassen konnte.

»Ich schätze, wir sind Cousin und Cousine zweiten Grades«, sagte er. »Wir hatten denselben Urgroßvater, Otto von Seydell.« Er zögerte. »Darf ich Sie Elisabeth nennen?«

»Gerne.« Sie lächelte vorsichtig, schien dem Frieden noch immer nicht zu trauen.

Er streckte die Hand aus, sie schlug ein. Ihr Händedruck war kühl und fest.

»Nun, liebe Cousine, ich hoffe, Sie wurden anständig behandelt in meinem Haus.«

»Man hat mich bestens versorgt, danke.«

»Und Sie sitzen auf heißen Kohlen.«

Sie holte tief Luft. »In der Tat möchte ich so bald wie möglich nach Deutschland weiterreisen und das Gestüt verkaufen. Mein verstorbener Mann …« Sie brach ab, biss sich auf die Lippe.

»Sie sind Witwe? Das ist sicherlich nicht leicht in diesen Zeiten.« Er wartete, doch sie wollte offenbar nicht weiter darüber reden. »Seien Sie unbesorgt, Elisabeth«, versicherte er deshalb. »Ich werde Ihnen keine Steine mehr in den Weg legen. Und wenn Sie mir die Ehre erweisen, für eine weitere Nacht mein Gast zu bleiben, bringe ich Sie persönlich nach Pamplona zum Bahnhof. Im Augenblick ist die Straße vermutlich ohnehin unpassierbar. Morgen sollte der Schnee fest genug sein, dass man mit dem Wagen nicht mehr stecken bleibt.«

»Da kann ich wohl nicht Nein sagen.« Diesmal erreichte ihr Lächeln auch ihre Augen.

»Ich könnte Ihnen Los Pinos zeigen, nicht die Koppeln, dafür liegt zu viel Schnee. Aber die Stallungen.« Er fasste sich an den Kopf, als ihn ein stechender Schmerz durchfuhr. »Oder mein Pferdemeister erledigt das. Ich fürchte, ich muss mich noch einen Tag auskurieren. Danel könnte Sie herumführen. Falls Sie sich für Pferde interessieren.«

»Ich bin in Sandringham aufgewachsen«, erwiderte sie.

»Auf dem Gestüt der englischen Krone. Mein Onkel war dort Pferdemeister.«

»Ja, natürlich.« Die Erwähnung ihres Onkels war wie eine dunkle Wolke, die sich vor die Sonne schob. Rasch wechselte er das Thema. »Dann sollten wir jetzt in Angriff nehmen, wozu Sie hergekommen sind, Elisabeth. Haben Sie die Papiere dabei? Ich werde sie sofort unterzeichnen. Vorausgesetzt, Sie haben nichts dagegen, dass ich das im Bett erledige.«

Am nächsten Tag, Januar 1948

Zum Glück schien auch an Elisabeths zweitem Morgen auf Los Pinos die Sonne. Als sie aufwachte, war es schon taghell. Sie wusch sich und kleidete sich für die Reise an. Ihren Koffer hatte Rami, der Knecht, der sie immer am Tor abgewimmelt hatte, bei der Witwe Garrastazu abgeholt, als er Davina zurückbrachte. Elisabeth würde beide vermissten, die treue Stute und die Witwe, die sie so freundlich aufgenommen hatte. Sie würde Monseñor Abilio schreiben, sobald sie wieder zu Hause war, und ein paar Zeilen an Doña Babete Garrastazu hinzufügen, die der Priester ihr übersetzen konnte. Um sich persönlich zu bedanken, blieb keine Zeit, wenn sie den Mittagszug erwischen wollte.

Auch der Abschied von Los Pinos fiel ihr unerwartet schwer. Niemals hätte sie gedacht, dass man sie nach den vielen Zurückweisungen so herzlich aufnehmen würde. Javier war zwar noch immer reserviert, aber äußerst zuvorkommend, und seine Mägde und Knechte waren allesamt so freundlich, dass Elisabeth überzeugt war, dass auch ihr Herr im Grunde ein warmherziger Mensch sein musste. Nur konnte er es aus irgendeinem Grund nicht zeigen. Zudem waren seine Vorbehalte ihr gegenüber noch immer nicht ganz ausgeräumt, auch wenn er versuchte, sich nichts anmerken zu lassen.

Gestern hatte Danel Arreola ihr voller Stolz die Pferde gezeigt. Vor allem einen Hengst namens Pegaso, der angeblich der Nachfahre eines besonders edlen Tieres war, das Javiers Großvater vor fast sechzig Jahren aus Deutschland mitgebracht hatte. Nicht nur Pegaso, auch die anderen Pferde waren wunderschön, gesund und kräftig, was einem kleinen Wunder gleichkam in diesen Zeiten des Mangels. Bestimmt war es nicht immer leicht, genug Futter zu bekommen. Umso erstaunlicher, dass Javier sie und das Erbe nicht mit offenen Armen empfangen hatte.

Gestern Abend, als sie noch mit ihrem Cousin zusammensaß, ging ihr die ganze Zeit die Frage im Kopf herum, weshalb er sie nicht hatte empfangen wollen. Doch sie wagte nicht, ihn darauf anzusprechen. Er hatte sich extra ihretwegen aus dem Bett gequält und sie in ein kleines Zimmer gebeten, in dem er offenbar gewöhnlich den Papierkram erledigte. Ein großer alter Schreibtisch, der der Familie bestimmt schon seit Generationen diente, stand unter dem Fenster. Ansonsten gab es in dem Raum nur zwei Sessel, die vor einen Kamin gerückt waren. Ein Feuer war entzündet worden, Javier öffnete eine Flasche Wein, und sie plauderten. Über Pferdezucht, über die Hoffnung auf einen Neuanfang in Europa, jetzt wo der Krieg zu Ende war. Über alles, nur nicht über ihre Familie. Javier hatte das

Thema nicht angeschnitten, und Elisabeth hatte sich alle Fragen verkniffen. Nicht nur, weil sie dem Frieden zwischen ihnen nicht traute. Sondern auch, weil sie sich vor den Antworten fürchtete. Deshalb wusste sie noch immer nicht mehr, als dass sie beide denselben Urgroßvater hatten und dass Javiers Großvater offenbar als junger Mann nach Spanien ausgewandert war.

Als Elisabeth in die Küche kam, stand ihr Frühstück bereit. Außer der Köchin Belen war niemand da, die Mägde und Knechte waren längst bei der Arbeit. Elisabeth war ausgehungert, trotzdem schaffte sie nicht einmal die Hälfte von dem, was Belen ihr hingestellt hatte. Eier, Kuchen, geröstetes Brot mit Tomaten, das köstlich schmeckte, Kompott und heißer Kaffee mit viel Milch. Echter Bohnenkaffee. Elisabeth wollte gar nicht wissen, wo Javier den aufgetrieben hatte und zu welchem Preis.

Sie aß, so viel sie konnte, dann lehnte sie sich im Stuhl zurück, die Kaffeetasse in der Hand, und schaute aus dem Fenster auf die schneebedeckten Koppeln. Sie konnte ihr Glück noch immer nicht ganz fassen. Gestern Vormittag, als Javier sie zu sich bat, hatte sie nicht zu hoffen gewagt, dass er so schnell seine Meinung ändern würde. Doch nachdem er sich bei ihr bedankt und bestätigt hatte, dass sie tatsächlich Cousin und Cousine waren, ließ er sich einen Füllfederhalter und ein Tablett als Unterlage bringen, während sie ihre Handtasche mit den Papieren holte. Er las alles aufmerksam durch, studierte auch die beigefügte Karte, auf der Seydell mit allen Ländereien verzeichnet war, und setzte schließlich seinen Namen mit großem Schwung unter die Vollmacht, die auf Englisch und Deutsch abgefasst war.

Das kostbare Dokument befand sich nun wieder in Elisabeths Handtasche. Mit seiner Hilfe würde sie Seydell verkaufen und sich von dem grässlichen Mr Smith befreien.

Schritte ertönten auf dem Korridor, dann stand Javier in der Küchentür. »Guten Morgen, Elisabeth. Sind Sie bereit? Wenn Sie den Mittagszug erreichen wollen, sollten wir bald aufbrechen.«

»Fühlen Sie sich der langen Fahrt auch wirklich gewachsen?«, fragte sie.

»Ich habe eine ordentliche Portion Aspirin geschluckt, damit wird es gehen.«

»Wie Sie meinen.« Elisabeth erhob sich und bedankte sich mit den wenigen Brocken Spanisch, die sie in den vergangenen Tagen gelernt hatte, bei der Köchin.

Die antwortete mit einem Wortschwall. Fragend blickte Elisabeth zu Javier.

»Das sollte ich besser nicht übersetzen.«

Elisabeth runzelte die Stirn.

Javier zuckte mit den Schultern. »Sie ist froh, dass Sie mir das Leben gerettet – und den Kopf zurechtgerückt haben.«

Elisabeth grinste die Köchin an. »War mir ein Vergnügen.«

Es dauerte noch eine Weile, bis sie sich von allen auf Los Pinos verabschiedet hatte. Danel wollte ihre Hand gar nicht mehr loslassen, und Rami hatte feuchte Augen, als er ihr Lebewohl sagte. Auch Elisabeth fiel es schwer, die Tränen zurückzuhalten. Es war fast, als hätte sie eine neue Familie gefunden, nur um sie sofort wieder verlassen zu müssen.

»Ich glaube, Sie haben eine Menge Herzen erobert, liebe Cousine«, sagte Javier, als er ihr die Autotür aufhielt.

Sie versuchte, in seinem Gesicht zu lesen, ob er sich selbst dazuzählte, doch sein Blick verriet nichts.

Wie Javier vermutet hatte, war der Weg ins Tal gut passierbar, allerdings lag sogar in Pamplona Schnee, auch wenn er von unzähligen Füßen, Hufen und Wagenrädern zu braunem Matsch zertrampelt worden war. Auf den Dächern jedoch glitzerte die weiße Pracht in der milden Wintersonne.

Javier parkte den Golden Arrow vor dem Bahnhofsgebäude, sprang aus dem Auto und öffnete Elisabeth die Tür. Dann hievte er den Koffer von der Rückbank. Elisabeth wollte ihm das Gepäckstück abnehmen, doch Javier hob die Hand.

»Ich helfe Ihnen noch beim Kauf der Fahrkarte.«

»Das ist wirklich sehr nett, danke.«

Er geleitete sie ins Bahnhofsgebäude und zum Schalter. »Sie wollen nach Deutschland, richtig?«

»Ja.«

»Dann brauchen Sie erst einmal eine Fahrkarte bis zur französischen Grenze, also bis Irun. Es ist nicht ganz einfach, nach Frankreich einzureisen, aber für Sie als Engländerin dürfte das kein Problem sein.«

»Bitte eine Karte erster Klasse«, bat Elisabeth.

Javier unterdrückte seine Überraschung. Geldmangel schien doch nicht der Grund zu sein, weshalb sie solche Eile hatte, das Gestüt zu verkaufen. Er beugte sich zum Schalter hinunter, die Bewegung löste ein Stechen in seinem Schädel aus. »Eine Fahrkarte erster Klasse nach Irun für die junge Dame.«

»Sie muss in San Sebastian umsteigen«, erklärte der Schalterbeamte.

»Ich weiß.«

»Der Zug nach San Sebastian hat Verspätung.«

»Wie viel?«

Der Mann zuckte mit den Schultern. »Eine Stunde, vielleicht auch zwei. Ein Baum ist unter der Schneelast zusammengebrochen und auf die Gleise gestürzt.«

»Verstehe, danke.«

Javier nannte Elisabeth den Preis, sie zählte ihm das Geld ab, nahm die Fahrkarte entgegen und steckte sie in ihr Portemonnaie. Dabei fiel Javier auf, dass ihr Mantel am Ellbogen gestopft war. Und an den Ärmelaufschlägen war der Stoff abgewetzt. Dann brauchte sie womöglich doch dringend Geld und hatte ihre Ersparnisse für die Reise zusammengekratzt. Vielleicht hätte er mit ihr darüber reden und etwas zu ihren Ausgaben beisteuern sollen. Schließlich war es ihr gemeinsames Erbe, um das sie sich kümmerte. Doch jetzt war es zu spät für ein solch heikles Thema.

»Es gibt eine Verzögerung wegen des Schnees«, erklärte er ihr. »Mindestens eine Stunde. Möchten Sie in der Stadt einen Kaffee trinken?«

»Ich würde lieber am Bahnhof warten.«

»Dann leiste ich Ihnen Gesellschaft.«

»Das ist nicht nötig. Sie sollten sich wieder hinlegen. Ich sehe doch, dass Sie Schmerzen haben.«

»Ich lasse Sie ungern allein zurück.«

»Keine Sorge, ich komme zurecht. Schließlich habe ich die Herreise auch ohne Hilfe bewältigt.« In ihrem Gesicht zuckte es, als hätte sie eine unangenehme Erinnerung gestreift, doch sie hatte sich sofort wieder im Griff. »Fahren Sie heim, legen Sie sich ins Bett.«

»Wie Sie meinen.«

»Leben Sie wohl, Javier. Ich danke Ihnen von Herzen für alles.« Elisabeth zog sich den Handschuh von der rechten Hand und streckte sie ihm hin.

Er ergriff sie mit beiden Händen. Sie war eiskalt. »Ich habe zu danken. Wenn ich Ihnen irgendwie helfen kann, lassen Sie es mich wissen. Und was den Verkauf angeht, nehmen Sie von dem Erlös, so viel Sie brauchen, auch wenn es mehr als die Hälfte sein sollte. Ich benötige das Geld nicht.«

Sie senkte den Blick. »Das ist ein sehr großzügiges Angebot, danke.« Sie sah auf. »Aber ich bin mir sicher, dass Sie Ihren Anteil ebenfalls sehr gut gebrauchen können. Es ist bestimmt nicht leicht, in Zeiten wie diesen ein Gestüt mit so vielen Bediensteten zu unterhalten.«

Er musterte sie. Offenbar hatte sie ihn ebenso durchschaut wie er sie. »Wie Sie wünschen, liebe Cousine. Leben Sie wohl. Und kommen Sie uns auf Los Pinos besuchen, wann immer Sie wollen. Es wird dort jederzeit einen Platz für Sie geben. Schließlich sind wir eine Familie.« Er sah einen verdächtigen Schimmer in ihren Augen und ließ rasch ihre Hand los. »Ich sollte mich jetzt auf den Heimweg machen. Gute Reise, Elisabeth.«

Er lüftete seine Mütze und drehte sich weg. Als er am Ausgang zurückschaute, stand sie noch immer an derselben Stelle, den Koffer zu ihren Füßen, und sah ihm hinterher.

Ihm fiel auf, wie dünn sie war, fast schon mager. Selbst der Mantel vermochte das nicht zu kaschieren. Kein Wunder nach den Jahren voller Entbehrungen. Aber sie war stark, das hatte sie eindrucksvoll bewiesen.

Während er zu seinem Wagen eilte, ließ ihn der Anblick nicht los. Und auch nicht auf der Fahrt hinaus aus der Stadt. Die ganze Zeit hatte er die ein wenig verloren wirkende Gestalt in dem Bahnhofsgebäude vor Augen, und der dumpfe Verdacht, einen Fehler begangen zu haben, stieg in ihm auf.

Kapitel 4

Berlin, Juli 1914

Berlin summte vor Aufregung. Um diese Zeit, mitten am Vormittag, war die Prachtstraße Unter den Linden schwarz von Menschen. Der Verkehr aus Kutschen, Kraftdroschken und Fahrrädern war fast zum Erliegen gekommen, die Straßenbahnen standen still, die Fuhrleute fluchten, die Automobilisten malträtierten ihre Hupen, Zugpferde schnaubten und wieherten, doch nichts ging vorwärts, und die Schupos bemühten sich vergeblich, Ordnung zu schaffen.

Ein Zeitungsjunge schrie sich die Lunge aus dem Leib: »Österreich und Serbien im Krieg! Schicksalstag achtundzwanzigster Juli! Was sagt der Kaiser? Wie wird es weitergehen? Lesen Sie alles in der *Morgenpost*!« Er wedelte mit einem Exemplar, als ginge es um sein Leben. Vor sich hatte er einen Stapel platziert, die Leute warfen ihren Groschen in eine geschlitzte Dose und rissen die Zeitungen an sich.

Für Robert und Franz in ihrer Offiziersuniform bildete sich sofort eine Gasse. Robert bezahlte, nahm sich eine der Sonderausgaben und überflog den Artikel. Nun war es also geschehen. Obwohl ihm klar gewesen war, dass sie unaufhaltsam auf einen Krieg in Europa zusteuerten, hatte

Robert wider jede Vernunft gehofft, die Katastrophe würde sich doch noch abwenden lassen. Aber das Attentat auf den österreichischen Thronfolger durfte nicht ungesühnt bleiben, die Serben mussten für ihren Frevel zahlen. Die Frage war nun, ob Russland sich an die Seite der Serben stellte. Und wie das Deutsche Reich darauf reagieren würde. Wortlos reichte Robert das Blatt an Franz weiter.

Die beiden schoben sich durch die Menschenmenge und bogen in die Friedrichstraße. Es wurde Zeit. Sie mussten zurück zur Kaserne, Robert hatte für elf Uhr eine Übung angesetzt. Alles musste nach Plan weitergehen, auch jetzt, wo jederzeit der Marschbefehl kommen konnte.

Franz faltete die Zeitung. »Das wird Ärger geben, Robert. Richtigen Ärger. Die Russen machen mobil, habe ich gehört.«

Franz teilte die allgemeine Kriegsbegeisterung nicht. Er war kein Drückeberger und schon gar kein Feigling. Er war heimlicher Sozialdemokrat und deshalb gegen den Krieg. Aber er war auch ein wahrer Patriot, und deshalb würde er, ohne zu zögern, seinen Mann stehen, wenn es zum Äußersten kam, genau wie Robert.

Franz und er waren Freunde, seit sie sich mit sechzehn auf der Kadettenschule kennengelernt hatten. Nachdem sie einander gleich am ersten Tag die Nasen blutig geschlagen hatten, weil sie sich nicht einigen konnten, wer welchen Spind bekommen sollte, waren sie unzertrennlich. Die Prügelei brachte ihnen eine Woche Stubenarrest, und der schweißte sie zusammen.

Heute, acht Jahre später, war Robert Rittmeister und hatte das Kommando über eine Fernmelde-Eskadron, hundertfünfzig berittene Männer, die dafür zuständig waren, Leitungen zu verlegen, Fernsprecher zu installieren und so die Kommunikation an der Front aufrechtzuerhalten. Franz war als Oberleutnant Roberts rechte Hand und ein Meister im Organisieren. Immer wieder gelangte er an Rationen, von denen andere nur träumen konnten. Einmal hatte Robert ihn gefragt, wie er das anstelle. Franz hatte den Kopf schräg gelegt und geantwortet: »Wenn ich dir das sage, musst du mich melden.« Robert hatte auf jede weitere Erklärung verzichtet.

Sie kehrten in die Lehr-Eskadron-Kaserne zurück, Robert erteilte Franz für die Übung das Kommando, der die Eskadron einreiten ließ. Seit Wochen drillte Robert Pferd und Mensch, nicht um sie zu schikanieren oder zu schinden, wie es andere Rittmeister taten, sondern um sie zu einer wirkungsvollen Einheit zu verschmelzen. Denn er fürchtete schon seit einer Weile, dass sie bald nicht mehr auf dem Exerzierplatz, sondern auf dem Schlachtfeld zeigen mussten, was sie konnten. Seit Jahren belauerten die Großmächte einander. Frankreich traute Deutschland nicht, und auch die Engländer blieben argwöhnisch, obwohl der Kaiser immer wieder betonte, wie sehr er dem englischen Königshaus verbunden sei, da schließlich mit Georg V. sein Cousin auf dem Thron sitze. Der Argwohn war berechtigt. Die Eisenbahnlinien, das Rückgrat der deutschen Armeen, waren nach Westen ausgebaut worden, im Ernstfall konnte man innerhalb weniger Tage vierzig Divisionen an die luxemburgische, belgische und französische Grenze verlegen, einschließlich Gepäck, Geschützen und Proviant.

Robert nahm seinen Hengst, der auf den Namen Feuerherz hörte, von seinem persönlichen Stallburschen entgegen. Das Tier scharrte mit dem rechten Vorderhuf. Es wollte sich bewegen. Das konnte es haben. Robert schwang sich in den Sattel. Das Exerzieren würde ihnen beiden guttun, Feuerherz konnte sich austoben, ihm würde es die schwermütigen Gedanken vertreiben.

Robert ließ den Blick schweifen. Die Unteroffiziere hatten die hundertfünfzig Reiter in drei Gruppen zu je fünfzig Mann antreten lassen. Die Gruppen waren wiederum in fünf Züge zu zehn Mann unterteilt. Die harte Arbeit der letzten Monate hatte sich gelohnt. Die Reihen waren präzise ausgerichtet. Die Ausrüstung war auf die Packpferde der verschiedenen Züge verteilt: Kabelrollen, transportable Telegrafengeräte mit Handkurbel und stabilen Metallhörern, mit denen man zur Not sogar einen Nagel einschlagen konnte, Hacken, Spaten und alles Werkzeug, das benötigt wurde, um Leitungen zu verlegen und zu verbinden, sowohl in der Erde als auch darüber, auf Bäumen oder Masten.

Robert ritt in die Mitte der Reihen und stellte sich in den Sattel. »Männer!« Er legte eine kurze Pause ein, damit auch der Letzte ihm Aufmerksamkeit schenkte. »Die vergangenen Monate waren nicht einfach. Aber ihr habt euer Bestes gegeben.«

In den Gesichtern sah er Zustimmung und grimmige Entschlossenheit. Da gab es diejenigen, die am liebsten noch heute ins Feld gezogen wären, diejenigen, die nicht daran glaubten, dass es Krieg geben würde, und schließlich auch einige wenige, denen es vor Schlachtengetümmel,

Artilleriefeuer und Schützengraben graute. Robert fürchtete, dass deren Angst nicht unberechtigt war.

Er erklärte die heutige Übung, die aus einem Wettbewerb bestand, bei dem eine Gruppe mitten in Berlin Kabel verlegen sollte, ohne irgendwen zu behindern, während die zweite Gruppe versuchen sollte, die Bemühungen der ersten zu sabotieren.

Die erste Gruppe, die einen Vorsprung von einer halben Stunde bekam, ritt los. Sie waren gerade außer Sichtweite, als hinter Robert eine Stimme erscholl.

»Achtung!«

Robert wandte sich um, erkannte in dem Reiter hinter sich Generalleutnant von Reinhart, nahm im Sattel Haltung an und salutierte.

»Rühren!«, befahl von Reinhart und sprang vom Pferd.

Robert saß ebenfalls ab.

»Rittmeister, auf ein Wort.« Von Reinhart winkte Robert, sein Blick war ernster als sonst. Er galt als Frohnatur, hatte immer einen deftigen Scherz auf den Lippen, was nicht bei allen gut ankam. Sie traten zur Seite.

»Ich will es kurz machen«, sagte von Reinhart. »Dass Österreich Serbien den Krieg erklärt hat, weiß inzwischen jedes Kind.«

Robert nickte knapp. In seiner Brust zog sich etwas zusammen.

»Ich habe Order vom Oberkommando, das Volk von drohender Kriegsgefahr in Kenntnis zu setzen«, fuhr der Generalleutnant fort. »Dafür brauche ich jeden Mann, der verfügbar ist. Sie sind für den Königsplatz eingeteilt. Dort werden Sie mit dreißig Mann Deckung dies hier verlesen.«

Er reichte Robert einen Zettel. »Nicht allen wird es gefallen.« Er senkte seine Stimme. »Aber ich bin erleichtert. Bald ist es so weit. Dann können wir es der Welt zeigen. Endlich.«

Robert wusste nicht so recht, wie er darauf reagieren sollte. Er teilte Reinharts Begeisterung nicht. Krieg war immer die schlechteste Lösung, es wäre ihm lieber, der Kaiser würde sein Versprechen halten und alles tun, um den Frieden zu wahren. Aber er machte sich keine Illusionen. Spätestens seit heute konnte nur ein Schwachkopf daran glauben, dass der Frieden noch zu retten war. Österreich hatte Serbien den Krieg erklärt, das bedeutete, dass auch Deutschland mit Serbien und dessen Verbündeten im Krieg lag. Die Dominosteine waren gefallen.

»Das wird ein Spaziergang, Seydell«, fuhr Reinhart unbeirrt fort. »Die Russen werden nicht mucken, und mit den Engländern und Franzosen sind wir schnell fertig. Glauben Sie mir, mein Bester, bis Weihnachten sind wir wieder zu Hause, und die Welt wird eine bessere sein.«

Navarra, am selben Tag, Juli 1914

Cristina schlang die Arme um Felipes Hals. »Musst du wirklich schon gehen?«

»Ja, Liebste, und du ebenfalls. Sieh mal, wie tief die Sonne über den Bergen steht.«

Sie waren an ihrem heimlichen Treffpunkt zusammengekommen, wie so oft in den vergangenen Wochen. Er lag bei einer Koppel, die nicht genutzt wurde, weil der Zaun morsch und das Gelände steinig war. So hielt Cristina ihrem Vater gegenüber Wort und verließ den Grund und Boden von Los Pinos nicht, aber sie konnten sich dennoch sehen.

»Nimm mich mit«, bat Cristina und strich ihm sanft über die Narbe auf der Stirn. Sie wusste, dass es unmöglich war, dass sie sich gedulden musste, doch es fiel ihr schwer, Felipe gehen zu lassen. Jeder Abschied fühlte sich an, als würde man ihr das Herz herausreißen.

Er küsste sie. »Ich komme so schnell wie möglich wieder. Hab noch ein wenig Geduld, bald sind wir für immer zusammen.«

»Schwörst du das?«

»Bei meinem Leben, Liebste.«

»Ab morgen ist mein Vater für eine Weile verreist. Er besucht einen Geschäftsfreund in Frankreich und wird mindestens zwei Wochen fort sein.«

»Nach Frankreich, wirklich? Das ist sehr gewagt, es könnte Krieg geben.«

»Gütiger Himmel!« Cristina hatte von den Gerüchten gehört, es hieß, dass die Ermordung des österreichischen Thronfolgers Franz Ferdinand das brennende Streichholz gewesen sei, mit dem das Pulverfass Europa entzündet worden war. Aber sie hatte immer gedacht, Österreich sei weit weg, ein Krieg, sollte er kommen, würde nichts mit ihr zu tun haben.

»Nicht hier bei uns, Liebste«, beruhigte Felipe sie. »Keine Sorge, Spanien ist neutral. Aber auf Frankreich könnte das Feuer überspringen.«

»Vater weiß das doch bestimmt.«

»Das sollte er.« Felipe ergriff ihre Hände. »Selbst wenn er eine Weile wegbleibt, dürfen wir nichts überstürzen. Versprich mir, dass du nichts übers Knie brichst.«

Cristina sah zu ihm auf. »Ich verspreche es.«

Sie hielten einander in den Armen, dann machte Cristina sich los. »Ab mit dir, mach, dass du fortkommst! Und vergiss mich nicht.«

»Wie könnte ich.« Er küsste sie ein letztes Mal.

Cristina sah ihm hinterher, wie er zwischen den Koppeln hindurch auf den Trampelpfad zulief, der zur Straße führte, bis er hinter einem Gestrüpp verschwand. Dann hob sie ihr Buch auf und machte sich ebenfalls auf den Heimweg.

Vor acht Wochen in dem Keller der Ybarras, als ihr Vater mitten in der Nacht aufgetaucht war, um sie heimzuholen, hatte Felipe ihr versprochen, dass er sich etwas einfallen lassen würde. Er hatte sie überredet, mit ihrem Vater zu gehen, um keinen schlimmeren Ärger heraufzubeschwören. Alexander von Seydell war reich und mächtig, wenn sie sich jetzt gegen ihn stellten, konnten sie nur verlieren. Sie solle Vertrauen haben, er werde einen Weg finden.

Sie hatte ihm vertraut, und er hatte sie nicht enttäuscht. Nur das Warten fiel ihr unendlich schwer. Das Warten zwischen den Treffen, das Warten auf eine Lösung.

In der Nacht, nachdem ihr Vater die Bretter von den Fensterläden gelöst hatte, war sie von einem dumpfen Geräusch erwacht. Sie schlief bei offenem Fenster, um sich nicht eingesperrt zu fühlen. Die Zeit ohne Tageslicht war schrecklich gewesen, viel schlimmer als der Keller, in dem sie mit Felipe gewohnt hatte, weil sie darin nicht gefangen gewesen war.

Sie hatte sich im Bett aufgesetzt, überzeugt, dass irgendein Nachttier sich in ihr Zimmer verirrt habe. Eine Weile saß sie da und lauschte mit klopfendem Herzen. Nichts rührte sich. Als sie endlich wagte, sich zur Kommode zu tasten, um die Lampe anzuzünden, stolperte sie über etwas, das am Boden lag. Ein Stein, um den ein Papier gewickelt war.

Sofort stürzte sie zum Fenster und rief leise nach Felipe, doch draußen war alles dunkel und still. Mit zitternden Fingern machte sie Licht, wickelte das Blatt vom Stein und entzifferte die Nachricht.

Liebste Cristina,

komm morgen Nachmittag zu dem alten Schuppen hinter den Ställen. Wenn es Dir nicht möglich ist, versuche es übermorgen. Ich werde da sein.

Ich denke jede Stunde des Tages an Dich.

Felipe

Am folgenden Nachmittag war sie unter dem Vorwand, ihrer Stute etwas Auslauf zu gönnen, mit Gitana am Zügel hinter die Ställe spaziert, wo Felipe tatsächlich bereits wartete. Seither trafen sie sich so oft wie möglich. Da der Treffpunkt bei den Ställen zu riskant war, hatte Cristina die Stelle an der alten Koppel vorgeschlagen.

Morgens ritt sie oft in Begleitung eines Knechts aus. Unter Aufsicht durfte sie Los Pinos verlassen. Manchmal kam auch ihr Vater mit. Wenn sie gemeinsam ritten, fühlte sie sich ihm nah. Er zeigte ihr, auf welchen Koppeln welche Tiere standen, welche zusammenstehen durften und welche nicht und woran man besonders gute Fohlen erkannte. Zum Abschluss galoppierten sie in die Berge und genossen die Aussicht auf das Tal mit dem Fluss und dem Gestüt. Obwohl ihr Vater sich Mühe gab, sich nichts anmerken zu lassen, spürte Cristina, dass er unglücklich war. Es hatte nichts mit ihr zu tun, nichts damit, dass sie mit Felipe durchgebrannt war. Sicherlich machte er sich Sorgen. Aber das, was sie manchmal in seinem Gesicht erahnte, war ein Kummer, der tiefer saß.

Als sie noch in ihrem Zimmer eingesperrt war, hatte Jorja ihr eines Tages die Uhr ihres Vaters in die Hand gedrückt und erzählt, sie habe sie beim Reinigen des Kamins gefunden.

»Warum gibst du sie mir und nicht ihm?«, hatte Cristina trotzig gefragt.

»Weil ich nicht möchte, dass er sie endgültig wegwirft. Es könnte ihm eines Tages leidtun. Bewahren Sie sie für ihn auf.«

»Warum sollte er sie wegwerfen?«

Jorja seufzte. »Ich weiß es nicht, aber ich glaube, es hat mit dieser Frau zu tun.«

Da wurde Cristina klar, dass ihr Vater ein Geheimnis hatte, über das er nicht reden wollte und das mit der Frau aus Deutschland zusammenhing. Was hatte er über sie gesagt? *Sie stand mir sehr nah. Bevor ich hierherkam, in einem anderen Leben.* Er hatte davon gesprochen, dass man die Vergangenheit nicht zurückholen könne, dass sie für immer verloren sei.

Cristina legte die Uhr in die Schublade ihres Frisiertischs, und erst Tage später, nachdem sie sich mit ihrem Vater versöhnt hatte, dachte sie wieder daran. Manchmal nahm sie sie heraus, strich über die Gravur mit seinem Namen und fragte sich, was es damit auf sich haben mochte. Vielleicht verstünde sie ihren Vater besser, wenn sie die Geschichte kennen würde. Doch bisher hatte sie nicht den Mut aufgebracht, ihn danach zu fragen.

Warum war nur alles so kompliziert? Warum mussten sie Geheimnisse voreinander haben? Warum konnte ihr Vater nicht akzeptieren, dass sie Felipe liebte und mit ihm zusammen sein wollte? Alles könnte so wunderbar sein. Wenn ihr Vater und Felipe sich vertrügen, wäre sie der glücklichste Mensch der Welt. Sie wollte ihren Vater nicht verlieren, aber sie wollte auch nicht ohne Felipe leben.

Nach dem Ausritt gab es gewöhnlich ein einfaches Mittagessen. Die Hauptmahlzeit wurde am Abend eingenommen, wenn die Arbeit des Tages getan war. Den Nachmittag verbrachte Cristina erneut draußen. Meistens nahm sie ein Buch mit, machte es sich im Gras bequem und vertrieb sich die Zeit mit Lesen, während sie auf Felipe wartete. Fast immer waren es Bücher, die er ihr mitbrachte. *Anarchistische Moral* von Pjotr Kropotkin oder *Das Kapital* von Karl Marx. Manchmal war sie so vertieft, dass sie Felipe gar nicht kommen hörte, an anderen Tagen jedoch konnte sie sich nicht auf die Worte konzentrieren und hielt ungeduldig nach ihm Ausschau.

Ihr Vater nahm an, dass es sich um ihre Schulbücher handelte, und sie ließ ihn in dem Glauben. Dann beeilte er sich weiterhin nicht damit, ihr einen neuen Hauslehrer zu suchen. Der Maestro hatte ihr ohnehin bloß einen Haufen unnützes Zeug beigebracht. Bücher wie die von Felipe hätte er ihr nie zu lesen gegeben. Sie brauchte keinen Lehrer mehr, was sie wissen wollte, lernte man nicht im Unterricht.

Als Cristina das Haus betrat, eilte Jorja auf sie zu. »Señorita, Ihr Vater hat schon nach Ihnen gefragt. Er hat Besuch, das Essen ist längst fertig.«

Cristina verzog das Gesicht. »Muss ich dabei sein?«

»Ich fürchte, Ihr Vater besteht darauf. Es ist der neue Pfarrer Monseñor Abilio.«

Cristina strich ihr Kleid glatt. »Wie sehe ich aus?«

»Wie eine Dame.« Jorja kniff die Augen zusammen. »Nur die Haare. Darf ich?«

Cristina wartete geduldig, während die Magd ihr das Haar glattstrich und die gelösten Strähnen feststeckte.

»Geben Sie mir das Buch, Señorita. Ich bringe es auf Ihr Zimmer. Sie werden noch die schlauste Frau von ganz Spanien, wenn Sie weiterhin so viel lesen.«

»Danke, Jorja.« Cristina wusste nicht, ob die Magd etwas von ihren heimlichen Treffen ahnte oder tatsächlich glaubte, dass Cristina nur zum Lesen nach draußen ging.

»Dann sage ich jetzt in der Küche Bescheid, dass aufgetragen werden kann.« Jorja wandte sich ab.

Cristina ging in die andere Richtung. Als sie sich dem Raum näherte, der zugleich Salon und Speisezimmer war, hörte sie Stimmen. Die Tür war nur angelehnt, sodass sie jedes Wort verstand.

»Sie kennen sie besser als ich, Don Alexander«, vernahm sie die Stimme von Monseñor Abilio. »Ich fürchte, sie wird sich mit Händen und Füßen sträuben. Wie wollen Sie sie dazu bewegen einzuwilligen?«

»Lassen Sie das meine Sorge sein, Monseñor«, entgegnete Alexander. »Kümmern Sie sich derweil um Señor Barras.«

»Das tue ich. Er ist ein ehrenwerter Mann, keine Frage. Sie haben eine gute Wahl getroffen, Don Alexander. Sie sollte sich glücklich schätzen für das, was Sie für sie tun.«

Cristina erstarrte. Die beiden sprachen von ihr, keine Frage. Entsetzt schlug sie die Hand vor den Mund, taumelte rückwärts und stieß mit Jorja zusammen, die eine Schüssel trug.

»Señorita, geht es Ihnen nicht gut?«

»Mir ist mit einem Mal übel«, presste Cristina hervor. »Bitte entschuldige mich bei meinem Vater und dem Monseñor.«

Sie drehte sich um und stolperte die Treppe hinauf. In ihren Ohren rauschte es. Tränen füllten ihre Augen, sodass sie kaum etwas sah. Blind stürzte sie in ihr Zimmer und warf sich aufs Bett.

Für das, was sie gerade gehört hatte, gab es nur eine Erklärung. Ihr Vater wollte sie verheiraten. Mit irgendeinem Señor Barras, wer auch immer das sein mochte. So also missbrauchte er ihr Vertrauen. Morgens ritt er mit ihr aus, und abends plante er das Ende ihres Lebens. Und sie hatte gedacht, er würde sie verstehen. Nichts verstand er. Er wollte sie loswerden, an den nächstbesten Kerl verscherbeln, damit er der Sorge um sie ein für alle Mal ledig war.

Am nächsten Tag, Juli 1914

Alexander war wach, noch bevor der Hahn krähte. Aus der Küche hörte er bereits Klappern, der Geruch von frisch gebrühtem Kaffee und gebratenem Speck stieg ihm in die Nase. Er wollte so früh wie möglich aufbrechen, denn der Weg, den er vor sich hatte, war weit. Er würde vier seiner edelsten Stuten zu ihrem neuen Besitzer nach Frankreich bringen. Als Reitpferd hatte er Elano ausgesucht, dessen Name auf Baskisch Falke bedeutete und der ein Sohn von Rey del Viento war.

Nach vierundzwanzig Jahren würde Alexander zum ersten Mal wieder die Pyrenäen überqueren und bis ins Burgund reisen. Er wollte Frédéric Legrand aufsuchen, den Sohn seines alten Freundes Alphonse Legrand. Seit einigen Jahren schon machte Alexander mit Legrand Geschäfte, einige Male war der Franzose sogar auf Los Pinos gewesen, um die Tiere, die er Alexander abkaufte, selbst in Empfang zu nehmen. Die Gegeneinladung nach Frankreich hatte Alexander bisher immer ausgeschlagen. Doch seit Luises Besuch auf Los Pinos hatte sich etwas verändert, der Bann war gebrochen.

Alexander wusch sich und zog seine Reisekleidung an. Dabei wanderten seine Gedanken zu Monseñor Abilio. Was für ein Glück sie mit dem neuen Pfarrer hatten. Er kümmerte sich um seine Schäfchen und half, wo er konnte. So wie nun bei Ruisko. Der Junge war intelligent, hatte in der Schule alle überflügelt, dennoch bestand seine Mutter darauf, dass er bei ihr blieb und sich für einen Hungerlohn auf dem Feld abrackerte. Dem Monseñor war es gelungen, den Inhaber eines Schreibwarenladens in Pamplona zu überreden, dem Jungen eine Stelle zu geben. Señor Barras war ein kluger Mann, der Talent erkannte und zu fördern wusste. Bei ihm hätte Ruisko die Chance, etwas zu lernen und aufzusteigen. Allerdings biss der Pfarrer sich bei der Mutter nach wie vor die Zähne aus. Selbst mit der gesamten Autorität der Kirche hatte er bisher nichts ausrichten können. Alexander hatte dem Geistlichen versprochen, dass er versuchen würde, die Frau umzustimmen, sobald er aus Frankreich zurückgekehrt war.

Er ging in die Küche, wo Flora gerade die Tasche mit seiner Wegzehrung füllte. Obwohl Alexander ihr versichert hatte, dass es auch in Frankreich gutes Essen gab und sie ihm ohnehin nicht genug für eine ganze Woche mitgeben konnte, quoll die Tasche bereits vor Lebensmitteln über.

»Um Himmels willen, wer soll das denn alles essen, Flora?«, fragte er und verdrehte in gespielter Verzweiflung die Augen. »Denkst du eigentlich auch an die armen Pferde, die all diese Lasten tragen müssen?«

»Reden Sie keinen Unsinn, Don Alexander. Ein Mann braucht etwas Anständiges zu beißen, zumal wenn er sich auf eine so lange und gefährliche Reise begibt. Muss das denn wirklich sein? Können Sie nicht wenigstens einen der Knechte mitnehmen?«

»Wir haben das doch alles besprochen. Auf dem Gestüt wird jede Hand gebraucht. Und ich besuche lediglich einen alten Freund. Was soll da schon passieren?« Dass er zudem niemanden mitnehmen wollte, weil die Reise für ihn eine Art Wallfahrt war, brauchte die Köchin nicht zu wissen. Kurz blitzte vor Alexanders innerem Auge die Erinnerung an die letzte Reise vor fast einem Vierteljahrhundert auf. Damals war er auf der Flucht gewesen, vor seinem Bruder und der Polizei, aber vor allem vor Luise und vor sich selbst. Rasch verscheuchte er die Bilder. »Und jetzt möchte ich frühstücken, ich hoffe, du hast nicht alles in die Tasche gepackt.«

Unter den missbilligenden Blicken der Köchin nahm Alexander einen raschen Imbiss in der Küche ein, dann eilte er los, um sich von seiner Tochter zu verabschieden. An der Treppe stieß er beinahe mit Cayetano zusammen.

»Auf ein Wort, Don Alexander.« Der Knecht machte ein ernstes Gesicht.

Überrascht sah Alexander ihn an. »Stimmt etwas nicht?«

»Sie wissen, was ich davon halte, dass Sie allein nach Frankreich reisen …«

»Ich dachte, das wäre geklärt.« Alexander hatte keine Lust, sich vor seinem Gesinde zu rechtfertigen, aber Cayetano war kein junger Bursche, den er einfach zurechtweisen konnte. Er war acht Jahre älter und hatte schon auf Los Pinos gearbeitet, als Alexander noch mit Luise durch die Heide gesprengt war und geglaubt hatte, die Liebe mache alles möglich.

»Es ist gar nicht so sehr der weite Weg und dass Sie leichte Beute sind, mit den kostbaren Pferden, sondern etwas, das gestern in der Zeitung stand. Österreich hat Serbien den Krieg erklärt. Ein Sturm zieht über Europa auf, Señor, und Sie reiten mitten hinein.«

»Ein Krieg zwischen Österreich und Serbien, was hat das mit Frankreich zu tun?« Natürlich kannte Alexander die Bündnisse, und auch das jahrelange Säbelrasseln war ihm nicht entgangen. Trotzdem konnte er sich nicht vorstellen, dass es wirklich zum Äußersten kommen würde. »Aber wenn es dich beruhigt, lass dir gesagt sein, Cayetano, sollte irgendwer Frankreich den Krieg erklären, kehre ich auf der Stelle nach Navarra zurück, darauf hast du mein Wort. Derweil verlasse ich mich darauf, dass in meiner Abwesenheit alles läuft wie immer. Señor Cervantes hat die Oberaufsicht. Auch wenn er vielleicht manches anders macht, als ihr es gewohnt seid, tut ihr bitte, was er sagt. Er ist ein guter Mann.«

»Ja, Don Alexander.«

Julio Cervantes war der neue Pferdemeister. Alexander hatte ihn erst vor wenigen Monaten eingestellt, nachdem der alte mit fast siebzig Jahren zu seiner Tochter nach Pamplona gezogen war. Cervantes stammte nicht aus Navarra, zudem vermissten die Knechte den alten Meister, was Alexander einerseits verstand. Andererseits verfügte der neue Pferdemeister über frisches Wissen und zwei kräftige Hände, um mit anzupacken.

»Ich kann mich auf dich verlassen?«, hakte er nach.

»Selbstverständlich, Don Alexander.«

»Gut. Dann verabschiede ich mich jetzt von Cristina. Wenn ich meinen Aufbruch weiter hinauszögere, muss ich in der Mittagshitze ins Gebirge hinaufreiten.«

Zwei Stufen auf einmal nehmend stieg Alexander die Treppe hinauf. Er wollte es nicht zugeben, doch Cayetanos Worte hatten ihn beunruhigt. Er würde es halten wie angekündigt. Beim kleinsten Hinweis darauf, dass auch Frankreich in die kriegerischen Auseinandersetzungen verwickelt werden könnte, würde er seinen Besuch bei den Legrands abbrechen.

Cristina stand am Fenster, als Alexander ihr Zimmer betrat. Zum Glück schien es ihr besser zu gehen. Gestern Abend hatte sie sich nicht wohlgefühlt, sodass sie früh zu Bett gegangen war. Nachdem der Pfarrer fort war, hatte Alexander nach ihr gesehen, da schlief sie tief und fest.

Sie drehte sich zu ihm um. »Na, hattet ihr einen schönen Abend, der Monseñor und du?« Sie klang angriffslustig, vielleicht war sie verärgert, weil er sich nicht um sie gekümmert hatte.

»Wir hätten dich gern dabeigehabt.«

»Wirklich?« Sie verschränkte die Arme. »Das kann ich mir nicht vorstellen. Ihr habt doch sicherlich wichtige Dinge besprochen, die mich nichts angehen.«

»Hör zu, Cristina. Ich muss aufbrechen, und ich habe keine Lust, mich zu streiten. Also komm, gibt deinem alten Vater einen Kuss und wünsche ihm eine gute Reise.«

»Du hast mir also nichts zu sagen?«

»Ich habe keine Ahnung, wovon du redest, Liebling.«

»Natürlich nicht.« Sie reckte das Kinn vor. »Wie lange wirst du fortbleiben?«

»Zwei Wochen, vielleicht drei. Länger nicht.«

Sie nickte nachdenklich. »Ist es wahr, dass es Krieg geben wird?«

Er trat zu ihr. »Nicht hier, mein Engel. Spanien hat mit alldem nichts zu tun.«

»Weißt du das genau?«

Er seufzte. »So genau es möglich ist, mein Kind. Aber ich verspreche dir, dass du auf Los Pinos sicher bist. Hier wird dir kein Leid geschehen.«

»Und was ist mit dir? In Frankreich ist es nicht sicher.«

Er nahm ihre Hände. »Ich werde auf mich aufpassen. Ich komme heil zurück, das verspreche ich dir.«

Sie senkte den Blick.

»Ist noch etwas, mein Engel?«

Sie machte sich los und holte etwas aus der Schublade des Frisiertischs. »Nimm das hier mit, als Glücksbringer.« Sie drückte ihm den Gegenstand in die Hand.

Überrascht starrte er darauf. Es war die Taschenuhr, Luises Geschenk. In seinem Hals saß plötzlich ein dicker Kloß. »Aber woher hast du …?«

»Sie lag auf dem Boden, du musst sie verloren haben. Ich weiß doch, wie sehr du daran hängst. Trag sie am Herzen und denk dabei an dein Versprechen, heil zurückzukehren.«

»Danke.« Alexander schob die Uhr, die er nie mehr hatte sehen wollen, in seine Tasche. »Mach's gut, mein Engel.« Er nahm ihr Gesicht in seine Hände und sah sie an. Der Ausdruck in ihren Augen beunruhigte ihn. Als hätte sie noch etwas auf dem Herzen, das sie nicht über die Lippen brachte. Unterdrückte Wut, Enttäuschung, Angst, er wusste es nicht genau. Vielleicht ein wenig von allem.

»Bitte sorge dich nicht unnötig, ich bin schneller wieder da, als dir lieb ist.« Er küsste sie auf die Stirn, dann wandte er sich ab.

Als er bereits bei der Tür war, rief Cristina ihn zurück. »Vater?«

Er drehte sich um. »Ja?«

»Was auch immer geschieht, ich habe dich lieb, vergiss das nicht.«

Alexander schluckte hart. Für den Bruchteil einer Sekunde überkam ihn eine unerklärliche Furcht, doch im selben Moment schalt er sich einen Narren. Er lächelte. »Ich habe dich auch lieb, mein Engel.«

Wenige Minuten später blickte er vom großen Tor des Gestüts aus noch einmal zurück auf das Haus, und ihm blieb kurz der Atem weg, als ob er in eiskaltes Wasser getaucht würde. Er holte tief Luft, wandte sich ab und ließ die Pferde antraben.

Berlin, in der folgenden Nacht, Juli 1914

Robert warf einen Blick auf den roten Umschlag, der vor ihm auf dem Schreibtisch lag, dann auf die Uhr. Halb zwei. Tiefste Nacht. Aber an Schlaf war nicht zu denken. Um zwei Uhr musste er den Umschlag öffnen. Darin befand sich sein Marschbefehl. Keine vierzig Stunden waren vergangen, seit Generalleutnant von Reinhart ihm den Zettel mit der Erklärung in die Hand gedrückt hatte, die er auf der Straße verlesen musste. Zu dem Zeitpunkt, als er das Volk vor einer möglichen Kriegsgefahr warnte, die man jedoch mit allen Mitteln abzuwenden versuche, war ebenjener Krieg längst beschlossene Sache gewesen, und die Vorbereitungen liefen auf Hochtouren.

Robert stand auf und ging im Zimmer auf und ab. Seine persönlichen Dinge hatte er bereits gepackt, alles Offizielle würden die Sekretäre und Beamten der Stabsstelle erledigen: Mannschaftslisten, Bestandslisten und Berge von Formularen würden sie in Kisten verpacken und an die Front bringen lassen. Denn genauso wichtig für den Krieg wie Kanonen und Soldaten war Papier. Niemand konnte sich die zahllosen Einzelheiten merken, die nötig waren, um auch nur eine Brigade von ein paar Tausend Mann sinnvoll einzusetzen.

Robert hatte noch eine halbe Stunde, um sich von seiner kleinen Wohnung auf dem Gelände der Kaserne mitten in Berlin zu verabschieden, die er mit seiner Ernennung zum Rittmeister bezogen hatte. Das Bett würde er gegen eine Pritsche tauschen, das Klosett im Flur gegen einen Donnerbalken im Feld, sein Schreibtisch würde aus Brettern bestehen, notdürftig über Fässer gelegt. Statt mit dem klaren Licht einer Glühbirne würde er mit Petroleum- und Karbidlampen vorliebnehmen müssen. Zumindest, wenn ihn sein Dienst an die vorderste Frontlinie führte.

Nein, es zog ihn nicht ins Feld. Nicht weil er verzärtelt war, sondern weil er nicht glaubte, dass Krieg die Probleme der Völker löste. Wenn er die Wahl gehabt hätte, niemals hätte er die militärische Laufbahn eingeschlagen. Aber sein Vater, oder besser gesagt der Mann, dessen Namen er trug, hatte ihn nicht nach seiner Meinung gefragt. Wie viel lieber wäre Robert auf Seydell geblieben, hätte auf dem Gestüt mitgearbeitet, wenn es sein musste auch als einfacher Stallbursche. Doch das hätte Ludwig von Seydell niemals zugelassen. Schon allein, weil es bedeutet hätte, den Bastard seines Bruders jeden Tag sehen zu müssen.

Wie vergiftet die Stimmung noch immer war, hatte er auf Anna-Marias Verlobungsfest zu spüren bekommen. Ludwig hatte nicht ein Wort mit ihm gewechselt und nur wegen der zahlreichen noblen Gäste den äußeren Schein gewahrt. Wenn Robert daran dachte, wie sehr er diesen

Mann als Kind bewundert hatte, machte ihn das nach wie vor fassungslos. Erst in den letzten Jahren war ihm klargeworden, dass Ludwig unfähig und egoistisch war und es Seydell bloß noch gab, weil Luise alles zusammenhielt. Ihr hatte Robert längst vergeben. Doch für Ludwig und Alexander, die beiden Väter, die ihn verstoßen hatten, empfand er nichts als Verachtung. Ihretwegen hatte er seine Heimat verlassen und seine Berufung aufgeben müssen.

Immerhin konnte Robert auch im Fernmelde-Eskadron mit Pferden arbeiten. Das war ihm eine große Freude. Und er war gesellschaftlich geachtet, führte ein bequemes, ja luxuriöses Leben. Bisher zumindest. Mit der Bequemlichkeit war es ab sofort vorbei. Jetzt war Zahltag, sein Vaterland brauchte ihn, und er war nicht der Mann, der eine Schuld unbeglichen ließ.

Robert war nicht der Einzige, der in dieser Nacht vor einem verschlossenen Umschlag ausharrte. Andere wussten längst Bescheid. So hatten die Bahnhofsvorsteher bereits vor einer Weile ihre Order erhalten. Erst einen blauen Umschlag, dann einen gelben und schließlich einen weißen. Alle drei mussten in einem bestimmten Zeitabstand geöffnet werden. Im letzten wurde der Zivilfahrplan gänzlich aufgehoben und die Verwaltung der Bahnhöfe im Westen des Reiches vollständig dem Militär übergeben. Manch ein Vorsteher musste nur die Uniform wechseln, andere hatten ihren Posten zu räumen.

Robert trat zurück an den Schreibtisch. Die halbe Stunde war vorüber. Er nahm den Briefumschlag, schlitzte ihn mit seinem Feldmesser auf, entnahm ein dünnes Blatt Papier, das aussah wie die Quittung eines Schneiders, mit Feldern für Stempel, Spalten für Daten und Orte. Unscheinbar, kein unnötiges Gepränge. Nur eine klare Information: Robert hatte sich mit seiner Eskadron um Punkt fünf Uhr morgens am Verladebahnhof einzufinden. Sie würden in den Zug mit der Nummer 245 verladen werden, der nach Aachen fuhr. Belgien also. Die Erste und Zweite Armee. Genau, wie er erwartet hatte.

Robert erhob sich, rückte die Schreibunterlage zurecht. Dann nahm er seinen Tornister, schaute sich ein letztes Mal um. Alles war leer und sauber. Er hinterließ die Wohnung, wie er sie vorgefunden hatte, nichts Persönliches von ihm blieb zurück.

Leise schloss er die Tür, und im gleichen Augenblick war es vorbei mit der Stille. Andere Türen wurden aufgerissen, Offiziere quollen aus ihren Quartieren, sangen, lachten, klopften einander auf die Schulter.

»Endlich können wir es allen zeigen!«, hörte Robert einen rufen.

»Jeder Schuss ein Russ, jeder Stoß ein Franzos!«

»Für Kaiser und Vaterland!«

Nur wenige blickten ernst drein wie er selbst. Robert traf auf Franz, sie tauschten einen stummen Blick. Beide dachten das Gleiche, ohne dass sie es hätten aussprechen müssen: Möge Gott uns gnädig sein.

Navarra, in derselben Nacht, Juli 1914

Diesmal war es noch leichter gewesen, aus dem Fenster zu springen und unbemerkt das Gestüt zu verlassen. Der Himmel war klar, der Mond schien hell, sodass Cristina die Straße gut sehen konnte. Weder auf Los Pinos noch im Dorf begegnete sie irgendwem. Hinter allen Fenstern war es dunkel, und auch die Tiere warfen ihr höchstens einen desinteressierten Blick zu.

Bei ihrer ersten Flucht war Cristina im Morgengrauen auf einen Bauern gestoßen, der mit seinem Karren Gemüse zum Markt fuhr. Er hatte sie mitgenommen, sodass sie nur die halbe Strecke laufen musste. Diesmal jedoch versteckte sie sich, sobald der Morgen graute und die ersten Gefährte auf der Straße auftauchten, sofort bei jedem Geräusch. Keinesfalls wollte sie, dass irgendwer ihrer Spur folgen konnte.

Zu dumm, dass Eduardo dabei gewesen war, als ihr Vater sie bei den Ybarras aufgespürt hatte. Natürlich würde er dort zuerst nachschauen. Dass er nach ihr suchen würde, daran hatte sie keinen Zweifel. Er war ihrem Vater treu ergeben und würde alles für ihn tun. Davon abgesehen würden alle Bediensteten auf Los Pinos sich persönlich für Cristinas Verschwinden verantwortlich fühlen und Himmel und Hölle in Bewegung setzen, sie heimzuholen, bevor ihr Herr zurückkehrte.

Doch die anderen wussten nicht, wo sie beim letzten Mal untergekrochen war. Wäre Eduardo nicht, wäre alles viel einfacher.

Als sie in Pamplona ankam, war es längst Nachmittag, ihr taten die Füße weh, sie war durstig und ausgehungert. Unglaublich, die Strecke von rund zwanzig Kilometern, für die sie auf Gitana im leichten Trab keine zwei Stunden brauchte, dauerte zu Fuß mehr als einen halben Tag. Zumindest für jemanden wie sie, die es nicht gewohnt war, längere Strecken zu laufen.

Als die Türme der Kathedrale vor einer Weile endlich am Horizont aufgetaucht waren, hätte Cristina am liebsten vor Erleichterung geweint. Doch dann zog sich die Landstraße noch endlos lang hin. Und bei jedem Hufschlag befürchtete sie, es könnte Eduardo sein.

Je näher sie der Siedlung kam, wo León und Flavia Ybarra wohnten, desto vorsichtiger wurde sie. Gut möglich, dass der Knecht unbemerkt an ihr vorbeigeritten war, während sie im Versteck gekauert hatte. Sie erreichte eine Kreuzung und spähte vorsichtig um die Hausecke. Erschrocken zog sie den Kopf zurück.

Madre de Dios! Es war genau, wie sie befürchtet hatte, Eduardo stand vor dem Haus und hielt zwei Pferde am Zügel. Cristina wich in einen Hauseingang zurück. Bestimmt war niemand daheim, sowohl León als auch Flavia arbeiteten, er in der Brauerei, sie als Haushaltshilfe bei einem Arzt. Und auch Felipe war um diese Zeit nicht da. Er hatte keine feste Stelle, hielt sich mit Gelegenheitsarbeiten über Wasser, meist auf dem Markt. Er hätte seinem Vater auf dem Milchhof zur Hand gehen können, doch der zahlte ihm keinen Lohn, ließ ihn für Kost und Logis ackern. Das kam für Felipe nicht infrage.

Cristina stellte die Reisetasche ab und wagte einen weiteren Blick um die Hausecke. Eduardo schaute genau in ihre Richtung und winkte. Sie war so entsetzt, dass sie wie versteinert stehen blieb.

Im nächsten Augenblick begriff sie, dass er gar nicht sie meinte, sondern einen etwa achtjährigen Jungen, der eilfertig angelaufen kam. Eduardo überreichte dem Kind eine Münze und redete auf ihn ein. Sicherlich sollte der kleine Kerl Wache halten und ihm Bescheid geben, falls irgendwer bei dem Haus auftauchte.

Cristina beobachtete, wie Eduardo sich von dem Jungen verabschiedete, die Pferde nahm und in die andere Richtung davonging. Bestimmt würde er in einer Bar in der Nähe warten. Und sobald Cristina sich dem Haus näherte, würde der Kleine losflitzen und ihn holen.

Sie hatte keine Wahl, sie musste Felipe finden. Zwanzig Minuten später stand sie vor dem Tor der Brauerei, in das in großen Lettern der Schriftzug *Cervecería Gonçalvez* eingelassen war, und fragte sich, wie sie es hinkriegen sollte, mit León zu sprechen. Durfte sie einfach hineingehen? Was sollte sie sagen, wenn man sie fragte, was sie von León wollte?

Noch bevor sie eine Entscheidung treffen konnte, kam ein junger Mann im Anzug heraus, erblickte sie und stockte.

Er lüftete den Hut. »Kann ich helfen, Señorita?«

Cristina streckte die Schultern durch. Es hatte durchaus Vorteile, wenn man wie eine Dame gekleidet war. »Ich müsste einen der Arbeiter sprechen. León Ybarra.«

»In welcher Angelegenheit?«

Cristina zögerte.

»Entschuldigen Sie meine Unhöflichkeit. Ich bin Eliseo Gonçalvez, der Sohn des Inhabers.«

Cristina zog es vor, sich nicht vorzustellen. »Es geht um seine Familie«, log sie und hoffte, dass der Mann León nicht näher kannte.

»Du lieber Himmel, es ist doch nichts passiert?«

»Nichts Schlimmes, nein.«

»Möchten Sie mich hineinbegleiten?«

»Es wäre mir lieber, wenn Señor Ybarra kurz nach draußen kommen dürfte.«

»Ganz wie Sie wünschen, Señorita.« Eliseo Gonçalvez ging zurück durch das Tor, tauchte kurz darauf wieder auf. »Señor Ybarra ist in wenigen Augenblicken bei Ihnen, Señorita. Kann ich sonst noch etwas für Sie tun?«

Cristina lächelte. »Sie sind zu freundlich, ich danke Ihnen.«

»Keine Ursache. Es war mir eine Freude.« Er sah sie an, als wolle er noch etwas hinzufügen. Doch dann setzte er den Hut wieder auf, verabschiedete sich und eilte zu einem Automobil, das am Straßenrand stand. Auf der Seitentür prangte, genau wie auf dem Tor, der Schriftzug der Brauerei.

Wenig später kam León vor das Tor gelaufen. »Cristina, Dios mío!«

»Ich muss wissen, wo Felipe ist. Es ist dringend.«

»Aber hattet ihr nicht ausgemacht …«

»Es ist etwas geschehen«, unterbrach sie ihn.

León kratzte sich am Kinn und betrachtete sie nachdenklich. Cristina fragte sich, was er von ihr dachte. Hielt er sie für dumm, weil sie ihr Leben in Reichtum und

Sicherheit für einen armen Schlucker fortwarf? Oder sah er in ihr ein naives Mädchen, das nicht wusste, was es tat?

»Felipe ist nicht in der Stadt«, sagte er schließlich. »Ich versuche, ihm eine Nachricht zu schicken.«

»Nicht in der Stadt? Aber wo ist er denn?«

»Er regelt Gewerkschaftsdinge.«

Cristina spürte ein Kribbeln im Magen. »Hat es mit der Esku Beltza zu tun?«

»Nimm diesen Namen nicht in den Mund!«, zischte León. »Nicht in aller Öffentlichkeit.«

»Aber …«

»Ich kümmere mich. Doch das geht erst nach Feierabend. Geh ins Haus und warte dort.« Er nahm einen Schlüssel aus der Hosentasche.

Sie schüttelte den Kopf. »Das geht nicht. Unser Knecht wartet vor der Tür.«

»Mierda.« León steckte den Schlüssel zurück in die Tasche. »Kannst du anderswo warten? In einem Café vielleicht?«

Bei dem Wort Café begann Cristinas Magen wieder zu knurren. »Ja, das kann ich machen. Ich warte im Café Iruña.«

»Es kann dauern«, warnte León sie.

»Das macht nichts.« Bei dem Gedanken an einen gepolsterten Stuhl und einen sauberen, gedeckten Tisch mit Kuchen und einer Tasse heißer Schokolade darauf erschien Cristina keine Wartezeit zu lang.

»Dann bis später, ich muss jetzt zurück.« Er verschwand ohne ein weiteres Wort.

Während Cristina mit schmerzenden Füßen zur Plaza

del Castillo lief, an der das Café Iruña lag, kreisten Leóns Worte in ihrem Kopf. *Felipe ist nicht in der Stadt, er regelt Gewerkschaftsdinge.* Was in aller Welt hatte das zu bedeuten?

Das Café Iruña war einer der beliebtesten Treffpunkte in Pamplona. Sofern man sich den Besuch dort leisten konnte. Es duftete nach Kaffee und süßem Gebäck, und von der Decke hingen Lampen mit echten Glühbirnen. Zum Glück hatte Cristina ein Buch in die Tasche gepackt. Unterwegs hatte sie das Gewicht des schweren Bandes verflucht, doch jetzt war sie froh, nicht tatenlos herumsitzen und ihr angespanntes Gesicht in einem der übergroßen Spiegel an den Wänden des Cafés betrachten zu müssen. Zwar vermied sie es, die übrigen Gäste sehen zu lassen, dass sie ausgerechnet an diesem Ort Karl Marx las, dennoch genoss sie den Nachmittag. Hin und wieder unterbrach sie die Lektüre, um nach draußen zu schauen, bis sie schließlich Flavia vor dem Fenster entdeckte.

Zuerst wollte Cristina die junge Frau hereinbitten, doch dann wurde ihr klar, dass Flavia sich in dem teuren Café mit den vielen eleganten Damen und Herren sicherlich unwohl fühlen würde. Sie rief die Bedienung, zahlte und trat nach draußen.

Flavia sah besorgt aus. »Geht es dir gut?«

»Bestens.«

»Felipe macht sich Sorgen, er sagt, ihr hättet abgesprochen, dass du zu Hause ausharrst, bis eine Lösung gefunden ist.«

Cristina presste die Lippen zusammen, bevor sie antwortete. »So lange kann ich nicht mehr warten. Bring mich zu Felipe, dann erkläre ich es ihm.«

»Komm mit. Er ist in der Wohnung eines Freundes. Aber dort könnt ihr nicht lange bleiben. Höchstens für eine Nacht.«

Cristina folgte Flavia durch die Straßen von Pamplona. Jetzt, wo sie wieder laufen musste, spürte sie, wie wund ihre Füße noch immer waren. Und wie die Müdigkeit sie niederdrückte. Sie war seit mehr als fünfzehn Stunden auf den Beinen, lange würde sie nicht mehr durchhalten. Aber bald war sie ja bei Felipe.

Endlich hielt Flavia vor einem Haus und drückte die Tür auf, die nur angelehnt war. »Im ersten Stock«, sagte sie.

»Du kommst nicht mit?«

»Ich muss nach Hause. Mach es gut.« Sie zögerte, dann nahm sie Cristina in die Arme. »Pass bitte auf dich auf, Kleines.«

Mit einem beklommenen Gefühl im Bauch stieg Cristina die dunkle Stiege hinauf. Auch die Tür im ersten Stock war nur angelehnt. Dahinter lag eine Wohnung, die aus einem einzigen Zimmer bestand. Ein Bett, ein Tisch, ein einzelner Stuhl. An der Wand ein Spülstein und eine einfache Kochstelle, gegenüber davon ein schlichter Schrank.

Felipe stand am einzigen Fenster. Als er sie hörte, drehte er sich um.

»Schließ die Tür.« Er sah erschöpft aus.

Cristina zog die Tür zu und stellte die Tasche ab. »Ich bin furchtbar müde«, sagte sie. »Ich musste den ganzen Weg zu Fuß gehen.«

Seine Gesichtszüge wurden weich. »Mein armer Schatz.« Er trat zu ihr und nahm sie in die Arme. Dann hielt er sie von sich weg. »Was ist geschehen?«

»Mein Vater will mich verheiraten. Mit einem Señor Barras.«

»Dios mío! Das ist nicht wahr!«

»Leider doch. Ich habe gehört, wie er sich mit unserem Pfarrer darüber unterhalten hat. Es ist beschlossene Sache.«

»Wer ist dieser Señor Barras?«

»Ich habe keine Ahnung. Ich habe den Namen nie zuvor gehört. Bestimmt einer von Vaters Geschäftsfreunden. Mindestens zehn Jahre älter als ich, dick und hässlich, aber steinreich.«

Felipe trat zurück ans Fenster. »Vielleicht solltest du es tun«, sagte er, den Blick nach draußen gewandt.

»Diesen Mann heiraten? Niemals!«

»Er kann dir das Leben bieten, das du gewohnt bist. Teure Kleider, Reisen, Bedienstete, die dir alle Arbeiten im Haus abnehmen.«

Cristina stemmte die Hände in die Hüften. »Habe ich je den Eindruck bei dir erweckt, dass ich darauf Wert lege?«

Er drehte sich zu ihr um. »All diese Dinge sind so selbstverständlich für dich, dass du vielleicht gar nicht weißt, wie sehr sie dir fehlen würden.«

»Ich will kein Leben als feine Dame. Ich will mit dir zusammen sein, ich will an deiner Seite für eine bessere Welt kämpfen. Sieh!« Sie bückte sich und nahm das Buch aus der Tasche, warf es auf den Tisch. »Das habe ich stundenlang durch die Hitze geschleppt. Keine Kämme, kein teures Parfüm, keinen Schmuck.«

Ein Lächeln breitete sich auf seinem Gesicht aus. »Die Fabrikbesitzer dieser Stadt sollten sich vorsehen, sie werden es mit einer furchtlosen Gegnerin zu tun bekommen.«

»Du machst dich über mich lustig.«

»Ganz im Gegenteil.« Er trat zu ihr und ergriff ihre Hände. »Du bist noch so jung, ich möchte deiner Zukunft nicht im Weg stehen.«

»Du bist meine Zukunft, Felipe.«

»Ist es dir auch wirklich ernst?«, fragte er mit rauer Stimme.

»Das ist es.«

»Dann heirate mich.«

Cristinas Herz machte einen Satz. »Aber ich bin doch noch zu jung …«

»Für deinen Vater offensichtlich nicht. Wenn er es durchsetzen kann, können wir es auch. Alles, was wir brauchen, ist eine richterliche Erlaubnis. Ich kenne jemanden, der uns dabei helfen könnte.«

»Großer Gott, Felipe, ist das wirklich wahr?«

»Wenn du es willst.«

»Ich will, o ja, ich will es so sehr.« Sie schlang ihre Arme um seinen Hals.

Er wirbelte sie herum und küsste sie. »Du machst mich zum glücklichsten Mann der Welt.«

Aachen, zwei Tage später, August 1914

Mit einem harten Ruck kam der Zug zum Stillstand. Robert ließ den Einsatzplan, den er in der Nacht erhalten hatte, sinken und blickte nach draußen. Sie hatten Aachen erreicht, die große Umladestation, bevor es an die belgische Grenze ging.

Trillerpfeifen ertönten, Planken schlugen mit lautem Getöse auf die neu angelegten Bahnsteige, die fast vierhundert Meter in der Länge maßen und es erlaubten, vier Eskadronen mit sechshundert Pferden sowie allem Gepäck innerhalb von zehn Minuten zu entladen.

Robert nahm seinen Tornister und sprang auf den Bahnsteig, auf dem es von Männern, Material und Pferden nur so wimmelte. Obwohl es schien, als versinke alles in Unordnung, lief der Transport von einer Million Soldaten nach einem ausgeklügelten Plan, der minutiös funktionierte. Alle Aufmarschplätze waren ausgeschildert, Lagepläne hingen aus, Quartiersoldaten standen bereit, um Fragen zu beantworten. Nichts wurde dem Zufall überlassen.

Der Stallbursche kam Robert mit Feuerherz entgegen. Robert nahm die Zügel, strich dem Hengst über die Nase. »Jetzt gilt es, mein Freund. Ich hoffe, dass wir beide lebend von diesem Ausflug zurückkehren.«

Er saß auf, und im gleichen Augenblick knackte es in den Lautsprechern, bevor die Ansprache der Obersten Heeresleitung über die Bahnsteige donnerte: »Männer! Wir liegen nicht mit Belgien im Krieg, aber wir müssen durch das Land marschieren. Solange sich kein Widerstand regt, behandeln wir die Belgier als unsere Verbündeten. Sollten sie uns jedoch nicht durchziehen lassen, sollte das Volk sich gegen uns erheben, dann kennt keine Gnade! Seid auf der Hut, vor allem vor den Franktireurs, die uns schon im siegreichen Feldzug gegen die Franzosen siebzig/einundsiebzig so viel Blut gekostet haben! Wenn sie uns aus dem Hinterhalt beschießen, dann greifen die Gesetze des Krieges und berechtigen uns, ja, zwingen uns zu Repressalien: Dann heißt es niederbrennen, erschießen, vernichten. Und vergesst nicht, auch eine Kinderhand kann Waffen abfeuern, unter jeder Maske, hinter jedem freundlichen Gesicht kann ein Franktireur stecken. Zaudert nicht, wer sich uns in den Weg wirft, muss vernichtet werden!«

Robert hatte während seiner Jahre an der Kadettenschule alles über die Franktireurs gelernt. Illegale Streitkräfte, bewaffnete Zivilisten, die sich nicht an die Regeln des Krieges hielten. Sie stellten eine große Gefahr dar, denn selbst unter einem Talar oder in einem Schultornister konnte eine Waffe versteckt sein.

Er wendete sein Pferd und ritt im Schritt über den Lagerplatz, auf dem sich Holzkisten, Fässer und Ballen haushoch stapelten. Ein Heer an Lastkraftwagen wurde beladen mit Munition, Lebensmitteln, Ersatzteilen, Werkzeugen und Bekleidung aller Art. Hunderte Tankwagen für Wasser und Treibstoff defilierten an den Tankwaggons vorbei und nahmen Ladung auf. Eine Million Soldaten brauchten drei Millionen Liter Wasser am Tag, allein zum Trinken.

Der Sammelplatz der berittenen Fernmeldeeinheiten lag zwei Kilometer nördlich des Bahnhofs. Robert zog an einem nicht enden wollenden Strom von Soldaten, motorisierten Fahrzeugen, Gespannen und Geschützen vorbei. Endlich lichtete sich das Gedränge, und er ließ Feuerherz galoppieren. Manche Männer salutierten, wenn sie ihn sahen, andere waren mit sich und ihrer Ausrüstung beschäftigt. Auf den Gesichtern konnte Robert die Anstrengung des Marsches und der Fahrt in den unbequemen Waggons ablesen, aber auch die freudige Erwartung, endlich ins Geschehen eingreifen zu können. Alle brannten darauf, Paris einzunehmen, den Eiffelturm zu sehen, die Champs-Élysées hinunterzumarschieren und den Franzosen einen Frieden zu diktieren, der ihnen endgültig die Krallen stutzen würde. Dann würde Paris ein Teil des deutschen Kaiserreiches werden.

Den Gedanken fand Robert verstörend. Wie sollte das auf Dauer gut gehen? Paris war die Hauptstadt Frankreichs. Würden die Franzosen nicht mit aller Macht nach Freiheit streben? Würden sie nicht so lange gegen die Deutschen aufbegehren, bis sie entweder den Tod gefunden oder ihr Vaterland befreit hatten? Und würde nicht der Rest der Welt den Franzosen beistehen?

Der Aufmarschplatz kam in Sicht, eine Staubwolke, losgetreten von Tausenden Hufen, lag über Tier, Mensch und Material. Roberts Eskadron war bis auf ein paar Nachzügler marschbereit.

Franz kam ihm entgegengeritten und begleitete ihn die letzten Meter. »Ich wusste, dass unsere Armee riesig ist, aber erst jetzt, da ich sie sehe, begreife ich, dass der Sieg nur unser sein kann. Und ich hoffe, dass der Kaiser unseren Feinden gegenüber Milde walten lassen wird.«

»Das ist ein guter Wunsch, Franz.« Robert war nicht ganz so optimistisch, doch er wollte seinem Freund nicht die Stimmung mit Schwarzseherei verderben.

Eine Trillerpfeife gab das Signal, dass die Eskadron marschbereit war. Robert setzte sich an die Spitze seiner Männer. Er hätte ihnen gern ein paar Worte gesagt, aber der Lärm der Motoren, der Hufe, der gebrüllten Befehle und Tausenden von Nagelsohlen, die auf Asphalt klackten, übertönte alles. So gab er bloß mit der Hand das Zeichen zum Aufbruch.

Das Ziel war klar umrissen. In zwei Tagen sollte Lüttich fallen. Nur sechstausend Belgier waren in den Forts um die Stadt herum stationiert, dagegen standen dreißigtausend Deutsche mit einer Unzahl von Geschützen. Roberts Männern fiel die Aufgabe zu, dafür zu sorgen, dass die Kommunikation nicht abbrach.

Er versetzte Feuerherz in Trab. Jetzt gab es kein Zurück mehr. Und was vor ihm lag, war ungewiss.

Lüneburger Heide, zwei Tage später, August 1914

Luise legte die Modezeitschrift weg, sie konnte sich nicht darauf konzentrieren. Stattdessen nahm sie den Brief wieder auf, den sie vor drei Tagen von Robert erhalten und schon so oft gelesen hatte, dass sie ihn fast auswendig kannte. Er war in Berlin abgestempelt, doch dort war ihr Sohn nicht mehr.

Liebste Mutter,

es ist so weit. Wenn Du dieses Schreiben in den Händen hältst, ist es vermutlich schon offiziell. Der Krieg ist beschlossene Sache. Noch heute Nacht rücke ich mit meiner Eskadron Richtung Westen ab. Immerhin besser, als gegen den Russen zu marschieren, der ja bekanntermaßen ein furchtbarer Gegner ist. Mit mir zieht mein bester Freund Franz, das ist ein großer

Trost, gemeinsam werden wir die Sache sicher mit Bravour bestehen.

Bitte mach Dir nicht allzu viele Sorgen. Meine Männer sind gut ausgebildet, wir verfügen über bestes Material, und der Nachschub ist gesichert. Unser Generalleutnant ist ein besonnener Mann mit großer Erfahrung. Und wir werden uns zunächst nicht in der Feuerlinie befinden, sondern zwischen den Einheiten, wo wir dafür sorgen, dass die Generalstäbe telefonieren können und die Artilleriestellungen wissen, wohin sie schießen sollen.

Noch weiß ich nicht genau, an welchen Abschnitt ich versetzt werde, aber ich gehe davon aus, dass es die Grenze zu Belgien sein wird. Denn dort wird das Reich mit aller Macht zuschlagen. Es gilt, Belgien zu überrennen, das französische Heer mit einer Million Mann zu umfassen und zu erdrücken. Kann es gegen eine solche Macht Widerstand geben?

So wünsche ich Dir, liebste Mutter, einen weiterhin schönen Sommer. Vielleicht können wir zu Weihnachten gemeinsam den Sieg feiern. Bete für mich.

Ich sende Dir die besten Wünsche und Grüße
Dein Sohn Robert

Luise legte den Brief weg und ließ ihren Blick gedankenverloren durch den Salon schweifen. Nun war er also da, der Krieg, der seit Monaten in aller Munde war. Jeder sprach von einem schnellen Sieg, und Luise wollte gern daran glauben, doch sie hatte auch die leisen Zweifel aus Roberts Brief herausgelesen. Ganz so einfach würde es womöglich doch nicht werden.

Zum Glück war Ludwig schon seit zwei Wochen in Berlin, sie hätte ihn im Augenblick nicht in ihrer Nähe ertragen, denn auch er hatte in letzter Zeit nur davon geschwatzt, was ein Krieg für Seydell bedeuten könnte. Alle Welt würde Pferde brauchen, sie würden die Kavallerie beliefern und damit zum Sieg der Kaiserlichen Truppen beitragen. Bei seinen Worten war ihr übel geworden.

Zumindest war ihre Strategie mit dem Testament aufgegangen. Fünf Tage, nachdem sie ihm das Foto präsentiert hatte, hatte sie ihn dabei erwischt, wie er die Kommode in ihrem Zimmer durchwühlte. Sollte er doch. Sie hatte ihm vollkommen ruhig erklärt, dass er suchen könne, bis er schwarz werde, das Dokument sei an einem sicheren Ort. Mehr noch, selbst wenn ihr etwas zustieße, wäre die Sache damit nicht ausgestanden. Ganz im Gegenteil.

Ludwig nahm daraufhin an, dass Luise das Testament bei einem Anwalt hinterlegt hatte, und genau das war ihre Absicht gewesen. Denn er hörte auf, danach zu suchen. Ganz so sicher war sie nämlich nicht gewesen, dass er das Versteck, das sie einem Hinweis von Martha verdankte, nicht doch früher oder später gefunden hätte. Sollte er sich also mit seiner Geliebten in Berlin vergnügen, so viel er wollte. Hauptsache, er ließ sie in Ruhe und gab den Gedanken an Scheidung auf. Für die Verwaltung des Gestüts wurde er jedenfalls nicht gebraucht. Die bewältigten Luise, der Verwalter und der Pferdemeister ohne Ludwigs Zutun sowieso viel besser.

Es klopfte, Gerti trat ein und knickste. »Besuch, gnädige Frau.«

»Wer ist es?«

»Der Verlobte des gnädigen Fräuleins.«

»Oh.« Luise erhob sich, eine dunkle Ahnung stieg in ihr auf. »Bitten Sie den jungen Mann herein und sagen Sie meiner Tochter Bescheid. Und danach lassen Sie Kaffee servieren.«

»Sehr wohl, gnädige Frau.«

Täuschte Luise sich, oder lag in Gertis Blick eine Spur Hochnäsigkeit? Martha hatte sie gewarnt. Am Tag nach der Verlobungsfeier hatte sie angedeutet, dass sie Zweifel am Charakter des Mädchens habe und dass es ratsam sein könnte, sich Ersatz zu suchen. Auf Luises Frage nach einem Grund für diese Annahme hatte Martha jedoch passen müssen.

Luise strich ihr Kleid glatt und streckte den Rücken durch. Schon wurde erneut geklopft, und Gerti ließ Enno Klimmeck eintreten. Obwohl Luise damit gerechnet hatte, erschrak sie. Ihr zukünftiger Schwiegersohn trug die Uniform eines Obergefreiten.

»Gnädige Frau.« Er verbeugte sich und deutete einen Handkuss an.

In dem Augenblick kam Anna-Maria ins Zimmer. Das Strahlen in ihren Augen erlosch, als sie Enno erblickte.

»Liebste«, rief er und breitete die Arme aus.

»Du musst in den Krieg.«

»Nur ein paar Wochen.« Er lächelte sie an, und als sie noch immer wie versteinert dastand, schritt er ihr entgegen und schloss sie in die Arme.

Gerti kam mit dem Tablett herein. Luise bat sie, es auf dem Tisch abzustellen, und schickte sie wieder fort. Enno und Anna-Maria hatten sich inzwischen voneinander gelöst.

»Kaffee?«, fragte Luise.

»Danke, sehr freundlich«, erwiderte Enno.

Luise schenkte jedem eine Tasse ein. Gerade wollte sie Enno seinen Kaffee reichen, als Anna-Maria endlich wieder den Mund öffnete. »Ich werde dich nie wiedersehen.«

Vor Schreck zuckte Luise zusammen, und der Kaffee schwappte über. »Entschuldigen Sie meine Ungeschicklichkeit, lieber Herr Klimmeck, ich schenke Ihnen sofort eine neue Tasse ein.«

»Aber das macht doch nichts.« Er wandte sich seiner Verlobten zu. »Rede nicht so ein dummes Zeug, Liebste. Ich bin in kürzester Zeit wieder da. Wir sind bestens gerüstet und überrennen den Feind im Nu.«

»Bitte geh nicht.«

»Ach, Liebste, selbst wenn ich wollte, könnte ich mich nicht weigern. Es ist meine vaterländische Pflicht, das Reich zu verteidigen, und ich erfülle sie mit Stolz. Hab Vertrauen, alles wird gut.«

»Du wirst sterben, und wenn du tot bist, will ich auch nicht mehr leben.«

»Unsinn, Liebste.« Er küsste sie auf die Nase. »Mir wird nichts geschehen. Und am Ende wirst du stolz auf mich sein. Denk an meine Worte.«

»Aber …«

Luise räusperte sich. »Vielleicht möchten Sie mit Anna-Maria einen kleinen Spaziergang im Garten machen, Herr Klimmeck. Dann haben Sie beide ein paar Augenblicke für sich.«

»Nichts würde ich lieber tun, gnädige Frau, aber die

Pflicht ruft. Ich muss mit dem Siebzehn-Uhr-Zug zurück. Schon morgen früh geht es an die Front.«

»So bald schon!«, rief Anna-Maria erschrocken.

»Wohin müssen Sie denn?«, fragte Luise.

»In den Westen. Wohin genau, sagt man uns noch.«

Luise durchfuhr der Gedanke, dass sie Robert bitten sollte, auf seinen zukünftigen Schwager achtzugeben, damit ihm nur ja kein Leid widerfuhr. Seine Schwester würde daran zerbrechen. Aber das war natürlich Unsinn. Robert und Enno gehörten verschiedenen Regimentern an, ihre Einsatzorte lagen höchstwahrscheinlich Hunderte von Kilometern voneinander entfernt.

Niemand rührte den Kaffee an, der in den Tassen kalt wurde. Immerhin gelang es Luise, ihre Tochter zu überreden, dass sie Enno zum Bahnhof brachte. Als Fritz den Verschlag des Landauers hinter den beiden zuschlug und auf den Bock kletterte, krampfte sich Luises Herz zusammen. Sie schickte ein Stoßgebet zum Himmel, dass der Herr diesen jungen Mann verschonen möge, ihrer Tochter zuliebe.

Sie stand da, bis der Landauer durch das Tor verschwunden war, und klammerte sich an die Hoffnung, dass sie bald wieder einer Kutsche hinterherblicken würde, dann mit dem glücklichen Hochzeitspaar darin.

Burgund, am selben Tag, August 1914

Alexander stellte sich in die Steigbügel. Vor ihm lag Saint-Sauveur-en-Puisaye, und etwas weiter außerhalb des Ortes erkannte er das Gestüt von Frédéric Legrand. Er hatte sein Ziel erreicht, ohne Probleme an der Grenze, ohne sonstige Zwischenfälle und innerhalb von nur fünf Tagen. Einzig ein Hufeisen hatte eines der Pferde verloren und einen kleinen Sack Hafer, der auf einem engen Waldpfad an einem Ast hängen geblieben und aufgeplatzt war.

Bis auf eine Ausnahme war er dieselbe Strecke geritten wie damals, lediglich um den Hof von Matthieu Perrin hatte er einen großen Bogen geschlagen. Nicht weil er fürchtete, nach all den Jahren erkannt zu werden, sondern weil er Angst davor hatte, dass ihn die Erinnerungen übermannten. Der Tod von Sturmkönig und die daraus folgende Lüge, auf der er Los Pinos aufgebaut hatte, bedrückten ihn noch immer.

Er ritt durch den Ort, der still in der Mittagshitze brütete, und erreichte das Gestüt Legrand. Zu seinem Erstaunen war das Tor verschlossen. Kaum hatte er abgesessen, um nach einer Klingel zu suchen, kamen zwei junge Männer vom Haupthaus hergelaufen. Alexander kannte die beiden nicht, aber er nahm an, dass es Frédérics Söhne waren. Sie mussten jetzt fünfzehn und sechzehn sein, und sie schlugen ihrem Vater nach: hochgewachsen, breite Schultern und ein kantiges Gesicht.

»Sind Sie Alexander von Seydell?«, fragte der Größere der beiden.

»Der bin ich. Und ihr müsst Marcel und Adrien sein.«

»Ich bin Adrien«, erwiderte der Größere. »Das ist mein Bruder Marcel.«

»Nun lasst den Mann doch herein!«, erscholl eine kräftige dunkle Stimme, die eindeutig Frédéric Legrand gehörte. Und schon eilte der Mann ebenfalls zum Tor. »Und sputet euch, bevor jemand etwas mitbekommt.«

»Aber was ist denn los?«, fragte Alexander verwundert.

Statt einer Erklärung wedelte Legrand mit dem Arm. »Schnell. Rein mit Ihnen, mein Freund. Sind Sie durchs Dorf geritten? Hat irgendwer Sie gesehen?«

Frédéric Legrand gab Alexander gar keine Zeit zu antworten. Er zog ihn auf das Gelände, bat seine Söhne, sich um die Pferde und das Gepäck zu kümmern, und bugsierte Alexander ins Haus.

Erst als die Tür hinter ihnen zugeschlagen war, streckte Legrand die Hand aus. »Willkommen in Frankreich, mein Freund. Auch wenn der Zeitpunkt mehr als ungelegen ist. Mein Telegramm hat Sie wohl nicht mehr erreicht?«

»Ein Telegramm? Lieber Himmel!«

Legrand verzog das Gesicht. »Wir befinden uns im Krieg. Mit dem Kaiserreich. Es hat sich in den vergangenen Tagen bereits abgezeichnet, deswegen habe ich Ihnen telegrafiert. Seit heute Morgen ist es offiziell. Ich weiß, dass Sie schon Ihr halbes Leben in Spanien wohnen, aber Sie sind noch immer Deutscher und damit ein Feind. Niemand darf erfahren, dass Sie hier sind.«

»Aber ...« Alexander fehlten die Worte. Nun also doch. Bis eben noch hätte er es nicht für möglich gehalten. Wie naiv er gewesen war.

»Die allgemeine Mobilmachung wurde befohlen«, erzählte Legrand weiter. »Gott sei Dank bin ich unabkömmlich für das Gestüt. Meine Jungs sind noch nicht alt genug, und dass sie sich freiwillig melden, werde ich zu verhindern wissen.«

»Ich kann es gar nicht fassen.« Alexander griff sich an die Stirn.

»Sie schweben in größter Gefahr, Seydell. Wenn Sie in die Fänge der Feldgendarmen geraten, sind Sie tot. Diese Männer wittern überall deutsche Spione und Saboteure. Sie müssen sich verstecken, bis der erste Staub sich gelegt hat und Sie sicher nach Spanien zurückkehren können.«

»Ist das nicht auch für Sie und Ihre Familie gefährlich, Legrand?«

Der große Mann senkte den Blick. »Das ist es. Man würde uns alle an die Wand stellen, wenn man hier einen deutschen Spion finden würde.«

Alexander durchfuhr es eiskalt. »Ich breche sofort auf. Ich will Sie keinesfalls in solche Gefahr bringen.«

»Nein. Man würde Sie mit Sicherheit fassen. Ein Wunder, dass Sie unbehelligt hergelangt sind. Vermutlich lag es daran, dass Sie aus Spanien kamen. Von dort erwartet man den Feind nicht. Jetzt bleiben Sie erst mal hier. Und wenn jemand fragt, sind Sie mein Cousin Maurice. Maurice Legrand.«

»Aber das geht doch nicht«, protestierte Alexander.

»Doch, mein Freund. Maurice ist schon vor Jahren mit gebrochenem Herzen ausgewandert, niemand kennt ihn hier, und selbst ich weiß nicht, wo er steckt, ob er überhaupt noch lebt. Er ist nur wenige Jahre jünger als Sie, und

Sie sehen ihm sogar ein wenig ähnlich. Er hat seine Sachen bei mir deponiert, Uniform, Wehrpass, seinen Hochzeitsanzug und seine Bücher. Einen ganzen Stapel philosophischer Werke, die kein Mensch versteht. Der arme Kerl. Seine Braut ist einen Tag vor der Hochzeit vor seinen Augen von einem Vierspänner überfahren worden. Sie war sofort tot. Nach dem Begräbnis hat Maurice zwei Koffer bei mir abgeladen und sich verabschiedet. Zwölf Jahre ist das her. Seitdem habe ich nichts von ihm gehört. Und jetzt kommen Sie mit in die Stube. Sicher sind Sie ausgehungert.«

Alexander folgte dem Hausherrn in einen großen Raum mit bodentiefen Fenstern, hinter denen sich die Pferdekoppeln und dahinter die Hügel Burgunds erstreckten. Ein ovaler Tisch, der gerade von einem Hausmädchen gedeckt wurde, dominierte den Raum. Legrand stellte Alexander seine Frau Marguerite vor, und als die beiden Jungen hereinkamen, nahmen alle Platz, um zu essen. Trotz der gedrückten Stimmung unterhielten sie sich angeregt.

Nach dem Essen zog Alexander sich auf das Zimmer zurück, das man ihm zugewiesen hatte. Die Familie Legrand gefiel ihm, und er hätte gern mehr Zeit mit ihr verbracht. Doch er hatte längst entschieden, dass er das diesen anständigen Menschen nicht zumuten durfte. Er würde eine Nacht bleiben, um sich auszuruhen, und im Morgengrauen die Heimreise antreten. Er würde sich fernhalten von Ortschaften, keine Straße benutzen, sondern querfeldein reiten. Ohne die Stuten war er viel schneller. Wenn alles gut ging, wäre er in drei Tagen wieder zu Hause.

Belgien, am nächsten Tag, August 1914

Geschützdonner rollte von der Maas her den Hügel herauf, darunter mischte sich das Knattern von Gewehren. In der Ferne war eine der westlichen Festungen von Lüttich zu erkennen. Wie ein Ring lagen die wuchtigen Bauten in einigen Kilometern Abstand um die Stadt herum. Dort wollte die Kaiserliche Armee vorbei, und die Belgier machten es ihr nicht leicht.

Robert musste mit seiner Eskadron erst einmal sein Quartier in Mortier erreichen, das etwa fünfzehn Kilometer vor Lüttich lag. Sie waren bei Gemmenich an einem verdutzten Zöllner vorbei nach Belgien einmarschiert. Der arme Kerl hatte ihnen hinterhergerufen, es müsse sich um einen Irrtum handeln, Belgien sei neutral und Deutschland selbst doch ein Garant dafür. Einige Soldaten hatten herzhaft gelacht. Der Zöllner packte daraufhin seine Sachen und machte sich aus dem Staub, ohne dass irgendjemand ihn daran hinderte. Robert war nicht wohl gewesen bei der Sache. Sie hatten die Grenze nach Belgien überschritten, wissend, dass sie damit Völkerrecht verletzten. Aber die Entscheidung lag nicht bei ihm, er befolgte Befehle und hatte sie nicht zu hinterfragen.

Den Belgiern war ein Ultimatum gestellt worden, die Grenzen zu öffnen und der Kaiserlichen Armee den Durchmarsch zu gestatten, aber sie hatten es verstreichen lassen und sich zur Verteidigung gerüstet. Also blieb den Deutschen keine Wahl.

Robert ließ Feuerherz weitertraben, seine Männer folgten ihm. Es ging den Hügel hinab und auf ein Wäldchen zu. Plötzlich war ganz in der Nähe Gewehrgeknatter zu hören. Es kam aus dem Wald. Robert hob die Hand, ließ alle zurück in den Schritt fallen. Vorsichtig tauchten sie in das Wäldchen ein. Roberts Magen krampfte sich zu einem harten Brocken zusammen. Irgendetwas stimmte nicht. Er konnte sich keinen Reim auf den Gefechtslärm machen, hier gab es keine gegnerischen Kräfte, denn die hatten sich um Lüttich herum in ihren Forts verschanzt.

Dann waren sie schlagartig mittendrin. Hinter einer Biegung versperrten mehrere Fahrzeuge die Straße. Zwei Lkw waren ineinander verkeilt, ein dritter war umgestürzt. Dutzende Kisten mit MG-Munition hatten sich über die gesamte Breite der Fahrbahn ergossen, wo sie sich mit ebenso vielen Kisten voller Konservendosen mit Obst, Fleisch und Gemüse vermischten, die teilweise aufgeplatzt waren und ihren Inhalt auf die Straße ergossen hatten. Dreißig oder vierzig Mann lagen hinter den Kisten und dem umgestürzten Lkw und feuerten ziellos in den Wald. Ein Oberleutnant mit puterrotem Kopf brüllte Befehle, einige Soldaten sprangen auf, liefen wie aufgescheuchte Hühner hin und her. Unter das Knattern und Brüllen mischten sich die Schmerzensschreie Verletzter.

Robert ließ seine Eskadron halten. Er hatte nur wenige Sekunden gebraucht, um allein am Gewehrfeuer zu hören, dass niemand zurückschoss. Reine Verschwendung von Patronen, die eigentlich in Lüttich gebraucht wurden.

Franz kam zu ihm an die Spitze und betrachtete die Bescherung. »Ich glaube, da müssen wir mal ran«, sagte er und schüttelte den Kopf.

»Sehe ich auch so. Ich beende das Herumballern, du schnappst dir ein paar Männer und kümmerst dich um die Verletzten.«

Franz wandte sich um und rief: »Sanis vor! Zwanzig Mann zu mir!«

Er gab seinem Pferd die Sporen. Die Männer folgten ihm, sie hielten vor den verkeilten Lkw und begannen, die Verletzten aus den zum Teil zerquetschten Führerhäusern zu bergen. Immerhin begriffen die Kameraden, was gerade geschah, und schossen nicht auf die Helfer.

Robert sprang vom Pferd und rannte auf den Oberleutnant zu, der ihn gar nicht wahrnahm. Robert musste ihn an der Schulter rütteln, um sich bemerkbar zu machen.

»Sofort das Feuer einstellen!«, schrie er dem Mann ins Ohr.

»Aber die Franktireurs …«, stotterte der Oberleutnant. »Hunderte Kameraden sind ihnen bereits zum Opfer gefallen.«

Robert schätzte, dass der Kerl noch keine zwanzig war. Er hatte seinen Rang zum Geburtstag geschenkt bekommen.

»Feuer einstellen, sofort!«, wiederholte er.

Der Oberleutnant reagierte nicht. Er blickte starr ins Unterholz, die Augen aufgerissen, Schweißperlen auf der Stirn.

Mit einer schnellen Bewegung zog Robert seine Pistole. Er musste zu drastischen Maßnahmen greifen, damit die Soldaten sich nicht versehentlich gegenseitig erschossen. Bisher gab es anscheinend nur einige wenige Verletzte durch den Zusammenprall der Fahrzeuge.

Er setzte dem Oberleutnant die Waffe an den Kopf. »Wenn Sie noch einmal den Befehl verweigern, erschieße ich Sie auf der Stelle.«

Der Bursche wurde blass. »Feuer einstellen«, krächzte er. Und dann noch einmal lauter. »Feuer einstellen, sofort!«

Und tatsächlich, einer nach dem anderen hörte mit dem sinnlosen Herumschießen auf. Eine unheimliche Stille legte sich über das Wäldchen, durchbrochen vom Stöhnen der Verletzten.

Robert steckte seine Waffe ins Holster. »Was ist hier geschehen?«

»Da war ein Knall«, stammelte der Oberleutnant. »Einer der Lkw geriet ins Schleudern, prallte gegen einen zweiten, der umkippte … Ich dachte, wir würden angegriffen. Franktireurs, sie lauern überall im Hinterhalt, heißt es.«

»Ein Knall?«, fragte Robert ungläubig nach. War es möglich, dass diese ganze Ballerei die Reaktion auf einen geplatzten Reifen war?

»Ich muss diesen Vorfall melden«, sagte er knapp. »Name? Rang?«

Der junge Mann schluckte schwer. »Oberleutnant Moritz von Weyendorf, Erstes Infanteriebataillon, siebter Zug.« Seine Augen begannen zu glitzern. »Bitte«, flehte er, »bitte melden Sie mich nicht. Mein Vater darf nichts davon erfahren.« Von Weyendorf ließ die Schultern hängen und senkte den Blick.

Robert presste die Lippen zusammen. Dieser Oberleutnant war nicht nur unfähig, sondern auch feige. Hatte Angst vor seinem Vater. Wie erbärmlich. Robert hatte von

Emil von Weyendorf gehört, ein hochdekorierter Generalleutnant, der als Meister der Strategie galt.

»Stehen Sie gefälligst stramm, wenn ein Vorgesetzter mit Ihnen spricht«, herrschte er den jungen Mann an.

Von Weyendorf schlug hastig die Hacken zusammen und salutierte. »Jawohl, Herr Rittmeister. Zu Befehl, Herr Rittmeister.« Sein Blick ging nun starr geradeaus, aber seine Augen hatten noch immer etwas Gehetztes.

Mit einem Mal überkam Robert Mitleid. Dieser arme Kerl hatte sich seine Karriere beim Militär bestimmt nicht ausgesucht. Vielleicht hatte er Arzt werden wollen oder Wissenschaftler oder Maler. Genau, wie Robert viel lieber Pferdezüchter geworden wäre als Hauptmann. Doch sein Vater hatte ihm keine Wahl gelassen. Ebenso wenig wie Emil von Weyendorf seinem Sohn Moritz.

»Rühren«, befahl er, bevor er in leisem Ton fortfuhr. »Also gut, Oberleutnant, ich werde Sie nicht melden. Wir alle machen Fehler. Und in diesem Fall scheint es glimpflich ausgegangen zu sein. Aber so etwas darf nie wieder geschehen. Sie haben das Leben Ihrer Männer unnötig gefährdet.«

»Jawohl, Herr Rittmeister.« Der junge Mann sah ihn an. »Ich verspreche, dass ich mich Ihres Vertrauens würdig erweisen werde.«

»Das hoffe ich. Wegtreten!«

Der Leutnant salutierte und trat zu seinen Männern. Er erteilte Befehle, und das Durcheinander begann sich zu lichten. Die Verletzten waren inzwischen geborgen und versorgt. Nun machten sich einige Soldaten daran, den umgekippten Laster aufzustellen. Andere räumten die

Kisten aus dem Weg, damit Robert und seine Eskadron passieren konnten.

Robert saß auf und gab den Befehl zum Aufbruch. Als er an Weyendorf vorbeiritt, nickte dieser ihm zu. In seinen Augen lag Dankbarkeit, aber auch Entschlossenheit. Robert ließ seinen Hengst antraben und hoffte, dass er keinen Fehler begangen hatte.

Kapitel 5

Navarra, August 1914

Als Cristina erwachte, war sie einen Augenblick lang orientierungslos. Dann fiel ihr wieder ein, wo sie war: in der Wohnung eines Vetters von León, der sie Felipe und ihr für eine Nacht überlassen hatte. Seit zehn Tagen schliefen sie beinahe jede Nacht woanders. Meistens kamen sie bei einem Freund von Felipe unter, eine Nacht hatten sie jedoch auch heimlich in einer der Bierkutschen der Brauerei Gonçalvez verbringen müssen. Und eine weitere in einem Schuppen vor den Toren der Stadt.

Cristina drehte sich nach Felipe um, doch der Platz neben ihr im Bett war leer. Manchmal verließ Felipe schon sehr früh das Haus. Um Arbeit zu suchen. Oder eine Schlafstelle für die kommende Nacht. Oder weil er etwas mit seinen Genossen von der Gewerkschaft zu besprechen hatte. Manchmal nahm er Cristina auf solche Treffen mit, doch meistens ging er allein.

Sie war ihm nicht böse, im Gegenteil. Häufig wurde bei den Versammlungen lautstark über Dinge diskutiert, von denen sie nichts verstand, und sie langweilte sich zu Tode. Am vergangenen Montag war sie bei einer Demonstration gegen die Ausbeutung durch das Kapital mitmarschiert. Diesmal waren auch einige Frauen dabei gewesen. Es hatte sich gut angefühlt, mit so vielen Gleichgesinnten zusammen auf die Straße zu gehen. Auch wenn ihr beim Anblick der schwer bewaffneten Männer der Guardia Civil, die sie argwöhnisch beobachteten, etwas mulmig geworden war. Zudem hatte sie befürchtet, Eduardo oder jemand anders von Los Pinos könnte unter den Schaulustigen am Straßenrand stehen und sie erkennen.

Cristina schwang die Beine aus dem Bett. Sie wusch sich am Spülstein und zog sich an. Dann packte sie ihre Sachen zusammen. Felipe und sie hatten sich angewöhnt, ihr Frühstück, das aus einem schwarzen Kaffee und einem Tomatenbrot bestand, in einem kleinen Café in der Calle Mayor zu sich zu nehmen.

Wenn Felipe morgens früh fortmusste, kam er später dorthin. Da sie meist nicht länger als eine Nacht in derselben Unterkunft bleiben konnten, nahm Cristina ihre Reisetasche mit, als sie das Haus verließ. Es lag am Stadtrand, sodass sie ein Stück laufen musste, bis sie die Calle Mayor erreichte. Sie hatte offenbar länger geschlafen als sonst, denn die Sonne stand bereits hoch über den Dächern, und es waren viele Leute unterwegs.

Je mehr sie sich der Calle Mayor näherte, desto dichter wurde das Gedränge. Menschen standen in Gruppen zusammen und tuschelten, andere schüttelten die Köpfe und fluchten lautstark. Etwas musste vorgefallen sein.

Cristina lief langsam weiter. Am liebsten wäre sie umgekehrt, aber sie wollte zum Treffpunkt. Außerdem hatte sie Hunger. Ihr Abendessen war karg gewesen, sie besaßen nicht mehr viel Geld, obwohl Cristina all ihre Ersparnisse mitgenommen hatte.

Schließlich war die Menschentraube so dicht, dass es kein Vorankommen mehr gab. Es waren noch etwa zwanzig Meter bis zu dem Café. Ein schrecklicher Gedanke durchfuhr Cristina. Was, wenn Felipe etwas zugestoßen war? Wenn er einen Unfall gehabt hatte? Allenthalben wurde irgendwer von einem rücksichtslosen Kutscher oder Automobilisten angefahren. Nicht selten gingen solche Zusammenstöße tödlich aus.

»Bitte machen Sie Platz«, rief sie und drängte sich vorbei an den fremden Leibern. »Ich muss hier durch.«

Manche ließen sie tatsächlich passieren, andere wichen nicht einen Zentimeter zur Seite, doch endlich gelangte Cristina in die vordere Reihe und sah, worum sich all die Menschen scharten. Genau vor dem Café lagen Trümmer über die ganze Straße verstreut. Blech, Glas und Metallteile. Die Scheibe des Cafés war zerborsten, die Markise zerfetzt.

Cristina schlug die Hand vor den Mund. »Felipe«, flüsterte sie entsetzt.

»Eine Bombe«, erklärte jemand neben ihr. »Diese dreckigen Schweinehunde, man sollte sie alle aufknüpfen.«

Erst jetzt erkannte Cristina, dass die Metallteile auf der Straße von einem Automobil stammten. An ihm musste die Bombe angebracht gewesen sein. Das Café war nicht Ziel des Anschlags gewesen, der Wagen hatte nur zufällig davorgestanden. Nun bemerkte Cristina auch den Inhaber, der mit grimmiger Miene in der Tür stand und den Guardias zusah, die um die Unglückstelle herumstanden, die Gewehre im Anschlag.

Erleichtert atmete Cristina auf. Im Café schien niemand zu Schaden gekommen zu sein. Für den Fahrer des Automobils galt dies offensichtlich nicht. Ein blutgetränktes Tuch bedeckte die am Boden liegende Gestalt nur unzureichend. Rasch wandte Cristina den Blick ab und erstarrte. Genau vor ihr lag ein Schuh. Der Fuß steckte noch darin.

Von Grauen erfasst wandte Cristina sich ab, bahnte sich einen Weg aus der Menge heraus und erbrach sich in den Rinnstein. Wieder und wieder musste sie würgen.

Als sich ihr Magen endlich beruhigte, lehnte sie sich zitternd gegen die Hauswand. Sie konnte kaum stehen, ihr ganzer Körper bebte. Sie wusste, dass sie den Anblick des Schuhs nie wieder aus ihrem Gedächtnis würde löschen können, selbst wenn sie hundert Jahre alt würde.

Und etwas anderes würde sie auch niemals vergessen. Sie war dem Mann begegnet, als er noch lebte. Sie wusste, wer der Tote war, sie hatte den Schriftzug auf der Wagentür erkannt, die wie durch ein Wunder beinahe unversehrt geblieben war. *Cervecería Gonçalvez*. Die Bombe hatte Eliseo Gonçalvez zerfetzt.

Wie durch Watte gedämpft hörte Cristina Stimmen. Einige Männer diskutierten heftig, sie verstand nur Wortfetzen. Am liebsten hätte sie sich die Ohren zugehalten, aber sie hatte genug damit zu tun, einfach nur aufrecht stehen zu bleiben.

Allmählich wurden die Stimmen deutlicher. Cristina verstand einzelne Wörter. Gonçalvez. Anarchisten. Esku Beltza.

Sie wollte schreien, doch ihrer Kehle entrang sich bloß

ein jämmerliches Röcheln, bevor sie schluchzend auf dem Boden zusammenbrach.

Burgund, einige Tage später, August 1914

Seit knapp zwei Wochen verbarg sich Alexander bei den Legrands in einem Keller unter einer Scheune, in der Heu lagerte. Frédéric hatte ihm erzählt, dass dieser Unterschlupf vor mehr als hundert Jahren angelegt worden war, um Schmuggler und deren Waren zu verstecken. Nicht immer seien die Legrands ehrbare Pferdezüchter gewesen.

Obwohl die Familie sich rührend um Alexander kümmerte, ihn verpflegte und ihm sogar die Tageszeitung brachte, kam er sich vor wie im Gefängnis. Erst nach Sonnenuntergang, wenn die Mägde, Knechte und sonstigen Bediensteten nach Hause gegangen waren, konnte er sein Versteck verlassen. Zum Glück wohnte niemand vom Personal im großen Haus, sonst hätte er auch nachts im Keller bleiben müssen. Lediglich die alte Köchin und ein absolut zuverlässiges Hausmädchen wussten von dem heimlichen Gast.

Auch heute hatte er den ganzen Tag ausgeharrt und sich die Zeit damit vertrieben, die Tagebücher von Maurice Legrand zu lesen, die Frédéric ihm gegeben hatte. Es kam ihm einerseits schäbig vor, den privaten Gedanken eines Mannes nachzuschnüffeln, andererseits hatte Maurice fast nur nüchterne Fakten festgehalten, über seine Zeit beim Militär, über sein Studium der Architektur, über die Häuser, die er gern bauen würde. Erst mit dem Tod seiner Verlobten änderte sich der Ton, jedoch lediglich für einen einzigen Eintrag. Danach gab es bloß noch leere Seiten.

Alexander war überzeugt davon, dass Maurice Legrand nicht mehr lebte. Das schreckliche Unglück hatte ihn vollkommen aus der Bahn geworfen, ihn seines größten Glücks beraubt. Alexander empfand großes Mitgefühl mit dem Mann. Auch er hatte seine große Liebe verloren, und das gleich zweimal. Aber Luise lebte.

Inzwischen war wieder ein Tag vorüber, und Legrand hatte Alexander ins Haus geholt. Sie saßen hinter geschlossenen Läden am Tisch und speisten zu Abend, als plötzlich draußen das Brummen motorisierter Fahrzeuge zu hören war.

Legrand sprang auf. »Das Tor!« Er blitzte seine Söhne an. »Habt ihr das Tor nicht verschlossen?«

Die beiden Jungen bekamen keine Gelegenheit zu antworten. Etwas krachte, die Tür flog auf. Feldgendarmen strömten in die Stube, legten mit ihren Gewehren auf Alexander und die Familie Legrand an.

Frédéric war aufgesprungen, sein Kopf war rot vor Zorn und Schreck. »Was zum Teufel …«

»Frédéric Legrand!«, donnerte ein Leutnant, der einen Revolver in der Hand hielt, den Lauf jedoch auf den Boden gerichtet hatte. »Sie stehen im Verdacht, einen deutschen Spion zu verstecken.« Er richtete die Waffe auf Alexander.

Wie erstarrt saß Alexander da. Das Herz schlug ihm bis in den Hals.

Doch Frédéric ließ sich nicht so leicht aus der Fassung bringen. »Dieser Mann soll ein deutscher Spion sein?« Er lachte.

Es klang verkrampft, aber es verfehlte seine Wirkung nicht. Der Leutnant blinzelte verwundert.

Frédéric setzte sich wieder. »Ich weiß nicht, wer Ihr Informant ist, aber er hat sich getäuscht. Oder er wollte sich wichtigtun. Sie haben sich von einem Spinner aufs Kreuz legen lassen.«

Die Waffe des Leutnants fuhr herum und zielte auf Frédérics Kopf. »Ich rate Ihnen, Ihre Worte sorgsam zu wählen. Allein schon wegen dieser Frechheit könnte ich Sie erschießen lassen.«

»Könnten Sie nicht«, sagte Alexander, der endlich aus seiner Erstarrung erwacht war. Das Herz drohte ihm aus der Brust zu springen. Er versuchte, die Waffen auszublenden, die die Eindringlinge auf ihn richteten, und sich ganz auf seine Rolle zu konzentrieren. Und er hoffte inständig, dass sein Französisch gut genug war, um die Männer zu täuschen.

»Niemand hat Sie gefragt, dreckiger Boche«, zischte der Leutnant, die Waffe noch immer auf Frédéric gerichtet.

»Ich könnte Sie für diese Beleidigung einige Wochen in Einzelhaft schmoren lassen.« Ganz langsam, damit er keine ungewollte Reaktion bei dem Leutnant hervorrief, erhob Alexander sich und nahm Haltung an. »Ich bin Maurice Legrand, Capitaine der Reserve. Soeben zurückgekehrt aus Spanien, wo ich seit vielen Jahren lebe. Ich habe mein Gestüt und meine Familie dort zurückgelassen. Denn wenn das Vaterland ruft, darf man keine Entbehrungen scheuen. Und wer sind Sie, Leutnant?«

Im Gesicht des Mannes zuckte ein Muskel. »Leutnant der Feldgendarmerie Bruno Maleux«, presste er hervor.

»Leutnant Bruno Maleux, ich befehle Ihnen und Ihren Männern, die Waffen zu senken. Auf der Stelle.«

Die Männer blickten auf ihren Vorgesetzten, auf dessen Stirn sich Schweißperlen zeigten. Er steckte in der Zwickmühle.

»Können Sie sich ausweisen, Capitaine?« Er leckte sich über die Lippen. »Nur der Form halber. Sie kennen ja das Prozedere.«

»Ich hole seinen Militärpass«, kam Marguerite Alexander zu Hilfe. »Gerne kann mich einer unserer tapferen Soldaten begleiten.«

»Ich denke, das wird nicht nötig sein, Madame.«

Marguerite erhob sich und verschwand aus dem Raum. Alexander bewunderte ihren Mut. Sie tat es für ihre Söhne, nicht für ihn, da war er sicher. Dennoch war er ihr dankbar.

Zwei Minuten später war sie zurück und drückte Alexander den Pass in die Hand. Er reichte ihn an den Leutnant weiter und betete, dass dieser sich das Geburtsdatum nicht näher anschaute. Maurice Legrand war 1876 geboren, somit sieben Jahre jünger als Alexander und müsste sofort an die Front.

Maleux schlug das Büchlein auf, blätterte, musterte Alexander, gab es ihm zurück, salutierte. »Capitaine Legrand, ich bitte vielmals um Entschuldigung, aber Sie wissen ja, was im Moment los ist. Jeder misstraut jedem.«

Frédéric winkte ab. »Schon gut. Gott sei Dank ist nichts passiert. Darf ich Sie zu einem Glas Wein einladen?« Er deutete auf einen freien Stuhl.

Der Leutnant schürzte die Lippen. »Vielen Dank, Monsieur Legrand, aber leider muss ich ablehnen. Denn ich fürchte, die Angelegenheit ist noch nicht erledigt. Sosehr ich mich für mein unbesonnenes Verhalten entschuldigen muss, bin ich dennoch gezwungen, darauf zu bestehen, dass Capitaine Legrand auf der Stelle mit uns kommt. Ich habe den strikten Befehl, alle wehrfähigen Männer, die nicht unbedingt in zivilen Einrichtungen benötigt werden, sofort ihren Regimentern zuzuführen. Wir brauchen jeden Mann. Vor allem die Offiziere.«

Belgien, am nächsten Tag, August 1914

Die Nacht war ruhig geblieben, bis auf das Getöse der Artillerie, die nicht eine Minute aufhörte, die Forts von Lüttich zu beschießen. Trotz des massiven Angriffs verteidigten die Belgier jeden Meter Boden mit Zähnen und Klauen.

Eine Woche war vergangen, seit Robert mit seinen Männern in Mortier Quartier bezogen hatte. Heute hatten sie einen Auftrag bei Visé, einer kleinen Stadt, die am Ostufer der Maas einige Kilometer nördlich von ihrem Quartier lag. Dort sollten sie beschädigte Leitungen reparieren und so die 34. und 27. Infanteriebrigade mit dem 25. Infanterieregiment verbinden. Mit einem Trupp von dreißig Mann ritt Robert durch die Morgensonne. Noch war es angenehm kühl, doch schon bald würde die Hitze unerträglich werden, wie schon seit Tagen. Robert suchte den Himmel ab, nirgends war ein Wölkchen in Sicht. Unbehelligt näherten sie sich ihrem Ziel. Angeblich war es so weit weg von Lüttich ruhig. Doch das stellte sich als Irrtum heraus.

Als sie noch etwa drei Kilometer von Visé entfernt waren, vernahmen sie das Knattern von Maschinengewehrfeuer.

»Ganz so gemütlich scheint es hier nicht zu sein«, sagte Franz, der zu Robert aufgerückt war.

Robert nickte. »Lass uns auf die Anhöhe dort reiten, dann sehen wir, was vor sich geht.«

Er winkte vier Männer zu sich, die sie begleiten sollten. Innerhalb weniger Minuten legten sie den knappen Kilometer bis auf die Kuppe zurück. Von dort hatten sie einen guten Blick auf Visé, die Maas und die Brücke, die das Städtchen mit dem jenseitigen Ufer verband.

Robert setzte seinen Feldstecher an. Die 34. Brigade versuchte, die Stadt einzunehmen, um von dort die Brücke zu besetzen, aber belgische Infanteristen, die sich in den Häusern verschanzt hatten, leisteten erbitterten Widerstand. Robert konnte die Uniformen und Wimpel der Belgier erkennen. Reguläre Einheiten, keine Frage. Robert schwenkte das Fernglas weiter zur Brücke und sah, was er erwartet hatte. Belgische Pioniere brachten unter der Fahrbahn Sprengladungen an, um die Brücke zu zerstören und so den Vormarsch der Deutschen aufzuhalten. Am anderen Ufer bauten die Belgier Maschinengewehre auf. Und die deutsche Artillerie konnte nichts dagegen tun. Denn alles, was weiter schießen konnte als ein Maschinengewehr, war nach Lüttich geschafft worden, um die Forts zu zerstören.

In die belgischen Truppen kam Bewegung. Die ersten Soldaten zogen sich aus der Stadt zurück, flohen über die Brücke. Robert ahnte, was die Belgier planten. Der Teil der Männer, der zurückblieb, würde feuern, bis die Brücke zerstört war, und sich dann ergeben. Eine kluge Strategie.

Dutzende belgische Infanteristen rannten im Zickzack über die Brücke, einige fielen, deutsche Scharfschützen mussten sie niedergestreckt haben. Schließlich war der letzte in Sicherheit, und nur einen Moment später zündete der erste Sprengsatz. Augenblicklich wurde ein Mittelpfeiler der Brücke in Trümmer verwandelt, ein Teil des Bauwerks stürzte ein.

Die 34. Brigade hatte ihr Ziel verfehlt. Selbst wenn die anderen Sprengsätze nicht zündeten, wäre die Brücke verloren, eine Reparatur würde Wochen dauern.

Jetzt ging ein ganzes Feuerwerk los. Die Belgier hatten nicht mit Sprengstoff gespart. Ein Pfeiler nach dem anderen knickte ein, die halbe Brücke krachte in die Maas, die Gischt spritzte meterhoch, der Explosionslärm rollte die Anhöhe hinauf.

Franz hatte ebenfalls seinen Feldstecher vor den Augen. »Nicht schlecht«, sagte er anerkennend. »Ich hätte nicht gedacht, dass die Belgier so clever sind. Sie haben der 34. eine lange Nase gedreht.«

Robert schwenkte zurück zu den MG-Nestern in der Stadt. Die belgischen Soldaten stellten das Feuer ein, zerschlugen die Verschlüsse ihrer Waffen und schwenkten weiße Tücher. Sie ergaben sich, genau wie Robert vermutet hatte. Sie würden sich zu den Kameraden gesellen, die bereits in deutsche Gefangenschaft geraten waren. Das Feuer erlahmte. Auch am westlichen Ufer der Maas schwiegen nun die Waffen. So stellten die Belgier sicher, dass ihre Kameraden unversehrt gefangen genommen werden konnten. Erst danach würde man den Kampf wieder aufnehmen.

Vorsichtig traten die belgischen Soldaten aus den Hauseingängen und hinter Mauern hervor, die Hände hoch über den Kopf erhoben.

Von den Deutschen wagte sich niemand aus der Deckung. Sie misstrauten dem Gegner offenbar. Inzwischen gingen mehrere Dutzend belgische Soldaten auf die deutschen Linien zu. Sie alle trugen keine Waffen, schwenkten die weißen Tücher und riefen etwas, das Robert auf die Entfernung nicht verstehen konnte. Das war es also. Visé war eingenommen, die Brücke jedoch verloren.

Gerade als Robert den Feldstecher absetzen wollte, krachten MG-Salven. Robert sog heftig die Luft ein. Das konnte doch nicht wahr sein! Seine Kameraden feuerten aus allen Rohren auf die wehrlosen Belgier, die im Kugelhagel förmlich zerrissen wurden. Was zum Teufel ging da vor? Hatten Franktireurs aus dem Hinterhalt gefeuert? Nein, bevor die Maschinengewehre losratterten, hatte Robert nur die Stimmen der belgischen Soldaten gehört. Und die schossen eindeutig nicht zurück.

Einer der Männer, die Robert und Franz auf die Anhöhe begleitet hatten, bekreuzigte sich, ein anderer schüttelte fassungslos den Kopf.

»Verdammte Scheiße«, stieß Franz hervor.

Robert setzte den Feldstecher ab. Seine Hände waren schweißnass. Was er soeben beobachtet hatte, war ein Massaker. Ein Kriegsverbrechen. Und es war noch nicht zu Ende. Voller Entsetzen nahm Robert das Glas wieder vor die Augen und beobachtete, wie die Deutschen auf Visé vorrückten. Aus einigen Fenstern wurden weiße Bettlaken gehängt, vereinzelt trauten sich Zivilisten mit erhobenen Händen auf die Straße. Eine Mutter mit zwei Kindern trat aus einem Hauseingang, die Deutschen stürmten auf sie los. Die Mutter hob die Hände, doch es war zu spät. Ein Kugelhagel tötete sie und ihre Kinder in Sekundenschnelle.

Robert hatte genug gesehen. Er steckte den Feldstecher weg. »Folgt mir!«, rief er und sprengte los.

Als sie sich der Stadt näherten, befahl Robert seinen Leuten, dafür zu sorgen, dass das sinnlose Töten endete. Franz übernahm das Kommando und sprengte mitten in die Infanteristen, die dabei waren, die Häuser nach weiteren vermeintlichen Franktireurs zu durchsuchen.

Robert wendete Feuerherz und fragte sich mit einem flauen Gefühl im Magen nach dem Leitstand durch, der in einer Scheune außer Reichweite der belgischen Maschinengewehre untergebracht war. Er sprang aus dem Sattel und rannte los. Die verblüffte Ordonnanz kam nicht einmal dazu, Haltung anzunehmen, als Robert an ihr vorbeistürmte. In der Scheune lagerten Lebensmittel, Munition und Treibstoffe. In der Mitte war ein Kartentisch aufgebaut, um den herum mehrere Offiziere standen und diskutierten.

Robert erhob die Stimme. »Wer ist für das Massaker an den belgischen Soldaten und den unbewaffneten Zivilisten verantwortlich?«

Die Männer fuhren herum, und aus dem flauen Gefühl in Roberts Magen wurde beißende Übelkeit.

Einer der Männer war Werner von Jagenberg. Sekundenlang starrte Jagenberg Robert finster an, bevor er seine Pistole zog und den Lauf auf seinen Kopf richtete.

»Sind Sie vollkommen verrückt geworden, Seydell? Ich könnte Sie auf der Stelle erschießen, und niemand würde es mir verübeln.«

Ein Zittern durchlief Roberts Körper. Ausgerechnet Jagenberg. Der Mann war nicht nur Major und damit sein Vorgesetzter. Er hatte ihn auch auf dem Kieker, seit sie sich zum ersten Mal begegnet waren. Und nun hatte er die Gelegenheit, Robert vors Kriegsgericht zu bringen.

Major Werner von Jagenberg war ab der Untersekunda einer ihrer Ausbilder in der Kadettenanstalt gewesen, ein harter Hund, der die Schüler gern schindete. Bei Robert und Franz hatte er damit auf Granit gebissen. Die beiden verbündeten sich gegen Jagenberg, der Kampf gegen ihn schweißte sie noch mehr zusammen. Sie halfen sich gegenseitig, wenn einer den zwanzig Kilo schweren Tornister nicht mehr durch den Schlamm ziehen oder das schwere MG nicht mehr über das letzte Hindernis hieven konnte. Andere nahmen sich verzweifelt das Leben, weil sie den täglichen Drill, die Demütigungen und Herabsetzungen nicht ertrugen, Robert und Franz jedoch spornte jede Ungerechtigkeit nur noch mehr an, und jede zusätzliche Aufgabe, die sie meisterten, verbuchten sie als Sieg, weil es Jagenberg nicht gelungen war, sie zu brechen.

Der Schinder ließ sie gewähren, bürdete ihnen aber immer schwerere Lasten auf, bis sie beide eines Tages am Ende ihrer Kräfte auf einem fünftägigen Gewaltmarsch zusammenbrachen.

Jagenberg hatte überheblich gegrinst und gefragt: »Und, Seydell? Wer ist jetzt der Stärkere?«

Robert hatte mit letzter Kraft geantwortet: »Solange wir leben, sind wir stärker.«

Jagenberg hatte den Befehl gegeben, sie einfach liegen zu lassen. Es war nass und kalt gewesen, und sie waren davon überzeugt, die Nacht nicht zu überleben. Doch dann wurden sie von einem Bauern gerettet, der ihnen warme Suppe und Brot gab und sie in seiner Scheune schlafen ließ. Nach ein paar Stunden hatten sie genug Kraft gesammelt, um auf den eigenen Beinen in die Kadettenanstalt zurückzukehren.

Niemand verlor ihnen gegenüber je ein Wort über die Angelegenheit, doch seit jenem Tag hielt Jagenberg Abstand. Irgendwer musste ihn zurechtgestutzt haben.

Jetzt also stand er Robert gegenüber, eine Waffe in der Hand, und sein Hass loderte wie eh und je.

Am Eingang zur Scheune entstand Unruhe. Jagenberg blickte an Robert vorbei, ein Grinsen breitete sich auf seinem Gesicht aus.

»Sieh an, der Franz Mälzinger ist mit von der Partie. Warum wundert mich das nicht?«

Robert hörte Absätze aneinanderklacken, dann Franz' Stimme.

»Melde gehorsamst, Herr Major, dass soeben unbewaffnete belgische Infanteristen, die sich ergeben hatten, erschossen worden sind. Ebenfalls wurden belgische Zivilisten, darunter auch Frauen und Kinder, füsiliert, ohne dass es zuvor eine Untersuchung zur Feststellung ihrer Beteiligung an Partisaneneinsätzen gab. Ich dachte, Sie sollten das wissen.«

Robert atmete tief durch. Franz war wirklich ein Teufelskerl. Und viel besonnener als er selbst. Geschickt hatte er Jagenberg den Wind aus den Segeln genommen. Mit der Meldung zwang er den Major dazu, die Sache zu untersuchen.

Dankbar schaute Robert zu Franz hinüber. Normalerweise handelte er ebenfalls besonnener, doch als er gesehen hatte, wie seine Kameraden eine wehrlose Frau und ihre Kinder erschossen, war etwas in ihm außer Kontrolle geraten. Er schwor sich, dass so etwas nie wieder geschehen durfte.

Robert betrachtete die anderen Offiziere. Einige blickten schuldbewusst zu Boden. Er war also nicht der Einzige, dem dieses Massaker gegen die Soldatenehre ging. Jagenberg rang um Fassung.

Kurz entschlossen nahm Robert Haltung an. »Ich bitte um Verzeihung für mein ungebührliches Auftreten, Herr Major.«

Jagenberg verzog das Gesicht. »So einfach kommen Sie nicht davon, Seydell.«

Robert ließ sich nicht provozieren, er hatte sich wieder im Griff. »Bitte senken Sie die Waffe, Herr Major. Ich habe nichts getan, das es rechtfertigt, mich mit einer Pistole zu bedrohen. Lassen Sie mich meinetwegen verhaften, erheben Sie Anklage vor dem Kriegsgericht wegen ungebührlichen Verhaltens. Falls Sie das nicht vorhaben, lassen Sie uns gehen. Wir haben einen Auftrag zu erledigen.«

In Jagenbergs Gesicht arbeitete es. Wenn er Robert anklagte, würde auch sein eigenes Verhalten zur Sprache kommen. Das konnte er nicht wollen. Robert einfach laufen zu lassen gefiel ihm jedoch ebenfalls nicht. Schließlich steckte er die Waffe ein. »Gehen Sie mir aus den Augen und hören Sie auf, wie ein Weib rumzuheulen, Seydell. Das ist ja widerlich.«

Einige Offiziere räusperten sich, doch sie sagten nichts.

Robert salutierte. »Ich wünsche einen angenehmen Tag, Herr Major. Wir werden uns sicherlich wiedersehen.« Ohne ein weiteres Wort stürmte er aus der Scheune, Franz im Schlepptau.

Jagenberg würde diese Schmach nicht auf sich beruhen lassen, so viel stand fest. Aber Robert würde ebenfalls nicht klein beigeben. Er würde dieses Verbrechen melden, egal welche Geschütze sein Widersacher gegen ihn auffuhr.

Burgund, am selben Tag, August 1914

Wie es sich für einen Capitaine gehörte, ritt Alexander zusammen mit weiteren Offizieren an der Spitze des Zugs. Er trug die Uniform von Maurice Legrand, eine rote Hose und einen blauen Rock, der schwer auf die Schultern drückte. Ihr Ziel war die Kommandantur in Meaux, gut vierzig Kilometer nordöstlich von Paris. Dort würde man Alexander seiner Einheit zuteilen. Die anderen Männer plapperten aufgeregt, sprachen von ihren Familien, von ihrer Arbeit, vor allem aber von ihrer Vorfreude, es den Boches endlich zu zeigen.

Alexander konnte kaum zuhören, geschweige denn sich an den Gesprächen beteiligen. Noch immer begriff er nicht ganz, wie er in diese missliche Lage geraten war. Am Abend zuvor hatte man ihm gerade noch Zeit gelassen, seine Sachen zusammenzupacken und sein Pferd satteln zu lassen. Dann hatte der Leutnant ihn mit einem Teil seiner Männer zu Fuß zu einem Sammelpunkt eskortiert, von wo aus es direkt weiterging. Maleux hatte sich von ihm verabschiedet, ihm viel Spaß gewünscht und war in den wartenden Wagen gestiegen.

Alexander hatte die ganze Zeit kurz davorgestanden, die Besinnung zu verlieren. Im einen Moment war er Alexander von Seydell gewesen, im nächsten Maurice Legrand, Capitaine der französischen Armee. Und nun sollte er gegen seine eigenen Landsleute ins Feld ziehen. Es musste ein Albtraum sein. Doch er wachte nicht auf.

Bevor Alexander seinen Hengst am Zügel genommen hatte, war es ihm gerade noch gelungen, Frédéric leise zu bitten, eine Nachricht nach Los Pinos zu schicken, damit Cristina und sein Gesinde Bescheid wussten. Er plante, die erste Gelegenheit zur Flucht zu nutzen, doch er musste sich vorsehen. Als französischer Deserteur drohte ihm das gleiche Schicksal wie als deutscher Spion. Er würde auf der Stelle erschossen werden.

Seit sie losgeritten waren, kreisten seine Gedanken fast ausschließlich um Los Pinos. Sein eigenes Schicksal war ihm dagegen fast gleichgültig. Für seine Tochter, für die Menschen und die Tiere, für die er verantwortlich war, musste er einen Ausweg finden. Vor allem, weil es niemanden gab, der das Gestüt an seiner Stelle leiten konnte. Sein Pferdemeister war ein kluger Bursche, auch der Futtermeister war zuverlässig, und auf Eduardo konnte Alexander sich blind verlassen. Er würde auch dafür sorgen, dass die anderen Knechte ihre Arbeit machten. Doch die ganze Verwaltung und das Abwickeln der Geschäfte hatte Alexander immer selbst erledigt.

Bis sich eine Möglichkeit zur Flucht bot, musste er darauf achten, nicht aufzufliegen. Er war heilfroh, dass er die Tagebücher von Maurice Legrand gelesen hatte und deshalb einige Details aus dessen Leben wusste. Einer oberflächlichen Überprüfung würde er standhalten. Und auch die Abläufe beim Militär waren ihm vertraut, da er als Oberleutnant bei den Dragonern im Kaiserlichen Heer gedient hatte. Dennoch musste er befürchten, auf alte Kameraden von Legrand zu stoßen, die sofort sehen würden, dass er ein Betrüger war.

Und dann war da noch die Uhr mit seinem eingravierten Namen. Erst unterwegs war ihm siedend heiß eingefallen, dass er sie noch bei sich trug. Er hatte erwogen, sie wegzuwerfen, es aber nicht übers Herz gebracht. Er hoffte inständig, dass er diese Sentimentalität nicht mit dem Leben bezahlen würde.

Die Nacht hatten sie in einer Scheune verbracht, sechzig Mann, dicht an dicht im Stroh. Nun waren sie schon wieder seit Stunden unterwegs, der Nachmittag war angebrochen.

»Capitaine?«

Alexander fuhr zusammen. »Verzeihen Sie, Colonel, ich war in Gedanken.« Er sah den Mann, der von weiter hinten zu ihm aufgeschlossen hatte, entschuldigend an. »Was sagten Sie gerade?«

»Es gibt schlechte Nachrichten. Wir haben eben erfahren, dass die Deutschen Luxemburg besetzt haben und Belgien mit einer Million Mann überrennen. Wenn sie so weitermachen, sind sie in zwei Wochen in Paris, und Frankreich fällt.«

»Eine Million Soldaten? Wie haben sie die so schnell an die Front bekommen?«

Der Colonel schnitt eine Grimasse. »Ich schätze, sie hatten die Pläne seit Jahren in der Schublade. Sie haben nur auf eine Gelegenheit gewartet. Es ist unglaublich. Sie rücken auf einem Korridor von zweihundert Kilometern Breite vor. Die Boches sind schlimmer als eine Heuschreckenplage.«

Nur dass Heuschrecken nicht mit Granaten schießen, dachte Alexander.

Gegen Abend nahmen sie Quartier in einer kleinen Stadt. Die Leute jubelten ihnen zu. Viele Männer wollten sich ihnen anschließen. Der Colonel wies jedoch die meisten ab, weil sie entweder zu jung oder zu alt waren.

Alexander verstand die Begeisterung nicht. Wussten diese Burschen denn nicht, was sie erwartete? Krieg bedeutete immer Leid, Tod, Schmerz und Verzweiflung. Er konnte verstehen, dass die Franzosen sich und ihr Land verteidigen wollten und dass sie bereit waren, ihr Leben für die Heimat zu geben. Aber diese Freude, dieser Jubel?

Die Offiziere speisten im Haus des Bürgermeisters, wo man ihnen ein Festmahl auftischte. Alexander gelang es, den Fragen nach seinem Leben auszuweichen, indem er immer wieder das Gespräch auf die Lage im Land lenkte. So erfuhr er, dass die Deutschen wie die Mordbrenner in Belgien eingefallen waren und Hunderte Zivilisten ermordet hatten und dass die Engländer als Verbündete der Belgier auf dem Kontinent gelandet waren und der Kaiserlichen Armee entgegenmarschierten.

Noch hielten Lüttich und Antwerpen dem Sturm Zehntausender deutscher Soldaten stand. Doch die größte Gefahr lauerte im Norden Frankreichs, dort würden die Deutschen mit aller Macht zuschlagen. Der Colonel hatte Alexander gegenüber angedeutet, dass er damit rechne, an die Somme abkommandiert zu werden, wo man die verheerendste Offensive der Deutschen erwarte.

Alexander hatte nur genickt. Die Worte des Colonels klangen so fern der Realität, dass er sie gar nicht richtig begreifen konnte. Alles fühlte sich unwirklich an, als wäre Alexander aus der Welt, die er gekannt hatte, herausgeschleudert worden und in einer fremden Welt gelandet, deren Regeln er nicht kannte. Doch wenn er überleben wollte, wenn er Cristina und Los Pinos je wiedersehen wollte, musste er ein anderer werden, zumindest für eine Weile.

Lüneburger Heide, am nächsten Tag, August 1914

Luise beobachtete Anna-Maria, die lustlos in ihrem Essen herumstocherte. Ihre Stimmung wechselte wie die Gezeiten, immer wenn ein Brief von Enno kam, blühte sie auf und lief von morgens bis abends mit einem Lächeln auf den Lippen herum. Nach ein paar Tagen jedoch verblasste die Wirkung, und sie wurde wieder still und in sich gekehrt.

Zum Glück schrieb Enno häufig, schon drei Briefe waren seit seiner Einberufung eingetroffen, was Bruno zu der spöttischen Bemerkung veranlasst hatte, es gebe wohl nicht genug zu tun an der Front, wenn die Männer noch Zeit hatten, seitenlange Liebesschwüre zu verfassen.

In den Phasen zwischen den Briefen versuchte Luise, ihre Tochter mit Hochzeitsplänen abzulenken. Sie betrachteten Kataloge mit Kleidermode, sprachen über die Speisenfolge und die Dekoration der Tische. Doch selbst bei diesen Gesprächen war Anna-Maria oft abwesend und starrte mit sorgenvoller Miene in die Ferne.

Seit Ennos letztem Brief war mehr als eine Woche vergangen, und entsprechend betrübt war Anna-Maria.

»An der Front herrscht Chaos«, hatte Luise sie am Morgen zu trösten versucht, nachdem der Postbote wieder nichts gebracht hatte. »Manchmal braucht ein Brief länger. Das sollte dich jedoch nicht davon abhalten, Enno zu schreiben. Sicher freut er sich ebenso über jede Zeile von dir.«

Ludwig legte das Messer weg. »Das kann ja keiner mit ansehen«, fuhr er Anna-Maria an. Seit einigen Tagen war er aus Berlin zurück, und alle litten unter seinen Launen. Mal war er fröhlich und hatte für jeden ein nettes Wort, dann wieder brauste er wegen jeder Kleinigkeit auf.

»Ich habe keinen Appetit, Vater.«

»Willst du, dass Enno von der Front heimkehrt, und seine Braut ist nur noch ein Strich in der Landschaft? Herrgott, Kind, mach es uns doch nicht so schwer.«

Luise legte ihm die Hand auf den Arm. »Lass sie, Ludwig. Sie macht sich Sorgen, das ist doch verständlich.«

»Hat sie etwa kein Vertrauen in die Kaiserliche Armee?«

»Das hat sie ganz bestimmt. Aber ein sicherer Sieg bedeutet nicht, dass jeder Soldat unversehrt zurückkehrt.«

Sie sah Ludwig warnend an. »Du hast die Verlustlisten in der Zeitung gesehen«, fügte sie leise hinzu.

»Papperlapapp.« Er wedelte ungeduldig mit der Hand.

»Ich beneide Enno, weil er fürs Vaterland kämpfen darf«, verkündete Bruno. »Und ich finde es ungerecht, dass ich nicht genommen werde.«

»Du bist zu jung.« Luise dankte dem Schicksal, dass Bruno erst fünfzehn war. Die Wehrpflicht begann zum Glück erst mit siebzehn. Bis zu Brunos siebzehntem Geburtstag würde der Krieg längst vorbei sein. So wusste sie wenigstens einen ihrer Söhne in Sicherheit.

»Ich bin so gut wie erwachsen«, widersprach Bruno. »Und ich will mein Vaterland verteidigen.«

»Dein Vaterland will dich aber nicht dabeihaben«, sagte Luise.

Ludwig lächelte Bruno aufmunternd an. »Ich bin stolz auf dich, mein Junge. Das ist die richtige Einstellung. Für den Kampf für Kaiser und Vaterland kann man gar nicht zu jung sein. Du wirst deine Chance noch bekommen und deinen Mann stehen, da bin ich sicher.«

Luise presste die Lippen zusammen. Das sagte ausgerechnet der Mann, der nie einen Krieg mitgemacht hatte. 1870 gegen die Franzosen war er noch ein Kind gewesen, jetzt war er mit knapp fünfzig Jahren zu alt. Es war einfach, den Mund aufzureißen, wenn man selbst nicht betroffen war.

Anna-Maria sprang so heftig auf, dass ihr Stuhl umkippte. »Ihr macht mich krank mit eurem Gerede vom Krieg«, rief sie. »Habt ihr denn nichts anderes im Kopf?« Sie warf ihre Serviette auf den Tisch und stürmte aus dem Zimmer.

Luise erhob sich ebenfalls. »Seht ihr, was ihr angerichtet habt?«, fuhr sie Ludwig und Bruno an.

»Weibergeschwätz«, murmelte Ludwig, doch er wirkte verunsichert.

»Nenn es, wie du willst, Ludwig. Mir ist jedenfalls auch der Appetit vergangen.«

Auf dem Weg durch die Eingangshalle kam ihr der Verwalter entgegen.

»Komme ich ungelegen?«, fragte er besorgt.

Luise war froh über die Ablenkung. »Gibt es Probleme?«

»Nur ein paar Fragen bezüglich der Aufträge für den Sattler.« Er zögerte. »Wir müssen Ihren Gemahl nicht unbedingt damit behelligen.«

»Kommen Sie.« Luise führte den Mann in den Salon, wo in der Ecke der Sekretär stand.

Zwischen ihr und Gustav Meinrath gab es seit Langem eine stillschweigende Übereinkunft, Ludwig so weit wie möglich aus den Geschäften herauszuhalten. Genau wie mit dem Pferdemeister, der sich in der Regel an sie wandte, wenn es etwas zu klären gab. Allerdings war der Verwalter inzwischen sechzig und seit zwei Jahren Witwer. Irgendwann würden sie über einen Nachfolger nachdenken müssen. Es würde nicht einfach sein, jemanden zu finden, mit dem die Zusammenarbeit ähnlich reibungslos lief.

Seufzend ließ Luise sich nieder und bot Meinrath ebenfalls einen Platz an. »Dieser Krieg treibt mich in den Wahnsinn«, sagte sie.

»Genau darum geht es, gnädige Frau. Der Sattler ist eingezogen worden. Wir müssen uns nach einem Ersatz umsehen.«

»Das kann doch so schwer nicht sein.«

»Noch nicht, da mögen Sie recht haben. Aber ich fürchte, dass sich das schon sehr bald ändern wird. Dann wird es an allem fehlen, nicht nur an jungen Männern. Und im Gegensatz zu vielen anderen bin ich nicht davon überzeugt, dass es in wenigen Wochen vorbei ist.«

Belgien, am nächsten Tag, September 1914

Zwei Tage waren seit dem Massaker in Visé vergangen. Ihren Auftrag dort hatten Roberts Männer schnell erledigt, denn sie hatten ohne Pause gearbeitet. Innerhalb von vierundzwanzig Stunden zogen sie vierzig Kilometer Telefonkabel und verbanden alle Stellungen mit der Zentrale. Vielleicht beeilten sie sich so, weil sie einen Racheakt der Belgier fürchteten und schnell wieder wegwollten. Das konnte Robert gut nachvollziehen.

Auf dem Rückweg in ihr Quartier wurden sie von der lähmenden Hitze und dem dumpfen Grollen der Artillerie begleitet. Und es grollte auch über den Wiesen vor Mortier, wo die Mannschaften ihre Zelte aufgeschlagen hatten. Anfangs hatte Robert geglaubt, ein Gewitter zöge übers Land und brächte die ersehnte Abkühlung, aber es waren die schweren Mörser, die dicken Bertas, die das letzte Fort, das Lüttich noch verteidigte, in Staub verwandelten.

Die umliegenden Dörfer waren mit Deutschen überfüllt. Sie warteten auf neue Befehle, doch die würden erst eintreffen, wenn die Bertas ihre Arbeit verrichtet hatten. Lange konnte es nicht mehr dauern, denn die Granaten zermalmten alles, was sie trafen, auch meterdicken Beton. Eine Festung war explodiert, als eine Granate das Munitionslager traf. Niemand hatte überlebt.

Robert saß an seinem Schreibtisch im Zelt und zeichnete Formulare ab. Materialanforderungen, Urlaubsanträge, Krankmeldungen und Schnellurteile für leichtere Vergehen. Schweiß perlte ihm von der Stirn. Es war unerträglich schwül, das Thermometer zeigte über dreißig Grad, die Luft war mit Wasser vollgesogen wie ein Schwamm. Selbst für ihn, der den Sommer mit seiner Hitze liebte, war dieses Wetter eine Tortur.

Das Feldtelefon summte. Robert rieb sich die Hand trocken, nahm den Hörer ab und meldete sich.

»Generalleutnant Reinhart hier«, erwiderte eine scheppernde Stimme. »Ich grüße Sie, Seydell. Sie leisten hervorragende Arbeit, aber bis Lüttich gefallen ist, gibt es nicht viel für Sie zu tun. Übergeben Sie das Telefon einer vertrauenswürdigen Vertretung und reiten Sie mit hundert Mann nach Saussure. Das Dorf liegt ganz in der Nähe Ihrer Stellung. Wir brauchen Unterstützung beim Ausheben eines Widerstandsnestes. Major von Jagenberg erwartet Sie dort.«

Robert schluckte. Ausgerechnet. Aber er hatte keine Wahl. Reinhart war sein befehlshabender Vorgesetzter.

»Jawohl, Exzellenz. Ich rücke sofort aus.«

»Ich verlasse mich auf Sie.«

»Ich werde Sie nicht enttäuschen.«

Robert übergab den Wachdienst am Telefon einem zuverlässigen Leutnant, erteilte der Ordonnanz den Befehl, hundert Mann der Eskadron marschbereit zu machen und genug Wasser mitzunehmen. Dann eilte er zu Franz' Zelt.

Sein Freund saß auf einem Schemel und wichste seine Stiefel mit solcher Hingabe, dass Robert schmunzeln musste.

»Wenn du so weitermachst, ist vom Leder bald nichts mehr übrig.«

Franz blickte auf. »Das sagt ausgerechnet der Mann, der sein Gewehr so lange poliert, bis der Lauf dünn ist wie Papier.« Seine Miene wurde ernst. »Was ist los? Ich sehe dir auf hundert Meter an, wenn etwas nicht stimmt.«

»Reinhart hat uns Jagenberg vor die Nase gesetzt. Wir sollen ihm helfen, in einem Dorf in der Nähe Widerständler auszuräuchern.«

Franz holte tief Luft. »Na, das wird ein Spaß.«

»Wenn du lieber hierbleiben willst …«

»Und dich mit Jagenberg allein lassen? Nein, mein Freund, das kann ich nicht machen. Wer soll dich denn vor dir selbst schützen, wenn dieser Schweinehund dich wieder provoziert?« Franz warf die Schuhbürste in den Kasten, dass es nur so rappelte, zog seine Stiefel an und stand auf. »Dann mal los, Herr Rittmeister. Schauen wir, ob Jagenberg mehr kann als Leute abknallen lassen und rumschreien.«

Robert legte ihm die Hand auf die Schulter. »Ich bin froh, dass ich dich dabeihabe, mein Freund.«

Zehn Minuten später ließ Robert die Eskadron ausrücken. Er war stolz auf seine Männer, die in so kurzer Zeit marschbereit gewesen waren. Wieder rollte Donner übers Land. Doch diesmal zog tatsächlich ein Gewitter auf. Robert betrachtete den Himmel. Eine riesige Wolke in Form eines Ambosses stand über dem Horizont. Es war nur eine Frage der Zeit, bis das Unwetter über sie hereinbrechen würde. Sie würden durchnässt werden, und die Regenschleier würden ihnen die Sicht nehmen. Schlechte Voraussetzungen für ein Gefecht.

Sie näherten sich Saussure, das in einer Senke gut einen Kilometer vom Ufer der Maas entfernt lag, und kaum kamen die deutschen Stellungen in Sicht, zuckte ein Blitz über den Himmel. Nur einen Moment später krachte ein Donner, der dem Getöse der Bertas in nichts nachstand. Einige Pferde wieherten nervös und warfen den Kopf hoch, doch die Männer hatten sie schnell wieder unter Kontrolle. Und dann öffnete der Himmel seine Schleusen. Es dauerte keine Minute, bis Robert bis auf die Haut durchnässt war und kaum noch die Hand vor Augen sah. Über den Donner hinweg hörte er Schüsse krachen, so nah, dass sie nicht von Saussure her abgefeuert worden sein konnten.

Was zum Teufel …

Robert stellte sich im Sattel auf, um besser zu sehen. Da schoss ein glühender Schmerz durch seinen Arm. Er stöhnte auf, tastete nach der Verletzung, spürte warmes Blut durch den zerfetzten Stoff der Uniform. Robert versuchte zu verstehen, was geschah. Männer schrien. Pferde wieherten panisch. Und noch immer knallten Schüsse. Es mussten die eigenen Leute sein. Wegen des dichten Regens sahen sie nicht, auf wen sie feuerten.

»In Deckung, Männer«, brüllte Robert, so laut er konnte, um das Gewitter zu übertönen. »Runter von den Pferden!

Nehmt sie als Deckung. Und nicht schießen. Auf keinen Fall schießen!«

Robert ging ebenfalls in Deckung. Er war jetzt sicher, dass das Feuer von Jagenbergs Stellung kam. Diese Idioten. Wie konnte das passieren? Sie wurden erwartet, und es war bekannt, aus welcher Richtung sie kamen. Es musste das Gewitter sein. Wer voller Angst war, konnte leicht einen Blitz mit Mündungsfeuer verwechseln. Oder einen Donnerschlag mit einem Geschütz. Was für ein Wahnsinn! Fast wie vor einem Monat im Wald, wo ein geplatzter Reifen eine wilde Schießerei ausgelöst hatte. Doch dort hatte ein unerfahrener Oberleutnant den Befehl gehabt. Die Männer hier standen unter dem Kommando von Major Werner von Jagenberg. Ein hässlicher Verdacht keimte in Robert auf. Sofort verwarf er ihn. Nicht einmal ein Sadist wie Jagenberg würde unschuldige Männer, die dringend im Kampf gebraucht wurden, für eine persönliche Fehde opfern.

Noch immer krachten Schüsse, nicht alle Männer hatten rechtzeitig Deckung gefunden, weitere Schreie drangen an Roberts Ohr. Sie mussten sich irgendwie bemerkbar machen, aber solange das Gewitter tobte, war das unmöglich. Wer immer versuchte, sich den feuernden Kameraden zu nähern, würde erschossen werden.

Endlich ebbte der Sturzregen ab, die Sicht wurde besser. Vorsichtig hob Robert den Kopf, sah in einiger Entfernung die Angreifer, die verunsichert das Feuer eingestellt hatten.

Rasch sprang er auf und hob die Arme. »Nicht schießen!«

Er trat vor, seine Uniform tropfte von Wasser, Schlamm und Blut. Sein Arm brannte, der Schmerz benebelte ihm die Sinne. Er spürte eine Bewegung neben sich. Feuerherz war ebenfalls aufgesprungen und stupste ihn sanft an. Der Hengst war unverletzt, Gott sei Dank.

Durch den Nebel hindurch hörte Robert Stimmen. »Es sind unsere! Gottverdammte Scheiße! Holt Sanitäter!«

Um ihn herum kam Bewegung auf. Männer krochen aus der Deckung hervor, Pferde erhoben sich, von der anderen Seite kamen Infanteristen herbeigeeilt und halfen dabei, sich um die Verletzten zu kümmern.

Robert wimmelte einen Mann ab, der nach seinem Arm sehen wollte, und sah sich nach Franz um. Doch er konnte ihn nirgends entdecken. Wo war sein Freund gewesen, als das Feuer eröffnet wurde? Robert versuchte sich zu erinnern, aber er wusste es einfach nicht mehr.

»Franz!«, rief er.

Keine Antwort. Panik stieg in ihm auf. Er rannte los, ließ den Blick dabei über das unebene Gelände schweifen, über die Verletzten und die Männer, die sie versorgten. »Franz! Wo steckst du?«

»Herr Rittmeister!«

Robert drehte sich nach der Stimme um.

Einer seiner Offiziere winkte ihm. »Schnell, Herr Rittmeister, hierher!«

Robert rannte los, stolperte, fiel beinahe in den blutigen Schlamm. Der Offizier deutete wortlos auf den Boden. Mit verkrümmten Gliedmaßen, die leblosen Augen weit aufgerissen, lag Franz halb unter seinem toten Pferd begraben. Seine Uniform war zerfetzt, der Stoff blutdurchtränkt.

Benommen sank Robert auf die Knie und versuchte, das verdreckte Gesicht seines Freundes zu säubern, bis er merkte, wie es vor seinen Augen verschwamm. Er ließ die Tränen laufen, es war ihm egal. In dem Augenblick war ihm alles egal. Am liebsten hätte er sich neben Franz gelegt und wäre nie wieder aufgestanden.

Navarra, einen Monat später, September 1914

Cristina drehte sich vor dem Spiegel hin und her. Sie war in Flavias und Leóns Schlafzimmer gegangen, um sich umzuziehen. Das Kleid war schlicht, trotzdem gefiel sie sich darin. Zu Hause hatte sie es häufig sonntags in der Kirche getragen. Jetzt war es ihr Hochzeitskleid. Die Trauung würde jedoch nicht in einer Kirche stattfinden. Felipe glaubte nicht an Gott und hielt alle Geistlichen für Verbündete der Staatsmacht. Cristina hatte insgeheim von einer prunkvollen Zeremonie in der Kathedrale geträumt, wo einst ihre Mutter geheiratet hatte. Doch das Wichtigste war, dass Felipe und sie endlich Mann und Frau wurden. Also hatte sie sich mit der zivilen Trauung in einem staubigen Amtszimmer abgefunden.

León und Flavia würden ihre Trauzeugen sein. Nach der Zeremonie würden sie zur Feier des Tages ein Glas Likör im Café Iruña trinken. Danach mussten die Freunde wieder an die Arbeit. Cristina und Felipe würden mit einem geliehenen Wagen zu seinem Vater fahren. Felipe hatte kein besonders gutes Verhältnis zu dem alten Mann, doch er wollte ihm wenigstens seine Ehefrau vorstellen. Vielleicht würden sie sogar die Nacht dort verbringen.

Sie hatten darüber gesprochen, ob sie auch nach Los Pinos fahren sollten. Fast sechs Wochen waren seit der Abreise ihres Vaters vergangen, sicherlich war er längst zurück. Das war auch besser so. Die Zeitungen waren voller schrecklicher Nachrichten vom Krieg. Die Deutschen hatten Belgien und Frankreich überrennen wollen, waren jedoch am zähen Widerstand der Verteidiger gescheitert. Nun schienen sich die Gegner ineinander verhakt zu haben. Es ging nicht vor und nicht zurück. Cristina war froh, dass Spanien nichts mit diesem Wahnsinn zu tun hatte.

Jedenfalls hatte sie entschieden, noch zu warten, bevor sie mit ihrem Vater sprachen. Zu groß war die Gefahr, dass er sein Geld und seinen Einfluss nutzte, um die Ehe annullieren zu lassen. Es war schwer genug gewesen, die richterliche Erlaubnis zu bekommen. Cristina würde ihm in den nächsten Tagen einen Brief schreiben. Dann wusste er zumindest, dass es ihr gut ging und er nicht mehr nach ihr suchen musste.

Falls er das überhaupt noch tat. In den ersten Wochen hatten León und Flavia häufig Besuch von Eduardo bekommen, der sich nach Cristina erkundigte. Zudem hatten sie verschiedene Jungen in der Gasse herumlungern und das Haus beobachten sehen. Doch in den vergangenen zwei Wochen war niemand mehr aufgetaucht. Vermutlich hatte ihr Vater die Suche aufgegeben. Oder dieser Señor Barras hatte erklärt, dass er sie nicht mehr haben wolle.

»Cristina!«, drang Felipes Stimme zu ihr herauf. »Wir

müssen los, wenn wir zu unserer eigenen Hochzeit nicht zu spät kommen wollen.«

»Ich bin gerade fertig.« Sie warf einen letzten Blick in den Spiegel, schob eine Strähne ihrer dunklen Haare hinter das Ohr und eilte die Treppe in die Wohnküche hinunter.

Felipe sah atemberaubend aus in dem geliehenen Anzug. Zur Feier des Tages hatte er das halblange Haar, das er sonst offen trug, mit Pomade zurückgekämmt und sich frisch rasiert.

Er lächelte. »Meine wunderschöne Braut.«

»Gefällt es dir wirklich?« Cristina drehte sich auf der untersten Stufe einmal im Kreis.

»Ich würde dich auch in einem Lumpensack heiraten.«

»Die Zeit drängt«, mahnte León.

Auch Flavia und er hatten ihre besten Kleider angezogen. Flavia hielt den Brautstrauß. Sie hatte auf Blumen bestanden, ebenso wie auf dem Beutel mit dreizehn Münzen, den Felipe seiner Braut am Vorabend hatte überreichen müssen. Kein Gold natürlich, aber immerhin dreizehn silberne Peseten. Doch selbst wenn es bloß dreizehn Céntimos gewesen wären, hätte das die Bedeutung nicht gemindert. Mit dem Beutel versprach er, immer für sie zu sorgen.

Alle fuhren zusammen, als es an die Tür pochte.

»Señorita Cristina«, rief eine Stimme. »Machen Sie auf. Es drängt.«

Eduardo. Ausgerechnet an ihrem Hochzeitstag.

Die vier sahen sich entsetzt an. León schaltete als Erster. Er sprang zum Fenster und spähte vorsichtig nach draußen. »Er ist allein.«

Felipe fasste Cristina bei den Armen. »León und ich halten ihn auf, während du dich mit Flavia auf den Weg machst. Wir treffen uns vor dem Standesamt.«

»Sollten wir den Mann nicht erst anhören?«, fragte Flavia.

»Bitte, Señorita«, war gleichzeitig wieder Eduardos Stimme zu hören, fast so, als wolle er Flavias Worte bekräftigen. »Es ist wirklich wichtig!«

Einen Moment lang war Cristina verunsichert. Dann drückte sie den Rücken durch. »Was auch immer dieser Mann will, heute ist mein Hochzeitstag, den lasse ich mir nicht verderben. Wir machen es so, wie Felipe vorgeschlagen hat.«

Die beiden Männer nickten sich zu, dann öffnete León die Tür. Sofort stand der Knecht auf der Schwelle und blickte über Felipes Schulter hinweg in die Küche.

»Ist sie hier?«

»Was fällt dir ein, Bursche!«, fuhr Felipe ihn an und schob ihn zurück auf die Straße.

Gemeinsam mit León drängte er Eduardo so weit zurück, dass Cristina und Flavia nach draußen schlüpfen konnten.

»Señorita Cristina!«, rief der Knecht, sobald er sie erblickte. »Ihr Vater!«

Cristina erstarrte. Großer Gott, ihm war doch nichts passiert?

Eduardo erkannte seine Chance. Er drängte sich zwischen den beiden Männern hindurch, schwenkte dabei einen weißen Umschlag. »Er wurde eingezogen, Señorita, die französische Armee hat ihn an die Front geschickt. Auf Los Pinos geht alles drunter und drüber.«

Cristina starrte ihn an. Das musste ein Trick sein.

Warum sollten die Franzosen einen deutschen Staatsbürger in ihre Armee pressen? Damit setzten sie sich höchstens eine Laus in den Pelz.

»Ich will nichts davon hören«, erklärte sie. »Es interessiert mich nicht.«

»Aber das Gestüt. Niemand hat …«

»Kein Wort mehr. Ich will nicht weiter von dir belästigt werden.« Sie wandte sich an Flavia. »Los, wir gehen. Sonst kommen wir zu spät.«

»Señorita!«

»Du hast sie doch gehört!«, fuhr Felipe ihn an. »Mach schon, verschwinde, unverschämter Bursche!«

Cristina drehte sich weg, weil sie Eduardos Blick nicht ertragen konnte. Dennoch sah sie aus den Augenwinkeln, wie der Knecht der verdutzten Flavia den Brief in die Hand drückte, bevor er den Rückzug antrat.

Nach ein paar Metern wandte er sich noch einmal um. »Beten Sie für Ihren Vater, Señorita.«

Cristina schaffte nur wenige Schritte, dann knickten ihr die Beine weg. Felipe war gerade noch rechtzeitig bei ihr, um sie aufzufangen. Sie presste die Hände auf den Bauch, der sich anfühlte, als hätte sie Steine verschluckt.

Flavia trat hinzu und hielt Cristina den Briefbogen hin, den sie aus dem Umschlag genommen hatte. »Du solltest das lesen.«

»Wirf den Mist weg!«, fuhr Felipe sie an.

Flavia rührte sich nicht von der Stelle. »Der Brief kommt aus Frankreich, die Briefmarke und der Poststempel sind französisch. Absender ist ein Monsieur Legrand. Er schreibt auf Spanisch.«

»Sie will es nicht hören«, zischte Felipe. »Kapierst du das nicht, Flavia?«

»Ist das wahr, Cristina?«

Cristina machte sich von Felipe los. Es war ohnehin zu spät. Sie würde heute nicht heiraten.

»Lies vor«, forderte sie die Freundin auf.

Flavia beugte sich über das Blatt. »›Verehrte Señorita von Seydell y Castillo, ich bedaure zutiefst, Ihnen mitteilen zu müssen, dass Ihr Vater vom französischen Militär eingezogen wurde. Ich kann hier nicht näher auf die Umstände eingehen, zumal ich nicht weiß, ob dieser Brief sicher in Ihre Hände gelangen wird. Das ganze Land ist in Aufruhr, wie Sie sich sicher denken können. Ich soll Ihnen ausrichten, dass Sie sich keine Sorgen machen sollen und Ihr Herr Vater einen Weg finden wird, zu Ihnen zurückzukehren. Hochachtungsvoll, Frédéric Legrand.‹« Flavia ließ das Blatt sinken. »Es gibt noch ein Postskriptum. Du möchtest bitte davon absehen, auf das Schreiben zu antworten, es sei zu gefährlich.«

Cristina sank auf die Knie. Ihr Körper war mit einem Mal so schwer und kraftlos, dass es Felipe nicht gelang, sie festzuhalten.

Er hockte sich neben sie. »An dem, was geschehen ist, können wir nichts ändern. Dir bleibt nur, für deinen Vater zu beten. Komm, steh auf, Liebste. Wenn wir den Termin nicht verpassen wollen, müssen wir jetzt los.«

Sie sah ihn an. »Geh mit mir nach Los Pinos.«

»Jetzt?«

»Sobald wir getraut sind.«

»Was in aller Welt sollen wir da? Unser Leben ist hier.«

»Wir müssen das Gestüt retten. Es gibt keinen Verwalter, niemanden, der die Bücher führen, mit den Kunden korrespondieren und die Aufgaben verteilen kann. Das hat alles mein Vater gemacht. Wir haben einen guten Pferdemeister, einen Schmied, auf den Verlass ist, und einen großartigen Futtermeister. Auch die Knechte sind fleißig und zuverlässig. Aber keiner von ihnen kann meinen Vater ersetzen. Die meisten können kaum ihren Namen schreiben.«

»Du willst, dass ich mich zum Herrn aufschwinge und andere herumkommandiere und ausbeute, obwohl es genau das ist, wogegen ich kämpfe?« In Felipes Augen lag ungläubiges Entsetzen. »Ich dachte, wir stünden auf derselben Seite.«

»Aber das tun wir doch auch.«

»Und trotzdem willst du diesen kapitalistischen Großgrundbesitz retten.«

»Ich will die Menschen retten und die Tiere.«

»Du rettest dein Erbe, Cristina. Es war dir nie ernst mit deinem Kampf gegen die Ausbeutung. Für dich war es bloß ein Abenteuer, aus dem du jederzeit aussteigen konntest.«

»Das ist nicht fair!« Cristina sprang auf, die Wut verlieh ihr neue Kraft. »Wie kannst du mir vorwerfen, dass ich versuche, das zu retten, was mein Vater mit so harter Arbeit aufgebaut hat!«

»Ich dachte, er hätte Los Pinos durch Heirat mit deiner Mutter erworben.«

»Sag so etwas nicht!«

»Und jetzt willst du, dass ich es genauso mache. Dass ich dich heirate und damit zum Herrn von Los Pinos werde. Sag, war das von Anfang an dein Plan? Mich um den Finger zu wickeln und dann in dein herrschaftliches Nest zu holen?«

Außer sich vor Zorn stieß Cristina ihn weg. »Geh mir aus den Augen, Felipe.«

»Willst du das wirklich? Willst du alles wegwerfen, was wir haben?«

»Verschwinde, mach schon!« Tränen brannten in ihren Augen. »Ich packe meine Sachen und gehe nach Hause. Wenn du mir nicht beistehen willst, ist es aus zwischen uns. Ich will dich nie wiedersehen!«

Am nächsten Tag, September 1914

Der Tag war stürmisch, der Wind trieb dunkle Wolken über den Himmel, doch noch war es trocken. Tränenreich hatte Cristina sich von León und Flavia verabschiedet und sie beschworen, ihnen sobald wie möglich einen Besuch abzustatten. Die beiden waren ihr ans Herz gewachsen, sie würde sie vermissen. Doch mit ein wenig Glück war es nur ein Abschied auf Zeit.

Gestern nach dem Streit mit Felipe war sie tränenblind zurück ins Haus gerannt, um ihre Tasche zu packen. Sie war gerade fertig, als Schritte auf der Treppe polterten. Im nächsten Augenblick stand Felipe in der Tür.

»Tu das nicht«, sagte er.

»Ich muss. Los Pinos ist mein Zuhause. Mein Vater war immer für mich da, auch wenn wir manchmal Schwierigkeiten miteinander hatten. Ich werde nicht tatenlos zusehen, wie sein Lebenswerk kaputtgeht. Er hat hart gearbeitet, um Los Pinos vor dem Ruin zu retten.«

»Und ich?«, wollte Felipe wissen. »Bedeute ich dir nichts?«

Sie stellte sich vor ihn und umfasste sein Gesicht. »Du bedeutest mir alles, Felipe. Aber wenn du nicht akzeptieren kannst, dass Los Pinos ein Teil von mir ist, gibt es für uns keine Zukunft.«

Er sah sie lange an. »Was auch immer dein Vater glaubt«, sagte er schließlich mit rauer Stimme, »du bist kein kleines Mädchen mehr, Cristina von Seydell y Castillo. Und du hast einen stählernen Willen.« Er nahm ihre Hände von seinem Gesicht und küsste sie. »Wenn dir, verdammt noch mal, so viel an dem alten Kasten und den Pferden liegt, bin ich dabei. Alles ist besser, als dich zu verlieren.«

»Das willst du für mich tun?«

»Habe ich eine Wahl?« Er lächelte. »Wer weiß, vielleicht ist es eine gute Übung, für eine Weile die Seiten zu wechseln.«

»Oh, Felipe!« Sie fiel ihm um den Hals. »Danke! Du bist der beste Mann auf der Welt.«

»Warte ab, bis ich das falsche Futter bestellt und den Gäulen die Hufeisen an den Hintern genagelt habe.«

»Sei nicht albern.«

»Eine Bedingung habe ich jedoch.«

»Und die lautet?«

»Wir laufen jetzt sofort zum Standesamt. Und wenn man uns nicht mehr vorlässt, machen wir so lange Radau, bis man uns doch noch traut.«

Am Ende mussten sie sogar warten, weil der Standesbeamte noch beschäftigt war. Als er sie schließlich zu Mann und Frau erklärte, glaubte Cristina, vor Glück zu schweben. Erst als sie im Café Iruña saßen, um wie geplant auf die Vermählung anzustoßen, und Cristina einige Männer über den Krieg reden hörte, gewann die Sorge wieder die Oberhand. Sie wollte sich gar nicht vorstellen, wie es ihrem Vater an der Front erging, und sie hoffte, dass Gott seine schützende Hand über ihn hielt. Sie hatte vor vielen Jahren die Mutter verloren, sie war noch nicht bereit, auch ihren Vater gehen zu lassen.

In der Nacht hatte Cristina unruhig geschlafen. Sie war froh gewesen, als sie in den frühen Morgenstunden endlich mit einem geliehenen Karren aufbrachen. Nun waren sie beinahe am Ziel.

Als sie Urribate erreichten, war es noch nicht Mittag. Cristina sah zu Felipe hinüber, der die Zügel des Ponys hielt. Sein Gesichtsausdruck war angespannt. Wie sie fragte er sich vermutlich, was sie auf Los Pinos erwartete. Sie fuhren durch das Dorf, wo ihnen einige Menschen neugierig hinterherblickten.

Monseñor Abilio kam ihnen auf der Straße entgegen. Er öffnete den Mund, um etwas zu sagen, rasch wandte Cristina sich ab. Dass sie kam, um das Gestüt zu retten, bedeutete nicht, dass sie ihm oder ihrem Vater vergeben hatte.

Endlich fuhren sie durch das Tor. Felipe lenkte den Karren vor das Haus. Jorja, die sie von einem Fenster aus erblickte, riss den Mund auf. Kurz darauf kam sie nach draußen gerannt, dicht gefolgt von der Köchin Flora und deren Großnichte Belen.

Flora liefen Tränen über die runzeligen Wangen. »Dios mío, Señorita Cristina, was für ein Unglück. Wie gut, dass Doña Isabella das nicht mehr mitbekommt.« Sie nahm Cristina bei den Händen, schluchzte auf und zog sie in ihre Arme. »Ihr armer Herr Vater, was er jetzt durchmachen mag«, jammerte sie. »Ich bete jeden Tag für ihn. Und ich bin so froh, dass Sie da sind, mein Kind.«

Verlegen machte Cristina sich los. »Ich bin kein Kind mehr«, erklärte sie und blickte in die Runde.

Inzwischen waren auch die Knechte angerannt gekommen. Der Pferdemeister stand etwas abseits. Der Futtermeister und sein Gehilfe fehlten. Bestimmt waren sie dabei, Heu einzuholen.

»Ich bin eine verheiratete Frau.« Cristina deutete auf Felipe. »Das ist mein Gemahl, Felipe de Olivarez. Er wird euer Herr sein, solange mein Vater in Frankreich ist.«

Einen Augenblick lang war es still. Alle starrten erst sie und dann Felipe an. Cristina warf einen Blick über die Schulter. Felipe saß noch immer auf dem Karren, sein Gesicht war angespannt.

Da breitete Flora erneut die Arme aus. »Oh, mein Kind, das ist ja wunderbar!« Wieder riss sie Cristina an ihre Brust. »Mein kleines Mädchen hat geheiratet«, rief sie. »Möge der Herr euch beiden seinen Segen geben in diesen schweren Zeiten.«

Nun lösten sich auch die anderen aus ihrer Erstarrung und beglückwünschten Cristina, die Männer etwas zurückhaltender als die Frauen. Dann sahen alle Felipe an.

»Nun kommen Sie schon runter, Señor«, forderte Flora ihn auf. »Oder muss ich etwa zu Ihnen raufkommen, um

Ihnen meine Glückwünsche auszusprechen? Ich bin vierundsechzig Jahre alt, meine Knochen sind mürbe, tun Sie mir das nicht an, junger Mann.«

Da endlich verschwand die Anspannung aus Felipes Gesicht, und ein Lächeln breitete sich darauf aus. Er stieg vom Karren herunter und schüttelte jedem Einzelnen die Hand.

»Keine Sorge«, verkündete er, nachdem er die Runde beendet hatte. »Ich will hier nichts durcheinanderbringen. Ihr wisst sicher selbst am besten, welche Arbeiten zu erledigen sind. Ich werde nur dort helfen, wo Not am Mann ist.« Er sah den Pferdemeister fragend an.

»Der Tierarzt wartet auf sein Geld, Señor«, sagte dieser. »Er war schon dreimal hier. Wenn es noch länger dauert, sagt er, kann er die Pferde nicht mehr behandeln.«

»Ich rede mit ihm«, erklärte Felipe. »Und nenn mich nicht Señor, ich bin Felipe, ein einfacher Arbeiter wie du.«

Der Pferdemeister blinzelte verunsichert. »Ja, Señor, ähm, Felipe.«

Cristina lächelte erleichtert. Es ließ sich besser an, als sie befürchtet hatte. »Ich schaue die Papiere meines Vaters durch«, sagte sie. »Morgen sprechen Felipe und ich mit der Bank. Wir versuchen, die Situation zu klären. Und jetzt alle zurück an die Arbeit. Jorja, bringst du unsere Sachen ins Haus?«

»Mit dem größten Vergnügen, Señorita … Señora.«

Cristina drückte Felipes Hand. »Ich danke dir.«

»Ich tue es für dich, Liebste.«

»Ich weiß.«

Er küsste sie auf die Stirn, dann ging er zum Pferdemeister, um weitere Details mit ihm zu besprechen. Cristina betrachtete das Haus, und ein warmes Gefühl durchströmte sie. Das war ihr Zuhause, der wunderbarste Platz auf der Welt. Vielleicht gab es ja eine Möglichkeit, dass Felipe und sie hierbleiben konnten, auch wenn das alles vorüber war. Sie wollte an keinem anderen Ort leben.

Als sie das Haus betrat, fing sie Eduardos Blick auf. Er nickte ihr zu. Sie nickte zurück und lächelte.

Belgien, zwei Wochen später, September 1914

Lüttich war am selben Tag gefallen, an dem Franz im Feuer der eigenen Kameraden den Tod gefunden hatte. Sechs Wochen waren seither vergangen. Heute endlich sollte die Anhörung stattfinden, bei der entschieden wurde, ob ein Verfahren vor dem Kriegsgericht eingeleitet wurde. Deshalb war Robert nach Aubel geritten, ein Dorf, das acht Kilometer von seinem Quartier in Mortier entfernt lag. Dort, weit weg von der Front, befand sich die Feldstabsstelle.

Die Wucht des Verlustes hatte Robert erst einen Tag nach Franz' Tod in die Knie gezwungen, als der Schock abgeklungen war. Die Einsamkeit war über ihn hereingebrochen wie das Gewitter, in dem sein Freund sein Leben gelassen hatte. Nun hatte er niemanden mehr unter den Kameraden, dem er bedingungslos vertrauen, dem er seine geheimsten Gedanken offenbaren konnte. Dennoch hatte Robert sich gezwungen, nach vorn zu blicken, schon allein um die Kraft zu haben, den Mann, den er für Franz' Tod verantwortlich machte, vor Gericht zu bringen. Das war er seinem Freund schuldig.

Aubel war gesichert wie eine Festung. Ein Ring von MG-Nestern umgab die Ortschaft, mehrere Hundert Infanteristen patrouillierten auf allen Zufahrtswegen. Die Stabsstelle war im Rathaus eingerichtet, rechts und links der Treppe, die zum Portal hinaufführte, erinnerten weitere MG-Nester daran, dass ein Durchkommen ohne Erlaubnis unmöglich war.

Robert stieg aus dem Sattel und blickte einen Moment lang hinauf in die Sonne, die noch immer erbarmungslos schien. Seit dem Gewitter an jenem grauenvollen Nachmittag war kein Tropfen Regen mehr gefallen. Robert senkte den Blick und richtete seine Uniform, zog noch einmal den Rock glatt, überprüfte den Sitz der Epauletten und der Orden. Trotz der staubigen Straße glänzten seine Stiefel ebenso wie jedes Stück Metall an seiner Uniform. Er war bereit.

Die Wachen vor der Tür salutierten vor Robert, dennoch musste er seinen Marschbefehl vorzeigen und zudem die Waffen abgeben. Er fühlte sich nicht wie ein Zeuge, sondern wie ein Angeklagter. Aber er ließ die demütigende Prozedur über sich ergehen, ohne zu protestieren.

Eine Ordonnanz bat ihn ehrerbietig, noch einen Moment im Vorraum zu warten. Robert nutzte die Zeit, um sich umzuschauen. An den Wänden gab es etliche helle Stellen, dort mussten Bilder gehangen haben. Wahrscheinlich hatten sie den belgischen König und lokale Amtsträger gezeigt. Obwohl die Belgier ihre Feinde waren und es schließlich nicht anders gewollt hatten, empfand er

Scham. Sie dürften nicht hier sein, denn sie hatten das Land überfallen, und zwar nur aus dem einzigen Grund, dass es zwischen Deutschland und Frankreich lag, mit dem Deutschland sich im Krieg befand.

Die Ordonnanz rief ihn in den Raum, in dem deutsche Flaggen und ein Porträt des Kaisers aufgehängt worden waren. Wieder überkam Robert das Gefühl, dass es falsch war. Doch etwas anderes beunruhigte ihn viel mehr: An einem ovalen Tisch aus dunklem Holz saß Generalleutnant Reinhart, eine dicke Zigarre zwischen den Lippen. Er war allein.

Robert salutierte, wie es sich gehörte, seine Schuhe klackten zusammen, die Hand flog zur Pickelhaube, er drückte Knie und Rückgrat durch.

Reinhart lehnte sich in seinem Lederstuhl zurück. »Stehen Sie bequem, Seydell. Oder besser noch, nehmen Sie Platz. Wir sind ja hier unter uns.«

Unter uns? Robert war Rittmeister, Reinhart stand fünf Stufen in der Hierarchie über ihm. Und nicht nur das. Für ein ordentliches Verfahren müssten mehrere hochrangige Militärs zugegen sein und Roberts Aussage anhören. Was hatte das alles zu bedeuten?

Den Generalleutnant schien das nicht zu scheren. »Zigarre?«

Robert glaubte, sich verhört zu haben, mechanisch antwortete er, während er sich setzte: »Nein, danke, ich rauche nicht.«

Reinhart schmatzte einmal, zog an der Zigarre, deren Spitze rot aufglühte, sein gewichster Schnauzer zuckte. »Gut, dann kommen wir gleich zur Sache.« Er griff neben sich, zog aus einer Ledertasche ein Dokument und hielt es Robert hin. »Dies ist Ihre Ernennungsurkunde zum Major und Oberkommandierenden der Fernmeldeeinheiten der Heeresgruppe Rechts.«

Robert schluckte ungläubig. Er begriff sofort, was Reinhart vorhatte, aber er wollte es aus dessen Mund hören. »Darf ich fragen, wie ich zu der Ehre komme?«

»Aber ja, Sie müssen sogar.« Reinhart legte die Beförderungsurkunde vor sich auf den Tisch und strich einmal darüber. »Aber zuerst sollten Sie sich anhören, was es bedeutet, Major zu sein. Sie haben eine Menge Verantwortung, aber auch einige angenehme Privilegien. Ein Beispiel: Sie wollen Weihnachten zu Hause bei Ihrer Familie verbringen? Kein Problem. Sie erhalten Sonderurlaub, einen Wagen und einen Chauffeur.«

»Und was ist der Preis für diese kleinen Annehmlichkeiten?«, fragte Robert mit gepresster Stimme.

Reinhart schmunzelte. »Ich habe Sie richtig eingeschätzt. Sie sind leidenschaftlich. Aber es fehlt Ihnen nicht an Realitätssinn.« Er zog ein weiteres Blatt Papier aus der Tasche und schob es Robert über den Tisch zu. »Eine kleine Unterschrift. Das Dokument verschwindet in den Tiefen des Militärarchivs. Niemand wird es je wieder zu Gesicht bekommen.«

Robert spürte Säure im Hals aufsteigen. Er musste kein Hellseher sein, um zu wissen, was er da unterschreiben sollte. Jagenberg sollte entlastet werden, Robert sollte die Beschuldigungen gegen diesen Verbrecher zurücknehmen, in beiden Fällen. Er überflog das Schreiben. Das also war seine Prüfung. Nahm er den Judaslohn, die dreißig Silberlinge, und verriet alles, woran er glaubte? Seinen Freund, dessen Mörder ungeschoren davonkommen würde? Die anderen Kameraden, die sterben mussten, weil Jagenberg unfähig war? Und auch die belgischen Soldaten und Zivilisten, die beim Massaker von Visé umgekommen waren?

Robert schob das Blatt langsam zu Reinhart zurück, erhob sich, strich den Rock glatt.

»Nein«, sagte er leise, aber entschlossen. »Gern sterbe ich fürs Vaterland, aber ich werde weder meinen besten Freund noch all die tapferen Männer verraten, die Jagenberg auf dem Gewissen hat. Ich danke für das Gespräch.«

Robert wandte sich um, hörte ein Knallen wie von einer Peitsche.

»Was erlauben Sie sich, Seydell? Ich habe Sie nicht entlassen.«

Ein Stuhl polterte zu Boden, Robert wurde an der Schulter herumgerissen. Reinharts graue Augen fixierten ihn, seine Nase berührte fast die seine.

»Sie haben nichts begriffen, Jungchen. Ich wollte Ihnen eine Chance geben. Jagenberg wird so oder so ungeschoren davonkommen. Wir sind hier nicht auf dem Exerzierplatz, nicht in der Kirche und auch nicht im Theater, wo die Menschlichkeit immer siegt. Wir können es uns nicht leisten, dass jemand wie Sie sein Gift verspritzt und unserer Truppe in den Rücken fällt. Wir tun, was getan werden muss. Wir dürfen unsere tapferen Soldaten, die Tag für Tag ihr Leben für das Vaterland riskieren, nicht im Stich lassen. Es sind die Franktireurs, die an allem schuld sind. Nicht unsere Offiziere. So wird es in meinem Bericht stehen. Und es wird auch drinstehen, dass Sie ein Querulant sind, dessen Einstellung zum Vaterland fragwürdig ist.« Reinhart ließ ihn los. »Wir haben die Zeugen befragt, die Sie benannt haben. Nun, das Erinnerungsvermögen der Menschen ist lückenhaft, noch dazu in der Hitze der Schlacht. Es gibt ausreichend Kameraden, die in Visé einen hinterhältigen Angriff durch die Franktireurs bezeugen können, zu denen bedauerlicherweise auch Frauen, Alte und sogar indoktrinierte Kinder gehörten. Begreifen Sie doch, Sie stehen allein da, Seydell.«

Robert starrte Reinhart fassungslos an. Seine Wut raubte ihm fast die Besinnung. Da glaubte er plötzlich, Franz' Stimme zu hören, die beruhigend auf ihn einredete. *Muss ich noch aus dem Grab heraus auf dich achtgeben, mein Freund? Wie kann ich dich bloß vor dir selbst schützen?*

Mit einem Mal war Robert ganz ruhig. Er besann sich. Es half niemandem, wenn er degradiert, wenn er wegen Verleumdung und Hochverrat ins Gefängnis geworfen, womöglich sogar hingerichtet wurde. Damit rächte er weder seinen Freund, noch half er sonst irgendwem. Im Gegenteil, dann hätte Jagenberg für alle Zeiten gewonnen. Wenn Franz' Tod überhaupt einen Sinn haben sollte, musste Robert alles tun, was in seiner Macht stand, um unnötiges Schlachten in Zukunft zu verhindern. Als Major der Fernmeldeeinheiten würden ihm mehr als fünftausend Mann unterstehen, die sich vor allem in Hinterland aufhielten, genau da, wo angeblich die Franktireurs ihr Unwesen trieben. Es würde sich schnell herumsprechen, dass Major von Seydell keine Übergriffe auf Zivilisten duldete. Zudem wäre er als Major Stabsoffizier, und Stabsoffiziere galten als so gut wie unantastbar. Reinhart glaubte vielleicht, ihn mit den neuen Befugnissen knebeln zu können, aber das Gegenteil war der Fall.

Robert straffte die Schultern, schritt zurück an den Tisch, nahm den Füllfederhalter und unterschrieb das Dokument, das ihn zum Lügner machte. Dann nahm er die Ernennungsurkunde und die Epauletten entgegen, salutierte und verließ das Rathaus.

Lüneburger Heide, drei Monate später, Dezember 1914

Die große Halle war vom Licht unzähliger Kerzen erfüllt, die auf dem Weihnachtsbaum und in verschiedenen Leuchtern steckten. Gerade waren Familie und Gesinde von der Christmette heimgekehrt. Nun versammelten sich alle unter dem Baum, um gemeinsam zu singen, wie es seit Jahrzehnten Tradition auf Seydell war.

Luise hatte sich ins Zeug gelegt, um einen Baum aufzutreiben, der an die Glanzzeiten des Gestüts erinnerte, und die mächtige Tanne konnte sich wirklich sehen lassen. Mehr noch als über den Baum freute sie sich darüber, dass es ihr trotz der schweren Zeiten gelungen war, ihre gesamte Familie zum Fest um sich zu scharen.

Robert hatte Urlaub bekommen und war schon vor zwei Tagen auf Seydell eingetroffen. Seit seiner Ankunft blühte auch Anna-Maria zusehends auf. Was niemandem in Abwesenheit von Enno gelang, erreichte Robert ohne Mühe. Schon beim ersten Abendessen hatte er sein Näschen zum Lachen gebracht.

Dabei war er selbst in gedrückter Stimmung. Zwar versuchte er, es zu verbergen, doch Luise konnte er nichts vormachen. Er hatte ihr erzählt, dass Franz gefallen war. Es musste schlimm gewesen sein, den Freund sterben zu sehen, aber Luise hatte den Eindruck, dass das nicht der einzige Grund für Roberts sorgenvolle Miene war. Sie wollte jedoch nicht in ihn dringen, und vor allem wollte sie keinesfalls mit düsteren Gesprächen die Festtagsstimmung verderben.

Das Lied war zu Ende, Ludwig räusperte sich, um seine jährliche Ansprache zu halten.

»Während wir hier stehen und feiern«, begann er, »kämpfen tapfere Männer, unsere Söhne, Brüder und Vettern, an den Grenzen des Reiches für unser Vaterland. Das wollen wir auch heute Abend nicht vergessen und sie in unsere Gebete einschließen. Zumal einer der tapferen Soldaten heute bei uns ist.« Er sah Robert an, dessen Lippen zu einer dünnen Linie zusammengepresst waren. Seit Ludwig erfahren hatte, dass Robert zum Major befördert worden war, platzte er vor Stolz. Plötzlich war Robert nicht mehr der Bastard, den er unter seinem Dach nur zähneknirschend duldete, sondern der Held, mit dem er überall angeben konnte. Mein Sohn, der Major.

»Noch ist der Sieg nicht errungen«, fuhr Ludwig fort. »Doch er ist nicht mehr fern. Wir werden über unsere Feinde triumphieren, und sehr bald wird unser Reich ein noch größeres und prächtigeres sein. Und während unsere Männer dafür kämpfen, halten wir an der Heimatfront die Stellung, tun alles, was in unserer Macht steht, um ihnen den Rücken zu stärken, auch mit den Pferden, die wir hier auf Seydell züchten. Mögen sie unsere Soldaten in den Sieg tragen. Ich wünsche euch allen ein gesegnetes Weihnachtsfest.«

»Ein gesegnetes Weihnachtsfest«, scholl es zurück.

»Auf den baldigen Sieg!«

Die letzten Worte kamen von Bruno. Er haderte noch immer mit dem Schicksal, das ihn zwei Jahre zu spät auf die Welt hatte kommen lassen.

Luise trat an den Gabentisch und machte sich daran, die Geschenke zu verteilen. Sie fielen in diesem Jahr etwas bescheidener aus, wurden aber umso dankbarer entgegengenommen. Für die männlichen Bediensteten gab es eine Flasche Korn, für die Frauen ein Halstuch aus Kunstseide. Die Männer freuten sich besonders über ihr Geschenk, denn es gab Gerüchte, dass schon sehr bald ein Brennverbot erlassen werden sollte, damit das Getreide stattdessen für Brot verwendet werden konnte. Während Luise die Päckchen überreichte, beobachtete sie, wie Walter König Gerti etwas zusteckte. Sie hoffte, dass die beiden kein Techtelmechtel hatten, dabei kam selten etwas Gutes heraus.

Als Letzte kam Martha an die Reihe. Ihr drückte Luise zusätzlich ein Geschenk für Cäcilie in die Hand. Luise hatte Martha aufgefordert, ihre Schwester mitzubringen, doch diese hatte abgelehnt, und Luise verstand, warum. Obwohl die meisten Menschen auf Seydell und auch in Birkmoor Cäcilie ins Herz geschlossen hatten und sie mit Leckereien verwöhnten, gab es auch einige, die hässliche Dinge sagten oder die junge Frau absichtlich ärgerten. Einer davon war Bruno. Obwohl Luise es ihm streng untersagt hatte, hätte sie nicht ihre Hand dafür ins Feuer gelegt, dass er Cäcilie in Ruhe ließ. Damit Martha, Georg und Cäcilie gemeinsam Weihnachten feiern konnten, hatte Luise ihnen für den Abend freigegeben. Sobald die Zeremonie unter dem Baum beendet war, würden sie nach Hause gehen.

Als alle Geschenke verteilt waren, begab sich das Gesinde wieder an die Arbeit, und die Familie ging in den Salon, um darauf zu warten, dass das Abendessen fertig war. Ludwig schenkte zur Feier des Tages Champagner ein und überreichte Luise ein Paar Perlenohrringe. Robert hatte ein Polyphon mitgebracht, samt der dazugehörigen Platten. Eine davon spielte »Stille Nacht, heilige Nacht«.

Das Essen verlief in selten gelöster Stimmung. Käthe hatte sich selbst übertroffen und trotz der Lebensmittelknappheit ein Festmahl gezaubert. Bruno hing an Roberts Lippen, der sich Mühe gab, seinen kleinen Bruder mit Geschichten von der Front zu unterhalten, obwohl ihm sichtlich nicht danach war. Immerhin stritten die beiden nicht, wofür Luise unendlich dankbar war.

Nach dem Essen tranken sie noch einen Kaffee im Salon, bevor sie sich zu Bett begaben. Da Martha bereits zu Hause war, ließ Luise sich von Gerti beim Umkleiden helfen. Das Mädchen stellte sich jedoch reichlich ungeschickt an, ließ einen Bügel fallen, hielt Luise das Nachthemd verkehrt herum hin und zerrte beim Bürsten so an ihren Haaren, dass Luise es lieber selbst machte.

»Schon gut«, sagte sie unwirsch. »Du kannst jetzt gehen.«

Doch das Mädchen rührte sich nicht von der Stelle.

»Du kannst Feierabend machen, Gerti«, wiederholte Luise ärgerlich. Vielleicht hatte Martha recht, und die Kleine taugte wirklich nichts.

»Ich muss noch etwas mit Ihnen besprechen, gnädige Frau.«

Luise legte die Bürste weg. »Hat das nicht bis morgen Zeit?«

»Es wäre mir lieber, wir könnten jetzt darüber reden. Weil doch auch gerade die ganze Familie zu Hause ist.«

Luise runzelte die Stirn. »Ich fürchte, ich verstehe nicht.«

Gerti lächelte. »Ich erwarte ein Kind.«

»Gütiger Himmel!« Luise sprang auf.

»Keine Sorge«, sagte Gerti. »Es ist alles in Ordnung. Wir wollen heiraten.«

Luise blickte das Mädchen prüfend an. Sie war sehr jung, fast noch ein Kind, aber sie schien genau zu wissen, was sie wollte. Ähnlich wie sie selbst in diesem Alter. »Bist du sicher?«

»Absolut.«

»Und wer ist der Glückliche?« Luise fiel ein, was sie unter dem Weihnachtsbaum beobachtet hatte. Walter also. Immerhin war er ein anständiger Kerl. Abgesehen davon, dass er eine Sechzehnjährige geschwängert hatte. »Es ist Walter König, nicht wahr?«

»Walter? Lieber Himmel, nein, gnädige Frau. Er ist ein netter Kerl, aber …«

»Wer dann?«, fragte Luise ungeduldig.

»Bruno.«

Luise öffnete den Mund, doch ihr fehlten die Worte.

Eine Weile starrte sie Gerti ungläubig an. »Du redest doch wohl nicht von meinem Sohn?«, fragte sie dann mit scharfer Stimme.

»Doch«, erwiderte Gerti strahlend. »Wir sind schon länger ein Paar, wir haben es bloß bisher geheim gehalten.«

»Ihr seid ein Paar? Das ist lächerlich, Gerti, und das weißt du auch. Falls mein Sohn … falls Bruno dich irgendwie in Schwierigkeiten gebracht haben sollte, werden wir selbstverständlich eine Lösung finden. Ich werde mich gleich morgen früh darum kümmern.«

Gerti reckte trotzig das Kinn vor. »Er wird mich heiraten.«

»Nein, das wird er ganz bestimmt nicht. Selbst wenn er wollte, was ich bezweifle, wäre es nicht seine Entscheidung. Er ist fünfzehn Jahre alt.«

»Aber warum denn nicht?«

»Das fragst du?«

»Sie haben doch auch …« Gerti verstummte.

Luise stemmte die Hände in die Hüften. »Was fällt dir ein, du unverschämtes Miststück? Hast du meinen Sohn etwa um den Finger gewickelt, weil du dachtest, du könntest auf diese Weise eine gute Partie machen? Wer hat dir denn diesen Unsinn erzählt?«

»Aber …«

»Kein Wort mehr«, unterbrach Luise sie. »Ich spreche mit meinem Mann und mit Bruno, und dann werden wir sehen, was wir mit dir machen. Was auch immer es sein wird, auf Seydell kannst du nicht bleiben.«

Die Augen des Mädchens füllten sich mit Tränen.

»Geh auf deine Kammer«, befahl Luise etwas weniger

harsch. »Du hast morgen frei, ich kläre das mit Fräulein Mälzer.«

Gerti trottete zur Tür. Auf der Schwelle drehte sie sich noch einmal um. »Ich lasse mich nicht herumschubsen, gnädige Frau.« Ihr Gesicht hatte wieder den überheblichen Ausdruck, den Luise von ihr kannte. »Ich habe auch Rechte. Sie können mich nicht einfach davonjagen wie einen räudigen Hund. Immerhin ist das Kind, das ich unter dem Herzen trage, Ihr Enkel.«

»Raus! Auf der Stelle!«

Als das Stubenmädchen die Tür hinter sich geschlossen hatte, sank Luise zurück auf den Stuhl und vergrub das Gesicht in den Händen. Sie zweifelte nicht daran, dass Gerti Moyland die Wahrheit gesagt hatte. Ihr Sohn Bruno, der doch selbst noch ein halbes Kind war, hatte ein Dienstmädchen geschwängert. Wieso hatte sie nicht gemerkt, was vor sich ging?

Dass Bruno beabsichtigte, das Mädchen zu heiraten, glaubte sie nicht eine Sekunde. Bestimmt hatte er an die möglichen Konsequenzen seines Tuns keinen Gedanken verschwendet. Ludwig würde ein ernstes Wort mit ihm reden müssen. Allerdings war Ludwig wohl kaum der Richtige dafür. Am Ende war er sogar noch stolz auf seinen Sohn.

Luise rieb sich das Gesicht. Was für ein Schlamassel. Dabei war der Tag so wunderbar gewesen. Warum musste er nun so enden?

Sie stand auf, trat ans Bett und löschte das Licht auf dem Nachttisch. Morgen, sagte sie sich. Sie würde morgen darüber nachdenken. Heute war sie viel zu müde.

Kapitel 6

Lüneburger Heide, April 1915

Mein lieber Sohn,

vielen Dank für Deinen Brief, über den wir alle hier uns wie immer sehr gefreut haben. Wie schade, dass Du uns zu Ostern nicht besuchen konntest. Aber ich bin froh, dass es Dir gut geht. Ich hoffe, Du bleibst weiterhin von Kampfhandlungen verschont. So viele sind schon gefallen.

Hier auf Seydell geht alles seinen gewohnten Gang, Du musst Dir also keine Sorgen machen. Wir …

Luise ließ den Stift sinken. Was sollte sie Robert schreiben, ohne ihn mit Dingen zu behelligen, die er nicht wissen musste, aber auch ohne ihn anzulügen?

Sie schaute aus dem Fenster. Draußen jagte der Wind Schneeflocken über den Hof. Eben hatte die Sonne geschienen, doch jetzt war es so dunkel, dass sie mitten am Vormittag das Licht anzünden müsste. Hörte der Winter denn nie auf?

Manchmal dachte Luise, wenn nur endlich Sommer wäre, würde sich alles fügen. Wenn es nur endlich warm wäre und die Luft vom Duft Tausender Blüten erfüllt. Aber es war natürlich nicht der Sommer, der ihr fehlte, sondern das Leben vor dem Krieg.

Letztes Jahr um diese Zeit waren sie so glücklich gewesen. Sie hatten mitten in den Vorbereitungen für Anna-Marias Verlobung gesteckt. Die Zukunft erschien rosig.

Und nun? Der Krieg laugte das Land mehr und mehr aus, die Listen mit den Gefallenen wurden länger und länger, und hinter der Frontlinie starben die Menschen an Hunger und Auszehrung. Und an der Sorge um ihre Männer, Brüder und Söhne. Zwar meldete Robert sich regelmäßig, doch die Briefe, die ankamen, waren häufig eine Woche alt oder älter. Wenn sie den Umschlag öffnete, konnte er längst tot sein.

Immerhin hatte sich die Sache mit Gerti glücklich gefügt. Am Weihnachtsmorgen hatte Luise mit Ludwig gesprochen, der erstaunlich vernünftig reagiert hatte. Sie hatten beschlossen, dem Mädchen eine großzügige Summe zukommen zu lassen, damit sie und das Kind eine Weile gut leben konnten, und ihr in Lüneburg oder einer anderen Stadt, die weit genug weg war, eine Wohnung zu suchen. Bedingung war, dass sie Seydell auf der Stelle verließ und auch nicht zurückkehrte.

Luise hatte sich nicht gewundert, als Gerti das Angebot zunächst brüsk ausschlug. Ludwig gab ihr daraufhin drei Tage, ihre Sachen zu packen. Schon am nächsten Morgen ersuchte das Mädchen erneut um ein Gespräch. Ihre Augen waren verweint. Diesmal nahm sie das Angebot an, bat aber darum, bis zum Beginn des neuen Jahres bleiben zu dürfen.

Luise war das gar nicht recht gewesen, sie befürchtete, dass sich ihr Zustand herumsprechen oder dass sie auf andere Art Probleme bereiten könnte. Und sie behielt recht, in gewisser Weise zumindest.

Am Silvesterabend verkündete Walter König, er und Gerti würden heiraten. Er bat Ludwig darum, dass sie beide ihre Stelle behalten dürften. Sie wollten sich in Birkmoor eine bescheidene Unterkunft suchen, genau wie Martha und Georg, und weiter auf Seydell ihr Brot verdienen.

Luise war fassungslos. Diese kleine Schlange! Sie beschwor Ludwig, nicht darauf einzugehen. Sie traute Gerti nicht über den Weg. Doch letztlich blieb ihnen keine Wahl. Sie hatten auf dem Gestüt mehr zu tun denn je, und junge Männer waren rar. So viele waren eingezogen worden, und jeden Tag traf es mehr.

Sie hatten Glück, weil ein Großteil des Gesindes auf Seydell über vierzig war. Erich, Fritz, Emil und gottlob auch Georg, sie alle waren zu alt, um eingezogen zu werden. Gleiches galt für den Pferdemeister Karl Sevenich und den Verwalter Gustav Meinrath. Max Undeloh, der neue Knecht, war erst sechzehn, Walter allerdings war vierundzwanzig. Ihn würde es vermutlich als Ersten treffen. Aber bis dahin brauchten sie ihn dringend. Keinesfalls durften sie ihn leichtfertig fortschicken.

Als Luise behutsam bei Walter vorfühlte, stellte sich heraus, dass er von Gertis Schwangerschaft wusste.

»Sie hat einen Fehler gemacht, sich von Schmeicheleien verführen lassen«, erklärte er im Brustton der Überzeugung. »Ich nehme es ihr nicht übel.«

»Und der Vater des Kindes?«, bohrte Luise vorsichtig weiter.

»Darüber möchte sie nicht reden, und das respektiere ich. Sie hat mir jedoch versichert, dass es niemand vom Gesinde auf Seydell ist.«

Luise atmete erleichtert auf. Je weniger Mitwisser, desto besser. »Wir sollten es nicht an die große Glocke hängen«, sagte sie.

»Selbstverständlich nicht.« Walter klang beinahe empört. »Für alle anderen wird es mein Kind sein. Und als solches werde ich es lieben und großziehen.«

»Du bist ein guter Mann, Walter.«

»Ich liebe Gerti.«

Manchmal genügt das nicht, dachte Luise. Laut sagte sie. »Du behältst natürlich deine Stelle auf Seydell.«

»Gerti möchte auch gern weiterarbeiten.«

»Wir schauen, was sich machen lässt.«

Sie hatten sich mit Gerti darauf verständigt, dass der Arzt ihr geraten habe, nicht mehr zu arbeiten, und sie eine bescheidene Erbschaft erhalten habe, sodass es auch nicht nötig war.

Gerti und Walter heirateten Ende Januar und bezogen eine kleine Wohnung im Haus einer Witwe, die sich darauf freute, bald wieder Kinderlachen in ihren vier Wänden zu hören. Gerti gab ihre Stelle auf Seydell auf, ihr folgte Ida Weiss nach, ein stilles blondes Mädchen, deren beide Brüder bereits in den ersten Wochen des Krieges gefallen waren.

Bruno musste sich von seinem Vater eine Strafpredigt anhören. Anders als Luise befürchtet hatte, war Ludwig keineswegs glücklich über das Verhalten seines Sohnes. Am Ende verkündete er, dass Bruno ab sofort ganzjährig in der Schule bleiben müsse. Keine Ferien mehr zu Hause. Er würde die Schule erst wieder verlassen, wenn er das Abitur in der Tasche hatte, dann hoffentlich mit mehr Verstand im Kopf.

Luise war ihrem Mann sehr dankbar dafür. Mit Bruno im Haus hätte sie keine ruhige Minute mehr gehabt und höchstwahrscheinlich ständig kontrolliert, was er gerade tat, ohne das Gefühl drohenden Unheils ganz loszuwerden. Zumal der Junge nicht einsichtig gewesen war, was sein Fehlverhalten anging.

»Sie wollte es doch auch«, protestierte er.

»Und das, glaubst du, hat dich von deiner Pflicht entbunden, dich anständig zu verhalten?«, fuhr Ludwig ihn an.

»Du hast doch auch …«

»Wage es nicht, dich mit mir zu vergleichen!«

Ludwig hatte Bruno auf sein Zimmer geschickt, das er für den Rest der Ferien nur noch zu den Mahlzeiten verlassen durfte.

Der Briefträger, der auf dem Fahrrad durch das Schneetreiben über den Hof fuhr, riss Luise zurück in die Gegenwart. Sein Anblick sorgte immer für ein Wechselbad aus Hoffnung und Angst. Ein Brief von Robert. Oder einer von Enno, um Anna-Maria für ein paar Tage von dem dunklen Schleier der Schwermut zu befreien. Oder aber ein Schreiben von fremder Hand, eines, das alle Träume und Hoffnungen auf einen Schlag zunichtemachte.

In dem Augenblick, als der Postbote vom Fahrrad stieg,

kam Walter aus dem Stall, eine trächtige Stute am Zügel. Der Postbote grüßte und zog einen Stapel Briefe aus der Ledertasche, Walter trat zu ihm und streckte die Hand aus.

Luise erschrak. War das die Einberufung? Lieber Himmel, nur das nicht! Wenn Walter eingezogen wurde, fehlte ihnen nicht nur ein Knecht. Sie hätten die Verantwortung für Gerti und das Kind zurück. Wer konnte sagen, auf welche Ideen dieses durchtriebene Mädchen kam, wenn sie ihre Felle davonschwimmen sah? Und sie wohnte nicht irgendwo weit weg in der Stadt, wo sie ihnen nicht schaden konnte, sondern am anderen Ende der Lindenallee in Birkmoor.

Am selben Tag, April 1915

»Aber ich darf wieder die Eier aufschlagen«, beharrte Cäcilie.

»Natürlich. Drei Stück brauchen wir, für jeden eins.«

»Ist das auch genug? Ich will ganz viele Pfannekuchen und Georg bestimmt auch.«

Martha lachte. »Wir haben doch noch den Kuchen.«

Sie hatte heute freigenommen. Es war Cäcilies dreiunddreißigster Geburtstag, den sie am Nachmittag feiern wollten, wenn Georg von der Arbeit heimkam. Eigentlich hatte Cäcilie sich zum Mittagessen Brathähnchen gewünscht. Fleisch aß sie fast genauso gern wie Süßes, Martha nahm an, dass es beides in dem Heim selten gegeben hatte.

Georg hatte den Hahn schon besorgt, ein Festmahl in

Zeiten wie diesen, doch beim Gedanken an das gerupfte Tier war Martha am Morgen übel geworden. Deshalb hatte sie ihre Schwester überredet, stattdessen zusammen Apfelpfannkuchen zu backen. Den Hahn würde sie morgen braten, wenn ihr Magen nicht mehr verrücktspielte.

Eben hatten Cäcilie und sie einen Schokoladenkuchen gebacken. Mit nur einem Ei und einem winzigen bisschen Kakaopulver. Kakao war kaum noch zu bekommen, und mit den Eiern musste sie haushalten, jetzt, wo sie den Speiseplan geändert hatte. Trotz der mageren Zutaten duftete es im ganzen Haus nach süßer Schokolade, was Marthas Magen allerdings kaum besser vertrug als den Gedanken an das nackte kalte Fleisch des Hahns.

Cäcilie zupfte sie am Ärmel. »Können wir jetzt endlich? Ich will die Eier aufschlagen.«

»Einen Moment noch, ich muss erst die Schüssel spülen.«

Martha war glücklich darüber, dass Cäcilie bei ihnen wohnen durfte, nur manchmal empfand sie es als sehr anstrengend. Ihre Schwester wollte immer alles sofort und sah oft nicht ein, dass manches nicht so ging, wie sie es sich vorstellte. Anfangs hatte Cäcilie auf einem strengen Tagesablauf bestanden, so wie sie es aus dem Heim gewohnt war, und geriet in helle Aufregung, wenn davon abgewichen wurde. Erst allmählich konnten sie die junge Frau daran gewöhnen, dass bei ihnen andere Regeln herrschten als in ihrem früheren Zuhause. Im Laufe der Monate hatte sie sich immer mehr entspannt. Was aber dazu führte, dass sie immer lebhafter wurde.

Vor allem ihre laute Stimme war oft eine Belastung für

Martha. Bis Georg und sie herausgefunden hatten, dass Cäcilie schlecht hörte. Sie sah auch nicht gut und trug nun eine Brille, auf die sie sehr stolz war. Luise, die Cäcilie Tante Luise nannte, hatte den Besuch beim Optiker und die Sehhilfe spendiert. Am nächsten Tag war Cäcilie im ganzen Dorf herumgelaufen und hatte jedem ihre neueste Errungenschaft gezeigt.

»Sieh nur her«, hatte sie den Pfarrer, den Bäcker, den Müller und den Tierarzt aufgefordert. »Tante Luise ist die netteste Tante der Welt.«

Anders als Martha schien Georg Cäcilies Temperament nicht anzustrengen. Er blieb stets gelassen und konnte stundenlang mit ihr spielen oder auf der Jagd nach Käfern, Stöcken oder Steinen mit ihr über die Felder streifen. Wenn Martha die beiden zusammen sah, wurde ihr schmerzlich bewusst, was für ein wunderbarer Vater er geworden wäre.

Martha wusch die Schüssel aus, in der sie den Kuchenteig angerührt hatten, und trocknete sie ab.

»Jetzt noch den Rührbesen«, rief Cäcilie. »Und dann musst du …« Der Rest ihres Satzes ging in einen Hustenanfall über.

Martha legte ihr die Hand auf die Schulter. »Langsam«, sagte sie mit beruhigender Stimme. »Sonst verschluckst du dich.«

Der Husten kam und ging, war mal stärker, mal schwächer, aber nie ganz weg. Nach dem Gespräch mit Gottlieb Hagedorn hatte Martha zunächst nicht mehr an das gedacht, was er ihr erzählt hatte. Doch als Cäcilies Husten sich hartnäckig über Wochen hielt, hatte sie sich informiert. Es stimmte. Cäcilie war viel älter als die meisten

Menschen, die an der gleichen Krankheit litten. Und es ging ihr verhältnismäßig gut. Dennoch mussten sie sich darauf einstellen, dass sie höchstens noch ein paar Jahre mit ihr haben würden.

Martha sah Cäcilie an. »Besser?«

Ihre Schwester nickte. »Jetzt müssen wir uns aber sputen, damit der Teig fertig ist, wenn Georg kommt.«

»Wir haben noch jede Menge Zeit.«

»Hast du eigentlich auch Geburtstag?«

»Ja, natürlich. Jeder Mensch hat Geburtstag.«

»Georg auch?« Sie klang erstaunt.

Martha musste lächeln. »Ja, im Sommer.«

»Ist morgen Sommer?«

»Nein, das dauert noch eine Weile.«

»Wie viele Tage?«

Martha nahm den Kalender von der Wand und legte ihn auf den Tisch. »Schau, dieser Tag ist heute, der sechzehnte April.« Sie blätterte weiter. »Danach kommen der Mai, der Juni, der Juli und der August. Und hier hat Georg Geburtstag.«

»Das sind noch sehr viele Tage.« Cäcilie hustete wieder, aber nur kurz. »Und Walter, wann hat der Geburtstag?« An dem Knecht hatte Cäcilie beinahe ebenso einen Narren gefressen wie an Georg.

»Ich weiß es nicht, aber wir können ihn fragen.«

»Und Gerti?«

»Im Mai glaube ich. Siehst du, hier.«

»Und das Baby von Gerti?«

»Das weiß im Augenblick nur der liebe Gott. Es wird wohl im Sommer kommen. Vielleicht im August.«

»Wie Georg.«

»Ja, wie Georg«, antwortete Martha nachdenklich. Der Geburtsmonat war nicht das Einzige, was er und das Kind gemeinsam hatten. Beide hatten Väter, deren Identität ein Geheimnis war. Auch wenn Walter König offiziell der Vater des Ungeborenen war, hätte Martha schwören können, dass ein anderer es gezeugt hatte. Doch sie behielt ihr Wissen lieber für sich. Sie hatte den Verdacht, dass Luise es ebenfalls wusste und dass das der Grund war, weshalb Bruno über Ostern nicht nach Hause gekommen war wie sonst.

»Und Tante Luise?«, riss Cäcilie sie aus ihren Gedanken. »Hat die auch einen Geburtstag?«

Martha seufzte. »Der ist schon vorbei, er war im Februar.«

»Dann hat sie jetzt gar keinen mehr?«

»Erst im nächsten Jahr wieder. Schau hier.« Martha griff erneut nach dem Kalender und blätterte zurück. »Das ist der Februar. Da haben wir …« Sie stockte. Blätterte vor und wieder zurück. Zählte.

Nein, unmöglich, sie musste sich täuschen. Ihr war plötzlich schwindelig. Ihre Gedanken rasten, stolperten durcheinander.

Sie stand auf, trat ans Fenster und blickte hinaus auf die Straße, wo die Schneeflocken wild durcheinanderwirbelten, als wäre tiefster Winter. Sie presste ihr Gesicht an die Scheibe. Großer Gott, was, wenn sie sich nicht täuschte?

Belgien, zwei Tage später, April 1915

Kippe war ein belgisches Städtchen mit gemütlichen Backsteinhäuschen nahe der französischen Grenze, das vom Artilleriebeschuss, von der Brandschatzung und Plünderung der Deutschen bisher verschont geblieben war. Die Bewohner waren dennoch bis auf einige Alte, Kranke, Frauen und Kinder geflohen, wie aus den meisten von den Deutschen besetzten Orten. Die wenigen Verbliebenen wurden anständig behandelt. Als ranghöchster Offizier hatte Robert angeordnet, ihnen mit Respekt zu begegnen und sie mit ausreichend Nahrung und Heizmaterial zu versorgen.

Längst glaubte niemand mehr, dass der Krieg schnell vorüber sein würde. Weihnachten war gekommen und verstrichen, und die Frontlinien verhärteten sich immer mehr.

Roberts Stabsstelle sowie die Vermittlungszentrale der Ersten und Zweiten Armee waren im ehemaligen Gemeindesaal von Kippe untergebracht. Am Morgen war nach langer Zeit endlich eine Ladung Feldpost durchgekommen, und zu Roberts großer Freude war auch ein Brief seiner Mutter dabei gewesen. Bis eben hatte er keine Gelegenheit gehabt, ihn zu lesen. Doch jetzt war alles still, und Robert schlitzte den Umschlag auf.

Mein lieber Sohn,

vielen Dank für Deinen Brief, über den wir alle hier uns wie immer sehr gefreut haben. Wie schade, dass Du uns zu Ostern nicht besuchen konntest. Aber ich bin froh, dass es Dir gut geht. Ich hoffe, Du bleibst weiterhin von Kampfhandlungen verschont. So viele sind schon gefallen.

Hier auf Seydell geht alles seinen gewohnten Gang, Du musst Dir also keine Sorgen machen. Wir haben ausreichend zu essen, und Mensch und Tier sind gesund und munter.

Dein Vater liebt Dich und ist sehr stolz auf Dich, auch wenn er es nicht so zeigt. Wann wirst Du uns das nächste Mal besuchen? Oh, bitte sag, dass es bald sein wird!

Ich hoffe, Deine neuen Handschuhe wärmen Dich gut. Pass auf Dich auf!

Deine Mutter

Robert seufzte. Seine Mutter hatte die Angewohnheit, ihm nicht die ganze Wahrheit zu erzählen. Er glaubte nicht, dass Ludwig von Seydell plötzlich seine Vaterliebe entdeckt hatte. Ja, er hatte sich an Weihnachten ihm gegenüber höflich benommen, sogar ein bisschen mit seinem Sohn, dem Major, angegeben, aber mehr war da nicht. Und auch dass auf Seydell alles wie immer lief, glaubte Robert nicht. Er hatte im Dezember selbst gesehen, dass eine der Kutschen nicht genutzt wurde, weil das dringend benötigte Ersatzteil nicht aufzutreiben war. Auch an anderen Dingen mangelte es. Vor allem fehlte ein Teil der Pferde. Zu Beginn des Krieges waren eine Million Pferde beschlagnahmt worden, die als Zugtiere an der Front gebraucht wurden. Zwar hatte man sich vor allem an den einfachen Arbeitstieren der Bauern bedient, aber auch Seydell hatte Pferde abgeben müssen.

Im Vergleich zu vielen anderen ging es seiner Familie jedoch sehr gut. Niemand litt Hunger oder musste frieren. Kameraden hatten ihm erzählt, wie schrecklich die Lage in Berlin und in anderen Städten war. Alle wichtigen Dinge des Lebens wurden an die Front gebracht. Die Menschen daheim mussten mit dem auskommen, was übrig blieb.

So betrachtet war Seydell mit Sicherheit ein Hort der Glückseligkeit. Vier Monate war es her, dass Robert dort gewesen war, aber es kam ihm vor wie ein lang zurückliegender Traum. Auf Seydell schien die Zeit stillzustehen. Berlin war fern und der Krieg noch viel ferner.

Das Feldtelefon begann zu summen. Robert legte den Brief weg und nahm ab.

»Stabsstelle Heeresgruppe Rechts, Generalmajor Junckers«, tönte es durch die Leitung. »Die Losung heißt Frühlingserwachen.«

»Major von Seydell hier. Losung ist korrekt.«

»Bitte verbinden Sie mich mit der Desinfektionseinheit, Oberst Ratberger.«

»Zu Befehl, Herr Generalmajor. Einen Moment bitte.«

Robert zog die Verbindungsliste zurate. In den letzten Wochen war Ratberger öfters angefragt worden. Man hatte ihm mehrmals den Befehl erteilt, auf die Jagd nach Ratten zu gehen, doch es war kein einziges Mal dazu gekommen. Der Befehl kam immer, wenn Nordostwind herrschte, wurde aber zurückgenommen, sobald der Wind auf West zurückdrehte. Was nur vernünftig war. Man wollte die eigenen Leute vor dem Gift schützen.

Ratten waren in der Tat eine Plage, sowohl in den Gräben als auch in den Lagern und Depots, wo ihren Zähnen nur Stahlkisten gewachsen waren. Man hatte es mit Katzen versucht, aber die hatten gegen die gut genährten Nager keine Chance. Also hatte man, wenn die Lage es erlaubte, Gräben und Gänge ausgegast. Heute schien der Wind günstig zu stehen für einen weiteren Versuch. Zudem war vor vier Tagen eine Ladung mit viertausend der neuesten Gasmasken eingetroffen, genug für hundert Ratteneinsätze.

Robert fuhr mit den Fingern die Zeilen entlang. Ratberger, da war er. Er hatte die Vermittlungsnummer 213. Robert steckte die entsprechenden Stecker, und schon nach dem ersten Freizeichen nahm auf der anderen Seite jemand ab.

»Ratberger.«

»Major von Seydell. Ich habe ein Gespräch von der Heeresleitung Rechts. Nehmen Sie das Gespräch an?«

»Was glauben Sie denn?« Ratberger klang ungeduldig. »Wird ja auch Zeit.«

»Ja, diese Mistviecher können wirklich lästig sein«, bestätigte Robert.

»Aber diesmal kriegen wir sie. Die Biester haben keine Chance, sie ahnen nichts.«

»Davon gehe ich aus.« Robert wusste, dass Ratten intelligent waren, dass sie Gift oft verschmähten, weil sie die Falle erkannten. Aber dass man ihnen mit Gas zu Leibe rücken wollte, konnten sie unmöglich vorhersehen. Roberts Hände wurden kalt, als ihm ein anderer Gedanke kam. Ging es hier gar nicht um Ratten? Was genau verbarg sich eigentlich hinter dem Desinfektionsregiment?

»Würden Sie mich jetzt bitte verbinden?«, kam es ungeduldig von Oberst Ratberger.

»Natürlich. Sofort.«

Robert stellte Ratberger hastig durch, behielt aber den Kopfhörer auf, sodass er das Gespräch belauschen konnte.

Generalmajor Junckers hielt sich nicht mit Vorgeplänkel auf. »Der Angriff ist sofort umzusetzen. Achten Sie darauf, dass sich bis auf einige MG-Nester alle Mann aus den Gräben zurückziehen und alle Infanteristen ihre Masken richtig anlegen. Ich habe keine Lust, die Hälfte der eigenen Männer durch das Gas zu verlieren.«

»Zu Befehl, Herr Generalmajor. Wir sind in einer Stunde einsatzbereit.«

»Möge Gott uns beistehen, Ratberger.«

»Das wird er, Herr Generalmajor. Denn wir kämpfen für eine gerechte Sache.«

Am selben Tag, April 1915

Alexander trat aus der Baracke, in der die Schreibstube lag, wo vier Adjutanten, sieben Schreiber und ein Dutzend Botengänger die Verwaltungsarbeit stemmten. Auf dem schlammigen Platz ging ein leichter Ostwind, er wehte den Gestank zusammengepferchter Menschen und Tiere ins Hinterland. Alexander fröstelte. Es war kalt, der Frühling wollte einfach nicht kommen.

Das riesige Feldlager in Elverdinge, einem Ort in Belgien nahe der französischen Grenze, bestand aus Dutzenden Baracken, schlichten länglichen Holzhäusern, die in scheinbar endlosen Reihen aufgestellt worden waren. Es war nur etwa vier Kilometer von der Front entfernt, und

Tag und Nacht hörte man das dumpfe Knattern und Grollen der Geschosse.

Seit acht Monaten war Alexander im Krieg, spielte seine Rolle als Franzose, der sein Land gegen den Überfall der Deutschen verteidigte. In den ersten Wochen hatte er noch stündlich auf eine Gelegenheit gelauert, sich aus dem Staub zu machen, doch inzwischen hatte er sich mit seinem Schicksal abgefunden, bis zu einem gewissen Grad zumindest. Am meisten litt er darunter, dass er keinen Kontakt zu Cristina hatte, dass er nicht wusste, wie es ihr ging, wie es auf Los Pinos lief, und dass er keine Nachricht nach Navarra senden konnte. Er hatte zweimal an seinen vorgeblichen Vetter Frédéric Legrand geschrieben, mit der Bitte, die Verwandtschaft im Süden zu grüßen, doch Legrands Antworten war nicht zu entnehmen, ob Cristina auf seinen Brief reagiert, ja ob sie ihn überhaupt erhalten hatte. Er hatte überlegt, dem Brief an Legrand ein Schreiben an seine Tochter beizufügen, das dieser weiterleiten sollte, den Gedanken jedoch wieder verworfen. Der Franzose hatte schon so viel für ihn riskiert, keinesfalls wollte er ihn noch mehr in Schwierigkeiten bringen.

Manchmal verdrängte Alexander die Gedanken an Los Pinos, manchmal drohten sie ihn vor Sorge in den Wahnsinn zu treiben. Vor allem, weil es niemanden gab, der das Gestüt an seiner Stelle leiten konnte.

Einige Male hatte Alexander vorsichtig nach Urlaub gefragt. Doch als er andeutete, dass seine Familie nicht in Frankreich lebte, winkte der Regimentskommandeur ab. Alexander hätte Legrand besuchen und sich von dort nach

Spanien absetzen können. Aber auch das hätte den Freund und seine Familie in allergrößte Gefahr gebracht.

Immerhin hatte er großes Glück im Unglück gehabt. Statt an der Front verheizt zu werden, war er für den Nachschub an die vordersten Linien zuständig und befehligte ein Versorgungsbataillon mit zwölfhundert Mann. Zu dem Privileg war er unverhofft gekommen, als er in der Kommandantur in Meaux Général de brigade Aurélien Sauton begegnete. Capitaine Maurice Legrand hatte vor vielen Jahren bei einem heldenhaften Einsatz in einem Munitionsdepot, das in Brand geraten war, dem Sohn des Generals das Leben gerettet, und der war hocherfreut, dem Helden endlich von Angesicht zu Angesicht gegenüberzustehen. Alexander wiederum war erleichtert, dass der General den Retter seines Sohnes nie persönlich kennengelernt hatte. Natürlich protestierte Alexander der Form halber, aber der General ließ sich nicht beirren.

»Heute ist Zahltag, mein lieber Maurice, heute kann ich mich erkenntlich zeigen.« Er unterschrieb Alexanders Marschbefehl und klopfte ihm väterlich auf die Schulter.

Alexander war unendlich dankbar, denn dieser Marschbefehl befreite ihn von der Last, auf seine eigenen Landsleute schießen zu müssen. Damals glaubte er noch, dass er spätestens in ein paar Wochen auf dem Weg nach Spanien sein würde. Doch die Gelegenheit, auf die er so sehnsüchtig gewartet hatte, war nie gekommen.

Alexander zog seine Liste zurate. Er ließ es sich nicht nehmen, selbst täglich einen Kontrollgang durchzuführen, um sich anhand von Stichproben zu vergewissern, dass die Anzahl der gelagerten Vorräte mit seinen Aufzeichnungen übereinstimmte. Gerade waren mehrere Fuhrwerke eingetroffen, die Lebensmittelkonserven brachten. Zwar war ein Teil der Truppe motorisiert, die überwiegende Menge der Waren wurde aber nach wie vor mit Pferdefuhrwerken transportiert. Die Deutschen hatten sogar Bahngeleise bis an die Frontlinien verlegt, um Güter zu transportieren. So etwas gab es bei den Franzosen nicht, zumindest nicht in dem Abschnitt, für den Alexander zuständig war.

Er trat zur Seite, um die Fuhrwerke passieren zu lassen. Seit Monaten saßen sie hier im Grenzland fest, und nichts bewegte sich. Zu Weihnachten waren die Männer aus den Gräben gekrochen und hatten gemeinsam gesungen, Freund und Feind in friedlicher Eintracht. Bei Nieuwkapelle hatten Briten und Deutsche angeblich sogar zusammen Fußball gespielt. Doch schon Stunden später war es mit dem Frieden vorbei gewesen, und zum Jahreswechsel hatten keine Sektkorken geknallt, sondern Geschütze und MG. Alexander hatte von ferne das Wetterleuchten des Todes beobachtet und war für einige Tage in Schwermut verfallen ob der furchtbaren Verluste und des sinnlosen Sterbens.

Noch vor Weihnachten hatten die Frontsoldaten damit begonnen, Gräben auszuheben, in denen sie sich verschanzten. Den gefrorenen Boden hatten sie mit Handgranaten aufgesprengt. Die Erde war inzwischen längst aufgetaut und hatte sich in knöcheltiefen Morast verwandelt. Regelmäßig versanken die Laufbretter darin wie in einem Moor, das nichts mehr hergab, was es einmal verschluckt hatte.

Alexander arbeitete von morgens bis abends, so lange, bis er nur noch auf sein Lager fiel und sofort einschlief. So vermied er, allzu viel zu grübeln. Dieser Krieg hatte nichts mit ihm zu tun, und er war grausam, entfachte so unendlich viel Leid, Trauer und Schmerz, dass er seine Gefühle unterdrücken musste, um nicht unter ihrer Last zusammenzubrechen. Seine Männer zollten ihm Respekt und folgten ihm ohne Murren. Doch sie hatten keine Ahnung, dass sich ihr Capitaine Maurice Legrand mit der Arbeit nur betäubte, dass er sich in jeder Sekunde weit weg wünschte und den Tag verfluchte, an dem er nach Frankreich aufgebrochen war.

Ein Lastkraftwagen fuhr vor und riss Alexander aus seinen Gedanken. Ein junger Lieutenant sprang heraus, ein fähiger Mann, den Alexander sehr schätzte. Er trug die neue graublaue Felduniform, die nach und nach überall im französischen Heer eingeführt wurde.

Er nahm Haltung an. »Capitaine!«

»Was gibt es, Lieutenant?«

»Ich wollte nur den Bericht abgeben. Und die Liste.«

Alexander runzelte die Stirn. Er spürte, dass der Lieutenant noch etwas anderes auf dem Herzen hatte, aber nicht damit herausrücken wollte. »Ist in Ihrem Abschnitt alles in Ordnung? Gibt es Probleme?«

»Ganz im Gegenteil. Im Augenblick ist es sehr ruhig. Fast zu ruhig, wenn Sie mich fragen, Capitaine. Ich habe das Gefühl, die Boches planen etwas. Ich habe seltsame Bewegungen auf der deutschen Seite beobachtet, ich kann mir keinen Reim darauf machen.«

»Was denn für Bewegungen?«

»Erst dachte ich, sie heben weitere Gräben aus, aber es scheinen bloß Löcher zu sein.« Der Lieutenant winkte ab. »Nicht Ihre Angelegenheit, Capitaine.«

Ein merkwürdiges Gefühl überkam Alexander. Er war in der Tat nicht für das Kampfgeschehen zuständig, doch er hatte den Verdacht, dass die Beobachtung des Lieutenants wichtig sein könnte. Bevor er seine Vorgesetzten alarmierte, wollte er sich selbst ein Bild machen. »Fahren Sie mich hin«, befahl er. »Zeigen Sie mir, was Sie meinen.« Ehe der Lieutenant Einwände erheben konnte, stieg Alexander auf der Beifahrerseite des Wagens ein.

Als sie wenige Minuten später über den schlammigen Weg zwischen den Baracken in Richtung Front ruckelten, spürte Alexander, wie sein Magen sich zusammenkrampfte. Zum ersten Mal in all den Monaten hatte er Todesangst. Am liebsten hätte er dem Lieutenant befohlen, ihn wieder aussteigen zu lassen, doch dafür war es zu spät.

Am selben Tag, April 1915

Das Desinfektionsregiment war zwischen den zwei belgischen Dörfern Poelkapelle und Steenstraate stationiert, die etwa sechs Kilometer auseinanderlagen. Die Front verlief in einer Ebene und war nach Osten hin von einem Höhenzug begrenzt. Die feindlichen Schützengräben lagen keine zweihundert Meter voneinander entfernt.

Robert ritt vorbei an dem Strom von Menschen und Material, der sich hinter der Front wie ein endloser Lindwurm dahinzog. Er hatte beschlossen, sich mit eigenen Augen zu versichern, ob sein schrecklicher Verdacht der Wahrheit entsprach. Also hatte er eine Vertretung auf seinen Posten gesetzt und seinen Hengst satteln lassen.

Kurz vor Poelkapelle erreichte er den ersten Kontrollposten. Der Unteroffizier salutierte, die Wachsoldaten präsentierten das Gewehr.

»Ich bitte um Verzeihung, Major«, sagte der Unteroffizier. »Darf ich fragen, welche Dienstpflicht Sie hierherführt? Der Abschnitt zwischen Poelkapelle und Steenstraate ist Sperrgebiet.«

»Aber sicher dürfen Sie das. Allerdings bin ich derselben Geheimhaltung verpflichtet, die das gesamte Unternehmen schützt. Sie können gern Oberst Ratberger Bescheid geben und ihm sagen, dass ich mich auf eine Front freue, die von allen Ratten gesäubert ist. Allerdings dürfte das Feldtelefon im Moment ebenfalls gesperrt sein. Geheimhaltung eben. Wir nehmen das sehr ernst.«

Robert wartete keine Antwort ab, sondern ritt einfach am Kontrollposten vorbei.

Niemand versuchte, ihn aufzuhalten. Zwei weitere Posten passierte er auf dieselbe Art. Unbehelligt ritt er auf die Anhöhe, wo Hunderte Metallzylinder im Gras lagen. Gasflaschen, kein Zweifel. Noch immer konnte Robert es nicht glauben. Vielleicht handelte es sich ja um Nebelgas. Oder verschärftes Reizgas. Er ritt bis an den Rand der Anhöhe. Ein Hauptmann trat ihm entgegen.

»Major, verzeihen Sie mir, aber Sie dürfen nicht weiter. Es ist zu gefährlich. Zumal Sie keine Gasmaske tragen. Hat man Ihnen denn keine gebracht?«

Robert schüttelte den Kopf.

Der Hauptmann verzog das Gesicht und brüllte: »Müller! Eine Gasmaske für den Herrn Major, aber zackig!«

Ein junger Soldat kam angerannt, reichte Robert eine

Art Mütze aus Gummi, die das ganze Gesicht bedeckte und Gucklöcher mit Glasscheiben besaß sowie einen Riemen, mit dem man die Maske am Kopf befestigen konnte. Robert nahm sie entgegen, ohne abzusitzen, befeuchtete einen Zeigefinger und hielt ihn in die Luft. »Im Moment besteht keine Gefahr, Hauptmann. Der Wind bläst stramm gegen die Franzosen.« Robert hasste sich für seine Worte, doch er wollte keinesfalls unangenehm auffallen. »Wann geht es denn los?«

»Jeden Augenblick, Herr Major.« Der Hauptmann salutierte und eilte davon.

Kaum war er ein paar Schritte gegangen, ertönten Trillerpfeifen. Robert setzte seinen Feldstecher an und blickte ins Tal. Soweit das Auge reichte, lagen Soldaten dicht an dicht auf dem Boden, mit Gasmasken über dem Gesicht und eingegrabenen Stahlzylindern vor sich, deren Ventile etwa zehn Zentimeter aus dem Boden ragten. Immer vier Mann pro Flasche, in voller Gefechtsmontur, das Gewehr mit aufgepflanztem Bajonett griffbereit neben sich.

Zwischen den Vierergruppen war jeweils nur etwa ein Meter Platz, also waren es Tausende Gasflaschen. Robert schauderte. Dieser Tag würde in die Geschichte eingehen, so viel stand fest. Leuchtkugeln stiegen auf, Robert ließ die Männer nicht aus den Augen, die jetzt alle gleichzeitig die Hähne aufdrehten. Aus Tausenden Flaschen zischte es, als hätte sich die Erde geöffnet und würde giftigen Odem ausspeien. Gelbliches Gas waberte ungehindert über die kahle Ebene.

Da das Gas schwerer als Luft war, kroch es wie ein Wurm über den Boden, angetrieben vom leichten, aber stetigen

Nordostwind, der die tödliche Wolke unerbittlich auf die französischen Stellungen zutrieb. Nicht ein Schuss fiel. Die Franzosen und Belgier, die diesen Frontabschnitt hielten, hatten keine Ahnung, dass der Tod sie bereits im Visier hatte. Sie ahnten nichts von einem tödlichen Gasangriff und hatten keine Schutzmaßnahmen getroffen.

Dann plötzlich erhob sich Geschrei, so qualvoll, wie Robert es seit Beginn des Krieges noch nicht gehört hatte. Tausende Kehlen versuchten zu atmen, doch sie konnten bloß röcheln und erstickten jämmerlich. Lungen wurden verätzt, Haut verbrannt. Soldaten flohen aus den Gräben, taumelten blind umher, benommen vor Schmerz. Ihr Todeskampf dauerte quälende Minuten. Ganze Regimenter wälzten sich im Dreck, versuchten vergeblich zu entkommen.

Robert war gelähmt vor Entsetzen. Dies war kein Krieg mehr, dies war ein Gemetzel, eine Schande. Der Kaiser hatte die Kontrolle über sein Heer verloren. Blutdurstige Mordmaschinen hatten die Macht übernommen, gewissenlose Verbrecher, denen jedes Mittel recht war, um zu siegen, die Menschen wie Ungeziefer vernichteten.

Erneut ertönten die Trillerpfeifen. Infanteriesoldaten mit Gasmasken vor dem Gesicht stürmten los. Kampflos fielen ihnen die Gräben in die Hand, tiefer und tiefer stießen sie vor, bis Robert sie aus den Augen verlor.

Um ihn herum erscholl Jubel. Käppis flogen in die Luft, Fäuste reckten sich, als hätten die Männer mit ihrem feigen Angriff den Krieg entschieden. Doch schon knatterten in der Ferne die Maschinengewehre der Feinde. Der Vormarsch war gestoppt. Ein paar Kilometer hatten sie gewonnen, aber ihre Ehre verloren.

Am selben Tag, April 1915

Alexander fluchte innerlich. Sie waren kaum aus dem Lager herausgekommen, da war der Lastkraftwagen in einem Schlammloch stecken geblieben. Zusammen mit fünf weiteren Männern versuchte der Lieutenant, das Rad wieder freizubekommen, doch es schien immer nur noch tiefer im Morast zu versinken.

Was für eine Schnapsidee, an die Front zu fahren! Was hatte ihn nur geritten? Wann hatte er beschlossen, den Helden zu spielen? Alexander wäre am liebsten einfach zurück zur Schreibstube gelaufen, doch wie hätte das ausgesehen?

Plötzlich ertönten in einiger Entfernung Rufe. Erst verstand Alexander nichts, dann drangen Wortfetzen zu ihm vor.

»Verbrecher … Hilfe … büßen … abknallen.«

»Mitkommen!«, befahl er den Soldaten. »Wir müssen nachsehen, was da los ist.«

Sie eilten in Richtung des Geschreis. Alexander bemerkte, dass sich unter die Schimpftiraden auch das Wimmern und Stöhnen von Verletzten mischte, das ihm in den vergangenen Monaten so vertraut geworden war.

Sie rannten um eine Biegung und erkannten Männer mit Tragen, die ihnen entgegenstolperten.

»Diese dreckigen Deutschen«, hörte er jemanden rufen. »Gott soll sie für alle Zeiten verdammen.«

Als Alexander die ersten Soldaten erreichte, blieb er entsetzt stehen. Auf den Tragen lagen Männer, deren Gesichter furchtbar entstellt waren. Sie röchelten, ihre Augen glühten feuerrot. Einige krümmten sich vor Schmerzen, andere waren selbst dafür bereits zu schwach.

Ein Soldat salutierte vor Alexander und machte Meldung. »Gas.« Seine Stimme zitterte. »Es ist Giftgas. Wir dachten, es sei Tränengas, aber die Männer fallen zu Tausenden.«

Der Soldat stockte, Alexander sah Tränen in seinen Augen glitzern.

Er drehte sich zu dem Lieutenant um. »Laufen Sie sofort zurück ins Lager. Jeder, der entbehrlich ist, soll helfen, die Verletzten zu bergen.« Er stockte, blickte in Richtung Front. Durfte er überhaupt Männer in diese Hölle schicken? War das Gas schon verflogen? »Die Männer sollen sich nur so weit nähern, wie es sicher möglich ist. Ich werde mir selbst ein Bild von der Lage machen.«

»Jawohl, Capitaine.« Der Lieutenant salutierte und rannte los.

Inzwischen waren mehrere Dutzend Verletzte hergebracht worden, einige Männer hatten sich einen Kameraden über die Schulter geworfen, weil die Tragen nicht ausreichten. Manche der Träger schienen ebenfalls Verbrennungen zu haben.

Gerade wollte Alexander sich wieder an den jungen Soldaten wenden, der Meldung gemacht hatte, als Unruhe aufkam. Jemand schrie, offenbar war eine Rangelei im Gange.

Alexander bahnte sich einen Weg durch den nicht enden wollenden Strom von flüchtenden Soldaten. »Was ist hier los? Sofort aufhören!«

Nur zögernd entwirrte sich das Knäuel aus Männern.

Alexander sah mehrere Messer und ein Seil verschwinden, und ihm schwante Böses. Dann begriff er auch, warum. Als die Soldaten zurücktraten, wurde der Blick auf einen Mann frei, der zusammengekrümmt am Boden lag. Eine Gasmaske war ihm vom Gesicht gerutscht. Er trug eine deutsche Uniform mit den fransigen Epauletten eines Majors an den Schultern.

Alexander zögerte nicht eine Sekunde. »Bringen Sie den Mann ins Lager, sofort! Sperren Sie ihn in eine Arrestzelle.«

Auch wenn Alexander die Wut der Kameraden verstand, unter seiner Führung wurde niemand gelyncht, was immer er getan haben mochte.

»Aber Capitaine …«

Alexander fuhr zu dem Mann herum. »Sergent, ich sage es nicht ein zweites Mal. Und wehe, dem Gefangenen stößt etwas zu. Sie haften mir mit Ihrem Kopf für seine Unversehrtheit.«

Die Gesichtszüge des Soldaten verhärteten sich. »Zu Befehl, Capitaine.«

Alexander hatte das Gefühl, noch etwas hinzufügen zu müssen, wenn er die Männer nicht für alle Zeiten gegen sich aufbringen wollte. »Bedenken Sie, Sergent, dass auch Sie eines Tages in Gefangenschaft geraten könnten. Wollen Sie dann ohne Untersuchung erschossen werden? Oder am nächsten Baum aufgeknüpft? Wenn dieser Mann für das Massaker mitverantwortlich ist, wird er dafür zur Rechenschaft gezogen werden, darauf gebe ich Ihnen mein Wort. Aber wir richten niemanden, bevor wir ihn angehört haben.«

»Jawohl, mon Capitaine.« Der Sergent senkte den Blick. Auch seine Kameraden sahen betreten zu Boden.

»Und jetzt ist genug Zeit verschwendet. Wir müssen unseren Kameraden helfen und die retten, die noch zu retten sind, und denen, die den Deutschen tapfer Widerstand leisten, Munition, Wasser, Nahrung und Medikamente zukommen lassen. Wir dürfen sie nicht im Stich lassen!«

Zustimmendes Gemurmel setzte ein. Dem Deutschen wurde aufgeholfen, einige Soldaten ergriffen ihn und führten ihn fort, andere wandten sich den Verletzten zu, packten mit an.

Alexander kehrte zu Fuß zur Stabsstelle zurück, setzte seine Vorgesetzten per Feldtelefon in Kenntnis, dann begab er sich in die Baracke mit den Arrestzellen, wo der Gefangene bereits wartete. Vor der Tür wachte ein Soldat.

Er salutierte. »Mon Capitaine, ich übergebe Ihnen den gefangenen Deutschen.«

»Vielen Dank, Soldat. Aufschließen und wegtreten.«

Kaum hatte der Soldat aufgesperrt, trat Alexander in den Raum, wo der Gefangene mit verschränkten Armen in der Ecke stand.

»Parlez-vous français?«, fragte er. Natürlich hätte er sich mit dem fremden Major ganz einfach auf Deutsch verständigen können. Doch das erschien ihm zu riskant. Niemand durfte wissen, wie gut er die Sprache beherrschte.

»Un peu.« Der Mann hob den Kopf und sah ihm direkt in die Augen. »Ich muss mich wohl bedanken«, sagte er mit schwerem deutschem Akzent. »Sie haben mir das Leben gerettet.«

Alexander betrachtete den Mann. Er war höchstens

Mitte zwanzig, hatte ein schmales, dennoch markantes Gesicht, dunkle Augen und ebenso dunkle Haare. Etwas an ihm kam ihm vertraut vor. Doch das lag bestimmt daran, dass er, abgesehen von Luises Besuch, seit Jahrzehnten keinem Landsmann begegnet war.

»Keine Ursache«, erwiderte er knapp.

»Ich kann Ihre Männer verstehen.«

Überrascht hob Alexander die Brauen. »Ist das so?«

»Der Gasangriff war ein … wie sagt man? Ein Verbrechen. Und der Grund, warum ich hier bin. Ich möchte mit einem Ihrer Generäle sprechen.«

Sieh da, dachte Alexander. Ein Überläufer. Oder jemand, der sich als Überläufer ausgab, um die Franzosen auszuspionieren. Er wäre nicht der Erste, der das versuchte. Im Gegenteil. Überläufer gab es zuhauf, meistens waren es einfache Soldaten, die sich etwas hatten zuschulden kommen lassen und auf der gegnerischen Seite Schutz vor Strafverfolgung suchten. Aber bei einem Major war das etwas anderes. Er gab viel mehr auf, wenn er die Seiten wechselte. Entweder hatte er richtig Mist gebaut, oder es war ihm sehr ernst.

»Ich werde Général de brigade Sauton informieren. Dann sehen wir weiter.«

»Ich habe etwas, um meine Worte zu untermauern.« Der Major griff in seine Uniformtasche und zog ein schwarzes Büchlein hervor. »Das Codebuch.«

Alexander nahm das Buch entgegen und betrachtete es. Offenbar meinte der junge Mann, was er sagte. Allerdings konnte es noch immer ein Trick sein. »Wie gesagt, ich leite Ihr Ansinnen weiter. Nun brauche ich erst einmal Ihren Rang und Ihren Namen.«

Der junge Mann salutierte. »Ich bin Major Robert von Seydell, Oberkommandierender der Fernmeldeeinheiten der Heeresgruppe Rechts.«

Lüneburger Heide, am selben Abend, April 1915

Martha schaute aus dem Fenster. Es war längst dunkel, doch Georg war noch immer nicht von der Arbeit heimgekehrt. Sie machte sich keine Sorgen, es wurde häufig später. Obwohl auch die Herrschaft nicht mehr ganz so komfortabel lebte wie vor dem Krieg, verlief auf dem Gestüt alles weitgehend in gewohnten Bahnen. So gab es auch in diesem Jahr mehrere Dutzend trächtige Tiere, und jetzt im Frühjahr kamen die Fohlen.

Dennoch saß Martha auf heißen Kohlen. Sie musste mit Georg reden. Zum Glück schlief Cäcilie längst, keinesfalls sollte sie Zeugin des Gesprächs werden. Später würden sie natürlich auch mit ihr reden müssen. Aber das hatte Zeit.

Martha griff nach dem Korb mit der Stopfwäsche, den sie von Seydell mitgenommen hatte. Die gnädige Frau gestattete ihr, einen Teil ihrer Arbeit zu Hause zu verrichten, damit sie sich um Cäcilie kümmern konnte. Sie drehte die Lampe höher, damit sie genug Licht hatte, und nahm sich einen Seidenstrumpf vor.

Sie war bereits beim zweiten Strumpf, als sie draußen Schritte hörte. Kurz darauf ging die Tür auf, und Georg trat ein. Martha legte den Strumpf weg und wollte aufstehen, hielt jedoch mitten in der Bewegung inne.

»Lieber Himmel, Georg, was ist geschehen?«

Georg schloss die Tür und ließ sich müde auf den Stuhl ihr gegenüber fallen. Sein Hemd war auf der Brust und an den Ärmeln blutig, sogar unter seinen Fingernägeln und im Gesicht klebte Blut, obwohl man sehen konnte, dass er versucht hatte, es wegzuwaschen.

»Wir haben ein Fohlen verloren. Und die Mutter.«

»Wie schrecklich. Was ist geschehen?«

»Es lag verkehrt herum, und wir haben nicht geschafft, es zu drehen. Wir haben wirklich alles versucht. Als der Arzt kam, war es schon zu spät.« Georg vergrub das Gesicht in den Händen. »Es war so schrecklich.«

Martha stand auf, stellte sich hinter ihn und legte ihm die Hände auf die Schultern. »Möchtest du etwas essen? Oder ein Glas Bier? Wir haben noch eine Flasche in der Speisekammer.«

»Nichts zu essen, danke. Die Käthe hat uns etwas in den Stall gebracht. Aber das Bier nehme ich gern.«

Martha holte die Flasche aus der Speisekammer, schenkte ein Glas ein und stellte es ihm hin. So hatte sie sich den Abend nicht vorgestellt. Dennoch wollte sie das Gespräch nicht aufschieben.

Sie setzte sich wieder. »Georg?«

Er betrachtete seine Finger. »Ich habe mich nicht einmal richtig gewaschen.«

»Das macht doch nichts.«

Er trank einen Schluck. »Mir macht es etwas.«

»Georg, ich muss dir etwas sagen.«

Er blickte auf. »Was denn?«

»Ich war heute beim Arzt.«

»Ist etwas mit Cäcilie? Sie ist doch nicht etwa krank?«

Martha lächelte. »Nein, es geht ihr gut. Keine Sorge. Ich war nicht ihretwegen dort. Ich habe mich selbst untersuchen lassen.«

»Großer Gott, was ist mit dir? Dir fehlt doch nichts, oder?« Er griff nach ihrer Hand, ließ aber sofort wieder los.

Sie nahm seine blutbeschmierten Finger und drückte sie. »Ich hatte einen bestimmten Verdacht. Der Arzt hat ihn bestätigt.«

»Ich verstehe nicht.«

»Du verstehst sehr wohl.«

»Herr im Himmel, das ist nicht wahr!«

»Doch, ist es. Wir bekommen ein Kind, Georg.«

Er sprang auf, der Stuhl fiel um. Ohne sich darum zu scheren, umrundete Georg den Tisch und fiel vor Martha auf die Knie. »Ist das auch sicher?«

»Das Kind wird noch in diesem Jahr kommen, wahrscheinlich kurz vor Weihnachten.«

»Oh, Martha, wie ist das nur möglich?« Er küsste ihre Hände.

»Steh auf, du Dummkopf«, sagte sie zärtlich. »Oder wolltest du mir einen zweiten Heiratsantrag machen?«

»Ich würde nicht eine Sekunde zögern, dich wieder zu fragen.« Er erhob sich, zog sie ebenfalls hoch. »Und wieder und wieder. Ich bin glücklich mit dir, Martha, ich war es immer, und ich werde es immer sein. Ich wäre auch ohne Kind bis ans Ende meines Lebens mit dir glücklich gewesen. Aber nun ist …«

Sie schnitt ihm mit einem Kuss das Wort ab. »Das weiß ich doch, Liebster.«

Plötzlich wurde er ernst. »Du musst dich auf jeden Fall schonen.«

»Der Arzt hat gesagt, dass das nicht nötig ist, solange ich mich wohlfühle. Zwar bin ich mit meinen einundvierzig Jahren nicht mehr die Jüngste, aber so ungewöhnlich ist es nun auch wieder nicht. Ich soll viel an die frische Luft gehen und gut essen.« Sie seufzte. »Letzteres dürfte schwierig sein.«

»Ich werde dafür sorgen, dass du alles hast, was du brauchst. Ich werde mit Luise reden.« Er berührte behutsam ihren Bauch. »Mein Kind. Wer hätte das gedacht?«

Belgien, in derselben Nacht, April 1915

Unruhig lief Robert in der kleinen Zelle auf und ab. Nachdem der französische Capitaine ihn nach Dienstrang und Namen gefragt hatte, war er abrupt nach draußen gestürmt. Seitdem wartete er. Und je länger es dauerte, desto nervöser wurde er. Natürlich mussten die Franzosen sich erst beraten, aber so lange?

Robert bereute seine Entscheidung nicht, auch wenn er sie spontan gefällt hatte. Auch wenn er alles, bis auf das, was er am Leib trug, hatte zurücklassen müssen, sogar seinen geliebten Hengst. Er konnte nicht länger aufseiten einer Armee kämpfen, die ihre Gegner so feige und grausam abschlachtete. Ihm war klar, dass die Entente nun ebenfalls Giftgas einsetzen würde. Aber sie hatten nicht angefangen. Das Deutsche Reich hatte diesen ersten fatalen Schritt getan.

Robert schämte sich für seine Landsleute. Er wollte nur noch, dass der Krieg so schnell wie möglich endete, und dafür war ihm jedes Mittel recht.

Endlich hörte er Schritte, vor der Tür wurde leise Französisch gesprochen, dann öffnete sie sich. Drei einfache Soldaten standen draußen.

»Mitkommen!«, befahl einer.

Draußen war es inzwischen dunkel. Robert wurde in eine andere Baracke gebracht, ein Soldat klopfte an eine Tür, von drinnen wurde geantwortet.

In dem Raum, einer Schreibstube voller Akten und mit einem großen Schreibtisch in der Mitte, befanden sich drei Männer. Robert erkannte den Capitaine von vorhin, der mit verschränkten Armen neben dem Schreibtisch stand und ihn mit einem merkwürdigen Gesichtsausdruck betrachtete. Ein General saß auf dem einzigen Stuhl, vor sich auf dem Schreibtisch das Codebuch. Ein Mann in Zivil stand hinter ihm.

Der General sagte etwas auf Französisch, von dem Robert nur die Hälfte verstand.

Der Mann in Zivil übersetzte. »Das ist Général Sauton, Capitaine Legrand kennen Sie ja bereits. Sie sind Major Robert von Seydell?«

»Das bin ich.«

»Der General hat einige Fragen an Sie.«

»Sie wollen also die Seiten wechseln«, begann der General. »Empfinden Sie es nicht als Verrat, Ihre Kameraden im Stich zu lassen?«

Obwohl Robert die Frage verstanden hatte, wartete er, bis der Dolmetscher sie auf Deutsch wiederholt hatte.

»Meine Kameraden haben großes Unrecht begangen«, antwortete er dann. »Sie haben gegen Völkerrecht verstoßen. Das kann ich nicht hinnehmen, und das will ich nicht weiter unterstützen. Es waren nicht die Belgier, nicht die Franzosen und nicht die Engländer, die das Kaiserreich bedroht haben. Wir haben grundlos angegriffen. Und jetzt haben wir dieses Massaker angerichtet. Das kann ich nicht mit meinem Gewissen vereinbaren. Je eher der Krieg vorüber ist, desto besser für alle.«

»In einem Krieg wird es manchmal schmutzig, das müssen Sie doch wissen.«

»Das weiß ich auch. Glauben Sie mir, ich habe mehr von diesem Schmutz gesehen, als mir lieb ist. Aber es gibt Grenzen. Mein Land hat heute diese Grenze überschritten.«

Nachdem der Dolmetscher seine Worte an den General weitergegeben hatte, sah dieser ihn eine Weile schweigend an. »Und was, wenn Frankreich irgendetwas tut, das Sie nicht gutheißen? Wechseln Sie dann wieder die Seiten?«

Robert schluckte, Empörung wallte in ihm auf. Wofür hielt der Mann ihn? Er wartete die Übersetzung nicht ab. »Ich bin nicht wankelmütig, wenn Sie mir das unterstellen wollen. Und ich habe mir diese Entscheidung nicht leicht gemacht. Seit Monaten hadere ich. Was heute geschehen ist, war nur der Tropfen, der das Fass zum Überlaufen brachte.«

Capitaine Legrand schien etwas sagen zu wollen, doch Général Sauton hob die Hand. »Sie verstehen sicher, dass ich Sie auf Herz und Nieren prüfen muss. Ich will mir keine Laus in den Pelz setzen.«

»Ich kann wertvolle Informationen liefern, die über Sieg oder Niederlage entscheiden könnten.«

»Ist das so?«

Robert wusste, dass er einen Beweis erbringen musste. »Die Deutschen haben die Offensive mit dem Gasangriff begonnen, ohne ausreichend Reserven zu haben. Alle verfügbaren Kräfte sind im Einsatz. Deshalb haben sie ja das Gas benutzt. Sie hofften, damit quasi kampflos durchbrechen zu können. Und es ist ihnen ja auch zum Teil geglückt.«

»Sie haben den Ypernbogen um fast sechs Kilometer nach Westen verschoben«, bestätigte der General, nachdem er den Dolmetscher angehört hatte. »Sie wollen damit sagen, dass wir eine gute Chance hätten, ihre Front aufzubrechen?«

»Das denke ich, ja.«

Sauton nickte. Robert wusste, dass er darüber nachdachte, ob er ihm trauen konnte. Ob seine Flucht nicht Teil eines perfiden Plans war, der die feindlichen Streitkräfte in eine weitere Falle locken sollte.

Der General nickte Legrand zu, der das Codebuch vom Tisch nahm. »Général Sauton möchte wissen, wie die Losungen zu dechiffrieren sind.«

»Acht, sieben, vier, null, null, drei, vier, zwei, drei.«

Der Mann in Zivil nahm das Büchlein von Legrand entgegen, zückte einen Bleistift und begann zu rechnen. Robert begriff, er war kein einfacher Dolmetscher.

Zwei Minuten lang herrschte absolute Stille im Raum. Trotz der Kälte brach Robert der Schweiß aus. Dann endlich klappte der Mann das Buch zu und sprach leise zu Sauton, der nickte und etwas erwiderte.

Der Dolmetscher räusperte sich. »Der Schlüssel ist korrekt. Allerdings werden die Losungen bereits geändert worden sein, denn Ihre Abwesenheit ist sicherlich nicht unbemerkt geblieben. Wir werden die Informationen, die Sie uns gegeben haben, überprüfen. Danach sehen wir weiter.«

Robert wollte etwas erwidern, doch der General hob die Hand. »Sie sind Major der Fernmeldeeinheiten, da laufen bestimmt eine Menge Informationen bei Ihnen zusammen. Womöglich können Sie sogar Gespräche mithören, die nicht für Ihre Ohren bestimmt sind.«

»Das ist richtig«, presste Robert hervor. Er ahnte, worauf Sauton abzielte. Obwohl ihm von Anfang an klar gewesen war, dass es darauf hinauslaufen würde, wurde ihm schlagartig übel.

»Dann wären Sie uns jenseits der feindlichen Linien am nützlichsten, Major von Seydell«, folgerte Sauton. Er wechselte einen kurzen Blick mit Legrand, bevor er weitersprach. »Sind Sie bereit, noch einmal die Seiten zu wechseln?«

Belgien, in derselben Nacht, April 1915

Alexander stand noch immer unter Schock. Sein Herz flatterte, seine Bewegungen waren fahrig. Ausgerechnet hier, mitten in der Hölle, war er seinem Sohn begegnet, einem jungen Mann, auf den er aus mehr als einem Grund stolz sein durfte.

Er hatte hin und her überlegt, die Risiken abgewogen

und schließlich entschieden, es zu wagen, sich Robert zu offenbaren. Er konnte jeden Tag, jede Stunde sterben in diesem verfluchten Krieg, vielleicht war es seine erste und letzte Gelegenheit, mit seinem Sohn zu reden. Aber er musste es behutsam angehen. Er hatte ja keine Ahnung, was man Robert über seinen Onkel erzählt hatte.

Alexander folgte den Soldaten, die den Gefangenen zurück in die Zelle brachten, verkündete, dass er noch etwas mit dem Boche klären müsse, und ließ sich mit ihm einschließen.

Kaum waren sie allein, nahm er auf dem einzigen Schemel Platz und deutete auf die Pritsche an der Wand, damit Robert sich ebenfalls setzte. Er wollte seinem Sohn in die Augen sehen, wenn er mit ihm sprach. Neben dem schwachen Mondlicht brannte nur die Petroleumlampe, die Alexander mit hereingebracht und auf dem Boden abgestellt hatte.

»Was gibt es noch?«, fragte Robert auf Französisch.

»Ich muss unter vier Augen mit Ihnen reden«, antwortete Alexander auf Deutsch.

Robert starrte ihn an. Hinter seiner Stirn arbeitete es sichtlich. Alexander konnte sich denken, was in Roberts Kopf vorging. Ein angeblicher französischer Capitaine, der akzentfrei Deutsch sprach, es aber seine Kameraden nicht wissen ließ.

»Nein, ich bin kein Spion«, kam er deshalb Roberts Frage zuvor. »Ich bin vor über zwanzig Jahren aus Deutschland ausgewandert, es gibt nur noch wenig, das mich mit der alten Heimat verbindet. Eins davon … bist du, Robert.«

Robert sprang von der Pritsche auf. »Was soll das? Ich verstehe kein Wort. Wenn das irgendein Trick ist …«

»Bitte setz dich.«

»Erst will ich wissen, was für ein Spiel Sie spielen.«

Alexander nahm die Mütze ab und fuhr sich durch das Haar. »Entschuldige bitte, ich bin das völlig falsch angegangen. Diese Situation ist vollkommen verrückt. Ich heiße nicht Maurice Legrand, mein wahrer Name ist Alexander von Seydell. Ich bin dein … dein Onkel.«

Robert wich zurück zur Wand und starrte Alexander an. Sein Gesicht lag halb im Schatten, sodass Alexander nicht sicher war, ob der Ausdruck darin eher erschrocken oder wütend war. Lange Zeit sagte Robert gar nichts, und Alexander schwieg abwartend. Endlich verschränkte Robert die Arme vor der Brust und sah Alexander herausfordernd an. »Mein Onkel, ja?«

»Ich kann es beweisen, stell mir Fragen über dein Zuhause, über das Gestüt, die Menschen, die dort leben und arbeiten. Ich weiß, dass die dritte Stufe der Hintertreppe im Herrenhaus furchtbar knarzt, was ärgerlich ist, wenn man nachts noch mal raus zu den Pferden will; dass die Lindenallee im Juni so betörend duftet, dass einem schwindelig davon wird, und dass Minna den Schlüssel zur Speisekammer in dem großen Topf auf der Fensterbank versteckt, man sich aber besser nicht von ihr erwischen lassen sollte, wenn man von ihrem Apfelkuchen nascht.«

»Minna ist schon lange nicht mehr Köchin auf Seydell«, erwiderte Robert tonlos. »Ihre Nachfolgerin heißt Käthe. Aber das mit dem Schlüssel hat sie wohl von ihr übernommen.«

»Etwa die Käthe, die früher Stubenmädchen war?«

»Kann sein, an die Zeit erinnere ich mich nicht. Ich weiß nur, dass sie auf meine jüngeren Geschwister aufgepasst hat, als sie klein waren.«

»Dann glaubst du mir?«

»Nein.«

»Aber es ist die Wahrheit, ich …«

»Lügner!« Jetzt klang Robert eindeutig wütend. »Sie überfallen mich mit Ihrem Geständnis, machen mich zum Mitwisser und bringen mich damit in Lebensgefahr. Und das alles für einen Haufen erlogenen Dreck. Sie sind nicht nur ein Lügner, sondern auch ein Feigling. Und nicht einmal jetzt, im Angesicht des Todes, sagen Sie die Wahrheit.«

Alexander stand auf. »Robert, wie kann ich dir …« Er begriff. »Du weißt, dass ich …« Er schluckte.

»Ja, ich weiß es. Und ich hasse Sie dafür. Sie haben mir mein Erbe genommen, mehr noch, mein ganzes Leben. Ich will nichts mit Ihnen zu tun haben. Gehen Sie mir aus den Augen!«

Alexander machte einen Schritt auf Robert zu. »Es tut mir leid, dass ich dich belogen habe. Ich wollte dir die Wahrheit sagen, das schwöre ich. Aber ich wollte nicht mit der Tür ins Haus fallen, sondern erst einmal vorfühlen, herausfinden, wie viel du weißt. Ich hatte ja keine Ahnung, wie es …«

»Verschwinden Sie! Auf der Stelle!« Robert drehte sich weg.

»Robert, ich flehe dich an, lass uns nicht im Streit auseinandergehen!«

Robert warf ihm einen Blick über die Schulter zu, der so

voller Verachtung und Hass war, dass Alexander erschrak. »Wenn Sie mich nicht auf der Stelle in Ruhe lassen, rufe ich die Wachen. Général Sauton würde sich bestimmt sehr für die wahre Identität von Capitaine Legrand interessieren.«

Alexander erschrak. Am liebsten hätte er seinen Sohn gepackt und umgedreht, ihn dazu gezwungen, sich seine Version der Geschichte anzuhören. Doch es hatte keinen Sinn. So wie die Dinge standen, konnte er froh sein, wenn Robert ihn nicht verriet.

Eine dunkle Woge der Trauer überrollte ihn. Das hier war womöglich das erste und letzte Mal, dass sie einander gegenüberstanden, und sie schafften es nicht, in Ruhe miteinander zu reden.

»Also gut«, sagte er. »Ich lasse Sie in Ruhe, Major. Seien Sie versichert, dass ich Ihnen niemals wehtun wollte. Ich wünsche Ihnen nur das Beste. Leben Sie wohl.«

Alexander wandte sich ab, hob die Hand, um zu klopfen, damit die Wachen ihm aufsperrten. Er wartete, doch von Robert kam keine Erwiderung. Alexander hieb mit der Faust gegen das Holz, von außen wurde ein Schlüssel umgedreht, die Tür ging auf.

»Capitaine?«, fragte der Wachsoldat.

»Halt, warten Sie!«, kam Roberts Stimme von drinnen.

Alexander schloss eine Sekunde die Augen, bevor er sich zu Robert umdrehte. »Ist noch etwas?«, fragte er auf Französisch. Sein Herz schlug wild. Würde sein Sohn ihn nun verraten?

»Ich habe noch eine Frage«, erwiderte Robert, ebenfalls auf Französisch. Sein Blick war unergründlich.

Alexander zwang sich, äußerlich ruhig zu bleiben. Er hob eine Augenbraue in Richtung Wachsoldat, bedeutete ihm, noch einmal abzuschließen, und trat zurück in die Zelle.

»Was wollen Sie wissen, Major von Seydell?«, fragte er auf Deutsch, als sie wieder allein waren.

»Wie kommt ein Deutscher namens Alexander von Seydell dazu, als Maurice Legrand aufseiten der Franzosen im Krieg zu kämpfen?«

»Das ist eine lange Geschichte.«

»Ich würde sie gern hören.«

Alexander atmete auf. Das war immerhin ein Anfang. »Ich weiß nicht, was Ihre Eltern Ihnen darüber erzählt haben, warum ich Seydell verlassen habe«, begann er vorsichtig.

»Ich kenne die Version der einen Seite«, sagte Robert. »Jetzt würde ich gern die andere hören.«

Also nahm Alexander die Mütze ab, setzte sich erneut auf den Schemel und erzählte von seiner Flucht aus der Heide, von seiner neuen Heimat in Spanien, von dem alten Ernesto, der ihn aufgenommen hatte, von seiner Ehe mit Isabella, von Cristina, von seiner Reise nach Frankreich und wie die Legrands ihn davor bewahrt hatten, als Spion erschossen zu werden. Nur den Tod von Sturmkönig und den Erpresser ließ er aus. Er wollte vor seinem Sohn nicht schon wieder als Betrüger dastehen.

»Eine interessante Geschichte.« Robert, der sich auf der Pritsche niedergelassen hatte, legte den Kopf schief. »Und ich habe Sie jetzt in der Hand, ist Ihnen das nicht klar?«

»Doch, natürlich. Wenn Sie der Version Ihres Vaters glauben, der Ihnen vermutlich erzählt hat, dass ich Seydell zerstören wollte, haben Sie jetzt die Gelegenheit, ihn zu rächen.«

Robert nickte nachdenklich. »Ich glaube der Version meines Vaters. Obwohl er ein Lügner und ein Betrüger und ein Feigling ist.«

Erschrocken sah Alexander ihn an. Dann begriff er. »Das bedeutet mir sehr viel, Robert. Darf ich auch etwas fragen?«

»Nur zu.«

»Seit wann kennen Sie die Wahrheit?«

»Meine Mutter hat sie mir schon vor Jahren eröffnet.« Robert trat an das vergitterte Fenster und blickte nach draußen. »Ich habe sie lange Zeit dafür gehasst. Ich war sechzehn, und ich habe meinen Vater vergöttert. In meiner Welt war für alles, was auf Seydell schlecht lief, Onkel Alexander verantwortlich, so wie Vater es mir erzählt hatte. Der Onkel, dem ich nie begegnet war, hatte versucht, mein Erbe zu zerstören. Und nun sollte dieser Verbrecher auf einmal mein Vater sein.«

»Das muss ein Schock gewesen sein.«

»Für uns alle, ja. Vater … Ludwig hat mich enterbt und auf die Kadettenanstalt geschickt.

»Großer Gott!«

»Wenn der Krieg so weitergeht, gibt es ohnehin nicht mehr viel zu erben.«

»Sagen Sie das nicht, Robert.«

»Aber so ist es. Der Krieg oder Ludwig. Einer von beiden wird Seydell zugrunde richten.«

Alexanders Herz krampfte sich zusammen. Er dachte an Luise. War sie deshalb gekommen? Weil das Gestüt vor dem Ruin stand? Warum hatte sie das mit keinem Wort erwähnt? Hätte er seinen Stolz hinunterschlucken und mit ihr gehen sollen? Hätte er sein Erbe einfordern sollen, um Seydell zu retten?

Er senkte den Kopf. »Es tut mir so leid, Robert.«

»Wenn Mutter mir die Wahrheit erzählt hat, war es nicht Ihre Schuld. Sie wären der bessere Erbe gewesen.«

Alexander schluckte hart. »Robert, ich …«

Draußen erschollen Stimmen, Unruhe kam auf, Lichter flackerten.

Alexander fluchte lautlos. »Ich muss zu meinen Männern.«

»Selbstverständlich.«

»Pass gut auf dich auf, mein Sohn.« Alexander setzte seine Mütze auf, erhob sich und griff nach der Laterne.

An der Tür zögerte er, drehte sich um und trat zu Robert ans Fenster. »Ich weiß nicht, ob wir uns noch einmal unter vier Augen sehen, bevor du zurück auf die andere Seite geschickt wirst«, sagte er und zog die Uhr aus der Rocktasche. »Du würdest mir eine große Freude bereiten, wenn du die hier für mich aufbewahren würdest. Deine Mutter hat sie mir einst geschenkt. Und selbst hier, wo sie mich jederzeit enttarnen könnte, habe ich es nicht übers Herz gebracht, sie wegzuwerfen.«

Er reichte Robert die Uhr, der sie im Licht der Laterne betrachtete.

»Nimm sie als Versprechen. Und verlier sie nicht. Wenn dieser grauenvolle Krieg vorbei ist, werde ich dich besuchen und sie mir zurückholen.«

Kapitel 7

Lüneburger Heide, April 1915

Luise saß mit Gustav Meinrath in dessen Schreibzimmer, wo sie über der Liste mit Dingen brüteten, die sie dringend brauchten, die jedoch schwer zu beschaffen waren. Ganz oben standen Zaumzeug und Sattelgurte oder doch zumindest das Leder dafür. Sie hatten schon alles, was sie noch an alten und kaputten Gurten besaßen, zum Sattler gebracht, dennoch kamen sie damit nicht aus. Die Front schien sämtliches Leder aus dem Reich zu verschlingen.

Zudem fehlte das Ersatzteil für den Landauer. Sie hatten mit dem Wagner gesprochen, doch der sah sich nicht in der Lage, die Kutsche ohne das Teil wieder in Gang zu bringen. In den vergangenen Jahren hatte Ludwig immer mal wieder davon gesprochen, ein Automobil anzuschaffen, doch Luise hatte es ihm ausgeredet. Wie hätte das denn ausgesehen, wenn ausgerechnet sie als Gestütsbesitzer nicht mehr auf Kutschen setzten? Vielleicht war das ein Fehler gewesen. Allerdings wäre ein Ersatzteil für ein Automobil bestimmt noch viel schwieriger zu bekommen.

Luise warf einen Blick aus dem Fenster. Es war endlich

Frühling geworden, die Luft war warm, die Sonne ließ den roten Backstein der Mauern leuchten. Das Haus des Verwalters lag direkt neben dem großen Tor von Seydell, das Gig musste an ihnen vorbeifahren. Hoffentlich ging nichts schief! Nicht auszudenken, wie niedergeschlagen Anna-Maria sein würde, wenn der Zug nicht käme oder es sonst irgendeinen Zwischenfall gäbe.

Ennos Brief war vor drei Tagen eingetroffen. Er hatte mehr als eine Woche gebraucht. Anna-Marias Verlobter hatte ein paar Tage Urlaub bekommen, um seine kranke Mutter zu besuchen. Bei Dorothea Klimmeck war ein Krebsleiden im Unterleib diagnostiziert worden. Sie hatte die Operation gut überstanden, aber sie erholte sich nur langsam. Enno durfte zwei Tage zu Hause bleiben, dann musste er zurück an die Front. Auf der Rückfahrt wollte er einen Umweg machen, um Anna-Maria zu sehen. Die beiden würden lediglich zwei Stunden zusammen haben, weshalb Luise ihrer Tochter erlaubt hatte, Enno mit dem Gig am Bahnhof von Jesteburg abzuholen.

»Gnädige Frau?«

»Verzeihen Sie, lieber Meinrath, ich war in Gedanken.«

»Der Verlobte Ihrer Frau Tochter wird erwartet, nicht wahr?«

»Leider nur ein kurzer Besuch. Wo waren wir stehen geblieben?«

Sie besprachen sich noch zehn Minuten, dann verabschiedete Luise sich von dem Verwalter. Als sie vor das Häuschen trat, hörte sie endlich das ersehnte Geräusch der klappernden Hufe. Sie beschirmte die Augen gegen das Sonnenlicht und sah zu ihrer unendlichen Erleichterung das Gig über die Lindenallee herankommen. Zwei Gestalten saßen auf der schmalen Bank.

Luise wartete, bis die Kutsche das Tor erreicht hatte. Anna-Maria, deren Gesicht vor Glück gerötet war, zog die Zügel an, Enno öffnete den Verschlag und sprang heraus.

»Herzlich willkommen auf Seydell, mein Lieber«, sagte Luise.

Er nahm ihre Hand. »Es freut mich, Sie bei guter Gesundheit zu sehen, gnädige Frau.«

»Wie geht es Ihrer Mutter?«

»Sie ist sehr schwach, und sie hat Schmerzen. Aber sie hat ihren Humor nicht verloren.« Er lächelte traurig.

Luise sah ihn prüfend an. Enno Klimmeck hatte sich verändert. Er sah nicht mehr aus wie der Junge, den man viel zu früh auf die Universität gelassen hatte. In den vergangenen Monaten war er gealtert, das Gesicht war härter geworden, und in seinen Augen lag ein Kummer, der von mehr herrührte als der Sorge um seine kranke Mutter. Luise hatte diese Traurigkeit auch in Roberts Augen bemerkt, doch bei ihm wurde sie überdeckt von einem unermüdlichen Kampfgeist. Ennos Augen hingegen wirkten wie die eines alten Mannes, der des Kämpfens müde war.

Sie verscheuchte die trüben Gedanken. »Wir sind sehr glücklich, dass Sie uns besuchen, Enno. Gehen Sie doch mit Anna-Maria schon in den Salon. Ida wird Ihnen Kaffee bringen. Ich komme gleich nach.«

Sie nickte Anna-Maria zu, die ebenfalls ausgestiegen war und das Gig an Fritz übergeben hatte. Der Kutscher würde Enno nachher zurück zum Bahnhof bringen.

Luise sah den beiden hinterher, wie sie zum Haus schlenderten und die Treppe hinaufstiegen. Anna-Maria hatte sich bei ihrem Verlobten untergehakt und erzählte ihm etwas. Nun lachten beide. Luise wandte sich ab. Warum bloß schickte man den Jungen wieder fort? Er wurde hier viel dringender gebraucht als in Flandern. Wann war dieser verfluchte Krieg endlich vorbei?

Nicht einmal Ludwig schwärmte noch vom triumphalen Sieg des Kaiserlichen Heeres. Zwar hielt er noch immer Vorträge darüber, wie überlegen die deutsche Technik der ihrer Gegner war, doch sein Ton war merklich nüchterner geworden.

Die Zeit verging viel zu schnell. Luise trank mit Enno und Anna-Maria Kaffee. Ludwig war in Hamburg, konnte seinen zukünftigen Schwiegersohn also nicht begrüßen. Sie plauderten über alle möglichen Dinge, nur nicht über den Krieg. Sobald sich eine Gelegenheit bot, entschuldigte Luise sich und ließ die beiden allein. Beim Hinausgehen schlug sie ihnen vor, einen Spaziergang zu machen.

Tatsächlich sah sie die beiden einige Zeit später die Koppeln entlangspazieren, als sie aus dem Fenster ihres Zimmers schaute. Um Punkt halb fünf stand Luise auf der Freitreppe, um Enno zu verabschieden. Fritz wartete bereits mit dem Gig. Minuten vergingen. Luise wurde nervös.

Endlich hörte sie Schritte, und Anna-Maria und Enno kamen vom Seitentor her angerannt. Anna-Maria hatte noch rötere Wangen als zuvor, und ihr Haar war zerzaust. Sie lächelte selig.

»Fahr nicht weg«, bat sie Enno, als sie die Kutsche erreichten.

»Ich muss, Liebste, sonst bekomme ich schrecklichen

Ärger. Du willst doch nicht, dass ich bei Wasser und Brot im Karzer dahinvegetieren muss.«

»Um Himmels willen, nein!« Sie sah ehrlich erschrocken aus.

Enno drehte sich zu Luise um. »Auf Wiedersehen, gnädige Frau. Passen Sie gut auf mein Mädchen auf.«

»Das werde ich.« Lächelnd drückte sie seine Hand. »Und passen Sie gut auf sich auf.«

»Ich tue mein Bestes.« Er setzte die Mütze auf, strich sich über die Uniform und drehte sich zu Anna-Maria um. »Kann ich mich so sehen lassen?«

»Du bist der Schneidigste von allen.« Sie fiel ihm um den Hals.

Er küsste sie und machte sich los. »Ich muss mich sputen.«

»Noch ein letzter Kuss.« Sie hielt ihn fest.

Er küsste sie noch einmal.

Als er sich aus ihrer Umarmung lösen wollte, klammerte Anna-Maria sich fester an ihn. »Nein, ich lasse dich nicht gehen!«

»Ich komme wieder, versprochen.« Sanft versuchte er, ihre Arme wegzuschieben.

»Ich werde dich nie wiedersehen!«

»Doch, Liebste.«

Luise tauschte einen Blick mit Fritz, der bereits in dem Gig saß und so tat, als würde er nichts mitbekommen. Sie trat zu ihrer Tochter und berührte sie an der Schulter.

»Lass ihn gehen, Kind.«

»Ich werde ihn nie wiedersehen«, wiederholte Anna-Maria. Tränen liefen ihr über das Gesicht.

Aus den Augenwinkeln sah Luise, dass fast das gesamte Gesinde die Abschiedsszene beobachtete. Die Knechte standen in der Stalltür, Else, die Küchenmagd, hatte den Eimer abgesetzt, den sie in die Küche tragen wollte. Die Stubenmädchen drückten sich an einem Fenster im oberen Stock die Nasen platt.

Enno streichelte Anna-Maria über die Wange. Sein Gesichtsausdruck war gequält.

»Gehen Sie«, forderte Luise ihn auf. »Ich kümmere mich um Anna-Maria.«

Enno wandte sich ab.

»Nein!« Anna-Maria schrie so laut, dass es Luise durch Mark und Bein ging. Wie ein Lamm auf der Schlachtbank, durchfuhr es sie.

Enno erstarrte. Dann drehte er sich noch einmal um, nahm Anna-Marias Gesicht in seine Hände und bedeckte es mit Küssen. »Warte auf mich, Liebste. Wir werden sehr bald schon wieder vereint sein.«

Er rannte zum Gig, sprang hinauf. Sofort ließ Fritz die Stute antraben.

»Nein, fahr nicht!«, schrie Anna-Maria.

Sie riss sich von Luise los und rannte dem Gig hinterher. Luise setzte sich in Bewegung. Am Tor endlich holte sie ihre Tochter ein, packte sie am Handgelenk, zog sie zurück und schlang die Arme um ihren Unterleib, um sie festzuhalten.

»Nein, nein!«, schrie Anna-Maria wieder. »Fahr nicht!« Sie begann, laut zu schluchzen.

Luise hielt den bebenden Körper fest umklammert, bis das Gig aus ihrem Blickfeld verschwunden war.

Navarra, am selben Tag, April 1915

Cristina legte den Stift weg und schaute aus dem Fenster. Es wurde allmählich Frühling, doch auf den Bergkuppen lag noch Schnee. Sieben Monate waren Felipe und sie inzwischen verheiratet, und ebenso lange lebten sie gemeinsam auf Los Pinos, versuchten, das Gestüt am Laufen zu halten, und in all der Zeit, den ganzen langen Winter über, war nicht ein Lebenszeichen von ihrem Vater gekommen.

Manchmal war Cristina überzeugt, dass er längst tot sein musste, weil er sie niemals so lange ohne Nachricht lassen würde. Dann wieder dachte sie, dass es im Chaos des Krieges bestimmt nicht einfach war, einen Brief zu verschicken, und es sicherlich Gründe gab, weshalb er nichts von sich hören ließ. Hätte man sie nicht informiert, wenn er gefallen wäre?

Und dann endlich war in der vergangenen Woche ein Brief von Frédéric Legrand gekommen. Der Franzose teilte ihr mit, dass »sein Vetter« an der Front wohlauf sei und sie von Herzen grüßen lasse. Ihrem Vater ging es also gut. Er konnte lediglich keinen direkten Kontakt mit ihr aufnehmen, aus welchem Grund auch immer.

Cristina nahm den Stift wieder auf, doch ihr Blick war noch immer auf die Berge gerichtet statt auf die Zahlenkolonnen auf dem Papier. Es hatte sich herausgestellt, dass sie besser im Rechnen und Buchhalten war als Felipe. Deshalb saß sie fast jeden Tag am Schreibtisch ihres Vaters, trug die Einnahmen und die Ausgaben ins Kassenbuch ein, schrieb Rechnungen und zahlte die Löhne aus.

Felipe hatte sich als großes Talent im Organisieren von Dingen erwiesen, die es eigentlich nicht gab. Es herrschte an allem Mangel, an Lebensmitteln, an Werkzeug, an Leder für Sattel und Zaumzeug, sogar an Arzneien für kranke Pferde. Doch Felipe fand immer eine Lösung, trieb auf den unmöglichsten Wegen Dinge auf, die dringend gebraucht wurden, auch für die Leute aus dem Dorf, die Los Pinos im Gegenzug mit Milch, Honig, Eiern und anderen Köstlichkeiten versorgten.

Inzwischen wurde Felipe überall als Herr von Los Pinos akzeptiert. Und er hatte es aufgegeben, darauf zu bestehen, lediglich bei seinem Vornamen angeredet zu werden. Die Leute nannten ihn Don Felipe oder Señor, ob es ihm passte oder nicht.

Im vergangenen Monat hatte Cristina ihren fünfzehnten Geburtstag gefeiert, und sie hatte an das Fest denken müssen, das ihr Vater ein Jahr zuvor für sie ausgerichtet hatte. Sie durfte einige Mädchen aus angesehenen Familien einladen, mit denen ihr Vater verkehrte. Sie aßen Kuchen, schwatzten und schoben den großen Tisch im Salon zur Seite, um zu tanzen. Zwei der jungen Knechte beobachteten sie durchs Fenster, was allgemeines Gekicher auslöste. Niemals hätte Cristina gedacht, dass sie ihren nächsten Geburtstag als verheiratete Frau feiern würde, auf der die gesamte Bürde der Gestütsverwaltung lag.

Seufzend beugte sie sich wieder über das Kassenbuch. Doch schon nach wenigen Minuten wurde sie unterbrochen, als es an der Tür klopfte.

»Herein.«

»Doña Cristina?«

Es war Eduardo. Der Knecht, der schon länger auf Los Pinos arbeitete, als sie lebte, war ihr so etwas wie ein zweiter Vater geworden. Manchmal beriet sie sich mit ihm, wenn sie vor einem Problem stand, das sie nicht allein lösen konnte, und Felipe mal wieder in der Stadt war, um fehlende Dinge zu beschaffen oder zu einer seiner Versammlungen zu gehen. Eduardo besaß zwar nicht viel Bildung, aber er war klug und lebenserfahren. Und er war jederzeit für sie da.

Felipe hingegen hielt sich viel häufiger in Pamplona auf, als ihr lieb war. Sie sah es nicht gern, wenn er sich mit den Anarchisten traf. Das Bild des abgerissenen Fußes von Señor Gonçalvez hatte sich tief in ihr Gedächtnis gegraben. Doch Felipe hatte ihr geschworen, dass er an dem Attentat nicht beteiligt gewesen war. Er hasste Gewalt ebenso wie sie und setzte sich dafür ein, dass der Kampf mit friedlichen Mitteln geführt wurde. Am liebsten wäre Cristina gewesen, wenn er gar nicht mehr an den Versammlungen teilgenommen hätte, doch sie hatten eine Abmachung: Er half ihr auf Los Pinos, wenn sie im Gegenzug akzeptierte, dass er weiter für die Sache kämpfte, an die er glaubte.

»Gibt es ein Problem, Eduardo?«

»Ich muss Ihnen etwas zeigen, Señora.«

»Kannst du das nicht mit Felipe klären?«

»Er ist in Pamplona. Außerdem …« Eduardo drehte seine Mütze in der Hand.

»Außerdem was?«, fragte sie ungeduldig. Eduardo war der Einzige, bei dem sie das Gefühl hatte, dass er Felipe nie ganz akzeptiert hatte.

»Bitte kommen Sie mit und sehen Sie es sich an.«

Cristina seufzte und stand auf. Ein wenig Abwechslung würde ihr guttun, für die Zahlen hatte sie heute ohnehin keinen Kopf.

Im Flur ließ sie sich von Jorja ihren Mantel reichen, dann gingen sie zum Stall, wo Pedro mit zwei gesattelten Pferden wartete.

»Wohin in aller Welt soll es denn gehen?«, fragte Cristina, nur halb im Scherz.

»Hoch zu der ungenutzten Koppel am Hang.«

Ein ungutes Gefühl überkam sie mit einem Mal. Ohne weiter zu fragen, saß sie auf. Obwohl sie am liebsten in die andere Richtung geritten wäre, um nicht zu sehen, was Eduardo ihr zeigen wollte, folgte sie ihm wortlos. Endlich erreichten sie die Koppel und saßen ab. Hier oben blies der Wind schärfer als im Tal, und Cristina fröstelte.

Eduardo band die Pferde an und bedeutete ihr mitzukommen.

»Ich bin heute Morgen hochgeritten, um mir den Zaun anzusehen«, erklärte er. »Don Felipe meinte zwar, dass die Koppel nichts taugt. Aber ich dachte, es sind nicht die Zeiten, in denen man es sich erlauben kann, Land brach liegen zu lassen.«

Cristina erwiderte nichts. Der Drang umzukehren wurde immer stärker.

»Dort ist es, in dem Gestrüpp, sehen Sie, Doña Cristina?« Eduardo deutete über den Zaun.

Erst sah sie gar nichts, doch dann entdeckte sie eine dunkle Plane aus grobem Leinenstoff, die ein unförmiges Etwas abdeckte.

»Hast du nachgesehen, was sich darunter befindet?«, fragte sie.

Schweigend stieg Eduardo über den morschen Zaun und zwängte sich in das Gestrüpp. Er hob die Plane an. Darunter kamen Holzkisten zum Vorschein.

»Sie sind vernagelt«, erklärte Eduardo. »Ich weiß aber auch so, was darin ist. Ich kenne solche Kisten. Dennoch habe ich eine aufgestemmt.«

Vorsichtig kletterte Cristina ebenfalls über den Zaun. Sie schickte ein Stoßgebet zum Himmel, dass sie sich täuschte, dass in den Kisten nicht das war, was sie vermutete, dass Felipe sie nicht derart schändlich hinterging.

»Mach sie auf«, bat sie Eduardo mit belegter Stimme.

Der Knecht nahm einen abgegriffenen Schraubenzieher aus der Tasche, schob die Spitze zwischen Deckel und Kiste und hebelte sie auf. Entsetzt schlug Cristina die Hand vor den Mund.

Cristina wartete an der Landstraße. Eduardo hatte angeboten, ihr Gesellschaft zu leisten, doch sie hatte ihn fortgeschickt. Diese Angelegenheit musste sie allein klären.

Endlich hörte sie Hufschlag, und kurz darauf tauchte Felipe auf. Wie immer ritt er auf Zafiro. Er liebte den Rappen mit dem feurigen Temperament. Anfangs hatte Cristina versucht, ihn davon abzuhalten, mit dem teuren Zuchthengst nach Pamplona zu reiten. Felipe hatte empört reagiert.

»Glaubst du, ich beherrsche den Gaul nicht und stürze in den Straßengraben?«, hatte er aufgebracht gefragt. »Nur weil ich nicht auf einem Gestüt groß geworden bin, heißt das nicht, dass ich nichts von Pferden verstehe.«

»Ich zweifle nicht an deinen Reitkünsten«, hatte Cristina versucht zu erklären. »Ich habe bloß Angst, dass jemand den Wert des Tieres erkennt und es stiehlt.«

»Du glaubst, einen Zuchthengst kann man einfach so stehlen und weiterverkaufen? Gerade du solltest wissen, dass das nicht so leicht ist.«

Cristina hatte sich nicht weiter streiten wollen und ihn gewähren lassen. Sie hatte das Gefühl, dass er ständig etwas beweisen musste. Fragte sich nur, wem. Ihr jedenfalls nicht.

Als Felipe sie erkannte, winkte er.

Sie wartete, bis er sie erreicht hatte und aus dem Sattel sprang. »Was für eine schöne Überraschung, Liebste. Gibt es einen besonderen Anlass?«

Er wollte sie in den Arm nehmen, doch sie wich zurück.

»Ist etwas passiert? Sag schon!«

»Komm mit.«

Sie stieg ihm voran den Hügel hinauf. Er nahm Zafiro am Zügel und folgte ihr.

Auf halber Strecke blieb er stehen. »Cristina.«

Sie drehte sich um. »Wir sind gleich da.«

»Wir müssen nicht bis ganz oben gehen.«

Sie schloss kurz die Augen. Bis zu diesem Augenblick hatte sie wider jede Vernunft gehofft, er habe keine Ahnung von den Kisten, jemand anders habe sie dort ohne sein Wissen versteckt.

»Doch, das müssen wir«, widersprach sie und setzte sich wieder in Bewegung.

Sie blickte nicht über die Schulter, um nachzusehen, ob er hinterherkam. Doch nach einer Weile hörte sie Zafiro schnauben.

Sie erreichte den Zaun und stieg zum zweiten Mal an diesem Tag über ihn weg. Felipe band den Hengst an und kletterte hinterher. Cristina schob die Plane zur Seite und nahm den Deckel von der Kiste ab, die Eduardo zuvor aufgebrochen hatte. Darin lagen säuberlich übereinandergeschichtet Gewehre. Zwölf Stück, Cristina hatte sie gezählt. Zwanzig solcher Kisten gab es. Zweihundertvierzig Gewehre. Dazu einige kleinere Kisten, in denen Munition war, wie Eduardo ihr erklärt hatte.

Cristina sah Felipe an. »Hast du die Kisten hier versteckt?«

»Es ist nur für ein paar Tage. Die Guardia Civil durchsucht gerade alle Häuser von bekannten Gewerkschaftern und Anarchisten. Wenn sie die Waffen bei einem von denen finden, stellen sie ihn an die Wand und erschießen ihn.«

»Und da bringst du sie her, damit die Guardias sie hier finden?«

»Niemand würde Waffen auf Los Pinos suchen.«

»Warum denn nicht? Es ist doch bekannt, dass der derzeitige Hausherr ein Anarchist ist.« Cristina stemmte die Hände in die Hüften. »Was fällt dir ein, Felipe? Wie kannst du es wagen, die Menschen, die hier leben und dir vertrauen, so in Gefahr zu bringen?«

»Das ist doch Unsinn, niemand ist in Gefahr.« Er schüttelte ärgerlich den Kopf.

»Halt mich nicht für blöd, Felipe. Natürlich ist es gefährlich. Du willst nicht, dass einer von deinen Kumpanen hingerichtet wird, aber wenn es einen der Knechte hier trifft, ist es dir egal, ja?«

»Natürlich nicht.«

Cristina blickte an ihm vorbei ins Tal, wo das Gestüt lag. »Ich dachte, du wärst gegen Gewalt.«

»Das bin ich auch. Aber manchmal geht es nicht anders. Die Guardia Civil ist brutal, du weißt, mit welcher Härte sie gegen Demonstranten und Streikende vorgeht. Es ist ein Krieg, verstehst du? Irgendwie müssen sich die Männer doch verteidigen können.«

»Ich dachte, du wärst auch gegen den Krieg«, wandte sie ein, plötzlich unendlich müde. Sie wünschte sich, es wäre noch einmal ihr vierzehnter Geburtstag und sie würde mit ihren Freundinnen im Salon tanzen.

»Ich bin gegen den Krieg, den die Länder gegeneinander führen. Deutschland, Österreich, England, Frankreich, Russland. Dabei geht es nur um Macht. Sie streiten sich um Europa, als wäre es ein riesiger Kuchen, von dem jeder das dickste Stück will, und denken nicht einen Augenblick an die Menschen, die auf dem Land leben, das sie sich einverleiben wollen.« Felipe fuhr sich durch das Haar. »Der Krieg, den wir führen, ist nicht sinnlos. Ganz im Gegenteil. Wir wollen denen, die jahrhundertelang versklavt wurden, zu ihrem Recht verhelfen.«

»Du musst mir keinen Vortrag halten, Felipe. Ich habe sie alle gelesen, deine großen Idole. Und ich verstehe dich. Oder besser gesagt, ich dachte, dass ich dich verstehe. Aber das hier geht zu weit. Du trägst deinen Arbeitskampf nicht nach Los Pinos. Das lasse ich nicht zu.«

»Was soll ich denn tun?«

»Das ist mir egal. Morgen früh sind die Kisten weg, sonst kannst du gehen.«

»Das ist nicht dein Ernst.«

Sie sah ihn schweigend an.

Er hob die Schultern. »Ich weiß nicht, ob ich das bis morgen schaffe. Es gibt keinen anderen Ort, wo ich die Kisten unterstellen kann.«

»Dann lass dir etwas einfallen.« Cristina ging an ihm vorbei auf den Zaun zu.

»Warte.« Er hielt sie am Arm fest.

»Lass mich los.«

»Hör mir zu, bitte.«

»Was denn noch?«

»Es tut mir leid. Das war unüberlegt von mir. Ich habe nur daran gedacht, meinen Freunden zu helfen. Und dabei vergessen, welche Konsequenzen das für uns alle hier haben könnte. Ich würde dich niemals in Gefahr bringen, Cristina.«

»Du tust so etwas nie wieder?«

»Ganz bestimmt nicht.« Er streckte seine Hand aus.

Sie ergriff sie. »Habe ich dein Wort?«

Er hob die andere Hand zum Schwur. »Das hast du.« Er küsste ihre Finger. »Ob du es glaubst oder nicht, mir ist das Gestüt in den vergangenen Monaten ans Herz gewachsen. Das hier ist nun auch mein Zuhause. Ich werde nie wieder etwas tun, das den Frieden auf Los Pinos bedroht.«

Belgien, drei Tage später, April 1915

Unruhig lief Robert in seiner Zelle auf und ab. Heute Nacht war es so weit. Fünf Tage waren seit dem Gespräch mit Capitaine Legrand alias Alexander von Seydell vergangen, fünf Tage, in denen Roberts Stimmung zwischen Hoffnung und Verzweiflung hin- und hergependelt war. In seinem Inneren brodelte eine Mischung aus der Angst vor dem, was ihm bevorstand, und seinen zwiespältigen Gefühlen gegenüber dem Mann, dem er so unverhofft begegnet war. Er konnte seinem Erzeuger nicht von Herzen vergeben, ihm aber auch nicht mehr böse sein. Letztlich hatten sie beide ihr Schicksal nicht frei gewählt.

Zudem spürte Robert schon nach der kurzen Begegnung, dass Alexander ein Mann war, den er respektieren konnte. Was auch immer er in der Vergangenheit falsch gemacht haben mochte, er hatte den Preis dafür gezahlt, und er war bemüht, das Richtige zu tun. Etwas, das Robert über den Mann, der offiziell sein Vater war, nicht sagen konnte.

Doch selbst der Zwiespalt der Gefühle, den das unerwartete Zusammentreffen in ihm ausgelöst hatte, vermochte die Furcht vor der anstehenden Aufgabe nicht zu ersticken. Zunächst musste er es lebend durchs Niemandsland zurück auf die deutsche Seite schaffen, und dann musste er seine Vorgesetzten von der Geschichte überzeugen, die er mit den Franzosen vereinbart hatte. Das Risiko war enorm. Ein Fehler, und er würde den neuen Tag nicht heranbrechen sehen.

Seit dem Gespräch vor fünf Tagen hatte Robert Alexander nicht mehr gesehen. Ein fremder Colonel, der leidlich Deutsch sprach, hatte ihn auf seine Aufgabe vorbereitet, mit ihm die falsche Geschichte entwickelt und besprochen, wie Robert mit seiner Kontaktperson hinter den deutschen Linien Verbindung aufnehmen sollte.

Kurz nach Mitternacht wurde er abgeholt. Vier französische Soldaten eskortierten ihn zu einem Wagen und ließen ihn Platz nehmen. Sie fuhren rund dreißig Kilometer in Richtung Norden, wo ein ruhiger Frontabschnitt lag. Dort gab es einen Minentunnel der Briten, der fast bis an die Gräben der Deutschen heranreichte. Man hatte darauf verzichtet, ihn mit Sprengstoff zu füllen, wie es ursprünglich vorgesehen war, denn die Deutschen hatten die Stellung aufgegeben, nachdem sie die Geräusche der Tunnelbauer gehört hatten.

Am Ende des Tunnels gab es einen Ausgang, der zu einem schlecht bewachten Teil des deutschen Grabensystems führte. Ein einzelner Mann würde kaum auffallen, so die Hoffnung. Auch wenn die Deutschen das Gelände nachts fast durchgehend mit Leuchtgeschossen erhellten, wie sie es überall taten, boten die Bombentrichter genug Deckung. Am schwierigsten würde es in dem Moment werden, wenn Robert die erste bemannte Grabenlinie erreichte.

Der Wagen hielt, sie stiegen aus. Es ging hinunter in den Schützengraben, vorbei an schlafenden Männern und einigen wenigen Soldaten, die Wache hielten. Am Eingang zum Tunnel warteten zwei Personen. Roberts Herz setzte einen Schlag aus, als er Capitaine Legrand erkannte.

Er hielt Robert die Hand hin und sagte: »Bonne chance, Major von Seydell.«

»Merci, Capitaine Legrand«, antwortete Robert und wandte sich hastig ab.

Es gab nichts mehr zu sagen, also schaltete er die Taschenlampe ein und stieg hinab in den Tunnel. Er musste gebückt laufen, denn der Gang war nicht einmal mannshoch. Es roch nach Schweiß und Exkrementen. Vor dem Lichtkegel sah Robert Schatten fliehen, Ratten, die die Erinnerung an den Gasangriff wachriefen, an den Grund, warum er das hier tat.

Der Gang knickte ein paarmal ab. An einigen Stellen war er so eng, dass Robert sich seitlich hindurchquetschen musste. Dann ging es leicht aufwärts. Schließlich konnte Robert am Ende des Minengangs das Flackern erlöschender Leuchtgeschosse sehen. Er schaltete die Lampe aus, spitzte die Ohren. Alles schien ruhig.

Robert schlich bis an den Ausgang, der aus einem kreisrunden Loch in der Decke bestand. In die Wand des Schachts waren Sprossen eingelassen, die nach oben führten. Robert prüfte ihren Halt, bevor er sich an den Aufstieg machte. Sprosse für Sprosse kletterte er hinauf, hielt immer wieder inne und horchte nach verräterischen Geräuschen, aber es blieb ruhig. Jetzt kam der gefährlichste Teil. Bevor er den Kopf über den Rand des Schachtes schob, holte er tief Luft. Wenn seine Landsleute den Ausgang entdeckt hatten und ein Scharfschütze auf ihn wartete, hatte er schlechte Karten. Noch war er nicht in Rufweite, man würde ihn für einen Feind halten und erschießen.

Ohne länger zu zögern, ließ Robert die oberste Sprosse los, federte aus dem Schacht und rollte sich zur Seite in eine flache Mulde. Über ihm erblühte eine Leuchtkugel und tauchte ihn in gleißendes Licht. Aber die Ränder der Mulde warfen scharfe Schatten, niemand konnte ihn hier entdecken.

Er wartete nur wenige Sekunden, dann robbte er zum Rand der Mulde und warf einen Blick auf die Todeszone vor ihm. Die französische Aufklärung hatte gute Arbeit geleistet. Niemand war zu sehen, kein Gewehrlauf auf den Grabenkronen, kein verdächtiges Blinken von den Metallteilen eines Maschinengewehrs.

Robert robbte weiter, vorbei an Pferdekadavern, Stacheldrahtverhauen und Massen von Geschosshülsen und Granatsplittern, manche so groß wie sein Bajonett. Er stieß auf einen einzelnen Stiefel, der halb im Schlamm steckte, fragte sich, was aus seinem Träger geworden war, und verscheuchte den Gedanken rasch.

Immer weiter näherte sich Robert dem vordersten deutschen Graben, bis er plötzlich den Gesang eines einzelnen Mannes hörte. »Als der Serb und Russe nahten, unsre Heimat zu bedrohn, haben wir nicht lang beraten, fertig steht das Bataillon …«

Endlich. Robert atmete auf. Er war in Rufweite. Jetzt kam es darauf an, dass die Männer, die dem einsamen Sänger lauschten, nicht die Nerven verloren.

»Zu Hilfe!«, brüllte er, so laut er konnte. »Zu Hilfe, deutscher Offizier in Not!«

Der Gesang verstummte.

Noch einmal schrie Robert. »Zu Hilfe!«

Da ertönte eine Stimme. »Wer immer da ist, sofort aufstehen, damit wir dich sehen können.«

Robert zögerte. Es war riskant, sich jetzt zu erheben. »Nicht schießen! Ich bin Major Robert von Seydell.«

»Das kann jeder behaupten. Zeig dich, Mann!«

Verflucht. Robert steckte in der Zwickmühle. Je länger er zögerte, desto mehr würde das Misstrauen auf der anderen Seite wachsen. Aber die Stimme des Soldaten hatte ihm allzu schießfreudig geklungen.

Vorsichtig richtete Robert sich auf. Aus dem Graben hörte er ein Klicken, er erstarrte. Ein einzelner Schuss fiel, die Kugel pfiff ihm um die Ohren, sofort ließ er sich fallen.

»Verflucht noch mal, Männer!«, rief eine ärgerliche Stimme. »Nicht schießen! Das ist ein Befehl!«

Robert stand mit zittrigen Beinen wieder auf und hob die Hände über den Kopf. Schritt für Schritt bewegte er sich auf den Graben zu und betete, dass sich alle an den Befehl hielten.

»Weiter so«, sagte dieselbe Person. »Ganz langsam näher kommen.« Das musste der Offizier sein, der den Abschnitt befehligte. Irgendetwas an seiner Stimme kam Robert bekannt vor.

Er erreichte den Graben, aus dem ihm ein Dutzend Gewehre entgegenstarrten. Plötzlich flammten mehrere Lampen auf. Geblendet schloss Robert die Augen.

Wieder hörte er die Stimme des Offiziers. »Helft ihm, Männer!«

Mehrere Soldaten streckten ihm die Hände entgegen, blieben jedoch in geduckter Haltung, als würden sie noch immer eine Falle wittern. Hastig zogen sie ihn hinunter in Deckung.

Als er endlich sicher im Graben war, drehte Robert sich zu seinem Retter um und riss erstaunt die Augen auf. Vor ihm stand Moritz von Weyendorf, der junge Oberleutnant, der im Wald durchgedreht war.

Belgien, am nächsten Morgen, April 1915

Das Schloss von Ingelmunster war ein imposanter, von einem Wassergraben umgebener Bau aus roten Backsteinen, der im ersten Morgenlicht warm und freundlich leuchtete. Im Inneren war es zwar nicht weniger prachtvoll, jedoch zugleich kalt und zugig, was viel mehr zu Roberts Stimmung passte.

Oberleutnant von Weyendorf hatte ihn persönlich hinter die Linien eskortiert, wo erst noch einige Telefonate geführt werden mussten, bis geklärt war, dass Robert zu Generalleutnant Julius von Reinhart gebracht werden durfte, wie er es verlangt hatte, und bis ein Wagen aufgetrieben war, der ihn die fünfzig Kilometer bis nach Ingelmunster fuhr, wo die Stabsstelle des Oberkommandos der Ersten und Zweiten Armee in dem pompösen Wasserschloss untergebracht war.

Nun würde sich zeigen, ob der Plan, den sich Robert gemeinsam mit den Franzosen ausgedacht hatte, aufging. Er spürte ein Vibrieren, ein leichtes Zittern, das durch seinen ganzen Körper ging. Er hatte nicht einmal die Gelegenheit gehabt, sich umzuziehen, trug noch immer die von den

Bombentrichtern verschlammte Uniform. Aber vielleicht verlieh das seiner Geschichte ja die notwendige Glaubwürdigkeit.

Ein Adjutant nahm Robert in Empfang und führte ihn über verschiedene Treppen und Korridore in einen Saal, der bis auf ein halbes Dutzend Kronleuchter an der Decke und einen riesigen Kartentisch leer war. Über den Tisch beugten sich Generalleutnant Reinhart und einige weitere hohe Offiziere.

Robert schluckte hart. Schlagartig wurde ihm wieder bewusst, welches Risiko er einging. Er war nicht einmal ein besonders guter Lügner. Ganz im Gegenteil, er trug sein Herz auf der Zunge, was ihn schon so manches Mal in Schwierigkeiten gebracht hatte. Und es gab keinen Franz mehr, der ihn heraushauen konnte. Der Gedanke an seinen Freund bestärkte ihn jedoch zugleich in seiner Entschlossenheit. Er würde es schaffen. Irgendwie.

»Major Robert von Seydell, Eure Exzellenz«, kündigte der Adjutant ihn an.

Reinhart wedelte mit der Hand. »Kommen Sie schon, Major, nur nicht so schüchtern. Treten Sie näher. Ich beiße nicht.«

Robert wusste es besser, aber er trat dennoch an den Tisch. Die Offiziere, von denen einige im Rang unter Robert standen, nickten ihm zu.

Reinhart musterte ihn. »So sieht ein echtes Frontschwein aus.«

Die Offiziere lachten.

Robert zwang sich, mit einzustimmen. »Gegen die Männer in der ersten Linie bin ich geradezu stubenrein.«

Wieder lachten alle.

»Nun denn, Major«, unterbrach Reinhart das Geplänkel. »Wir sind ganz Ohr. Was ist so wichtig, dass Sie mich dafür mitten in der Nacht aus dem Schlaf telefoniert haben?«

Robert nahm Haltung an. »Ich bin bei einem Erkundungsritt in besetztem Gebiet von Franzosen gefangen genommen worden. Sie waren hinter die Linien geschlichen, wahrscheinlich um Sabotageakte durchzuführen.«

»Ein Wunder, dass Sie nicht gleich erschossen wurden«, bemerkte ein Hauptmann.

Reinhart blitzte ihn ärgerlich an. »Die Franzosen sind unsere Feinde, aber ihre Offiziere sind Ehrenleute«, polterte er. »Ist es nicht so, Major?«

»In der Tat. Ein französischer Capitaine hat sich um mich gekümmert. Er hat mich mit allem gebotenen Anstand behandelt, mir gute Verpflegung zukommen lassen und mir eine anständige Behausung zugewiesen.«

»Wie sind Sie freigekommen?« Misstrauen lag in Reinharts Stimme. Jetzt kam es darauf an.

»Ich rechnete mit einer langen Gefangenschaft und begann sofort auszukundschaften, wie ich fliehen könnte. Aber man hat mich zu gut bewacht. Und bald erfuhr ich auch, warum.« Robert schwieg einen Moment, suchte nach der passenden Formulierung. »Der Capitaine machte mir einen Vorschlag. Sie können sich denken, was für einen, Exzellenz.«

Reinhart nickte. »Die Franzosen wollten Sie als Spion zurückschicken.«

»Ich bin zum Schein darauf eingegangen, habe ihnen den Schlüssel für mein Losungsbuch verraten, in der Hoffnung, dass die Codes sofort nach meinem Verschwinden geändert wurden.«

»Das ist mit Sicherheit geschehen.«

»Ich soll alle Telefonate mithören und wichtige Informationen weitergeben. Leider sind die Franzosen misstrauisch. Sie haben mir keinen Kontakt hier auf der deutschen Seite genannt. Ich soll die Informationen über Funk auf einer bestimmten Wellenlänge morsen. Verschlüsselt, versteht sich. Ich war erstaunt, dass die Franzosen mir meinen Seitenwechsel abgekauft haben.«

»Ehrlich gesagt bin ich das auch.« Reinhard kniff die Augen zusammen. »Vielleicht sind Sie ja gar nicht in Gefangenschaft geraten, sondern freiwillig zu den Franzosen spaziert, um ihnen Ihre Dienste anzubieten.«

Robert versuchte, seinen Schreck zu verbergen, und setzte ein Lächeln auf. »Natürlich ist das möglich, Exzellenz. Ich kann nicht mehr sagen, als dass ich unter Beweis stellen werde, dass dem nicht so ist. Ich werde Informationen weitergeben, die zwar korrekt, aber nicht wirklich kriegswichtig sind. Bis die Franzosen mir vertrauen. Und dann bietet sich uns die Möglichkeit, dieses Vertrauen für eine, vielleicht auch zwei brisante Fehlinformationen zu nutzen, mit denen wir sie in eine Falle locken können.«

»Das ist ein guter Plan, Major. Vergessen Sie jedoch nicht, dass Sie sich nicht nur das Vertrauen der Franzosen, sondern auch meines erst noch verdienen müssen. Ich werde Sie im Auge behalten.«

»Selbstverständlich, Exzellenz.«

»Eine Frage noch: Warum haben Sie sich ausgerechnet an mich gewandt?«

»Exzellenz, Sie sind ein Mann der Tat, ein Pragmatiker, der alles wagt, um uns zum Sieg zu führen. Wie ungewöhnlich es auch sein mag.«

»Da stimme ich Ihnen zu.« Reinhart nickte bedächtig. »Aber Ihre Schmeicheleien ändern nichts an der Tatsache, dass ich Sie genau beobachten werde. Sie sollten sich im Klaren darüber sein, dass Sie vor einem Erschießungskommando enden werden, sollten Sie mich anlügen.«

»Jawohl, Exzellenz.«

»Nun gut, Major. Sie kehren sofort auf Ihren Posten zurück. Alles Weitere besprechen Sie mit dem Sektionsleiter der Spionageabwehr.«

Robert salutierte, Reinhart wandte sich dem Kartentisch zu.

Erst als Robert wieder im Wagen saß, ließ das innere Zittern nach, das ihn die ganze Zeit begleitet hatte. Zwei Stunden später stieg er völlig erschöpft in Kippe aus, wo er bereits erwartet wurde. In seiner Einheit hatte sich herumgesprochen, dass er einen Ausflug zu den Franzosen überlebt hatte. Die Männer begrüßten ihn mit Hochrufen, und Robert schämte sich, ihnen etwas vorzuspielen. Ihm graute davor, durch seinen Verrat womöglich irgendwann für ihren Tod verantwortlich zu sein.

Lüneburger Heide, zwei Monate später, Juni 1915

Luise trat aus dem Stall, den Sattel über dem Arm, und wischte sich mit dem Ärmel den Schweiß von der Stirn. Seit zwei Wochen schon lähmte eine Hitzewelle das Land. Wer nicht an Hunger starb, verendete an einem Hitzschlag.

Luise war früh aufgestanden, um auf Morgana auszureiten, bevor die Sonne weiter stieg und jede Bewegung zur Qual machte. Die treue Stute war inzwischen dreißig Jahre alt und längst nicht mehr so schnell und kräftig wie in ihrer Jugend, doch sie liebte es noch immer, mit ihrer Herrin durch die Heide zu preschen.

Danach hatte Luise es sich nicht nehmen lassen, die Stute eigenhändig abzusatteln, trocken zu reiben und ihr eine Möhre zuzustecken. Eigentlich waren Nahrungsmittel knapp, und so etwas Kostbares wie eine Möhre sollte nicht an Tiere verfüttert werden. Doch Morgana hatte vor vielen Jahren das Gestüt gerettet, sie hatte sich die Sonderbehandlung redlich verdient.

Gerade bog der Postbote auf seinem Rad um die Stallecke und jagte Luise wie immer einen Schreck ein. Früher hatte sie die Rechnungen und Mahnungen gefürchtet, heute fürchtete sie den Tod.

Sie wandte sich ab. Wenn es schlechte Nachrichten gab, konnten die auch noch eine halbe Stunde warten. Sie brachte den Sattel in die Sattelkammer und sprach kurz mit Walter, der dabei war, Zaumzeug zu flicken. Gerti ging es gut, das Kind wurde Anfang August erwartet.

Erstaunlicherweise schienen Gerti und Walter sich gut zu verstehen. Wenn Luise die beiden sah, wirkten sie einander sehr zugetan, und niemand wäre auf die Idee gekommen, dass das Kind, das die junge Frau unter dem Herzen trug, nicht seines war.

Zu aller Erstaunen hatten Martha und Georg Anfang Mai verkündet, dass sie ebenfalls Nachwuchs erwarteten. Nach all den Jahren, wer hätte das gedacht! Luise gönnte ihnen das Glück von Herzen. Wenn jemand es verdient hatte, dann diese beiden treuen Seelen.

Luise ging ins Haus, zog sich um und bat Ida, ihr einen Kaffee in den Salon zu bringen. Es gab einige Rechnungen, um die sie sich kümmern musste.

Gerade hatte sie die Papiere vor sich ausgebreitet und den ersten Schluck genommen, als es klopfte und Anni eintrat, einen Stapel Briefe in der Hand. Früher hatte der Hausdiener dem Hausherrn die Post auf einem silbernen Tablett überreicht, doch mit Arthur Augstein war auch der Pomp vergangener Zeiten von Seydell verschwunden.

»Legen Sie Briefe auf den Tisch«, bat Luise. »Ich sehe sie später durch.«

Anni räusperte sich. »Sie sollten vielleicht besser sofort einen Blick darauf werfen.«

Luise, die sich bereits wieder über die Rechnung des Sattlers gebeugt hatte, sah die Hauswirtschafterin scharf an. »Was soll das heißen?«

Statt einer Antwort trat Anni an den Sekretär und reichte Luise den Stapel. »Sie finden ihn zuoberst.«

Luise starrte auf die Briefe in ihrer Hand, ohne sie wahrzunehmen. Eine kalte lähmende Angst ergriff von ihr

Besitz. Endlich riss sie sich zusammen und betrachtete den oberen Umschlag.

Er sah abgegriffen aus, als wäre er bereits durch viele Hände gegangen. Zuerst begriff Luise nicht, was es damit auf sich hatte, dann erkannte sie, dass das Schreiben an Enno adressiert war. Allerdings war die Anschrift durchgestrichen. Als Absender erkannte sie den Namen ihrer Tochter. Ein Brief an Enno war zurückgegangen. Vielleicht war seine Kompanie verlegt worden? Sie drehte den Umschlag, um auf die Rückseite zu schauen, dann betrachtete sie erneut die Seite mit der durchgestrichenen Anschrift und den vielen Stempeln. Da erst fiel ihr der handschriftliche Vermerk auf. Entsetzt schnappte sie nach Luft.

Sie schloss die Augen, öffnete sie wieder, die Worte standen noch immer dort, brutal in ihrer Nüchternheit.

Zurück, tot.

Benommen legte Luise den Brief vor sich ab.

»Da ist noch einer«, sagte Anni leise.

Luise war gar nicht aufgefallen, dass die Hauswirtschafterin noch da war.

»Noch einer?« Luises Frage war nur ein heiseres Krächzen. Großer Gott, nicht Robert, nicht auch Robert, das könnte ich nicht ertragen!

Sanft nahm Anni ihr den Stapel aus der Hand und blätterte. »Hier, von Herrn Klimmeck aus Lüneburg. Bestimmt teilt er Ihnen darin mit …« Sie brach ab.

Allmählich beruhigte sich Luises Herzschlag. Nicht Robert, war alles, was sie denken konnte, nicht auch Robert, dem Himmel sei Dank. Mechanisch nahm sie den Umschlag entgegen und öffnete ihn. Ein einzelnes Blatt

Papier befand sich darin, beschrieben in der akkuraten Handschrift von Lothar Klimmeck.

Sehr geehrte Frau von Seydell,
sehr geehrter Herr von Seydell,

zutiefst bedaure ich, Ihnen nun die zweite Todesnachricht in nur einem Monat übermitteln zu müssen. Nachdem ich Ende Mai meine über alles geliebte Gattin verloren habe, ist nun auch mein einziger Sohn von uns gegangen. Er starb den Heldentod für Kaiser und Vaterland, mögen ihm dafür ewiger Ruhm und Ehre sicher sein.

Ich bin ein gebrochener Mann. Mein einziger Trost ist, dass meine liebe Dorothea davon verschont geblieben ist, ihr Kind zu Grabe tragen zu müssen. Ich bete für sie und vertraue darauf, dass beide in einer besseren Welt wieder miteinander vereint sind.

Überbringen Sie meine besten Wünsche an Ihr verehrtes Fräulein Tochter und trösten Sie sie, so gut Sie vermögen. Ich weiß, dass mein Enno sie aufrichtig geliebt hat.

Ich verbleibe mit hochachtungsvollen Grüßen
Ihr Lothar Klimmeck

Benommen saß Luise da, unfähig sich zu rühren.

»Kann ich etwas für Sie tun, gnädige Frau?«, fragte Anni.

»Danke, nein.«

»Dann ziehe ich mich jetzt zurück.« Sie ging zur Tür.

»Kein Wort zu irgendwem, bevor ich mit meiner Tochter gesprochen habe«, rief Luise ihr hinterher.

»Sie können sich auf mich verlassen, gnädige Frau.«

Als die Tür hinter Anni zufiel, vergrub Luise das Gesicht in den Händen. Sie hatte drei mächtigen Herren die Stirn geboten, als diese versuchten, ihr Seydell wegzunehmen. Sie hatte die englische Königin herausgefordert und den schnellsten Reiter ihres Reiches im Hindernisrennen besiegt. Sie hatte Angst gehabt, Angst zu scheitern, Angst, alles zu verlieren. Doch nie zuvor hatte sie solche Angst gehabt wie jetzt.

Einen Monat später, Juli 1915

Der Juli war in diesem Jahr kälter als der Juni. Auch heute hingen dunkle Wolken über der Heide, und ein frischer Wind ließ Luise frösteln, als sie nach ihrem morgendlichen Ausritt vom Stall ins Haus ging.

Ludwig saß am Frühstückstisch und las die *Hamburger Nachrichten*. »Diese verfluchten Franzosen versuchen, unsere Jungs mit Gas zu vergiften«, schimpfte er.

»Ich dachte, unsere Jungs, wie du sie nennst, hätten damit angefangen«, gab Luise kühl zurück und schenkte sich Kaffee ein. Sie blickte auf den leeren Platz ihr gegenüber. Anna-Maria war wieder nicht heruntergekommen. Sie würde ihrer Tochter später ein Tablett bringen und mit ihr reden.

»Aber sie haben sich verkalkuliert«, fuhr Ludwig fort, als hätte er Luise gar nicht gehört. »Wir haben die besten Masken. Die Froschfresser vergasen sich reihenweise selbst.«

»Wenn all das stimmt, was in dem Blatt steht, frage ich mich, warum der Krieg nicht längst gewonnen ist.«

Ludwig schlug die Zeitung zu und knallte sie auf den Tisch. »Verflucht noch mal, Luise, du solltest dich schämen. Ich dulde nicht, dass in diesem Haus schlecht über unsere Soldaten geredet wird. Sogar der Bastard von deinem Sohn ist ein größerer Patriot als du!«

»Lass Robert aus dem Spiel«, entgegnete Luise müde. »Außerdem weiß ich gar nicht, warum du dich anstellst. Du glaubst doch auch längst nicht mehr an den triumphalen Sieg des Kaiserreiches.«

Ludwig sprang auf. »Hör auf, oder ich vergesse mich.«

Luise bestrich in aller Ruhe eine Scheibe Brot mit Marmelade. »Das würde ich an deiner Stelle lieber sein lassen.«

»Bildest du dir ein, dass du mich in der Hand hast?«

»Habe ich das nicht?«

»Was glaubst du, würde passieren, wenn du jetzt das Testament hervorziehen würdest? Ein Brief nach Spanien würde vermutlich nicht einmal ankommen. Und kein Richter des Reiches würde sich auch nur einen Funken für die Sache interessieren. Wir haben wirklich andere Sorgen. Außerdem wäre es mehr als fraglich, ob Alexander die Echtheit des Dokuments beweisen könnte. Die beiden Zeugen sind längst tot. Niemand sonst wusste von dem Testament. Also mach dich nicht lächerlich.« Er stapfte aus dem Raum und knallte die Tür hinter sich zu.

Luise legte das Messer weg. Ihr war übel. Statt selbst etwas zu essen, stellte sie den Teller mit dem Brot, eine Tasse Kaffee und ein Ei auf ein Tablett und ging damit in den ersten Stock.

Anna-Maria reagierte nicht auf ihr Klopfen. Luise fand sie im Bett liegend, den Blick starr an die Decke geheftet.

»Ich bringe dir dein Frühstück.«

»Ich habe keinen Hunger.«

Luise setzte sich auf die Bettkante und stellte das Tablett ab. »Du musst etwas essen.«

»Warum sollte ich?«

Luise seufzte. Sie ergriff die Hand ihrer Tochter, die kalt und schlaff war. »Glaubst du wirklich, Enno hätte gewollt, dass du dich seinetwegen zu Tode hungerst?«

»Nimm seinen Namen nicht in den Mund!«

»Ich habe ihn auch gerngehabt, Kind. Und ich bin überzeugt davon, dass er gewollt hätte, dass du glücklich wirst.«

Anna-Maria gab einen glucksenden Laut von sich und drehte sich weg.

»Rede mit mir, Liebes.«

»Du verstehst mich nicht.«

»Ich verstehe dich besser, als du denkst.«

»Du hast Vater nie so geliebt wie ich Enno.«

»Ihn nicht, das ist wahr.«

Einen Moment lang war es still, dann drehte Anna-Maria sich zu ihr um. In ihren Augen schimmerte es feucht. Aber da war auch etwas anderes, ein Funken Neugier.

Luise straffte die Schultern. Wenn das der Preis war, ihre Tochter zurück ins Leben zu holen, zahlte sie ihn gern. »Ich kannte ihn seit meiner Kindheit, und ich liebte ihn, seit ich denken konnte. Er war der Einzige, den ich je wollte. Wir sind jede freie Minute gemeinsam durch die Heide galoppiert, und ich war immer sicher, an seiner Seite alt zu werden. Doch dann wurde ich erwachsen und erkannte, dass es Dinge gab, die ich ebenfalls wollte. Ein Leben in Wohlstand und Sicherheit, eine gute Zukunft für meine Kinder.«

»Und deshalb hast du Vater geheiratet?«

»Ja.«

Anna-Maria setzte sich auf. »Was ist aus dem anderen geworden?«

»Er ist fortgegangen, hat sich woanders ein neues Leben aufgebaut, eine Familie gegründet. Er hat eine Tochter, die etwa in deinem Alter ist.«

»Ist er glücklich geworden?«

Schmerzhaft blitzte in Luise die Erinnerung an ihre Reise nach Los Pinos im vergangenen Jahr auf, an den Tag, als Alexander mit ihr über die Koppeln geritten war und ihr voller Stolz alles gezeigt hatte. Sie verdrängte das Bild und hob die Schultern. »Er liebt seine neue Heimat, da bin ich sicher.«

Anna-Maria dachte nach. »Hast du es je bereut?«

Luise schloss die Augen. »Manchmal, ja. Ich würde es dennoch wieder tun.«

»Ich könnte das nicht, einen Mann heiraten, den ich nicht liebe.«

»Das musst du auch nicht.«

»Aber wie soll ich dann weiterleben?« Ihre Augen füllten sich mit Tränen.

Luise streichelte ihr übers Gesicht. »Der Schmerz wird stumpfer mit den Jahren, vertrau mir. Und vielleicht findest du ja einen Weg, Enno weiterleben zu lassen.«

»Wie sollte das gehen?«

»Das weiß ich nicht«, gab Luise zu. »Aber ich bin sicher,

du wirst es wissen, wenn es so weit ist. Und jetzt iss etwas. Mir zuliebe.«

»Ich glaube nicht, dass ich auch nur einen Bissen hinunterbekomme.«

»Dann trink einen Schluck Kaffee. Für den Anfang.« Luise küsste ihre Tochter auf die Stirn. »Ich muss jetzt an die Bücher. Kann ich dich allein lassen?«

Anna-Maria nickte.

Luise erhob sich.

»Mama?«

»Ja?«

»Danke, dass du es mir erzählt hast.«

Kapitel 8

Lüneburger Heide, September 1915

Martha nippte an ihrem Tee, Pfefferminze, Kamille, Melisse und Himbeerblätter mit einem halben Kaffeelöffel Honig. Käthe schwor auf die Mischung, ihre Mutter habe sie in jeder Schwangerschaft getrunken, hatte sie versichert, und acht gesunde Kinder zur Welt gebracht. Martha genoss vor allem die milde Süße des Honigs. Viel zu selten bekam sie etwas so Köstliches zu trinken. Selbst auf Seydell, wo es für alle ausreichend zu essen gab, war der Speiseplan bescheidener geworden.

»Und? Tut er gut?«, fragte Käthe, während sie geschickt Zwiebeln würfelte.

»Er schmeckt wunderbar.« Martha lehnte sich im Stuhl zurück.

Allmählich gewöhnte sie sich daran, von allen auf Seydell verhätschelt zu werden. Anfangs hatte sie jede Sonderbehandlung abgelehnt und darauf bestanden, ihre Arbeit wie gewohnt zu verrichten. Doch lange hatte sie nicht durchgehalten. Nicht bloß Georg, das gesamte Gesinde sowie die Herrschaft hatten es sich in den Kopf gesetzt, alles dafür zu tun, dass Martha die Schwangerschaft gut überstand.

Vor allem Luise war anscheinend sehr daran gelegen. Sie ließ Martha nichts Schweres tragen und schickte sie oft früh heim, angeblich, weil es nichts mehr zu tun gebe oder weil Martha sich doch um Cäcilie kümmern müsse.

Tatsächlich war die Schwangerschaft anstrengend. In den ersten Monaten war Martha häufig übel geworden, vor allem beim Anblick von rohem Fleisch oder Fisch. Kaum hatte sich das gebessert, waren ihre Beine angeschwollen, und der Rücken schmerzte bei jeder Bewegung. Sie wusste nicht, wie sie das drei weitere Monate durchstehen sollte. Der Arzt hatte ihr geraten, sich zu setzen, wann immer möglich, und die Beine hochzulegen, und so schickte die gnädige Frau sie mehrmals am Tag in die Küche, damit sie dem Rat des Arztes bei einer Tasse Tee nachkommen konnte. Nicht einmal eine Stopfarbeit durfte sie dabei erledigen.

Schritte polterten an der Hintertür. Sekunden später kam Fritz in die Küche und umfasste Käthe von hinten.

»Na, was gibt es heute Feines, mein Engel?«

»Lass das«, zischte Käthe und machte sich los.

Ihr Tonfall war nicht wirklich verärgert, und Martha erkannte das Leuchten in ihren Augen. Als junges Mädchen hatte Käthe für den Kutscher geschwärmt, doch der hatte sie abblitzen lassen. Er hatte stattdessen Martha schöne Augen gemacht, aber sie war sicher, dass es ihm auch mit ihr nicht ernst gewesen war. Er umschwärmte die Frauen, legte sich jedoch ungern fest.

Diesmal allerdings schien es anders zu sein. Die Art, wie er Käthe ansah, verriet tiefe Zuneigung.

»Nur ein Kuss«, bat er. »Dann verschwinde ich wieder.«

»Nicht jetzt.« Käthe sah entschuldigend zu Martha herüber.

Da erst bemerkte Fritz sie und lächelte. »Vor Martha müssen wir doch keine Geheimnisse haben.«

Martha trank den letzten Schluck und stellte die Tasse ab. »Ich muss ohnehin wieder an die Arbeit.«

»Untersteh dich!« Käthe stemmte die Hände in die Hüften. »Dieser Kerl hat mich fünfundzwanzig Jahre warten lassen, da wird er sich wohl gedulden können, wenn ich mit einer alten Freundin Tee trinken möchte.« Demonstrativ legte Käthe das Zwiebelmesser weg, nahm eine zweite Tasse aus dem Regal und setzte den Wasserkessel auf.

Fritz hob grinsend die Hände. »Da verschwinde ich mal lieber und lasse die Damen allein.« Er küsste Käthe auf die Wange und hastete aus der Küche, bevor sie protestieren konnte.

Martha lächelte. »Ich freue mich für dich.«

»Und ich mich erst.« Käthe strahlte. »Ich weiß gar nicht, wie es gekommen ist. Irgendwann im Frühjahr hat er angefangen, mir kleine Aufmerksamkeiten zukommen zu lassen. Ein paar selbst gepflückte Blumen, eine Tüte Zuckerkonfekt.« Sie gab von der Kräutermischung in die beiden Tassen und goss das kochende Wasser darauf. »Erst dachte ich, er hält mich zum Narren, und ich habe mich nicht beeindrucken lassen. Ich bin schließlich nicht mehr der Backfisch von damals. Doch er war beharrlich, gab nicht auf.« Sie setzte sich und lächelte verträumt, sprang jedoch sofort wieder auf. »Jetzt habe ich doch glatt den Honig vergessen. Warte!«

Käthe gab in jede Tasse einen vollen Löffel, bevor sie

das Glas zurückstellte. »Das haben wir uns verdient, findest du nicht?«

Kaum hatten sie den ersten, viel zu heißen Schluck genommen, wurden sie wieder unterbrochen. Diesmal waren es Georg und Walter, die den Geruch nach Stall mitbrachten. Walter hatte sich den Arm an einem Nagel aufgerissen, nicht schlimm, aber die Wunde blutete stark.

Käthe wusch sie aus und verband sie. Die Männer wollten gerade wieder gehen, als Anni durch die andere Tür hereinkam.

»Hier bist du, Walter. Ich habe dich schon überall gesucht. Du hast Post.« Sie zog einen blassblauen Umschlag aus dem Packen Briefe in ihrer Hand und hielt ihn dem Knecht hin. »Keine Ahnung, warum er nicht zu dir nach Hause geschickt wurde.«

Statt den Brief entgegenzunehmen, starrte Walter darauf, als wäre er vergiftet.

»Nun nimm schon, zier dich nicht so!«, drängte Anni. »Ich muss der Herrschaft die Post bringen.«

Noch immer zögerte Walter.

»Ich nehme ihn«, sagte Georg und griff danach. Er war plötzlich ganz fahl.

Martha tauschte einen Blick mit Käthe. Sie hatte einen solchen Umschlag schon gesehen und die Köchin offenbar ebenfalls. Sie stand reglos da, die Lippen zu einer dünnen Linie zusammengepresst. Nun war es also so weit, Walter musste an die Front. Obwohl Martha gewusst hatte, dass es eines Tages so kommen würde, war es ein Schock. Er war doch gerade erst Vater geworden, der kleine Harald war sechs Wochen alt und ein richtiger Wonneproppen.

Gerti und Walter schienen glücklich miteinander zu sein. Und nun würde man Walter in diese Hölle schicken, aus der so viele nicht zurückkehrten. Das arme Fräulein Anna-Maria hatte es so schlimm getroffen, und sie hielt sich so tapfer. Immerhin hatte sie kein Kind, das ohne Vater aufwachsen musste.

Anni ließ den Arm sinken, auch sie hatte begriffen. »Es tut mir so leid, Walter.«

In dem Augenblick war vom Hof her Säuglingsgeschrei zu hören. Es näherte sich, dann wurde es unvermittelt still. In der Küche rührte sich niemand. Alle wussten, was nun folgte.

Gerti kam manchmal mit dem Kinderwagen vorbei, um fertige Wäsche abzugeben. Sie führte Flickarbeiten für das Gestüt durch, um etwas dazuzuverdienen. Normalerweise brachte Walter ihr die Kleidungsstücke in einem Korb nach Hause und nahm sie wieder mit, wenn er morgens zur Arbeit ging. Doch hin und wieder brachte Gerti die Sachen selbst und nutzte die Gelegenheit für einen Schwatz in der Küche.

»Kein Wort zu Gerti«, zischte Walter, riss Georg den Umschlag aus der Hand und stopfte ihn in seinen Hosenbund. »Ich erzähle es ihr später in Ruhe.«

»Was erzählst du mir später?« Gerti stand urplötzlich auf der Schwelle, im einen Arm den kleinen Harry, im anderen einen Wäschekorb.

Martha sprang geistesgegenwärtig auf. »Ich nehme dir den Korb ab.«

»Nicht ausgerechnet du, Martha.« Georg griff danach. »Du sollst doch nichts Schweres tragen.«

Seufzend nahm Martha wieder Platz.

»Dann bekomme ich den kleinen Prachtkerl«, rief Käthe mit gezwungener Heiterkeit, streckte die Arme nach dem Säugling aus und sah Walter auffordernd an. »Vielleicht möchtet ihr zwei einen kleinen Spaziergang machen, ihr kommt ja kaum dazu.«

»Eine gute Idee.« Walter streckte Gerti die Hand hin.

Die blinzelte argwöhnisch. »Ihr führt doch irgendwas im Schilde.«

»Hast du etwa keine Lust auf einen Spaziergang?« Walter deutete zum Fenster. »Es ist so herrliches Wetter. Vielleicht einer der letzten warmen Tage des Jahres, schließlich haben wir schon September.«

»Dann können wir Harald doch mitnehmen. Der Kinderwagen steht draußen.«

»Und was ist mit mir?«, protestierte Käthe. »Ich sehe den Kleinen so selten.«

»Also gut.« Gerti zuckte mit den Achseln. »Da ihr euch offenbar alle gegen mich verschworen habt, bleibt mir wohl keine Wahl.«

Kaum waren die beiden fort, kehrten auch Georg und Anni an ihre Arbeit zurück. Während Martha an ihrem inzwischen kalten Tee nippte, der trotz der Extraportion Honig plötzlich bitter schmeckte, sang Käthe dem kleinen Harry leise ein Lied vor und wiegte ihn dabei sacht hin und her.

»Maikäfer, flieg! Der Vater ist im Krieg. Die Mutter ist in Pommerland. Pommerland ist abgebrannt. Maikäfer, flieg!«

Belgien, einen Monat später, Oktober 1915

Robert blickte auf die Uhr. Noch eine halbe Stunde, er musste sich beeilen. Er war verabredet, die Sache war wichtig. Und gefährlich.

Robert hatte nicht schlecht gestaunt, als sein Kontakt zum ersten Mal mit ihm Verbindung aufgenommen hatte. Zunächst hatte er an eine Verwechslung geglaubt, sogar an einen dummen Zufall, als die Person genau den Satz gesagt hatte, der als Code vereinbart war. Doch Emma Friedmann, oder wie auch immer sie in Wahrheit heißen mochte, hatte ihn eines Besseren belehrt.

Seit Robert zum Major befördert worden war, arbeitete die kluge junge Frau als Schreibkraft in seiner Stabsstelle im Gemeindesaal von Kippe. Er selbst hatte sie zuvor kaum wahrgenommen, denn er hatte mit den Schreibkräften nichts zu tun. Erst als sie eines Tages im Flur genau vor seinen Füßen ihre Unterlagen hatte fallen lassen und er ihr beim Aufheben half, gab sie sich ihm zu erkennen. Das war vor fünf Monaten gewesen, einige Wochen, nachdem er aus Frankreich zurückgekehrt war.

Seither hatte er Fräulein Friedmann immer wieder brisante Informationen zukommen lassen. Wie sie diese nach Frankreich weiterleitete, wusste er nicht. Um die Tarnung aufrechtzuerhalten, morste er zeitgleich korrekte, aber unwichtige Details über den vereinbarten Funkkanal. Zum Glück hatte Generalleutnant von Reinhart noch keinen Gebrauch von Roberts Angebot gemacht, eine Falschmeldung abzusetzen, um dem Gegner eine Falle zu stellen.

Überhaupt waren die Kämpfe an der Front bei Ypern im Sommer nahezu zum Erliegen gekommen, nach einer letzten Attacke der Briten im Juni, die aber schnell im MG-Feuer der bestens ausgebauten deutschen Stellungen zusammengebrochen war. Daraufhin hatte keine Seite mehr versucht, mit einem Sturmangriff Boden zu gewinnen. Die Überraschungsoffensive im April hatte die deutsche Seite nicht zu ihrem Vorteil nutzen können, was vor allem daran lag, dass sie selbst zwar über gute, aber viel zu wenige Gasmasken verfügte. Man hatte nur einen Bruchteil der Männer damit ausstatten können. Zudem hatte es enorm viel Energie und Reserven verbraucht, die wenigen gewonnenen Kilometer zu verteidigen.

Wie Robert befürchtet hatte, setzte die Entente jetzt ebenfalls tödliches Gas ein. Allerdings verpufften deren Vorstöße meist, weil die Deutschen viel wirksamere Gasmasken besaßen, inzwischen auch in ausreichender Menge. Auf die Entente traf das nicht zu. Sie versuchte es mit Watte, Baumwolle und Leinensäcken, getränkt mit Urin und anderen Flüssigkeiten, die das Gas jedoch nicht neutralisieren konnten.

Dieser Umstand war der Obersten Heeresleitung nicht entgangen. Sie bereitete einen groß angelegten Angriff mit den neuesten Gasgranaten vor. Diese konnten treffsicher hinter die Linien verschossen werden. Wenn Westwind herrschte, der das Gas von hinten in die vorderen Gräben blies, würden die in Panik geratenen Männer mitten hinein in das MG-Feuer der Deutschen fliehen.

Robert hatte bereits eine Warnung verschickt, allerdings fehlte es der Entente nach wie vor an wirksamen Schutzmaßnahmen. Deshalb hatte Robert den Bauplan der neuesten deutschen Gasmaske besorgt. Dieser unterlag zum Glück bloß einer geringen Geheimhaltungsstufe, da die Oberste Heeresleitung davon ausging, dass die Gegner selbst mithilfe des Plans nicht in der Lage wären, die Masken herzustellen. Deutschland war tatsächlich weltweit führend in der chemischen Forschung. Frankreich und England hatten viel aufzuholen. Trotzdem hoffte Robert, dass ihr Wissen ausreichte, die Masken nachzubauen.

Immerhin wurden sie von den Vereinigten Staaten von Amerika unterstützt, die zwar nicht in den Krieg eingetreten waren, aber die Entente mit Material und Wissen versorgten.

Robert erhob sich vom Schreibtisch, versicherte sich, dass der Plan in seiner Brusttasche war, und löschte das Licht. Wann immer er Fräulein Friedmann etwas übergeben wollte, stellte er im Laufe des Tages seinen Feldstecher gut sichtbar auf die Fensterbank. Am Abend machte er auf dem Heimweg zu seinem Quartier einen kleinen Umweg durch die dunklen Gassen von Kippe, wo er der jungen Frau scheinbar zufällig begegnete. Dann spielten sie ihre allererste Begegnung nach. Fräulein Friedmann täuschte eine Ungeschicklichkeit vor, ließ ihren Mantel oder ihre Handtasche fallen, und wenn Robert sich höflich danach bückte, ließ er das Dokument darin verschwinden. Da die junge Frau sich nicht allzu lange in den Gassen herumdrücken konnte, ohne aufzufallen, hatten sie eine Uhrzeit vereinbart, zu der sie beide versuchten, am Treffpunkt zu sein.

Auf der Treppe begegnete Robert einem Offizier, mit

dem er ein technisches Problem klären musste, sodass er spät dran war, als er endlich in die Seitengasse einbog. Einen Moment lang glaubte er, Schritte hinter sich zu hören. Er drehte sich um, in der Annahme, es wäre Emma Friedmann. Doch die Gasse war leer. Es hatte geregnet, das Licht einer einsamen Gaslaterne spiegelte sich auf dem Kopfsteinpflaster, und Robert überkam mit einem Mal ein mulmiges Gefühl. Er schüttelte es ab und eilte weiter. Doch schon nach wenigen Schritten bildete er sich ein, einen Schatten hinter sich wahrzunehmen. Wieder handelte es sich um eine Täuschung.

Er schalt sich einen Narren. In all den Monaten hatte er sich bei den heimlichen Übergaben nicht im Geringsten unwohl gefühlt. Ganz im Gegenteil, sie waren ihm immer ganz leicht vorgekommen, beinahe zu leicht. Womöglich lag es daran, dass gestern ein Brief seiner Mutter eingetroffen war, der ihn seltsamerweise an seinen Vater erinnert hatte, an seinen leiblichen Vater, der irgendwo hinter den Linien seine Botschaften entgegennahm und dessen Taschenuhr er in seiner Brusttasche trug.

Jetzt ertönten Schritte von vorn und holten Robert zurück in die Gegenwart. Fräulein Friedmann, endlich. Sie eilte auf ihn zu, die Handtasche vor die Brust gepresst.

»Schnell, kommen Sie!«, rief sie, noch bevor sie ihn erreicht hatte.

»Aber …«

In dem Augenblick krachte ein Schuss. Instinktiv duckte Robert sich und zog die junge Frau in einen Hauseingang. Weitere Schüsse fielen, Geschosse pfiffen an ihnen vorbei und prallten an der Hauswand ab.

Robert fluchte leise, seine Gedanken rotierten.

»Wir sind verraten worden«, flüsterte die junge Frau. »Wir müssen fliehen.«

»Und wie soll das gehen?«

»Alles ist vorbereitet, in der Seitengasse wartet ein Wagen. Irgendwie müssen wir es dahin schaffen.«

Robert horchte. Die Schüsse hatten aufgehört, dafür waren schwere Stiefel auf dem Pflaster zu hören. Ihnen blieben nur wenige Sekunden, falls überhaupt. Kurz entschlossen griff Robert nach Emma Friedmanns Hand und rannte los. Kaum waren sie aus der Deckung, wurde erneut das Feuer eröffnet.

Nervös blickte Robert aus dem Fenster des Morris Oxford. Noch war es dunkel, doch am Horizont zeichnete sich bereits ein Streifen Grau ab. Dort würde bald die Sonne hinter den Bergen aufsteigen. Und mit etwas Glück wäre er dann bereits in der Schweiz in Sicherheit. Von dort sollte es mit einem Flugzeug nach England gehen, wo ihn eine ungewisse Zukunft erwartete. Er hatte sich nie Gedanken darüber gemacht, was aus ihm werden sollte, falls er enttarnt würde. Erst jetzt, wo es zu spät war, wurde ihm allmählich klar, dass er als Vaterlandsverräter womöglich nie wieder in seine Heimat zurückkehren konnte.

Am Vorabend hatten Emma Friedmann und er es gerade noch geschafft, den Wagen zu erreichen, der in der Seitengasse auf sie wartete. Wie durch ein Wunder hatte keines der Geschosse sie ernsthaft verletzt. Robert hatte lediglich einen Streifschuss am Oberarm abbekommen, den Fräulein Friedmann ihm auf der Rückbank des Wagens notdürftig mit einem Taschentuch verbunden hatte.

Der Fahrer hatte sie nur ins nächste Waldstück gebracht, wo sie auf die Ladefläche eines Lastkraftwagens umsteigen mussten. Zudem hatte Robert seine Uniform gegen einen zivilen Anzug getauscht. Eingewickelt in warme Decken hatten sie sich hinter den auf der Ladefläche des Lkw gestapelten Kisten versteckt. Stundenlang waren sie in Richtung Süden gefahren, hatten in der unbequemen Position kein Auge zugetan. Der Lkw passierte unzählige Kontrollen, doch offenbar waren die Papiere, die der Fahrer mitführte, sauber. Einige Male wurde bei einer solchen Kontrolle die Plane angehoben und die Ladung im Licht einer Karbidlampe begutachtet, doch eine gründlichere Untersuchung blieb aus.

Vor einer halben Stunde hatten sie dann erneut das Fahrzeug gewechselt, denn mit dem Lkw wären sie nicht ohne gewissenhafte Überprüfung über die Schweizer Grenze gekommen. Seither saß Robert selbst am Steuer. Zum Glück hatte er vor dem Krieg in Berlin bereits einige Male ein Automobil gefahren.

Schon kam der Schlagbaum in Sicht. Die Grenze war gut bewacht, bewaffnete Soldaten standen bereit. Laut Haager Abkommen war die Schweiz zur Selbstverteidigung verpflichtet, um ihre Neutralität zu sichern.

Nervös umklammerte Robert das Lenkrad. Er war durchgefroren, seine Finger waren trotz der Handschuhe eiskalt. Fräulein Friedmann saß neben ihm, die Papiere auf dem Schoß, die ihre Helfer ihnen übergeben hatten. Aus Emma Friedmann und Robert von Seydell waren Erna und

Richard Keller geworden, ein junges Ehepaar aus Zürich, das von einem Verwandtenbesuch in Deutschland heimkehrte.

Robert bremste und kurbelte das Seitenfenster herunter.

»Wohin wollen Sie?«, fragte der Grenzposten in harschem Tonfall.

Robert setzte ein Lächeln auf. »Nach Hause. Wir wohnen in Zürich.«

»Sie sind Schweizer Staatsbürger?« Der Mann blickte skeptisch drein. »Das hört sich aber nicht so an.«

»Wir sind in Deutschland aufgewachsen. Mein Name ist Richard Keller, das ist meine Frau Erna.«

»Papiere!«

Robert nahm die Dokumente von Emma entgegen und reichte sie nach draußen. Der Grenzer gab sie an einen Kollegen weiter und leuchtete mit einer Taschenlampe ins Innere des Wagens.

»Sie sind ebenfalls Schweizerin?«, fragte er Emma.

»Ja.« Sie leckte sich nervös über die Lippen. »Erna Keller, geborene Winterfeld.«

Robert ergriff Emmas Hand und drückte sie. Er war nicht sicher, ob das Zittern von ihr kam oder von ihm selbst.

»Warum sind Sie mitten in der Nacht unterwegs?«, wollte der Grenzer wissen. »Woher kommen Sie?«

»Wir haben die Mutter meiner Frau besucht. In Freiburg. Leider hatten wir unterwegs eine Panne.«

»Wie ärgerlich.«

Der zweite Grenzposten war mit dem Durchsehen der

Papiere fertig, gab sie seinem Kollegen zurück und murmelte etwas. In dem Moment fiel Robert siedend heiß ein, dass er noch immer die Uhr seines Vaters bei sich trug, die Uhr mit der Gravur *Alexander von Seydell*. Als sie im Wald in aller Eile die Kleider gewechselt hatten, hatte er sie in die Hosentasche gesteckt, ohne weiter darüber nachzudenken. Wie dumm von ihm! Wenn die Grenzer auf die Idee kamen, sie zu durchsuchen, würden sie wissen wollen, wie er zu einer Uhr mit einem fremden Namen kam.

Jetzt beugte der Mann sich wieder zu ihm herunter. Robert schickte ein Stoßgebet zum Himmel. »Ich hoffe, es gibt keine Probleme?«, sagte er.

Der Grenzer reichte ihm die Papiere. »Alles in Ordnung, Herr Keller. Willkommen zu Hause.«

Lüneburger Heide, am nächsten Tag, Oktober 1915

»Wann kommst du zurück?«, fragte Luise ihre Tochter, die bereits auf der Bank des Einspänners Platz genommen hatte und die Zügel in der Hand hielt.

Neben ihr stand eine Kiste mit alten Kleidungsstücken, die Ludwig aussortiert hatte, zudem fünf Flaschen hausgemachter Apfelmost. Es war früh am Morgen und noch nicht ganz hell. Die Luft war eisig, Reif puderte die Koppeln und abgemähten Felder vor den Toren von Seydell.

»Ich kann es noch nicht sagen«, erwiderte Anna-Maria. »Wir haben gestern Abend fünf Neuzugänge bekommen, es gibt viel zu tun.«

»Denk daran, dass du auch etwas Ruhe und Schlaf brauchst«, ermahnte Luise sie.

»Vor ein paar Wochen noch wolltest du unbedingt, dass ich das Bett verlasse.« Anna-Maria lächelte schwach. »Jetzt bin ich dir zu viel unterwegs.«

»Nein, das bist du nicht. Ich möchte bloß nicht, dass du vor Erschöpfung zusammenbrichst.«

»Keine Sorge, das wird nicht geschehen.« Anna-Maria schnalzte mit der Zunge und hob zum Abschied die Hand.

Der Wallach trabte an, das Gig setzte sich mit einem Ruck in Bewegung. Nachdenklich blickte Luise dem Fahrzeug hinterher, bis es aus ihrem Blickfeld verschwunden war.

Manchmal veränderte sich das Leben auf völlig unvorhergesehene Weise. Die Witwe, bei der Gerti und Walter mit ihrem Sohn zur Untermiete gewohnt hatten, war wenige Tage nach Walters Einberufung verstorben. Da es keine direkten Erben gab, hatte man an höherer Stelle beschlossen, aus dem Haus ein Heim für Kriegsversehrte zu machen.

Das stellte Luise vor neue Probleme. Gerti und das Kind waren nun obdachlos, im Dorf gab es sonst keine freie Wohnung, nicht einmal ein Zimmer. Martha und Georg hätten die beiden gern aufgenommen. Aber sie wohnten ohnehin schon sehr beengt, und spätestens wenn ihr eigener Nachwuchs da war, wäre für zwei weitere Menschen kein Platz mehr in dem winzigen Haus.

So wie die Dinge standen, konnten sie Gerti nicht einfach Geld in die Hand drücken und sie in die Stadt schicken. Zum einen waren die Lebensverhältnisse in Lüneburg, Hamburg oder gar Berlin viel schlimmer als auf dem Land, zum anderen hätte Walter es niemals verstanden. Er hatte ja keine Ahnung, in welcher Zwickmühle seine Herrschaft steckte.

Obwohl sie selbst von der Idee nicht angetan war, hatte Luise ihren Mann überredet, Gerti und Harald vorläufig bei sich aufzunehmen. Mutter und Kind bewohnten eine der Dachkammern für das Gesinde, und Gerti machte sich nützlich, wo es ging. Sie benahm sich tadellos, dennoch fürchtete Luise jeden Tag, die Wahrheit über die Abstammung des kleinen Harry könnte ans Licht kommen. Aus diesem Grund vermied sie auch jegliche Nähe zu dem Kind. Auf keinen Fall sollte das Mädchen auf die Idee kommen, sie würde den Jungen als ihren Enkel anerkennen.

Die Errichtung des Kriegsversehrtenheims hatte jedoch noch an anderer Stelle Konsequenzen, mit denen Luise niemals gerechnet hätte. Ihre Tochter hatte in der Betreuung der Männer anscheinend eine erfüllende Aufgabe gefunden.

Als Anna-Maria verkündete, sie werde dabei helfen, Spenden für die Ausstattung des Heims zu sammeln, hielt Luise das noch für eine flüchtige Laune. Doch inzwischen dauerte Anna-Marias Engagement bereits einen vollen Monat an, und sie war noch immer mit Feuereifer dabei. Obwohl sie fast nur Verwaltungsaufgaben übernommen hatte und neben dem Sammeln von Geldspenden vor allem damit beschäftigt war, Kleidung und Verbandsmaterial aufzutreiben, war sie sich auch nicht zu schade, bei der Pflege Hand anzulegen, wenn es nötig war.

Offenbar schreckten sie die furchtbaren Verletzungen,

die halb zerstörten Gesichter und die grauenvollen Entstellungen durch Gas oder fehlende Gliedmaßen nicht ab.

»Jeder dieser Männer könnte Enno sein«, hatte sie erwidert, als Luise sie vor einigen Tagen darauf angesprochen hatte. »Ihm blieb das Schicksal erspart, als von Schmerzen zerfressener Krüppel sein Dasein fristen zu müssen. Doch wenn er überlebt hätte, wäre ich dankbar gewesen, wenn sich jemand um ihn gekümmert hätte, so wie ich mich um diese armen Seelen kümmere.«

Luise war dem Himmel dankbar, dass Anna-Maria eine Aufgabe hatte, die sie von ihrem eigenen Schicksal ablenkte. Und sie hoffte, ihre Tochter werde eines Tages über den Kummer hinwegkommen und ein neues Glück finden. Wenn nur erst dieser schreckliche Krieg zu Ende wäre, der sie alle zermürbte.

Als Luise sich umdrehte, kam Max mit der gesattelten Morgana aus dem Stall. Der Junge sah müde aus. Seit Walter an der Front war, gab es für die verbliebenen Knechte noch mehr zu tun. Hoffentlich kehrte wenigstens er heil zurück!

Luise nahm die Zügel entgegen. Egal, wie schwer die Zeiten waren, ihren täglichen Ausritt ließ sie sich davon nicht verderben. Vor allem nicht an einem solchen Morgen, an dem die Heide vom Reif glitzerte und die Luft so klar und rein war, dass sie in der Lunge brannte. Wenn Luise durch die weite Landschaft galoppierte, vergaß sie alles, was sie bedrückte. Dann war sie wieder jung und wild, und die ganze Welt stand ihr offen.

Belgien, am selben Tag, Oktober 1915

Alexander heftete die Papiere ab und klappte den Ordner zu. Er warf einen Blick auf die Uhr. Schon nach Mittag, und noch immer nichts. Hoffentlich war alles gut gegangen!

Vor zwei Tagen war eine Nachricht von einem Spion im Umfeld von Generalleutnant Julius von Reinhart eingetroffen. *Pferd in Gefahr. Agamemnon und Helena abziehen.*

Agamemnon war Roberts Tarnname, Helena war eine junge Frau, die in seiner Stabsstelle arbeitete. Emma Friedmann. Ob das ihr wahrer Name war, wusste Alexander nicht. Dabei wusste er bereits viel mehr, als es seine Position vorsah. Er war für den Nachschub zuständig, mit Operationen hinter den feindlichen Linien hatte er nichts zu tun. Deshalb durfte er auch nicht Roberts Verbindungsoffizier sein. Er hatte jedoch darum gebeten, auf dem Laufenden gehalten zu werden, mit der Begründung, dass er sich verantwortlich fühle, da er es gewesen sei, der den jungen Mann angeworben habe. Nach einigem Hin und Her und der Intervention von Général Sauton hatte man schließlich eingewilligt. So durfte Alexander zwar nicht wissen, was Robert an die französische Seite übermittelte, doch er wurde über wichtige Abläufe informiert.

Nun also waren Robert und die junge Schreibkraft aufgeflogen. Eine Rettungsaktion war eingeleitet worden. Und Alexander wartete auf Nachricht, ob es gelungen war, die beiden in Sicherheit zu bringen. Gestern Abend sollte die Operation stattfinden. Wenn alles glattgegangen war, mussten die beiden längst aus dem Reich herausgeschleust worden sein. Doch Alexanders Telefon schwieg beharrlich.

Er stand auf, trat ans Fenster. Er sollte hinausgehen, es gab einige Lieferungen zu überprüfen. Aber wenn er jetzt das Büro verließ, verpasste er womöglich den Anruf.

Endlich klingelte das Telefon. Alexander zwang sich, ruhig an den Schreibtisch zurückzukehren.

»Capitaine Legrand, was gibt es?«

»Die Ware wurde unbeschädigt abtransportiert«, sagte eine ihm unbekannte Stimme.

Alexander atmete erleichtert auf. Robert war gerettet, Gott sei Dank!

»Allerdings ist sie kurz vor dem Ziel verloren gegangen«, fuhr die Stimme fort.

»Verloren gegangen?«, fragte Alexander erschrocken. »Was heißt das? Was ist geschehen?«

Keine Antwort. Die Verbindung wurde unterbrochen.

Alexander trat wieder ans Fenster. Verdammt, verdammt. Was war da los? War Robert verschwunden? Wie? Warum? Er drehte sich um, lief zum Schreibtisch, dann wieder zurück zum Fenster. Er musste mit jemandem reden, einen letzten Gefallen bei Général Sauton einfordern.

Er griff zum Hörer. Ein Lieutenant in der Stabsstelle nahm den Anruf entgegen.

»Capitaine Legrand hier«, meldete Alexander sich. »Sechsunddreißigstes Armeekorps, Versorgungsbataillon. Ich muss mit Général de brigade Sauton sprechen, es ist dringend.«

»In welcher Angelegenheit?«

»Dazu darf ich nichts sagen.«

»Ich leite Ihr Anliegen an den General weiter. Er setzt sich mit Ihnen in Verbindung, Capitaine Legrand.«

Der Mann legte auf, bevor Alexander noch etwas sagen konnte. Ihm blieb nichts anderes übrig, als zu warten. Er versuchte, sich auf seine Arbeit zu konzentrieren, aber ihm ging der Satz des unbekannten Anrufers nicht aus dem Kopf. *Die Ware ist kurz vor dem Ziel verloren gegangen.* War Robert von den Deutschen gefasst worden? War er verletzt? Tot?

Es dämmerte bereits, als es klopfte. »Capitaine, Sie haben Besuch.«

Alexander sprang auf.

Ein Offizier trat ein, grüßte. »Lieutenant Vernon, mon Capitaine. Ich soll Sie mitnehmen.«

Alexanders Herzschlag setzte aus. Tausend Fragen gleichzeitig schossen ihm durch den Kopf. War er enttarnt? Hatte er zu viel Interesse an dem deutschen Major gezeigt? Hatte Robert ihn verraten? Hatte man die Uhr bei ihm gefunden und eins und eins zusammengezählt?

Mühsam beherrschte er sich. »Wohin soll es gehen?«

»Ich habe Order, nicht darüber zu reden, mon Capitaine.«

Seufzend griff Alexander nach seiner Mütze. Was auch immer ihn erwartete, er musste ihm ins Auge sehen. Und er durfte nicht in Panik verfallen, nicht aus Angst einen Fehler begehen. Er setzte die Mütze auf, überprüfte den Sitz des Rocks, dann folgte er dem Offizier nach draußen, wo ein Automobil samt Fahrer wartete.

Die Fahrt dauerte fast eine Stunde. Alexander saß auf der Rückbank und schwankte zwischen Hoffen und Bangen. Er versuchte, an nichts zu denken, seinen Kopf zu leeren, doch es gelang ihm nicht. Ständig spielte sein Hirn Szenarien durch. Eines davon bestand aus Robert, der im Sterben liegend danach verlangt hatte, ihn zu sehen.

Der Wagen rumpelte über einen Waldweg. Inzwischen war es stockdunkel. Tannen zu beiden Seiten verhängten mit ihren ausladenden Ästen den Himmel. Endlich tauchte vor ihnen ein anderes Fahrzeug auf. Scheinwerfer wurden aufgeblendet.

Der Fahrer hielt, Lieutenant Vernon sprang vom Beifahrersitz und öffnete Alexander die Tür. Der stieg aus. Beklommenheit stieg in ihm auf. Wollte man ihn hier mitten im Wald aus dem Weg räumen? Ohne viel Aufhebens? Ihn einfach verschwinden lassen?

Von dem Fahrzeug gegenüber her kam ein Mann auf ihn zu. Alexander schluckte seine Beklemmung hinunter und ging ihm entgegen. Erst als er ihn fast erreicht hatte, erkannte er Aurélien Sauton.

»Mon Général?«

»Mein lieber Legrand.«

Alexander atmete aus. So sprach man niemanden an, den man erschießen wollte. Oder?

»Was machen wir hier, mon Général?«

»Sie wollten mich sprechen.«

»Ich wollte wissen, was aus Major von Seydell geworden ist. Die Nachricht, die ich telefonisch erhielt, war äußerst rätselhaft.«

Der General musterte ihn. Er hatte das Scheinwerferlicht im Rücken. Der Fahrer des Automobils, mit dem Robert gekommen war, hatte jedoch das Licht ausgeschaltet, sodass Sautons Gesicht im Dunkeln lag.

»Das Schicksal des Majors liegt Ihnen sehr am Herzen, Capitaine.«

Es war eine Feststellung, keine Frage, also erwiderte Alexander nichts.

Schließlich sprach Sauton weiter. »Seydell und seine Begleiterin wurden bis kurz vor die Schweizer Grenze gebracht. Von dort mussten sie allein weiter, mehr als zwei Personen im Fahrzeug wären zu auffällig gewesen. Sie haben Schweizer Pässe von uns bekommen, mit denen sie eigentlich keine Schwierigkeiten gehabt haben sollten. Allerdings haben sie sich noch nicht wie verabredet gemeldet.«

»Was hat das zu bedeuten?«

»Da gibt es mehrere Möglichkeiten. Leider weiß man bei einem Spion nie, wo seine wahren Loyalitäten liegen.«

Alexander wollte den Mund öffnen, um zu protestieren. Der General winkte ab. »Ich teile Ihre Einschätzung, was Major von Seydell angeht. Vielleicht gab es einfach noch keine Gelegenheit, Kontakt aufzunehmen.«

»Könnten sie gefasst worden sein?«

»Es gibt keine Auffälligkeiten im Funkverkehr der Deutschen. Deshalb gehen wir im Augenblick nicht davon aus. Wir müssen uns gedulden. Und hoffen.«

Alexander nickte.

»Ich sorge dafür, dass Sie informiert werden, sobald wir ein Lebenszeichen erhalten. Aber nehmen Sie in dieser Angelegenheit nicht noch einmal von sich aus Kontakt zu mir auf.«

»Jawohl, mon Général.«

Wieder schwieg Sauton. Alexander erkannte in der Dunkelheit nur die hellen Augen, die unverwandt auf ihn gerichtet waren.

»Seien Sie vorsichtig, Legrand«, sagte er schließlich. »Ich weiß, dass Sie ein Mann von Ehre sind, der Frankreich niemals verraten würde. Aber andere könnten sich über Ihr spezielles Interesse an dem deutschen Major wundern und anfangen, Fragen zu stellen.«

Ein heißer Schreck durchfuhr Alexander. Die Warnung war mehr als deutlich. »Jawohl, mon Général. Ich danke Ihnen.«

»Keine Ursache, Capitaine. Sie sind entlassen.« Ohne ein weiteres Wort wandte Sauton sich ab und kehrte zu seinem Fahrzeug zurück.

Alexander stand noch einen Augenblick da, bis er sicher war, dass seine Beine ihn auch tragen würden. Dann ging er ebenfalls zu seinem Wagen zurück.

Schweiz, am selben Tag, November 1915

Robert lief in der Zelle hin und her. Fünf Schritte in die eine Richtung, drehen, fünf Schritte in die andere Richtung. Die Ungewissheit machte ihn verrückt, er konnte einfach nicht still sitzen.

Ganz im Gegensatz zu Emma Friedmann, die reglos auf der Pritsche hockte und auf ihre Schuhspitzen starrte. Er hätte ihr gern Mut zugesprochen, doch er wusste nicht, wie. Dafür hatte er selbst zu viel Angst.

Nachdem sie bei Rheinfelden die Schweizer Grenze passiert hatten, waren sie in Richtung Zürich weitergefahren. Sie hatten Anweisung, sich am Ziel ihrer Reise an einer bestimmten Adresse einzufinden. In der Wohnung würden sie ein Telefon vorfinden. Sie sollten einen Anruf tätigen, der Wortlaut war genau vorgegeben. Man würde sie daraufhin kontaktieren.

Doch nach einer halben Stunde Fahrt waren sie von einem Wagen überholt und angehalten worden. Polizei. Wieder wurden ihre Papiere kontrolliert. Dann nahm man sie fest, brachte sie auf ein Polizeirevier und befragte sie getrennt. Wo sie herkämen, wie lange sie sich in Deutschland aufgehalten hätten, wo sie während ihres Aufenthalts übernachtet hätten. Robert hatte sich exakt an die Tarngeschichte gehalten, die ihre Fluchthelfer ihnen eingebläut hatten, und darüber hinaus so wenig wie möglich gesagt. Irgendwann war er in diese Arrestzelle gesperrt worden, wo Fräulein Friedmann bereits auf ihn wartete. Der Raum war winzig und mit einer einzelnen Pritsche ausgestattet. Es gab ein kleines vergittertes Fenster, von der Decke hing eine Glühbirne und spendete schwaches Licht. In der Ecke stand ein Eimer mit Deckel für die Notdurft, den sie hoffentlich nicht brauchen würden. Doch das wurde immer unwahrscheinlicher. Draußen war es längst wieder dunkel.

Niemand hatte ein Wort darüber verloren, warum sie festgenommen worden waren oder was man ihnen vorwarf. Robert hatte vorsichtig nachgefragt, jedoch keine Antwort erhalten. Bei jedem Geräusch im Korridor erwartete er, dass die Tür aufgestoßen und Generalleutnant von Reinhart hereinmarschieren würde, ein triumphierendes Grinsen auf dem Gesicht. Offiziell war die Schweiz zwar neutral, aber es war bekannt, dass der deutsche Teil mit dem Reich sympathisierte, der französische hingegen mit Frankreich. Nicht auszuschließen, dass es heimliche Kooperationen gab. Wie etwa die Auslieferung von Deserteuren oder flüchtigen Spionen.

Als endlich Schritte auf dem Korridor zu hören waren, griff Robert instinktiv zu seiner Waffe, bevor ihm einfiel, dass er keine mehr besaß. Er war Zivilist, Bürger der neutralen Schweiz. Und vollkommen wehrlos.

Die Tür wurde aufgestoßen, ein Polizeibeamter erschien auf der Schwelle. »Mitkommen!«

Robert tauschte einen Blick mit Fräulein Friedmann.

»Komm, Erna«, sagte er und zwang sich zu einem Lächeln.

Sie stand auf und hakte sich bei ihm unter. Der Polizist führte sie einen Korridor entlang und dann durch eine kleine Seitentür nach draußen. Dort wartete ein weiterer Beamter mit einer Taschenlampe neben ihrem Morris.

»Herr Keller, Sie können jetzt weiterfahren.«

»Aber …« Robert spürte, wie Emma Friedmann seinen Arm drückte, und schluckte die Frage hinunter.

»Es hat sich um eine Verwechslung gehandelt«, erklärte der Beamte. »Wir hatten Hinweise auf ein Schmugglerpärchen.« Sein Blick glitt zu dem Morris.

Robert begriff. Sie hatten das Auto untersucht, aber zum Glück nichts gefunden.

»Bitte entschuldigen Sie die Unannehmlichkeiten, Herr Keller.«

»Schon in Ordnung. Sie tun nur Ihre Pflicht.«

»Einen schönen Abend noch, Herr Keller, und gute Weiterfahrt.« Der Polizist salutierte.

Robert unterdrückte den Drang, ebenfalls zu salutieren. Er war Zivilist, kein Major. Er öffnete die Beifahrertür für Emma, dann kurbelte er den Motor an. Er hatte keine Ahnung, wo sie waren, dennoch fuhr er einfach los, lenkte den Wagen durch eine ihm unbekannte Ortschaft auf die Landstraße. Er würde anhalten, sobald er das Gefühl hatte, weit genug weg zu sein, und einen Blick auf die Karte werfen.

»Da ist ein Schild!«, rief Fräulein Friedmann plötzlich und deutete nach vorn. »›Zürich, dreiundvierzig Kilometer‹. Wir müssen rechts abbiegen.« Es waren ihre ersten Worte, seit sie in den Wagen gestiegen waren.

Erleichtert nahm Robert den Abzweig. Sie tauchten in ein finsteres Wäldchen ein. »Alles in Ordnung?«, fragte er.

Sie nickte. »Als wir angehalten wurden, dachte ich, das wäre das Ende«, gab sie zu. »Ich hatte noch nie im Leben solche Angst.«

»Wir haben es bald geschafft.«

»Hoffentlich.« Sie blickte nach draußen. »Können wir vielleicht einen Moment anhalten?«

»Selbstverständlich.«

Ein kurzes Stück später kam ein Forstweg, Robert lenkte den Morris hinein. Emma Friedmann öffnete die Tür, bevor Robert die Beifahrerseite erreicht hatte, lächelte ihn verlegen an und stolperte ins Unterholz. Ihm fiel auf, dass er noch immer so gut wie nichts über sie wusste. War sie Deutsche? War Emma Friedmann ihr richtiger Name? War sie verheiratet, oder hatte sie irgendwo einen Verlobten, der krank vor Sorge auf sie wartete? Warum riskierte sie ihr Leben, um für die Entente zu spionieren?

»Stimmt etwas nicht?« Emma Friedmann war zum Wagen zurückgekehrt, ohne dass er es gemerkt hatte. Offenbar war ihr sein nachdenklicher Gesichtsausdruck aufgefallen.

»Ich habe mich nur gerade gefragt, ob Emma Friedmann Ihr richtiger Name ist.« Er hob die Hand, als sie den Mund öffnen wollte. »Sie müssen die Frage nicht beantworten, mehr noch, Sie sollten es nicht tun. Je weniger ich weiß, desto besser.« Er hielt ihr die Wagentür auf, doch sie rührte sich nicht von der Stelle.

»Emma ist mein zweiter Vorname«, sagte sie. »Ich finde, das sollten Sie wissen, Major von Seydell. Vielleicht sehen wir uns nie wieder, nachdem wir in England gelandet sind. Mary Emma Bonham. Die ersten dreizehn Jahre meines Lebens habe ich in Berlin verbracht, wo mein Vater als Diplomat tätig war. Danach sind wir nach England zurückgegangen.«

»Es freut mich, Sie kennenzulernen, Fräulein Bonham.« Robert lächelte.

»Mary genügt. Oder Emma, wenn Ihnen das lieber ist.«

»Nur wenn Sie mich Robert nennen.«

»Es ist mir eine Ehre, Robert.«

Sie streckte ihm die Hand hin, er drückte sie, hielt sie einen Augenblick fest.

»Und jetzt sollten wir weiterfahren«, mahnte Emma. »Sonst unterstellt man uns noch unsittliches Verhalten allein hier mit dem Automobil im Wald. Das würden die Behörden wohl kaum gutheißen, auch wenn wir offiziell ein Ehepaar sind.«

Lüneburger Heide, einen Monat später, November 1915

Luise trug den Korb die Treppe hinunter und aus dem Haus. Erleichtert atmete sie auf, als sie ihn hinten auf der Wagonette zu den anderen Körben stellen konnte. Die Kleidungsstücke, Bettlaken und Mullbinden stanken gottserbärmlich. Aber die Körbe zu schleppen war immer noch angenehmer, als den Patienten die Verbände zu wechseln.

Anna-Maria hatte sie beinahe dazu genötigt, in dem Heim für Kriegsversehrte mit anzupacken. Fast alle halfen, so gut sie konnten. Es gab auch einen Arzt und eine erfahrene Krankenschwester, alle anderen Helfer jedoch waren Freiwillige. Luise hatte erlaubt, dass Ida und die Küchenmagd Else jeweils drei Stunden am Tag bei der Pflege der Versehrten zur Hand gingen, aber das genügte nicht. Die Frauen aus dem Dorf waren zwar willig, doch sie hatten selbst so viel damit zu tun, ihre Familien ohne Männer und ohne Knechte durchzubringen, dass ihnen die zusätzliche Arbeit kaum zuzumuten war.

Deshalb wurde die Wäsche der Patienten jetzt auf Seydell gewaschen, und Luise hatte sich bereit erklärt, die Körbe mit der Wagonette hin- und herzufahren, damit die andere Arbeit nicht liegen blieb.

Ludwig übernahm selbstverständlich keinerlei Pflichten. Auch im Stall packte er nicht mit an, obwohl die Knechte mit der Arbeit kaum nachkamen. Luise hatte ihn daran erinnert, dass seine Gesinnungsgenossen ständig erklärten, wie jeder zu Hause seinen Beitrag zum Sieg des Reiches leisten könne, genau wie die Soldaten an der Front. Doch davon wollte Ludwig nichts hören.

Er sprach immer wieder davon, nach Berlin zu fahren, tat es jedoch nicht. Luise schwankte zwischen Erleichterung und Enttäuschung. Ohne Ludwig war alles einfacher, doch in Zeiten wie diesen, in denen niemand wusste, was als Nächstes kam, war es besser, wenn der Hausherr nicht Hunderte Kilometer entfernt weilte.

Ludwig selbst schreckte wohl ab, dass die Not in Berlin wirklich groß sein musste. Die ganze Stadt hungerte. Und jetzt nahte bereits der zweite Kriegswinter. Besser würde es so schnell nicht werden.

Luise trat ins Haus, um den letzten Korb zu holen. Im Korridor kam ihr ein Patient auf Krücken entgegengehumpelt. Er hatte nur ein Bein, und sein halbes Gesicht fehlte. Die andere Hälfte war so verzerrt, dass es aussah, als würde er unablässig grinsen. Der junge Mann war Student der Medizin gewesen, bevor er in den Krieg gezogen war, freiwillig und voller Begeisterung, wie er erzählt hatte. Er würde sein Studium nie beenden.

Luise nickte ihm zu und betrat die Kammer, in der die schmutzige Wäsche gesammelt wurde. Anna-Maria warf gerade ein blutbeflecktes Laken in den Korb.

»Das kann auch noch mit«, erklärte sie. »Der Kurt ist gerade gestorben, er braucht es nicht mehr.« Sie wischte sich den Schweiß von der Stirn.

Luise sah sie besorgt an. »Mach eine Pause, Kind.«

»Das ist nicht nötig, es geht mir gut.«

Daran zweifelte Luise. Ihre Tochter war in den vergangenen Wochen immer dünner geworden. Sosehr Luise sich freute, dass Anna-Maria eine Aufgabe gefunden hatte, die ihrem Leben einen Sinn gab, so sehr fürchtete sie, dass sie sich nach und nach kaputtarbeitete. Dennoch wollte sie es Anna-Maria nicht verbieten. Lieber eine Tochter, die sich bis zur Erschöpfung abplagte, als eine, die den ganzen Tag im Bett lag und schwermütig an die Decke starrte.

»Bist du zum Abendessen zu Hause?«

»Ich versuche es.«

»Versprochen?«

Anna-Maria drückte ihr den Korb in die Hand. »Wenn dir so viel daran liegt, Mutter, komme ich.«

Zehn Minuten später bog Luise mit der Wagonette auf die Lindenallee, die zum Gestüt führte. Ein dunkelgrün lackiertes Automobil mit einer Plane über der Ladefläche kam ihr entgegen. Sie schaffte es gerade noch, zur Seite auszuweichen, um das Fahrzeug passieren zu lassen. Wer darin saß, konnte sie nicht erkennen. Manchmal brachten die Militärs die Verwundeten versehentlich zum Gestüt, und sie mussten sie zurück nach Birkmoor schicken. Kurz darauf fuhr Luise auf den Hof. Max würde die Körbe abladen und in die Waschküche bringen, wo Lotte und Ida das Waschen übernahmen.

Als Luise ins Haus trat, kam ihr die Haushälterin entgegen.

»Machen Sie mir bitte einen Kaffee, Anni«, bat Luise. »Ich trinke ihn im Salon. Später kommt Meinrath noch mit einigen Unterlagen. Dann lassen Sie bitte einen kleinen Imbiss servieren. Belegte Brote und Bier genügen.«

»Sehr wohl, gnädige Frau.« Anni blieb stehen.

»Ist noch etwas?«

»Der gnädige Herr wartet im Salon.«

»Hat er gesagt, was er will? Ist etwas vorgefallen?« Luises Gedanken überschlugen sich bereits. In dieser Zeit der Hiobsbotschaften war immer alles möglich.

»Ich bin nicht sicher, gnädige Frau. Eben war Besuch hier, ein Oberstleutnant …«

Herr im Himmel, steh mir bei! Das Automobil! Luise eilte ohne ein weiteres Wort los. Ludwig stand am Fenster, den Blick auf die Obstwiese gerichtet, die breiten Schultern angespannt, die Arme auf dem Rücken verschränkt. Seine Haltung ließ sie aufatmen. Wenn etwas Schreckliches geschehen wäre, würde er sicherlich nicht so ruhig dastehen, oder?

Langsam drehte er sich zu ihr um. Luise versuchte, in seinem Gesicht zu lesen, vergeblich.

Er musterte sie. »Du hast Blut am Kleid.«

Sie blickte an sich hinunter. »Stört es dich? Es stammt von einem der Soldaten, die sich für Kaiser und Reich im Schützengraben ein Bein oder einen Arm haben wegschießen lassen.«

»Jeder von ihnen ist ehrenhafter als dein Sohn.«

»Bruno? Du liebe Güte, was hat er jetzt wieder angestellt?«

Ludwig schüttelte den Kopf. »Ich rede nicht von Bruno.«

»Robert?« Unwillkürlich fasste Luise sich an die Brust. »Was ist mit ihm? Geht es ihm gut? So sprich doch, Ludwig!«

Er deutete auf einen Briefbogen, der auf dem Sekretär lag. »Wir hatten soeben Besuch. Ein Oberstleutnant Niebüll von der Feldgendarmerie. Du müsstest ihm und seinem Fahrer eigentlich begegnet sein. Der Oberstleutnant wollte uns wissen lassen, dass unser Sohn Major Robert von Seydell als Spion für den Feind entlarvt wurde und sein Heil in der Flucht gesucht hat. Man ist jedoch zuversichtlich, ihn sehr bald aufzuspüren. Dann kommt er vors Kriegsgericht und wird erschossen.«

»Nein!« Luise schlug die Hände vors Gesicht. »Nein, nein.«

»Wir wurden zudem davor gewarnt, ihn hier bei uns zu verstecken. Sollten wir das tun, machen wir uns ebenfalls strafbar.«

»Das ist nicht wahr.« Luise brachte nicht mehr als ein Flüstern hervor. Das musste ein Albtraum sein. Wenn sie nur endlich erwachte!

»O doch, das ist es, meine Liebe. Dein Bastard ist ein feiger Verräter. Und wir haben Glück, dass wir nicht sofort festgenommen wurden. Nur meiner gesellschaftlichen Stellung ist es zu verdanken, dass man uns nicht in Sippenhaft nimmt.«

Luise konnte es noch immer nicht fassen. »Es muss ein Fehler sein, ein Irrtum, Robert würde niemals …« Sie brachte den Satz nicht zu Ende. Sie spürte, wie ihr die Tränen übers Gesicht liefen.

»Sieh der Wahrheit ins Auge, Luise«, entgegnete Ludwig kalt. »Robert ist eine faule Frucht. Es war immer klar, dass nichts Gutes aus ihm werden würde. Dass er allerdings so tief sinkt, hätte ich nicht gedacht. Ein Vaterlandsverräter, was für eine Schande.«

»Wage es nicht, so über ihn zu reden«, fuhr Luise ihn an,

deren Fassungslosigkeit in Wut umgeschlagen war. »Nicht ein Wort gegen Robert, oder du bekommst es mit mir zu tun!«

»Und was willst du machen?« Ludwig hob die Schultern. »Du kannst nichts für ihn tun. In diesen Schlamassel hat er sich selbst geritten, und niemand kann ihm da raushelfen. Immerhin war Oberstleutnant Niebüll sehr diskret. Bestimmt auch im eigenen Interesse. Wenn ein so hochrangiger Offizier die Seiten wechselt, ist das immer unangenehm für alle Beteiligten. Mit etwas Glück können wir behaupten, er sei ehrenvoll gefallen, und niemand wird an unseren Worten zweifeln.«

»Du bist so schäbig, Ludwig. Lässt es dich völlig kalt, dass dein Sohn hingerichtet werden soll?«

»Mein Sohn?« Ludwig lachte auf. »Jetzt ist er plötzlich mein Sohn?«

»Ludwig, bitte!« Luise verließ mit einem Mal alle Kraft. Sie taumelte zu einem Sessel und setzte sich. »Wir müssen doch etwas tun können.«

»Das können wir nicht. Und wir würden es auch nicht, selbst wenn wir könnten.« Ludwigs Stimme war plötzlich scharf wie eine Messerklinge. »Wir haben noch zwei weitere Kinder. Wir haben ein Gestüt, wir haben Angestellte. Ich werde nicht all das hier aufs Spiel setzen für einen feigen Vaterlandsverräter. Und ich werde auch nicht dulden, dass du es tust, Luise. Ich lasse dir viel durchgehen, viel mehr, als die meisten Männer es tun würden. Doch diesmal wirst du deinen Kopf nicht durchsetzen.«

Luise war mit jedem Wort weiter in sich zusammengesunken. Wie Peitschenhiebe knallten die Sätze durch ihren Kopf. Sie stöhnte auf und presste ein Taschentuch auf ihr nasses Gesicht.

Das Schlimmste war, dass sie Ludwig widerstrebend recht geben musste. Sie konnten nicht riskieren, Robert zu helfen. Viel zu sehr brächten sie damit alle anderen auf Seydell in Gefahr. Um ihr eigenes Leben fürchtete Luise nicht. Aber sie durfte Anna-Maria und Bruno nicht für ihren Bruder opfern.

All diese Gedanken waren ohnehin müßig, da sie keine Ahnung hatte, wo Robert steckte. Und er wäre auch nicht so dumm, einfach zu Hause aufzutauchen. Er wusste schließlich, was er seiner Familie damit antat.

Luise steckte das Taschentuch weg und drückte die Schultern durch. Ihr blieb nur zu hoffen, dass es Robert gelang, irgendwohin zu fliehen, wo er vor den Feldjägern sicher war, und sich so lange zu verstecken, bis der verfluchte Krieg nur noch eine Erinnerung an einen furchtbaren Albtraum war.

Einen Monat später, Dezember 1915

Luise ließ den Blick durch die Halle schweifen, über die vom Kerzenlicht beleuchteten Gesichter, den Baum, den Tisch mit den Gaben. Wie anders dieses Weihnachtsfest war als in früheren Zeiten!

Nicht nur der Baum war mickrig, kaum höher als Ludwig und schief gewachsen, es brannten auch weniger Kerzen daran, und das Zuckerwerk, das sie seit Roberts Kindertagen in die unteren Zweige hängten, fehlte völlig. Auch der

Tisch mit den Geschenken sah erbärmlich aus. Ein winziges Päckchen für jeden, in alte Zeitungsseiten verpackt, die Lotte am Ende einsammeln würde, weil sie noch zum Ausstopfen von Schuhen oder Verpacken von Lebensmitteln gebraucht wurden. Wie alles andere war auch Papier kostbar.

Selbst das Wetter verhinderte, dass weihnachtliche Stimmung aufkam. Seit Tagen schon war es viel zu mild für Dezember, und es regnete ohne Unterlass. Die Straßen waren schlammig, die Flüsse und Bäche traten über die Ufer, und auf den Koppeln und Feldern stand das Wasser.

Der größte Unterschied zu früheren Festen bestand jedoch in den Menschen, die sich in der Eingangshalle des Herrenhauses zusammengefunden hatten. Zum ersten Mal seit über zwanzig Jahren fehlte jemand aus der Familie. Das hatte es seit Ludwigs Zerwürfnis mit Alexander nicht gegeben. Selbst nachdem Ludwig die Wahrheit über Robert erfahren, ihn enterbt und auf die Kadettenanstalt geschickt hatte, duldete er, dass Luise ihn zu Weihnachten nach Hause holte. Allein schon, um den Schein zu wahren.

Diesmal aber fehlten gleich beide Söhne. Bruno hatte es vorgezogen, die Weihnachtsferien bei der Familie eines Schulkameraden in Lüneburg zu verbringen. Luise war froh darüber, denn sonst hätten sie eine Lösung für Gerti finden müssen. Keinesfalls wollte Luise, dass die beiden sich begegneten. Am Ende war Bruno noch stolz auf seinen Sohn und prahlte mit ihm. Wenigstens brauchte Luise sich um ihren Jüngsten keine Sorgen zu machen.

Anders als um Robert. Mehr als einen Monat war es her, dass man ihnen die schreckliche Nachricht überbracht hatte. Seither hatten sie nichts gehört, weder von offizieller Stelle noch von Robert selbst. Das bedeutete immerhin, dass er noch nicht ergriffen worden war.

Statt ihrer fehlenden Söhne stand ihre Tochter blass und still inmitten einer Schar Kriegsversehrter. Anna-Maria hatte darauf bestanden, die Männer, die halbwegs mobil waren, für die Feier im Herrenhaus in der Wagonette herzufahren. Ihrer Tochter zuliebe hatte Luise dies bei Ludwig durchgesetzt. So war denn die lange Tafel in der Halle eine weitere Änderung gegenüber früheren Jahren. Käthe hatte einen kleinen Imbiss für alle vorbereitet, Gesinde und Kriegsversehrte. Auch Luise, Ludwig und Anna-Maria würden mit ihnen speisen. Bei einem Mahl zu dritt mit einer schweigsamen Anna-Maria und einem verstockten Ludwig würde ohnehin keine Feststimmung aufkommen.

Einen Lichtblick gab es allerdings doch in all dem Trübsinn. Zum ersten Mal seit vielen Jahren waren wieder Kinder zugegen, wenn sie auch nicht offiziell zur Familie gehörten. Der kleine Harald war schon vier Monate alt und streckte seine Händchen mit begeistertem Glucksen nach den funkelnden Lichtern des Weihnachtsbaumes aus. Gertis Wangen glühten beinahe ebenso rosig wie die ihres Kindes, erst am Morgen hatten sie nach vielen Wochen bangen Wartens endlich einen Brief von Walter bekommen. Offenbar war es bereits der fünfte, den er verschickt hatte. Alle anderen waren unterwegs verloren gegangen.

Marthas Tochter Paula war noch keine zwei Wochen alt, ein winziges faltiges Bündel, das tief und fest schlief. Beim Anblick von Mutter und Kind überkam Luise Wehmut. Hatte sie ihre Kinder je so gehalten, sie je mit diesem

Blick angesehen? Sie hatte nie viel anfangen können mit den ewig schreienden, ewig saugenden Wesen. Aber das bedeutete nicht, dass sie ihre Kinder nicht liebte.

Die kleine Paula hatte sich Zeit gelassen, war über eine Woche nach dem vom Arzt errechneten Termin zur Welt gekommen. Die Hebamme hatte verkündet, dies sei völlig normal, Erstgeborene kämen häufig ein wenig später. Trotzdem waren alle erleichtert, als es endlich losging. Und noch mehr, als feststand, dass das Mädchen vollkommen gesund war. Martha und Georg hatten vor Freude und Erleichterung geweint. Cäcilie liebte ihre Nichte heiß und innig und würde sie am liebsten den ganzen Tag herumtragen.

Allerdings wäre das nicht möglich, selbst wenn Martha es ihr gestatten würde. Cäcilie war in den letzten Wochen zunehmend hinfälliger geworden. Sie war kurzatmig, geriet schon bei leichter Anstrengung aus der Puste. Auch ihr Husten war schlimmer. Und immer häufiger brachte sie Dinge durcheinander, vergaß die Namen von Menschen, die sie kannte, oder begann einen Satz und brachte ihn nicht zu Ende.

Die Sorge um Cäcilie trübte die Freude über das lang ersehnte Kind ein wenig. Dennoch waren Martha und Georg sehr glücklich, und Luise freute sich aufrichtig mit ihnen.

Ludwigs Rede fiel in diesem Jahr knapp aus. Keine pathetischen Monologe von der Überlegenheit des Kaiserreiches. Entweder besaß er doch noch einen Funken Feingefühl und nahm Rücksicht auf die Männer, denen der Krieg alles genommen hatte, oder ihr Anblick verdarb ihm schlicht die Freude am Patriotismus. So oder so war Luise erleichtert.

Gemeinsam mit Anna-Maria verteilte sie die Päckchen, Zigaretten für die Männer, ein Stück Seife für die Frauen, minderwertige Ersatzseife zwar, aber dennoch eine willkommene Gabe. Als alle versorgt waren, ging es an die Tafel. Das Gesinde trug auf, dann nahmen alle Platz. Ludwig sprach ein kurzes Tischgebet, bevor sie zulangten. Es gab eine kräftige Gemüsesuppe, in der sogar Speckwürfel schwammen, dazu Brot und Schmalz und zum Nachtisch Vanillepudding, eine seltene Köstlichkeit.

Anfangs war die Stimmung beklommen, niemand schien sich richtig wohlzufühlen. Luise warf immer wieder verstohlene Blicke auf die Soldaten. Obwohl die schwersten Fälle im Heim geblieben waren, gab es auch unter den Anwesenden genug Leid zu sehen. Einer hatte nur eine Hand, und die war verkrüppelt, besaß lediglich noch zwei Finger. Eine Stielhandgranate, ein sogenannter Kartoffelstampfer, war explodiert, bevor er sie hatte losschleudern können. Der Mann war beim Essen auf die Hilfe seines Kameraden angewiesen. Ein anderer hatte das Zittern, und von der Suppe auf dem Löffel kam kaum etwas in seinem Mund an.

Das Stubenmädchen Ida kümmerte sich besonders aufmerksam um einen blonden Jungen, der kaum älter war als sie. Hans Mirow hatte den linken Unterschenkel verloren und eine Narbe, die sich quer über sein Gesicht zog, doch er sah trotzdem noch sehr schneidig aus und war vergleichsweise glimpflich davongekommen. Zudem hatte er anscheinend nicht wie viele andere den Mut verloren und war entschlossen, das Beste aus seinem Leben zu machen. Vor ein paar Wochen hatte er angeboten, auf Seydell mit anzupacken. Und trotz seiner Beinprothese war er eine echte Hilfe, vor allem, weil er sich als Naturtalent im Reparieren von Dingen erwies, eine Kunst, die gerade in diesen Zeiten Gold wert war. Zwar ersetzte Hans nicht Walter, der an allen Ecken und Enden fehlte, doch es half, wenn sich die Arbeitslast auf möglichst viele Schultern verteilte.

Nach und nach löste sich die Anspannung, das Gesinde plauderte fröhlich, und auch die Soldaten begannen, sich an den Gesprächen zu beteiligen, was nicht zuletzt an dem Bier liegen mochte, das Ludwig ausschenken ließ. Luise musste an Los Pinos denken, wo Herrschaft und Gesinde immer an einem Tisch speisten. Wäre es mit Alexander als Herrn auch auf Seydell so gewesen? Hätten sie immer in großer fröhlicher Runde gegessen, die Ereignisse des Tages besprochen und gemeinsam geschwatzt und gelacht?

Als die Tafel aufgehoben wurde, verabschiedeten sich die Männer von Ludwig und Luise. Einige waren wortkarg, andere hatten Tränen in den Augen vor Dankbarkeit. Fritz würde sie in der Wagonette zurück ins Heim fahren. Anna-Maria bestand darauf, ihn zu begleiten und dafür zu sorgen, dass alle gut ins Bett kamen.

Es goss noch immer in Strömen, und Luise ordnete an, dass Georg den dank Hans' Kunstfertigkeit endlich reparierten Landauer bekam, um seine Familie nach Hause zu fahren. Ludwig zog sich ins Herrenzimmer zurück, um in Ruhe eine Zigarre zu rauchen, und Luise stieg die Treppe hinauf in ihr Zimmer. Nachdem sie sich umgezogen hatte, setzte sie sich an den Sekretär. Gern hätte sie Robert einen

Brief geschrieben, aber sie hatte ja nicht einmal eine Anschrift, ganz zu schweigen davon, dass es viel zu gefährlich gewesen wäre.

Ihre Gedanken wanderten von Robert zu Alexander, und wie eben schon beim Essen drängte Luise sie nicht weg. Wie es ihm wohl ergehen mochte in seinem Dorf in den Bergen? Spanien war neutral, aber das bedeutete nicht unbedingt, dass das Land nicht vom Krieg betroffen war. Es herrschte ohnehin bittere Armut jenseits der Pyrenäen, jetzt war der Mangel bestimmt noch größer.

Luise schloss die Augen, ihr Herz krampfte sich zusammen. Wenn sie nur einmal, ein einziges Mal noch mit ihrem Sohn und ihrem Geliebten zusammen sein könnte. Alexander, Robert und sie vereint, wenn auch nur für einen kurzen, dem Schicksal abgerungenen Augenblick. Wie glücklich würde sie sein!

Kapitel 9

Bretagne, Dezember 1915

Alexander knöpfte den Mantel zu und schlug den Kragen hoch. Der Wind war eisig und kam von Osten. Er blickte noch einmal zurück auf das Haus, die kleine Pension in Quiberon an der Côte Sauvage, wo er die vergangene Nacht verbracht hatte. Seine letzte Nacht mit Dach über dem Kopf und einem warmen Bett für die nächsten Tage, vielleicht sogar Wochen.

Nachdem er beschlossen hatte, nach Hause zu fliehen, war alles auf einmal ganz schnell gegangen. Drei Tage nach seinem Treffen mit Général Sauton im nächtlichen Wald hatte das Telefon auf seinem Schreibtisch geklingelt. Es war wieder die unbekannte Stimme. Sie sagte nur einen Satz, bevor die Verbindung unterbrochen wurde.

»Das Paket ist unversehrt in London eingetroffen.«

Alexander fiel eine Zentnerlast von den Schultern. Robert war in England, in Sicherheit.

Eine Woche später traf ein Brief von Legrand ein. »Die Verwandtschaft aus dem Süden hat von sich hören lassen«, hatte der Franzose geschrieben. »Allen geht es gut, aber man vermisst dich, mein lieber Cousin.«

Alexander entschied daraufhin, dass es an der Zeit war heimzukehren. Den Plan dazu hatte er schon vor Monaten gefasst, doch solange Robert auf der anderen Seite der Front eine so gefährliche Mission erfüllte, hatte Alexander nicht fortgehen wollen. Er hätte das Gefühl gehabt, seinen Sohn im Stich zu lassen. Was absurd war. Denn Robert war zwar nur wenige Kilometer entfernt, aber dennoch unerreichbar. Und falls er in Bedrängnis geriet, würde Alexander ihm nicht helfen können. Nichtsdestotrotz wollte Alexander in seiner Nähe bleiben. Nun jedoch war Robert in Sicherheit und Alexander frei zu gehen, wohin er wollte.

In seiner Antwort an Frédéric fragte er nach seiner Tante in der Bretagne. Legrand verstand den Wink und antwortete, dass die alte Dame hinfällig sei und sich über den Besuch ihres Lieblingsneffen sehr freuen würde. Zumal sie vielleicht das neue Jahr nicht mehr erleben werde. Mit diesem Schreiben ging Alexander zu seinem Vorgesetzten und beantragte zehn Tage Urlaub über Weihnachten und Neujahr, der ihm anstandslos gewährt wurde.

Am dreiundzwanzigsten Dezember verabschiedete Alexander sich von seinen Kameraden und fuhr mit dem Zug erst nach Paris und dann weiter nach Quiberon. Es tat ihm leid, die Männer, mit denen er so viel zusammen durchgestanden hatte, derartig zu hintergehen. Nicht einmal richtig Lebewohl gesagt hatte er ihnen. Es wäre zu auffällig gewesen, wenn er wegen zehn Tagen Urlaub allzu viel Aufhebens gemacht hätte. Am meisten schmerzte ihn, dass er Général Sauton Kummer bereiten musste. Aber er hatte keine Wahl.

Als Alexander in Paris den Bahnhof wechselte, besorgte

er sich zivile Kleidung und verstaute sie in seinem Tornister. Gestern, an Heiligabend, war er spät in Quiberon eingetroffen und hatte sich in einer Pension am Stadtrand eingemietet. Der Pensionswirtin erzählte er, dass er heute seine alte Tante besuchen wolle, bei der er auch die Nacht verbringen werde. Den Fragen nach ihrer genauen Adresse wich er aus. Eben hatte er seinen Tornister geschultert und sich verabschiedet. Die freundliche Einladung zum Mittagessen am kommenden Tag hatte er dankend angenommen. Es war früher Nachmittag, also würde es fast vierundzwanzig Stunden dauern, bis man ihn vermisste.

Er lief zu Fuß in Richtung Norden, erreichte nach einer guten Stunde das Dorf Kergroix, wo er sich nach Westen in Richtung der Steilküste wandte. Er hatte sich die Gegend zuvor nur auf einer Karte anschauen können und hoffte, dass alles so aussah, wie er es sich vorgestellt hatte. Als er bei den Klippen ankam, dämmerte es bereits wieder, und der Wind blies so stark, dass er sich mit aller Kraft dagegenstemmen musste. Vorsichtig näherte er sich der Kante. Tatsächlich fiel der Fels steil ab. Tief unter ihm brodelte die aufgepeitschte See.

Die Flut lief auf, aber noch war im Abendlicht ein schmaler Streifen Sand zu sehen. Perfekt. Alexander ging weiter, bis er eine Stelle erreichte, wo ein steiniger Pfad hinunter ans Wasser führte. Er kletterte hinab und lief über den Sand ein gutes Stück zurück zu den Steilklippen. Damit die Flut seine Spuren auch wirklich fortspülte, lief er so nah wie möglich am Wasser.

Am Ziel angekommen zog er die Uniformhose und den Rock aus. Darunter trug er bereits die Kleider aus Paris, eine einfache Hose samt Hemd sowie einen warmen Wollpullover. Inzwischen war es dunkel, nur der Mond erhellte den Strand. Seine Mütze klemmte Alexander zwischen zwei Felsbrocken fest. Wenn alles nach Plan lief, wäre sie das Einzige, was man von Capitaine Legrand je finden würde.

Das Wasser stieg immer höher, kam mit jeder Welle näher und war schon fast bei den Felsen angelangt. Alexander musste sich sputen. Er lief zurück zu dem Pfad, bekam dabei nasse Füße, weil er an einigen Stellen durchs Wasser waten musste. Schnell stieg er wieder auf die Klippen hinauf und machte sich auf den Weg. Zuerst weiter nach Norden, über die Landzunge, die die Halbinsel mit dem Festland verband, dann nach Osten in Richtung Auray und Vannes. Von dort wollte er sich über Nantes nach Süden durchschlagen.

Er hatte vor, die ganze Nacht zu laufen, um am nächsten Mittag, wenn sein Verschwinden bemerkt würde, möglichst weit weg von Quiberon zu sein. Den Mantel behielt er vorerst an, obwohl er weithin als Armeemantel zu erkennen war. Aber ohne würde er erfrieren, und einen zweiten Mantel hätte er nicht unauffällig aus der Pension tragen können. Auch die Stiefel trug er noch. Er würde sich für beides möglichst bald Ersatz besorgen.

Erst kurz vor dem Morgengrauen machte Alexander halt und vergrub Maurice Legrands Uniform am Rand eines Ackers. Zuvor hatte er alle Hinweise auf den Besitzer des Kleidungsstücks entfernt. Da er nur mit bloßen Händen in der eiskalten Erde graben konnte, war das Loch nicht besonders tief. Er hoffte dennoch, dass die Uniform nicht vor dem Frühjahr gefunden würde, wenn der Bauer seinen Acker umpflügte.

Alexander legte noch einige Kilometer zurück, bevor er sich auch der Papiere von Maurice Legrand entledigte. Er hatte alles in einen Leinensack gestopft, jetzt beschwerte er diesen mit Steinen und versenkte ihn von einer Brücke aus im Fluss Auray. Es tat ihm in der Seele weh, er hätte sie gern behalten. Doch ihm blieb nichts anderes übrig. Maurice Legrand musste verschwinden, und zwar vollständig.

Als der Tag anbrach, versteckte Alexander sich in einer Scheune. Er hatte Proviant mitgenommen, viel war es jedoch nicht. Spätestens am übernächsten Tag würde er sich etwas zu essen besorgen müssen. Doch dann hätte er auch längst die Bretagne hinter sich gelassen. Er aß ein wenig Fleisch aus der Dose, trank aus der Feldflasche und wickelte sich zum Schlafen in seinen Mantel.

Zehn Tage lang wanderte Alexander an der Atlantikküste entlang nach Süden. Manchmal kam er gut voran, manchmal schaffte er nur wenige Kilometer. Mehrfach wurde er aus Schuppen und Unterständen vertrieben, einmal wurde mit einem Gewehr auf ihn geschossen. Ein Bauer, dem er jedoch ein falsches Reiseziel nannte, ließ ihn auf seinem Karren mitfahren.

Für die zweihundert Kilometer von Bordeaux nach Bayonne nahm Alexander den Zug, sonst wäre er weitere drei Wochen unterwegs gewesen. Und jeder Tag länger in Frankreich barg das Risiko, enttarnt zu werden. Zum Glück war er nach Monaten an der Front und Tagen auf der Flucht so ausgemergelt, dass er deutlich älter wirkte als sechsundvierzig und niemand ihn daher für einen Deserteur halten konnte.

Als Alexander endlich in Urrugne ankam, dem Dorf am Fuß der Berge, von dem aus er den Col d'Ibardin, die Passstraße über die Pyrenäen, nehmen wollte, war er am Ende seiner Kräfte. Bei einem Bauern kaufte er zu einem horrenden Preis einen Laib Brot, der nach Sägemehl schmeckte, und ein Stück Speck. Zudem besaß er noch eine Dose Bohnen. Die Nacht verbrachte er in einem Schafstall. Bisher hatte er sich größtenteils nachts vorwärtsbewegt, um nicht aufzufallen, aber über den Pass musste er tagsüber laufen, im Dunkeln war es in den Bergen zu gefährlich.

Im Morgengrauen brach er auf. Er trug noch immer den Mantel und die Stiefel, die zu seiner Uniform gehörten, denn er hatte keinen guten Ersatz gefunden. Nun würde er also doch eine Erinnerung an Maurice Legrand behalten. Den Mantel hatte er auf links gedreht, von allen Abzeichen befreit und mit Dreck beschmiert, damit man ihn nicht als militärisches Kleidungsstück erkannte.

Mit jedem Meter, den er hinaufstieg, wurde es kälter. Während es an der Küste vergleichsweise mild gewesen war, lag in den Bergen Schnee, erst nur wenige Zentimeter, dann mehr als ein halber Meter. Eine schmale Fahrspur zeigte an, wo die Straße verlief. Sie war allerdings schon fast wieder zugeschneit, es musste also eine Weile her sein, dass ein Wagen die Passstraße genommen hatte.

Bis zur Ortschaft Bera auf der spanischen Seite waren es etwa fünfzehn Kilometer, eine überschaubare Strecke. Die Berge waren hier zudem kaum fünfhundert Meter hoch. Allerdings wand sich die Straße schmal und steil die

Hänge hinauf, und der Marsch durch den tiefen Schnee war anstrengend.

Immer wieder musste Alexander stehen bleiben und verschnaufen, zumal er von den vielen Tagen des Laufens erschöpft war. Er fragte sich, ob man die Mütze schon gefunden hatte und die Täuschung gelungen war. Oder ob irgendwer Verdacht geschöpft hatte. Ob Sauton etwas ahnte? Ob er enttäuscht war, weil Maurice Legrand sein Vertrauen missbraucht hatte? Alexander schüttelte den Gedanken ab. Er würde es nie erfahren. Ihm blieb nur zu machen, dass er nach Hause kam, bevor er vor Erschöpfung nicht mehr weiterkonnte.

Viel schneller als erwartet setzte die Dämmerung ein. Noch hatte Alexander die Grenze nicht erreicht. Schneeflocken wirbelten durch die Luft, erst nur vereinzelt, dann immer dichter. Schließlich schneite es so heftig, dass Alexander die Fahrspur kaum noch erkennen konnte. Besorgt schaute er sich um. Er musste Schutz suchen, sonst würde er entweder abstürzen oder jämmerlich erfrieren. Doch weit und breit gab es nichts außer kargen weißen Bergen.

Navarra, am nächsten Tag, Januar 1916

Cristina legte die Zeitung weg. Sie war die Letzte, die noch am Tisch saß, alle anderen waren längst an die Arbeit gegangen. Seit einigen Monaten las sie jeden Morgen verschiedene Zeitungen. Es hatte im Sommer angefangen, ein paar Wochen, nachdem Eduardo das Waffenversteck gefunden hatte. Mit einem Mal war ihr klargeworden, dass all ihr Wissen über Politik von Felipe stammte und aus den Büchern, die er ihr zu lesen gab. Sie hatte das Bedürfnis verspürt, sich selbst ein Urteil zu bilden.

Ihren Vater hatte sie nie über Politik reden gehört. Er interessierte sich nur für seine Pferde, was sonst noch in der Welt geschah, war für ihn nicht wichtig.

Aber Cristina wollte sehr wohl Bescheid wissen. Und seit dem Anschlag auf Señor Gonçalvez hatte sie das Gefühl gehabt, dass sie Felipes Meinung nicht bedingungslos teilen konnte. Jedoch hatten ihr die Informationen gefehlt, um sich ihre eigenen Gedanken zu machen.

Obwohl Spanien nicht direkt mit dem Krieg im Norden zu tun hatte, waren die Zeitungen auch hier voll davon. Viele Firmen machten große Profite, weil sie Waren an beide Seiten lieferten. Vor allem Waffen. Das war gut für die Wirtschaft, die einfachen Leute hatten jedoch kaum etwas davon, sie lebten nach wie vor in bitterer Armut.

Zudem war das Land gespalten. Die einen waren aufseiten der Entente, die anderen sprachen sich für die Deutschen aus. Beide Parteien forderten ein Ende der Neutralität und den Eintritt Spaniens in den Krieg auf der jeweils favorisierten Seite. Cristina hoffte, dass es dazu nicht kommen werde. Sie stand auf keiner Seite, spürte jedoch zu ihrer eigenen Überraschung eine Verbundenheit zum Deutschen Reich, die sie nie zuvor bemerkt hatte. Vielleicht lag es an ihrer Herkunft. Ein Teil ihrer Familie lebte dort, ihre Wurzeln lagen in dem Land, das sie höchstwahrscheinlich nie sehen würde.

Kaum stand Cristina auf, fuhr ihr ein kühler Luftzug um die Beine. Im Winter aßen sie nicht an der Tafel im Salon, sondern an der Mesa Camilla, einem viel kleineren runden Tisch in einem Raum direkt neben der Küche, auf dem ein bodenlanges Tuch aus dickem Stoff lag. Unter dem Tisch stand ein Kohlebecken, das von einem Drahtgeflecht umgeben war. So blieben die Beine warm, und niemand musste beim Essen frieren.

Viel lieber wäre Cristina noch eine Weile sitzen geblieben, doch es gab viel zu tun. Auf dem Weg zum Arbeitszimmer begegnete ihr Jorja, die einen Stapel frischer Laken trug.

»Kann ich abräumen, Doña Cristina?«, fragte sie.

»Ja. Und bring mir doch bitte eine Kanne Tee an den Schreibtisch. Es ist furchtbar kalt.«

»Soll ich Ihnen den Kamin anheizen?«

»Nein, nicht nötig.«

Lieber fror Cristina, als wertvolles Brennholz zu verschwenden. Wenn es zu kalt wurde, konnte sie sich immer noch ein Kohlebecken unter den Tisch stellen lassen. Das war billiger, als den großen Kamin anzuwerfen.

Obwohl Cristina stolz darauf war, dass es Felipe und ihr so gut gelang, das Gestüt zu verwalten, war es nicht einfach. Der Unterhalt der Pferde und der Gebäude verschlang einen Haufen Geld. Jeden Tag trudelten neue Rechnungen ein, vom Fleischer, vom Schmied, vom Tierarzt, vom Wagner, der ein Fuhrwerk repariert hatte, vom Eisenwarenhändler, bei dem sie dringend benötigtes neues Werkzeug erstanden hatten. Immerhin konnten sie alle Rechnungen begleichen und auch dem Gesinde den Lohn auszahlen. Und sie hatten mehr als dreißig trächtige Stuten, für deren Fohlen es bereits Abnehmer gab.

Felipe hatte sich seit dem Vorfall mit den Waffen an ihre Vereinbarung gehalten und Los Pinos aus seinem Kampf für die Arbeiter herausgehalten. Er selbst schien auch kein so großes Interesse mehr daran zu haben, zumindest ritt er nur noch selten nach Pamplona. Stattdessen verbrachte er viele Stunden mit der Arbeit auf dem Gestüt, packte mit an, wo Not am Mann war. Señor Cervantes hatte mehr als einmal hervorgehoben, was für ein gutes Händchen Felipe für die Tiere habe, und ihm beigebracht, wie man ein junges Pferd zuritt.

Wenn es irgendwie ging, machten Cristina und er am Nachmittag nach getaner Arbeit einen Ausritt. Die Pferde mussten ohnehin bewegt werden, und beim gemeinsamen Reiten fiel die Last des Alltags von ihnen ab. Jetzt im Winter wurde es allerdings so früh dunkel, dass es oft nur für eine kurze Runde entlang der Koppeln reichte.

Cristina setzte sich an den Schreibtisch und nahm sich die Papiere vor. Gestern war eine Anfrage gekommen. Jemand brauchte zwei zugerittene Dreijährige als Reitpferde und fragte nach dem Preis. Cristina würde mit dem Pferdemeister darüber reden müssen.

Jorja brachte ihr den Tee. »Wünschen Sie noch etwas, Doña Cristina?«

»Nein, danke.«

Sie legte den Brief beiseite und ging die übrige Post durch, die am Morgen gekommen war. Nichts von Frédéric Legrand, das sah sie auf einen Blick. Viele Wochen schon hatte sie nichts mehr von ihm gehört. Der Franzose war ihre einzige Verbindung zu ihrem Vater. Jedes Mal, wenn ein Brief eintraf, der Grüße von der Verwandtschaft aus dem Norden enthielt, wusste Cristina, dass ihr Vater noch lebte. Auch wenn das natürlich so nicht stimmte. Es bedeutete lediglich, dass er noch gelebt hatte, als er Legrand schrieb. Das Lebenszeichen war also mindestens eine Woche alt. Vor einiger Zeit hatte sie entgegen Legrands Bitte ein paar Zeilen zurückgeschrieben, einfach um ihn wissen zu lassen, dass seine Briefe ankamen, und in der Hoffnung, er werde ihre Nachricht an ihren Vater weiterleiten. Manchmal vermisste sie ihn so sehr, dass es wehtat, dann wieder dachte sie an das, was er ihr angetan hatte, und sie wollte ihn nie wiedersehen.

Cristina legte die Briefe weg, nichts davon eilte. Also würde sie zuerst mit Cervantes sprechen, damit sie auf die Anfrage antworten konnte. Sie leerte die Teetasse, zog im Flur Mantel und Stiefel an und trat vor die Tür.

Eisige Schneeluft schlug ihr entgegen. Auf den Koppeln lag nur eine feine weiße Puderschicht, aber die Berghänge waren in eine dicke glitzernde Decke gehüllt.

Sie traf den Pferdemeister zusammen mit Felipe im Stall an, wo sie sich um eine erkrankte Stute kümmerten. Sie wartete ab, bis die beiden fertig waren, dann fragte sie Señor Cervantes, welche Dreijährigen sie dem Kunden anbieten könnten und zu welchem Preis.

Zu Cristinas Freude beriet der Pferdemeister sich mit Felipe, bevor er ihr zwei Tiere vorschlug. Gemeinsam gingen sie in den anderen Stall, um die beiden Hengste zu begutachten. Danach begleitete Felipe Cristina nach draußen.

»Geht es dir auch gut?«, fragte er und nahm ihr Gesicht in seine Hände. »Du siehst blass aus.«

»Ich bin nur ein wenig durchgefroren vom Herumsitzen im kalten Schreibzimmer.«

»Dann lass den Kamin anzünden, um Himmels willen.«

»Wir haben nicht mehr viel Brennholz.«

»Egal.«

»Wir müssen sparen, Felipe, das weißt du so gut wie ich.«

»Aber doch nicht an deiner Gesundheit, mein Liebling.«

»Ach, Felipe.« Sie schlang die Arme um ihn. »Was würde ich nur ohne dich tun?«

»Was würde ich ohne dich tun.« Er küsste sie. »Und jetzt ab ins Haus. Oder soll ich mitkommen und das Feuer eigenhändig entfachen?«

»Nicht nötig.«

»Ich komme nachschauen, also versuch nicht, mich zu hintergehen.« Er küsste sie erneut, dann ging er zurück in den Stall.

Cristina sah ihm hinterher. Was für ein Glück sie doch hatte! Was auch immer das Leben für sie bereithielt, an Felipes Seite würde sie alles durchstehen.

Sie wollte sich abwenden und zum Haus zurückkehren, als ihr eine Gestalt auf der Landstraße auffiel. Die Person trug einen schäbigen Mantel und humpelte leicht.

Cristina runzelte die Stirn. Wer mochte das sein? Niemand aus dem Dorf jedenfalls, aber wer sonst sollte zu Fuß hier im Tal unterwegs sein?

Gerade wollte sie nach Felipe rufen, als ihr etwas an der Gestalt vertraut vorkam. Großer Gott! Konnte es sein …

Langsam ging sie auf das Tor zu, noch immer war sie nicht sicher. Sie lief der Gestalt entgegen, die jetzt den Kopf hob.

»Vater!« Cristina rannte los.

Die Gestalt blieb stehen und beschattete die Augen, um im Licht der tief stehenden Sonne besser zu sehen. Dann breitete sie die Arme aus, und Cristina flog hinein.

»Du bist da«, rief sie. »Du bist zurück.«

»Ja«, murmelte ihr Vater. Seine Stimme klang heiser. »Ich bin zu Hause.«

Ein Gedanke durchfuhr Cristina, sie machte sich los. »Kannst du bleiben? Oder musst du wieder weg?«

Er strich ihr über den Kopf. Sein Gesicht war hagerer geworden, neue Falten furchten seine Stirn, die Haare waren von mehr Grau durchzogen als vor seiner Abreise vor über siebzehn Monaten. »Nein, mein Engel, keine Sorge. Ich bleibe für immer hier.«

Lüneburger Heide, am selben Tag, Januar 1916

Der Fabrikant Heinrich Seiler residierte mit seiner Familie in einer Villa am Stadtrand von Lüneburg, ganz in der Nähe seines Betriebs. Eigentlich stellten die Seiler Werke Nähmaschinen her, doch soweit Luise wusste, war zumindest ein Teil der Produktion auf Waffen und Munition umgerüstet worden.

Es war kurz vor Mittag, als Ludwig und sie mit dem Landauer vorfuhren. Angesichts des anhaltend milden Wetters und der relativ guten Straßenverhältnisse für Anfang Januar hatten sie beschlossen, einige dringende Einkäufe in der Stadt zu erledigen. In früheren Zeiten wäre es ihnen nicht in den Sinn gekommen, solche Besorgungen eigenhändig zu machen, aber der Krieg hatte vieles verändert. Sie konnten es sich schlicht nicht erlauben, einen der Bediensteten einen halben Tag lang auf Einkaufsbummel zu schicken.

Die Liste der benötigten Dinge war lang, und sie wussten, dass sie längst nicht alles bekommen würden, dennoch war es den Versuch wert. Zumal sie den Vorteil hatten, gute Preise zahlen zu können oder, was oft noch besser war, die Ware gegen heiß begehrte Lebensmittel zu tauschen.

Bevor sie jedoch ihr Glück beim Schuster, beim Eisenwarenhändler und in weiteren Läden versuchen würden, wollten sie bei ihrem Sohn vorbeischauen, den sie seit Monaten nicht gesehen hatten. Die Schule würde erst nach dem Wochenende wieder beginnen, also weilte Bruno noch bei seinem Freund Artur Seiler. Sie hatten der Familie ihren Besuch in einem Brief angekündigt, allerdings sehr kurzfristig, deshalb waren sie nicht sicher, ob sie erwartet wurden.

Kaum standen sie vor der Tür, öffnete ein Hausmädchen und bat sie hinein. Sie wurden in einen Salon geleitet, der noch um einiges prächtiger war als der auf Seydell. Zwei Kronleuchter mit elektrischen Glühbirnen hingen an der Decke, Polstersessel mit Samtbezug und Schnitzereien an den Armlehnen standen um einen gläsernen Kaffeetisch, von den Fenstern aus blickte man auf einen Garten, der an einen Schlosspark erinnerte.

»Willkommen in meinem bescheidenen Heim.«

Luise drehte sich um und erblickte den Hausherrn, einen Mann in den Fünfzigern mit gertenschlanker Statur und harschen, aber nicht unfreundlichen Zügen. Er küsste ihre ausgesteckte Hand und wandte sich dann Ludwig zu.

»Herr von Seydell, es ist mir eine Ehre.«

»Die Ehre ist ganz meinerseits. Entschuldigen Sie bitte den Überfall, ich hoffe, wir kommen nicht allzu ungelegen.«

»Aber keineswegs. Sie müssen nur meine Gemahlin entschuldigen. Sie ist unpässlich und hat sich hingelegt.« Ein sorgenvoller Ausdruck flog über das Gesicht des Fabrikanten, verschwand jedoch sofort wieder. »Ich muss sagen, Ihr Brief hat mich einigermaßen überrascht.« Er deutete auf die Sitzgruppe. »Aber nehmen Sie doch Platz. Ich habe um Kaffee gebeten, das ist Ihnen doch recht?«

Wie aufs Stichwort ging die Tür auf, und das Hausmädchen von eben trug ein Tablett herein. Mit ihm wehte der Duft nach echtem Bohnenkaffee ins Zimmer. Sie setzten sich, das Mädchen schenkte ein und ließ sie wieder allein.

Luise trank einen Schluck. Der Kaffee schmeckte köstlich. Auch auf Seydell gab es noch welchen, doch sie gönnte ihn sich viel zu selten.

Sie nahm den Gesprächsfaden wieder auf. »Warum hat unser Brief Sie überrascht, wenn ich fragen darf?«

»Nun, ich dachte, die beiden hätten die Weihnachtstage bei Ihnen verbracht. Das zumindest hat mein Artur behauptet. Ich war ganz froh darüber, ein bisschen Landluft hätte dem Jungen nicht geschadet.«

»Wie bitte?« Luise glaubte, sich verhört zu haben. Abrupt stellte sie die Tasse ab. »Wollen Sie damit sagen, dass Bruno gar nicht hier ist?«

»Eben das.«

»Aber wie ist denn das möglich?«, schaltete sich Ludwig ein.

»Nun ja.« Seiler lächelte. Er wirkte nicht im Geringsten besorgt. »Natürlich habe auch ich einen riesigen Schreck bekommen, als ich heute Morgen Ihren Brief erhielt, das können Sie sich sicherlich denken. Ich habe sofort damit begonnen, Erkundigungen einzuziehen. Zunächst habe ich in der Schule nachgefragt. Ich dachte, die beiden hätten vielleicht über Weihnachten lieber dort bleiben wollen und befürchtet, dass wir es ihnen nicht gestatten würden.«

»Und?«, fragte Ludwig ungeduldig nach.

»Nichts. Die beiden waren seit Beginn der Ferien nicht dort, und sie haben auch keinen Hinweis darauf hinterlassen, was sie vorhatten. Also bin ich einem anderen Verdacht nachgegangen. Fast eine Stunde lang habe ich mich an den Fernsprecher gehängt, dann hatte ich Gewissheit. Die Teufelskerle haben sich freiwillig an die Front gemeldet.«

»Großer Gott«, flüsterte Luise.

»Aber das ist doch gar nicht möglich«, wandte Ludwig ein, offenbar verunsichert von der unverhohlenen Begeisterung des Fabrikanten. »Bruno ist noch sechzehn. Sein Geburtstag ist erst im März.«

»Mein Artur ebenfalls. Er wird im Februar siebzehn. Sei es drum. Viele junge Männer können es nicht abwarten, ihrem Vaterland zu dienen, und schummeln bei ihrem Alter. Und was machen ein paar Wochen früher oder später schon aus.«

Luise griff nach Ludwigs Arm. »Du musst ihn zurückholen.«

»Das wird schwer möglich sein, gnädige Frau«, entgegnete Seiler an Ludwigs Stelle. »Ihr Sohn liegt längst irgendwo im Schützengraben. Bis die Nachricht jemanden erreicht, der ihn zurückschicken könnte, ist er ohnehin siebzehn.«

»Aber man muss doch etwas tun können.« Beschwörend sah Luise ihren Mann an. Das alles war ihre Schuld, sie hatten Bruno fortgeschickt, hatten ihren Sohn verstoßen, anstatt dieses Mädchen zum Teufel zu jagen.

Ludwig tätschelte Luises Hand. »Ich denke, Herr Seiler hat recht. Wir können es nicht rückgängig machen, also sollten wir stolz sein auf unseren Sohn und darauf hoffen, dass Bruno entweder heil zurückkehrt oder den Heldentod stirbt.«

»Das ist nicht dein Ernst!«

»Die Frauen nehmen es schwerer als unsereins«, erklärte Seiler an Ludwig gewandt. »Meine Gemahlin hat ähnlich reagiert wie die Ihre. Deshalb ist sie auch im Augenblick unpässlich. Sie können ja nichts dafür, sie haben nicht unsere Stärke, und sie begreifen nicht die Notwendigkeit. Legen wir es ihnen nicht als mangelnden Patriotismus aus, sondern akzeptieren wir es als weibliche Schwäche.«

Luise war plötzlich übel. Sie wollte nur noch weg. Abrupt erhob sie sich. »Komm, Ludwig, wir müssen gehen.«

Ludwig lächelte Seiler entschuldigend an und stand ebenfalls auf. Sie ließen sich von dem überraschten Hausmädchen ihre Mäntel reichen und traten nach draußen, wo Fritz bei der Kutsche wartete.

Als er ihre Gesichter sah, runzelte er fragend die Stirn, doch er sagte kein Wort. Galant wie immer öffnete er den Verschlag und ließ sie einsteigen.

»Wohin als Nächstes, gnädiger Herr?«, fragte er.

»Zurück nach Hause.«

Fritz zuckte nicht mit der Wimper. »Wie Sie wünschen, gnädiger Herr.«

Als die Kutsche sich in Bewegung gesetzt hatte, wandte sich Luise an Ludwig. »Sollten wir nicht wenigstens versuchen ...«

»Du hast doch gehört, was Seiler gesagt hat«, unterbrach Ludwig sie. »Es hat keinen Sinn. In ein paar Wochen hätten wir ihn ohnehin nicht mehr zurückhalten können. Trag es mit Fassung, Luise. Der eine Sohn ein Verräter, der andere ein so leidenschaftlicher Patriot, dass er sich freiwillig meldet. Vielleicht ist es ausgleichende Gerechtigkeit.«

Navarra, am nächsten Tag, Januar 1916

Als Alexander aufwachte, wusste er zunächst nicht, wo er war. Dann fiel ihm alles wieder ein. Der endlose Marsch durch Frankreich, dann über die schneebedeckten Pyrenäen. Er wäre beinahe erfroren, hatte in letzter Sekunde eine Höhle gefunden, in der es halbwegs trocken war, und sogar ein kleines Feuer entfachen können. So hatte er den Schneesturm in den Bergen überlebt.

Um den Grenzposten oben auf dem Pass war er im Morgengrauen in einem weiten Bogen durch den Wald herumgeschlichen. Er hatte keine Papiere dabei und wollte nicht riskieren, dass man ihn nicht nach Spanien einreisen ließ. Und dann trat er beim Abstieg ins Tal in ein Loch und knickte um. Erst war der Schmerz so heftig gewesen, dass er glaubte, keinen Schritt mehr laufen zu können. Nachdem er es eine Weile immer wieder versucht hatte, ging es schließlich. Zum Glück waren es da nur noch wenige Kilometer bis zum Ziel.

Den Anblick seiner Tochter vor dem Tor von Los Pinos würde er nie vergessen. Sein Herz hatte sich zusammengekrampft vor Glück. Er hielt sie in den Armen, versprach ihr, sie nie wieder allein zu lassen, und dann brach er völlig entkräftet auf der Straße zusammen.

Zwei starke Arme hoben ihn hoch. Eduardo warf ihn sich über die Schulter und trug ihn ins Haus. Cristina ordnete an, ihn ins Bett zu verfrachten und den Arzt kommen zu lassen, obwohl er immer wieder beteuerte, dass er bloß einen verstauchten Knöchel habe und ein wenig müde sei.

Der Arzt bestätigte dies eine Stunde später. Cristina bestand dennoch darauf, dass er das Bett hütete. Mit ihrer Hilfe wusch er sich und zog frische Wäsche an. Dann brachte sie ihm Suppe. Er hatte die Schüssel kaum leergegessen, als ihm die Augen zufielen. Da war es kurz nach Mittag gewesen.

Alexander stand auf, humpelte zum Fenster und öffnete den Laden. Draußen ließ die Sonne den Schnee glitzern. Er brauchte einen Moment, bis er begriff, dass es nicht noch immer, sondern bereits wieder Mittag war. Er musste fast vierundzwanzig Stunden geschlafen haben.

Er nahm frische Wäsche aus dem Schrank und zog sich an. Dann humpelte er aus dem Zimmer. Von unten drangen Stimmen herauf. Sie kamen aus dem kleinen Esszimmer neben der Küche. Er fand alle Bewohner von Los Pinos um den Tisch versammelt vor, wo sie zu Mittag aßen. Es duftete nach dem Kanincheneintopf, den Flora so schmackhaft kochte wie niemand sonst. Ihm lief das Wasser im Mund zusammen.

Auf dem Tisch stand nicht nur die Schüssel mit dem Eintopf, sondern auch ein Kuchenteller mit den Resten eines Roscón de Reyes, eines runden, mit kandierten Früchten geschmückten Kuchens, den es traditionell am Dreikönigsmorgen zum Frühstück gab, und ihm fiel ein, dass heute der sechste Januar war.

»Ich hoffe, ihr lasst mir etwas übrig«, rief er von der Tür her.

Sofort wurde es still, und alle sahen zu ihm herüber.

»Vater«, rief Cristina. »Du solltest doch im Bett bleiben. Ich wollte dir gerade einen Teller bringen.«

»Ich habe lange genug faul im Bett herumgelegen. Bekomme ich auch einen Stuhl?«

Sofort sprang Eduardo auf und lief in die Küche.

Alexander blickte in die Runde der erwartungsvollen Gesichter und stockte. Verflucht, was machte dieser Kerl hier? Wieso saß er an seinem Tisch und aß von seinen Speisen?

»Wir haben Besuch?«, fragte er scharf, den Blick unverwandt auf Felipe de Olivarez gerichtet.

Cristina erhob sich. »Das ist Felipe, mein Ehemann. Wir haben im September 1914 geheiratet.«

Alexander erstarrte. »Du hast was?«

Cristina reckte trotzig das Kinn. »Willst du mir nicht gratulieren?«

Alexander schnappte nach Luft. Unbändige Wut überrollte ihn. Wie konnte seine Tochter ihn so hintergehen? »Den Hintern versohlen werde ich dir!«

Cristina zuckte nicht mit der Wimper. »Ohne Felipe hätte ich es nicht geschafft, das Gestüt zu bewirtschaften. Wenn mein Ehemann hier nicht willkommen ist, gehe ich mit ihm fort, und zwar für immer.«

»Du hast wohl den Verstand verloren!« Alexanders Kopf schwirrte, seine Gefühle wirbelten wild durcheinander. Schock, Wut und Angst brodelten in ihm. So hatte er sich seine Heimkehr nicht vorgestellt. Von einem Emporkömmling entmachtet, der die Situation schamlos ausgenutzt hatte, um den Großgrundbesitzer zu spielen und sich ein fettes Erbe zu sichern. Von wegen Anarchist. Dieser Dreckskerl! Dem ging es bloß ums Geld. Und das gesamte Gesinde hatte sich von diesem Verbrecher einwickeln lassen. Alle, sogar Eduardo, hatten sich auf die Seite seines Widersachers gestellt.

Aber das würde er sich nicht bieten lassen. Alexander baute sich vor Cristina auf. »Du gehst nirgendwohin, vor allem nicht mit diesem Schmarotzer.«

Felipe sprang auf. »Sie haben kein Recht, so mit Cristina zu reden.«

»Halte dich da raus, Bursche! Sie ist meine Tochter, und ich rede mit ihr, wie ich will.«

»Vater, ich …«

»Schweig!« Alexander hob die Hand. »Zu dir komme ich später.« Er wandte sich wieder an Felipe. »Verlassen Sie mein Haus, auf der Stelle.«

»Sie sind noch viel dümmer und arroganter, als ich dachte, Señor.« Felipe warf seine Serviette auf den Tisch. »Sie sollten sich schämen.«

»Raus!«

Eine Weile starrte Felipe ihn wortlos an. Dann wandte er sich an Cristina. »Das müssen wir uns nicht bieten lassen. Komm mit!« Er stapfte zur Tür.

Cristina wollte ihm folgen, Alexander hielt sie am Arm fest.

»Was denn?«, fuhr sie ihn an. »Willst du mich wieder einsperren?«

Alexander schluckte hart. »Wir müssen reden.«

»Nein, Vater, es ist alles gesagt!« Cristina machte sich los und stürzte hinter Felipe her.

»Don Alexander«, mahnte Eduardo leise, als Alexander ihr hinterherlaufen wollte.

»Halt dich da raus«, schnauzte er den Knecht an. Sein Blick glitt über die Gesichter der anderen, die ihn alle bestürzt anstarrten. »Zu euch komme ich noch. Mich so zu hintergehen, schämt ihr euch nicht?«

»Aber Don Alexander…« Flora hatte Tränen in den Augen.

»Jetzt nicht.« Er wandte sich ab und humpelte aus dem Zimmer.

Es gab weniger trächtige Stuten als im Jahr seiner Abreise, aber die Ställe waren blitzsauber und die Tiere gut gepflegt. Nach dem Ausbruch am Mittagstisch war Alexander nach draußen gestürmt, um bei den Pferden zu sich zu kommen. Nacheinander schritt er die Boxen ab, begrüßte jede Stute, jedes Fohlen, jeden Hengst.

Besonders lange hielt er sich bei Rey del Viento auf, der inzwischen ein alter Herr war. Er musste etwa dreißig sein, sein genaues Alter kannte Alexander nicht. Der

Hengst begrüßte ihn freudig, stieß ihn immer wieder mit der Schnauze an, als wolle er ihn dazu auffordern, jetzt sofort mit ihm loszureiten.

»Ich freue mich auch, dich zu sehen«, murmelte Alexander und presste seine Wange an Reys Hals. »Wenigstens einer, der mich nicht abgeschrieben hat.«

Rey schnaubte.

»Ich habe vergessen, dir etwas mitzubringen, verzeih. Nachher bekommst du eine besonders dicke Möhre, versprochen.« Alexander tätschelte Reys samtweiches Maul.

Ein Geräusch im Hof ließ Alexander erstarren. Seine Kehle wurde eng. Er konnte sich nicht dauerhaft im Stall verkriechen, es gab Dinge zu klären. Cristina würde er nicht aufhalten können, wenn sie tatsächlich mit Felipe fortging. Falls es stimmte, dass die beiden geheiratet hatten, besaß er keine Gewalt mehr über sie. Bitterkeit stieg in ihm auf. Sie war ihm entglitten, er wusste nicht einmal genau, wie. Vermutlich hätte er mehr für sie da sein müssen. Er war ein schlechter Vater. Aber dass sie sich ausgerechnet diesem Geschmeiß an den Hals warf! Falls sie ihn damit verletzen wollte, war es ihr gelungen.

Wieder hörte Alexander draußen etwas. Von den Knechten konnte es keiner sein, er hatte mitbekommen, wie der Pferdemeister mit ihnen in der Werkstatt verschwunden war, wo Sättel und Zaumzeug geflickt wurden, um die Bestände zu überprüfen. Eine Beschäftigungstherapie, um dem Hausherrn aus dem Weg zu gehen, keine Frage.

Schritte ertönten, Alexander fuhr herum. »Sie sind ja noch immer da.«

»Ich muss mit Ihnen reden, Don Alexander.« Die respektvolle Anrede stand im Widerspruch zu Felipes herausforderndem Gesichtsausdruck.

»Wir haben nichts zu bereden. Verschwinden Sie.«

»Ihre Tochter hat gesagt, dass Sie es nicht so meinen.« Felipe kam näher. »Dass es nur der Schock war.«

Alexander packte den Jüngeren beim Kragen. »Und ob ich es so meine. Glaubst du, ich bin ein Idiot? Du faselst von der Befreiung der Arbeiter und setzt dich hier ins gemachte Nest.«

»Fassen Sie mich nicht an, Señor!« Felipe machte sich los. »Ich bin nicht einer von Ihren Soldaten an der Front, die Sie herumkommandieren können, wie es Ihnen beliebt.«

»Wagen Sie es ja nicht, die Männer zu beleidigen, die im Kampf für ihr Vaterland ihr Leben aufs Spiel setzen!«

»Und für welches Vaterland haben Sie gekämpft, Señor? Nicht für Spanien jedenfalls.«

Alexander stürzte sich auf ihn. Felipe, der mit dem plötzlichen Angriff offenbar nicht gerechnet hatte, fiel zu Boden und riss Alexander mit sich. Besinnungslos vor Zorn hieb Alexander auf ihn ein. Der junge Mann hob schützend die Arme vors Gesicht und trat nach Alexander, der nach hinten kippte und sich den Kopf an der Box anschlug. Ein stechender Schmerz durchzuckte ihn, und im gleichen Moment blitzte eine Erinnerung in ihm auf. Sein Streit mit Ludwig. Die Peitsche. Er hätte seinen Bruder beinahe erwürgt.

Alexander schloss die Augen und blieb schwer atmend sitzen, den Kopf an die Boxenwand gelehnt, hinter der Rey beunruhigt tänzelte.

»Was ist, Alter?«, stichelte Felipe, der im Stroh kniete,

die Fäuste kampfbereit erhoben. »War das etwa schon alles?«

Alexander öffnete die Augen und sah ihn an. »Es tut mir leid. Was auch immer Sie gesagt oder getan haben, ich hätte Sie nicht angreifen dürfen.«

Einen Moment lang betrachtete Felipe ihn schweigend, dann ließ er die Arme sinken. »Es tut mir ebenfalls leid«, sagte er. »Ich hätte Sie nicht provozieren dürfen.« Er stand auf und klopfte sich den Dreck von der Hose. »Ich werde gehen, noch heute. Es gibt nur Platz für einen von uns auf Los Pinos. Allerdings werden Sie nicht verhindern können, dass Cristina mit mir kommt.«

Alexander versuchte, sich ebenfalls zu erheben, aber sein Knöchel spielte nicht mit. Zähneknirschend ergriff er Felipes ausgestreckte Hand.

»Die Tiere machen einen guten Eindruck«, sagte er, während er sich an der Box abstützte und darauf wartete, dass der Schmerz abebbte.

»Das ist vor allem das Werk von Julio Cervantes und den Knechten. Ich habe mich bemüht, nach Kräften zu helfen. Und Dinge zu beschaffen, an die in diesen Zeiten schwer heranzukommen ist. Ersatzteile. Hafer.«

Alexander nickte.

»Wenn Sie eine Sache für Ihre Tochter tun wollen …«

Alexander sah ihn scharf an. »Ja?«

»Sie hat die Bücher geführt, ganz allein. Hat sich wirklich in die Arbeit verbissen.«

»Ich schaue mir das an.«

»Das sollten Sie tun, Don Alexander.«

»Das werde ich. Begleiten Sie mich ins Haus?«

Alexander lehnte sich im Stuhl zurück. Cristina hatte sich zunächst geweigert, ihm die Papiere zu zeigen.

»Lass mich in Ruhe«, hatte sie ihn angefahren. »Ich habe dir nichts mehr zu sagen.«

Erst nach Felipes Intervention hatte sie eingelenkt und war mit ihm ins Schreibzimmer gegangen. Sie übergab ihm alles und ließ ihn dann allein, damit er sich die Unterlagen in Ruhe ansehen konnte. Er staunte, was sie während seiner Abwesenheit über Buchführung gelernt hatte. Alles war ordentlich verzeichnet, alle Quittungen waren abgeheftet. Es gab weder unbezahlte Rechnungen noch säumige Kunden, die dem Gestüt Geld schuldeten.

Schließlich erhob er sich und griff nach dem Stock, den Eduardo ihm gebracht hatte. Er kam sich vor wie ein alter Mann, doch da sein Bein noch immer schmerzte, überwand er seinen Stolz. Er fand Cristina im Stall bei ihrer Lieblingsstute Gitana.

»Ich werde sie vermissen«, sagte sie.

»Ich muss mit dir reden.«

Cristina kniff die Augen zusammen. »Ich gehe mit Felipe, du wirst mich nicht davon abhalten. Und erzähl mir nichts davon, dass ich zu jung für die Ehe bin. Du wolltest mich schließlich verheiraten.«

»Was wollte ich?«

Cristina verschränkte die Arme. »Ich habe gehört, wie du mit Monseñor Abilio darüber gesprochen hast. Du wolltest mich an einen Señor Barras verscherbeln.«

»Großer Gott!« Alexander schlug sich gegen die Stirn. »Dabei ging es doch nicht um dich, Liebes. Der Monseñor und ich wollten einem Jungen aus dem Dorf eine

Lehrstelle besorgen, und seine Mutter hat sich gesträubt. Señor Barras hat einen Laden in Pamplona.«

Cristina sah ihn mit großen Augen an. »Du wolltest mich gar nicht verheiraten?«

»Natürlich nicht, mein Engel.«

»Aber …«

»Traust du mir das wirklich zu?«

Sie schluckte, schüttelte den Kopf. »Ich war so wütend.«

»Das kann ich mir vorstellen.«

Sie streckte den Rücken durch. »Und was wolltest du mit mir bereden?«

»Es geht um die Buchführung.«

»Stimmt etwas damit nicht?«

»Ganz im Gegenteil. Du hast die Bücher ordentlicher geführt als ich.«

Cristina lächelte schwach.

Er trat näher, legte ihr die Hand auf die Schulter. »Ich möchte mich bei dir entschuldigen. Ich habe dich wie ein Kind behandelt, obwohl du längst keins mehr bist.«

»Ist das dein Ernst?«

»Ja. Bitte verzeih mir.«

»Du hast es gut gemeint, du wolltest mich beschützen.«

»Nein, das ist nicht wahr. Es ging vor allem um meinen verletzten Stolz. Das war dumm von mir. Du hast großartige Arbeit geleistet. Ich bin stolz auf dich.«

Cristina hatte mit einem Mal Tränen in den Augen. »Bist du das wirklich?«

»Und wie, mein Engel.«

»Und ich bin stolz auf dich, Vater.« Sie schlang die Arme um ihn.

Er drückte sie an sich, dann machte er sich los. »Wenn ihr es euch anders überlegt, seid ihr herzlich willkommen auf Los Pinos.«

»Bist du sicher?«

»Absolut.«

»Ich rede sofort mit Felipe.«

»Tu das. Frag ihn, ob er Lust hat, eine Runde über die Koppeln zu reiten. Ich möchte nach dem Rechten sehen und hätte ihn gern dabei.«

»Ich komme ebenfalls mit.«

»Dann lasse ich drei Pferde satteln. Wollen wir doch mal sehen, ob dein Mann auch im Sattel etwas taugt.«

Navarra, Januar 1948

Während der Fahrt zurück in die Berge fühlte Javier sich seltsam hohl. Er versuchte, seine Gedanken auf die bevorstehenden Aufgaben auf dem Gestüt zu konzentrieren, von denen es mehr als genug gab. Doch sie wanderten ohne sein Zutun immer wieder zu Elisabeth Clarkwell. Was hatte diese Frau nur an sich, dass er sie erst um keinen Preis hatte empfangen und nun nicht gehen lassen wollte?

Ein ordentlicher Ritt durchs Gelände würde ihm den Kopf klären, doch den würde Javier selbst ohne Verbot des Arztes nicht riskieren. Er musste sich mit Arbeit ablenken. Im Stall hatte er noch immer wieder zu sich selbst gefunden, egal wie groß die Probleme waren. Die Pferde brauchten Bewegung, gerade im Winter, wenn sie den ganzen Tag in den Boxen standen. Er konnte sie zwar nicht reiten, aber herumführen und mit ihnen arbeiten. Und dann waren da noch die Fohlen. Sie bedurften einer stetigen geduldigen Erziehung, vor allem die jungen Hengste, die in ein oder zwei Jahren gekört werden sollten. Darauf freute sich Javier besonders, denn es waren zwei herausragende Tiere darunter, in die er große Hoffnungen setzte. Nachwuchs von Pegaso, seinem besten Hengst. Vielleicht hatten sie sogar eine Chance, als Rennpferde international erfolgreich zu sein. Immerhin waren mit dem Ende des Krieges auch die Rennen wieder aufgenommen worden.

Endlich nahm der Golden Arrow den letzten Hügel kurz vor Los Pinos. Javiers gute Laune kippte schlagartig. Sein Herz machte einen Satz. Drei Jeeps der Guardia Civil standen vor dem Haupthaus. Danel! Hatte er es nicht mehr ausgehalten und seine Nichte aufgesucht? Dieser Dummkopf. Noch einmal würde Javier ihn nicht heraushauen können.

Er gab Gas, nicht zu heftig jedoch, damit der Wagen auf der glatten Straße nicht ins Schlingern geriet. Dabei beobachtete er, wie jemand ein Pferd aus dem Stall führte. Dieser gierige Jiménez, verlangte er etwa eine weitere Stute für sein Entgegenkommen?

Nun schwang die Person sich auf den Rücken des Tieres und galoppierte auf das Tor zu. Javier bremste ab, beobachtete mit gerunzelter Stirn, wie der Reiter in halsbrecherischem Tempo auf ihn zupreschte. Sein Herz schlug wild. Irgendetwas stimmte ganz und gar nicht.

Endlich erkannte Javier den Reiter. Es war Rami, auf einer Stute ohne Sattel, nur mit Halfter und Führungsstrick, aber mit einer Tasche über der Schulter. Javier stellte den Motor ab und stieg aus. Außer Atem kam Rami vor Javier zum Stehen.

»Don Javier, Gott sei Dank.« Er atmete hektisch. »Danel schickt mich. Sie müssen sofort umkehren.« Er zeigte auf die Jeeps. »Guardia Civil. Sie haben einen Haftbefehl.«

»Gegen Danel? Was ist passiert?«

Rami schüttelte den Kopf. »Nein, der Haftbefehl lautet auf Ihren Namen.« Er mied Javiers Blick.

Javier fuhr der Schreck heiß in die Glieder. Ein Haftbefehl gegen ihn? Wollte Jiménez ihn jetzt doch vernichten? Aber warum? Er hatte seinen Teil der Vereinbarung doch eingehalten.

»Jiménez?«, fragte er.

»Er ist gar nicht dabei. Es geht um Geld. Steuern. Man

will Sie in Erzwingungshaft stecken. Angeblich haben Sie erhebliche Steuerschulden nicht beglichen.«

Javier spürte Erleichterung in sich aufsteigen. Das musste ein Irrtum sein. Eine Verwechslung. »Das ist Unsinn. Ich schulde dem Staat nicht eine Peseta. Ich werde mit den Leuten reden.«

Er wollte wieder einsteigen, doch Rami sprang vom Pferd und hielt ihn am Arm fest. »Verzeihen Sie, Don. Aber ich kann Sie nicht weiterfahren lassen. Danel hat mir eingeschärft, Sie notfalls mit Gewalt davon abzuhalten.«

»Und Danel ist jetzt dein neuer Herr?«, fuhr Javier den Knecht an.

»Natürlich nicht. Danel sagt, er hat etwas wiedergutzumachen. Der Haftbefehl ist rechtens. Es geht um zweihunderttausend Peseten. Wenn Sie die aufbringen, können Sie der Haft entgehen und Los Pinos davor bewahren, beschlagnahmt zu werden.«

»Zweihunderttausend?« Javiers Finger krallten sich um die Autotür. Nur wenn er all seine Pferde verkaufte, könnte er eine solche Summe zusammenkratzen. Niemals musste er so viele Steuern nachzahlen. Und es handelte sich auch nicht um eine Verwechslung. Es war eine Intrige, keine Frage. Aber wer hatte sie eingefädelt? Nicht Jiménez jedenfalls. Der hatte kein Interesse daran, die Quelle auszutrocknen, aus der er trank. Wer dann? Wer hatte so viel Macht? Javier schwirrte der Kopf. War er der Obrigkeit unangenehm aufgefallen, hatte er sich bei der Rettung von Danel verzockt? Kam der vernichtende Schlag von ganz oben? Großer Gott. Ihm wurde schwindelig, sein Schädel dröhnte.

»Don Javier, bitte, ich flehe Sie an«, beschwor ihn Rami. »Hören Sie auf Danel. Sie müssen außer Landes. Nur von dort können Sie etwas tun. Wenn überhaupt. Wir kümmern uns um Los Pinos, so gut es geht. Und beeilen Sie sich. Wenn die Guardias Sie hier entdecken, ist es zu spät.« Er nahm die Tasche von der Schulter. »Lorea hat Ihnen ein paar Sachen eingepackt. Ihre Papiere sind auch dabei. Danel hat sie aus Ihrem Schreibtisch genommen. Sie verzeihen ihm das hoffentlich. Und jetzt machen Sie, dass Sie hier wegkommen.«

Javiers Kopf schien platzen zu wollen. Von einer Sekunde auf die andere war sein Leben zerstört, von einem unsichtbaren Feind, dem er nichts entgegenzusetzen hatte, es sei denn, er hätte ein Vermögen zur Hand.

Ein Vermögen … Ein Gedanke blitzte in ihm auf.

»Also gut. Sagt den Guardias, dass ich das Geld besorgen werde. Haltet sie hin, so gut es geht. Keine Sorge, ich werde einen Weg finden.« Er nahm Rami die Tasche ab und klopfte ihm auf die Schulter. »Ich danke dir, mein Freund. Seid stark, lasst euch zu nichts hinreißen. Ich bin bald zurück, und dann werde ich euch und Los Pinos auslösen.«

»Seien Sie vorsichtig, Don Javier.«

»Keine Sorge. Den Wagen lasse ich am Bahnhof stehen. Danel kann ihn in den nächsten Tagen holen.«

Javier warf die Tasche auf die Rückbank und stieg ein. Ohne ein weiteres Wort schlug er die Tür zu, wendete den Wagen und fuhr davon. Als er Rami mit der Stute am Zügel und das Gestüt dahinter im Rückspiegel kleiner werden sah, durchfuhr ihn der Gedanke, dass er beides womöglich nie wiedersehen würde.

Elisabeth warf einen Blick auf die Uhr. Die Zeit schien stillzustehen, jede Minute dehnte sich endlos, die nasse Kälte war ihr längst in die Kleider gekrochen. Der Zug hatte inzwischen mehr als drei Stunden Verspätung, und niemand konnte oder wollte ihr sagen, wann er erwartet wurde. Es war fast vier Uhr nachmittags, es dämmerte bereits, und es wurde immer kälter.

Nachdem Javier sich verabschiedet hatte, war sie in den engen, überfüllten Warteraum gegangen, wo sie zum Glück sogar einen Sitzplatz ergattert hatte. Sie vertrieb sich die Zeit damit, einen Brief an Margaret zu verfassen, in dem sie ihr alles erzählte. Von der Überfahrt, von ihrem täglichen Ritt zum Gestüt, von Javiers Sturheit und seiner Läuterung nach dem Unfall. Nur die Episode in San Sebastian verschwieg sie, um ihre Freundin nicht zu beunruhigen. Als der Brief fertig war, verstaute Elisabeth ihn in ihrer Handtasche. Sie wusste noch nicht, wann sie Gelegenheit haben würde, ihn aufzugeben.

Danach begab sie sich auf den Bahnsteig, um die Ankunft des Zugs nicht zu verpassen. Doch der ließ auf sich warten. Sie wagte nicht, noch einmal ins Bahnhofsgebäude zurückzukehren, obwohl ihr kälter und kälter wurde. Inzwischen stand sie seit mehr als zweieinhalb Stunden im eisigen Wind. Allein die Aussicht auf ihr geheiztes Abteil in der ersten Klasse hielt sie aufrecht. Wenn es doch nur endlich so weit wäre! Einige Male fuhr ein Zug ein, der jedoch in die falsche Richtung unterwegs war, nach Logroño, Burgos oder Saragossa.

Als Elisabeth schon nicht mehr damit rechnete, ertönte in der Ferne eine Dampfpfeife, und über die Lautsprecher kam eine krächzende Durchsage, von der Elisabeth nur einen Namen verstand: San Sebastian. Kurz darauf rollte der Zug vor den Bahnsteig.

Dampfend und schnaufend kam die Lok zum Stehen. Elisabeths Abteil befand sich in einem der hinteren Waggons, weit weg vom rußenden Schornstein. Ein Gepäckträger half ihr mit dem Koffer. Als sie endlich auf der gepolsterten Bank saß, atmete sie erleichtert auf. Ein schriller Pfiff ertönte, der Schaffner schwenkte eine Fahne, Türen wurden zugeschlagen, der Zug setzte sich mit einem Ruck in Bewegung.

Da entdeckte Elisabeth eine Gestalt auf dem Bahnsteig, die sich zwischen den Menschen hindurchzwängte, eine Tasche vor den Bauch gepresst. Wenn sie nicht sicher gewesen wäre, dass es unmöglich war, hätte sie gedacht, es wäre Javier. Der Mann sprang auf den anfahrenden Zug, zerrte die Tür auf und zwängte sich in einen Waggon weiter vorn.

Sekunden später waren sie aus dem Bahnhof heraus. Der Zug nahm an Fahrt auf, die Landschaft glitt rasend schnell vorüber. Elisabeth wandte sich vom Fenster ab, zum Glück hatte sie das Abteil für sich allein. Sie knöpfte den Mantel auf, zog die Handschuhe von den durchgefrorenen Fingern.

Es ging in einen Tunnel. In der Dunkelheit hörte Elisabeth eine Tür auf dem Gang schlagen, dann Schritte. Wenig später wurde die Tür zu ihrem Abteil geöffnet. Im selben Augenblick verließ der Zug den Tunnel. Elisabeth riss erstaunt die Augen auf.

»Javier, um Gottes willen, was machen Sie denn hier?«

»Das ist eine komplizierte Geschichte.« Er sah abgehetzt aus. »Darf ich mich zu Ihnen setzen?«

»Selbstverständlich.«

Er hievte eine kleine Reisetasche ins Gepäcknetz und ließ sich schwer atmend auf dem Platz ihr gegenüber nieder.

Elisabeth wartete geduldig.

»Es ist etwas geschehen«, erzählte Javier schließlich. »Etwas, das mich zwingt, Spanien vorübergehend zu verlassen.«

Fassungslos starrte Elisabeth ihn an. Wie konnte innerhalb von drei Stunden etwas so Gravierendes vorgefallen sein?

»Fragen Sie nicht nach Details, liebe Cousine. Je weniger Sie wissen, desto besser. Ich werde eine Lösung finden, aber das kann ich nicht, wenn ich im Gefängnis sitze.«

Elisabeth schnappte nach Luft. »Im Gefängnis? Aber wie …«

Javier hob die Hand. »Glauben Sie mir, ich habe mir nichts zuschulden kommen lassen. Aber in diesem Land ist das leider keine Garantie dafür, nicht belangt zu werden.« Er seufzte. »Wenn Sie erlauben, begleite ich Sie nach Deutschland. So wie die Dinge stehen, bin ich nun ebenfalls darauf angewiesen, das Erbe so schnell wie möglich zu Geld zu machen.« Er sah sie fragend an.

Sie hatten nicht darüber gesprochen, dass Elisabeth es eilig hatte mit dem Verkauf, doch Javier hatte offenbar eins und eins zusammengezählt.

»Mein verstorbener Mann hat mir einen Haufen Schulden hinterlassen.«

»Das tut mir leid.«

Elisabeth zuckte mit den Schultern. »Sieht so aus, als wären wir beide unverschuldet in Not geraten.«

»Dann lassen Sie uns gemeinsam eine Lösung finden.«

»Sehr gern.« Elisabeth sah aus dem Fenster, wo die karge schneebedeckte Landschaft an ihnen vorbeiflog. Als sie den Blick abwandte, bemerkte sie, dass Javier mit zusammengepressten Lippen auf seine Schuhspitzen starrte. Ihr wurde klar, dass für ihn mindestens ebenso viel auf dem Spiel stand wie für sie.

Sie zögerte, dann fasste sie sich ein Herz, beugte sich vor und drückte seine Hand. »Ich bin froh, dass Sie mich begleiten, Javier.«

Er blickte auf, lächelte schwach. »Das bin ich auch.«

Elisabeth erwachte, als jemand sie sanft schüttelte. Sie schreckte hoch, schaute sich verwirrt um, bis ihr wieder einfiel, wo sie war. Als Javier und sie in San Sebastian in den Zug nach Irun umgestiegen waren, war es bereits sehr spät gewesen, und Elisabeth schlief ein, noch bevor sie aus dem Bahnhof gerollt waren.

Sie rieb sich die Augen. »Was ist los?«

Javier deutete auf die Tür des Abteils, in der zwei Männer in Uniform standen. »Wir sind an der Grenze. Die Guardia Civil will unsere Papiere sehen.«

Beim Anblick der Uniformen musste Elisabeth ihren Schreck verbergen. Hastig verdrängte sie die Erinnerung an ihre Ankunft in San Sebastian. Immerhin war sie diesmal nicht allein. Mit Javier an ihrer Seite würde ihr nichts passieren. Sie nahm ihren Pass aus der Handtasche und reichte ihn einem der Männer. Der andere sagte etwas zu Javier, der seinen Ausweis nur zögernd aushändigte. Siedend heiß fiel Elisabeth ein, dass er etwas von Gefängnis gesagt hatte, als er zu ihr in den Zug gestiegen war. Was, wenn er von der Polizei gesucht wurde? Wenn sein Name an die Grenzbeamten übermittelt worden war?

Der Guardia warf einen Blick auf Javiers Pass und konsultierte dann eine Liste. Sie bestand aus mehreren Blättern, die auf beiden Seiten eng mit Namen bedruckt waren. Wurde etwa nach all diesen Menschen gefahndet? Elisabeth wurde es immer mulmiger zumute. Allmählich dämmerte ihr, dass sie in Javiers Begleitung mehr in Gefahr sein könnte als allein.

Der Guardia fuhr mit dem Finger die Zeilen entlang, bis er stoppte, Javier streng ansah und etwas sagte.

Elisabeth erstarrte. »Was ist los?«, fragte sie leise.

Javier verzog das Gesicht. »Sieht so aus, als wäre die Reise für mich zu Ende.«

»Aber was wirft man Ihnen denn überhaupt vor?«

»Angeblich habe ich Steuerschulden in Höhe von zweihunderttausend Peseten, dafür soll ich in Beugehaft.«

»Großer Gott!«, flüsterte Elisabeth entsetzt.

Der Guardia zog seine Waffe und erteilte Javier auf Spanisch einen Befehl. Panik durchflutete Elisabeth. Plötzlich war sie wieder in San Sebastian. Vor ihrem inneren Auge blitzte der Hafen mit den heruntergekommenen Gebäuden auf. Die hässliche Kammer mit dem Porträt des Generalísimo an der Wand. Sie stand wieder vor dem schmierigen Guardia, der grinsend den Gürtel aus der Hose zog, und spürte die lähmende Ohnmacht. Dann sah sie ihren

Retter José Alvarez, den Kommandanten der Zollpräfektur. Großer Gott! Warum hatte sie nicht gleich daran gedacht? Elisabeth sprang vom Sitz und stellte sich zwischen Javier und den Guardia.

»Lieber Himmel, Elisabeth«, zischte Javier. »Setzen Sie sich! Sie dürfen den Mann nicht provozieren.«

Doch Elisabeths Angst war schlagartig verflogen. »Sagen Sie ihm, dass ich unter dem Schutz von Comandante José Alvarez reise.«

Javier sah sie ungläubig an.

»Nun machen Sie schon!« Elisabeth griff nach ihrer Handtasche.

Der Guardia brüllte etwas und richtete die Waffe auf sie. Erschrocken ließ sie die Tasche fallen.

Javier sprach beruhigend auf den Beamten ein. Elisabeth verstand lediglich den Namen Alvarez. Inzwischen waren weitere Uniformierte eingetroffen, kurz wurde beratschlagt, darauf nickte der erste Guardia Elisabeth zu und sagte etwas.

»Er fragt, ob Sie Beweise haben«, übersetzte Javier.

»Einen Passierschein. In meiner Handtasche.«

Javier wandte sich wieder an den Guardia, dann sagte er zu Elisabeth: »Sie sollen den Passierschein herausholen, aber ganz langsam.«

Elisabeth bückte sich und hob die Tasche auf. Ihre Finger zitterten, als sie das Schloss aufschnappen ließ. Sie holte das Dokument hervor, das Alvarez ihr ausgestellt hatte, faltete es auf, betrachtete das Siegel und betete, dass der Inhalt dem entsprach, was er ihr erzählt hatte. Und dass sein Einfluss weit genug reichte.

Der Guardia nahm das Blatt entgegen, warf einen Blick darauf und schnappte nach Luft. Dann reichte er es an seine Kollegen weiter.

»Sagen Sie ihnen, dass der Passierschein auch für alle Personen gilt, die mich begleiten, und dass Sie zu meinem Schutz abgestellt wurden.«

Wieder übersetzte Javier.

Der Guardia unterbrach ihn barsch und wedelte mit der Hand. Immerhin verschwand die Waffe im Holster. Elisabeth atmete erleichtert auf. Der Mann ließ sich das Dokument zurückgeben und eilte damit davon, seine Kollegen jedoch blieben und behielten Elisabeth und Javier im Auge.

»Er muss seinen Vorgesetzten fragen«, erklärte Javier.

Sie warteten schweigend. Elisabeth sah, wie Javiers Kiefer mahlten. Ihre Finger zitterten noch immer. Die Minuten verstrichen, die drei Guardias bewegten nicht einen Muskel, reglos standen sie vor dem Abteil, die Hand am Holster.

Im Gang wurden Stimmen laut. Javier lauschte angestrengt, sein Gesicht blieb angespannt. Elisabeth sah ihn fragend an, er schüttelte den Kopf.

Endlich tauchte der Beamte wieder auf. Wortlos gab er Elisabeth das Dokument zurück. Dann sagte er etwas zu seinen Kollegen, die sich mit einem letzten finsteren Blick auf Javier verzogen.

»Gute Reise, Señora Clarkwell«, sagte der Guardia in schwerfälligem Englisch und salutierte, bevor auch er sich zurückzog.

Eine Weile saßen sie einfach nur da.

»Was war das denn?«, fragte Javier schließlich.

»Das, lieber Cousin, war der Ausgleich für die furchtbarsten Minuten meines Lebens.«

Frankreich, einen Tag später, Januar 1948

Noch bevor Elisabeth die Augen öffnete, spürte sie, dass der Zug stillstand. Ihr rechter Arm kribbelte, ihr Nacken schmerzte, aber ihr war warm. Als sie sich vorsichtig aufrichtete, bemerkte sie, dass irgendwer sie zugedeckt hatte. Sie selbst war dazu nicht mehr in der Lage gewesen, als sie endlich völlig übermüdet im Zug nach Paris saßen.

Nach dem Zwischenfall mit der Guardia Civil war der Rest der Formalitäten problemlos verlaufen. An der französischen Kontrolle war Elisabeth als Bürgerin eines verbündeten Staates nach einem kurzen Blick in den Pass durchgewinkt worden. Javier hatten die Grenzbeamten etwas gründlicher befragt. Er erklärte, dass er auf der Durchreise nach Deutschland sei, wo er eine Erbschaftsangelegenheit regeln müsse, und legte die Dokumente vor, die Elisabeth ihm vorher rasch in die Hand gedrückt hatte. Die Franzosen schauten sich alles gründlich an, dann drückte einer einen Stempel in Javiers Pass.

»Deutschland gibt es nicht mehr«, erklärte der Beamte. »Ihr Ziel liegt in der britischen Besatzungszone. Sie dürfen Frankreich durchqueren, aber nirgends aussteigen. Sollte man Sie außerhalb des Zugs oder eines Bahnhofs antreffen, wird man sie umgehend festsetzen.« Er nahm eine Landkarte zur Hand. »Am besten fahren Sie über Metz.

Anderenfalls müssen Sie in Belgien weitere Grenzformalitäten in Kauf nehmen. Von Metz aus reisen Sie bis Honnef am Rhein, wo Sie bei der englischen Militärverwaltung eine Aufenthaltsgenehmigung beantragen müssen, damit Sie die britische Zone betreten und sich dort aufhalten dürfen. Sollte Ihr Antrag abgelehnt werden, müssen Sie unverzüglich nach Spanien zurückkehren.«

Elisabeth wurde ganz schwindelig beim Gedanken an die vielen Formalitäten, doch Javier nickte nur knapp und zog sie weiter zum Fahrkartenschalter.

Dort hatte sich bereits eine lange Schlange gebildet. Vor ihnen wurden Leute weggeschickt, denn der Zug war überfüllt, allerdings nur in der zweiten und dritten Klasse. In der ersten waren ausreichend Plätze vorhanden, die jedoch ein Vermögen kosteten. Elisabeth bezahlte trotz Javiers Protest für sie beide, was er erst akzeptierte, als sie ihm versicherte, dass ihr Onkel ihr einen kleinen Extrabetrag hinterlassen habe, der die Kosten im Zusammenhang mit dem Verkauf des Gestüts decken sollte. Eine kleine Notlüge, um den Stolz des Spaniers nicht zu verletzen.

Sie nahmen die Fahrkarten entgegen und bestiegen den Waggon, fanden ihr Abteil und ließen sich erschöpft nieder. An mehr erinnerte Elisabeth sich nicht, sie musste auf der Stelle eingeschlafen sein.

Nun spähte sie aus dem Fenster. Es war noch immer dunkel draußen. Gaslaternen spendeten warmes Licht. Sie standen an einem Bahnsteig, der Ort hieß Fontainebleau.

»Guten Morgen«, sagte eine Stimme.

Elisabeth fuhr herum. Javier saß schräg gegenüber. Im Zwielicht des Waggons war er kaum zu erkennen, trotzdem glaubte Elisabeth ihm anzusehen, dass er die ganze Nacht in dieser aufrechten Position verbracht hatte. Sie schämte sich fast ein wenig dafür, dass sie so sorglos geschlafen hatte.

»Morgen«, murmelte sie verlegen.

»Wir mussten einen kleinen Umweg fahren, aber jetzt sind wir bald in Paris. Wenn Sie sich ein wenig frisch machen wollen, müssen Sie nur ein paar Schritte rechts den Gang hinunter.«

»Gute Idee.«

Elisabeth ließ sich von Javier dabei helfen, eine saubere Bluse aus dem Koffer zu holen. Dann nahm sie ihre Handtasche und trat auf den Gang. Sie genoss den Luxus des engen, aber mit allem Nötigen ausgerüsteten Waschraums. Ein Blick in den Spiegel ließ sie erschrecken. Sie hatte Ringe unter den Augen und war blass, als hätte sie Monate in einem Keller verbracht.

Sie wusch sich, so gut es ging, zog sich um, legte ein wenig Puder auf und brachte ihre Haare in Ordnung. Immerhin sah sie nun wieder halbwegs präsentabel aus.

»Was halten Sie von einem anständigen Frühstück in Paris?«, fragte Javier, als sie ins Abteil zurückkehrte. »Ich habe soeben vom Schaffner erfahren, dass der nächste Zug nach Metz erst mittags vom Gare de l'Est abfährt.«

»Aber Sie dürfen doch den Zug gar nicht verlassen.«

»Und wie soll ich vom Gare d'Austerlitz zum Gare de l'Est kommen? Keine Sorge, ich werde mich schon nicht erwischen lassen.«

Nach den Erfahrungen mit der Guardia Civil war Elisabeth zwar etwas nervös, doch ihr Bedürfnis, etwas anderes zu sehen als Bahnhöfe und Züge, war größer als ihre Angst. Außerdem war sie noch nie in Paris gewesen.

Also fragten sie einen Taxifahrer, wo man gut essen könne, und ließen sich von ihm zum Café La Rotonde auf dem Boulevard du Montparnasse bringen. Unterwegs bestaunte Elisabeth die Prachtbauten sowie die nahezu unversehrten eleganten Wohnhäuser zu beiden Seiten der breiten Boulevards.

»Wie beneidenswert heil die Stadt ist«, sagte sie. »In London liegen überall Trümmer, Dreck und Staub.«

»Der deutsche Stadtkommandant hat gegen den strikten Befehl Hitlers gehandelt, der wollte, dass Paris bis auf die Grundmauern zerstört wird, bevor es den Alliierten in die Hände fällt«, erklärte Javier.

»Das wusste ich nicht.«

»Selbst in den dunkelsten Zeiten gibt es Menschen mit Courage, die sich nicht blind unterwerfen.«

Elisabeth ahnte, dass Javier dabei auch an sein eigenes Heimatland dachte, doch bevor sie nachfragen konnte, hielt das Taxi am Straßenrand. Sie hatten das Café erreicht.

Obwohl es früh am Morgen war, saßen schon zahlreiche Gäste vor einer Tasse Kaffee, die Zeitung in der Hand. Ein Kellner wies ihnen einen Platz in der Ecke zu, ein wenig abseits des Trubels.

Elisabeth bestellte Tee, Eier sowie Toast mit Butter und Marmelade. Javier entschied sich für einen sehr schwarzen Kaffee und ein halbes Baguette, das mit Käse, Schinken,

Tomaten und Zwiebeln belegt war. Während des Essens redeten sie nicht viel. Erst danach nahm Elisabeth ihren Mut zusammen und schnitt das heikle Thema an, das sie bisher gemieden hatten.

»Ich weiß so gut wie nichts über unsere Familiengeschichte.«

Javier presste die Lippen zusammen.

Rasch winkte Elisabeth ab. »Wenn Sie nicht darüber reden wollen …«

»Hat Ihr Onkel Ihnen denn nichts erzählt?«

»Alles, was mit der Familie zu tun hatte, war tabu. Ich glaube, es gab einen Streit. Onkel Robert hatte seinem Vater Unrecht getan und …«

»Das hat er gesagt?«

»Nicht gesagt, aber …« Elisabeth öffnete ihre Handtasche und nahm den vergilbten Umschlag heraus. »Diesen Brief hat er mir übergeben, als er im Sterben lag. Er sagte, er habe es nicht fertiggebracht, ihn abzuschicken, bevor es zu spät war. Ich werde daraus nicht schlau. Vielleicht wissen Sie ja, worum es geht.«

Javier starrte den Umschlag einen Moment lang an, dann nahm er ihn zögernd entgegen. »Verfasst im Oktober 1942«, murmelte er, nachdem er den Briefbogen auseinandergefaltet und einen Blick darauf geworfen hatte.

»Ja. Das ist die eine Sache, die ich nicht verstehe.«

Javier beugte sich wieder über das Blatt. Elisabeth beobachtete, wie es in seinem Gesicht arbeitete, während seine Augen über die Zeilen wanderten. Sie musste den Brief nicht noch einmal lesen, sie hatte es so oft getan, dass sie ihn Wort für Wort auswendig kannte.

Sandringham, 23. Oktober 1942

Lieber Vater,

bitte entschuldige, dass ich so lange gebraucht habe, um Dir zu antworten. Deine Zeilen haben mich derart aufgewühlt, dass ich mich erst fassen musste. Um die Wahrheit zu sagen, war mein erster Impuls, auch diesen Brief unbeantwortet zu lassen. Aber das kann ich nicht, nicht mehr. Du hast recht, wir sollten unseren Zwist begraben, uns endlich versöhnen.

Es gibt so viel, was ich Dir sagen will, doch wo beginnen? Ich war nie ein Mann großer Worte, und ich glaube, das trifft auch auf Dich zu. Einige Dinge jedoch müssen niedergeschrieben werden.

Ich habe Dir großes Unrecht getan, das ist mir längst klar. Was geschehen ist, war nicht Deine Schuld. Und ich bedauere zutiefst, dass wir uns deswegen überworfen haben. Mein Schmerz war so groß, dass ich wie von Sinnen war. Bitte vergib mir. Ich weiß, dass Du Mutter geliebt hast, und sie Dich ebenfalls, auf ihre eigene, starrsinnige Weise. Ich erinnere mich an jenen Abend im August, als ich die Wahrheit erfuhr. Ich war sechzehn, und für mich brach die Welt zusammen. Sie verteidigte Dich wie eine Löwin. Ich habe damals nur meinen eigenen Schmerz gesehen, nicht den ihren. Erst als ich selbst die Liebe fand, habe ich angefangen zu begreifen, welchen Preis sie all die Jahre für ihre Entscheidung gezahlt hat.

Bitte nimm meine Entschuldigung an, Vater. Und glaube mir, ich hasse Dich schon lange nicht mehr. Ganz im Gegenteil. Spätestens seit jenem Tag im April 1915, den wir beide wohl nie vergessen werden, bin ich stolz darauf, Dein Sohn zu sein.

Ich hoffe, meine Einsicht kommt nicht zu spät.
Es grüßt Dich von ganzem Herzen
Dein Sohn Robert

Als Javier den Brief weglegte, schimmerten Tränen in seinen Augen.

»Alles in Ordnung?«, fragte Elisabeth besorgt.

»Es hätte meinem Großvater die Welt bedeutet, diesen Brief vor seinem Tod zu erhalten.«

»Deinem Großvater?« Elisabeth runzelte die Stirn. »Das verstehe ich nicht. Was hat er damit zu tun?«

Javier sah sie an. »Er war Roberts Vater.«

»Nein, das kann nicht sein. Du hast doch selbst gesagt, dass wir einen gemeinsamen Urgroßvater hatten, aber unsere Großväter waren …«

»Brüder. Sie waren Brüder. Ludwig und Alexander von Seydell.«

»Genau.«

»Nur dass Ihr Onkel Robert gar nicht Ludwigs Sohn war, sondern Alexanders. Ihre Großmutter war von Alexander schwanger, als sie Ludwig heiratete. Der Abend im August, von dem im Brief die Rede ist. Ich schätze, dass es der war, an dem Robert die Wahrheit über seine Herkunft erfahren hat.«

»Und der Mann, den Großmutter ihr Leben lang geliebt hat, war Alexander.« Elisabeth fasste sich an die Stirn. »Ihm hat mein Onkel geschrieben, nicht Ludwig. Der war im Oktober 1942 schon lange tot. Doch Alexander hat noch gelebt.«

»Ja. Er starb im Frühjahr 1943.«

»Ich glaube, mein Onkel hat es sehr bereut, so lange gezögert zu haben.«

»Den Eindruck habe ich auch.«

»Wissen Sie, worum es bei dem Zerwürfnis ging?«

Javier schüttelte den Kopf. »Das war das Einzige, worüber mein Großvater nie sprechen wollte. Es muss etwas Schreckliches gewesen sein, etwas, von dem er sich nie ganz erholt hat. Zuvor hatten die beiden nämlich zueinander gefunden, und das ausgerechnet im Großen Krieg.«

Elisabeth überlegte. »Die Begegnung im April 1915, von der im Brief die Rede ist?«

»Genau. Und zwar an der Westfront. Robert kämpfte auf der deutschen Seite, mein Großvater war in der französischen Armee.«

»Dein Großvater war Deutscher, lebte in Spanien, kämpfte aber für die Franzosen? Sehr seltsam«, sagte Elisabeth nachdenklich.

»Es war eine Verwechslung. Zumindest hat Großvater es mir so erzählt. Man hielt ihn für einen Franzosen und zog ihn ein. Hätte er seine wahre Herkunft offenbart, wäre er verhaftet, vielleicht sogar erschossen worden.«

»Dann standen sich Vater und Sohn als Feinde gegenüber?«

»Robert hat die Seiten gewechselt, nachdem die Deutschen Giftgas eingesetzt hatten. Das muss ihn schockiert haben. Nachher haben es alle getan, aber seine Landsleute haben damit begonnen.«

»Davon hat er nie ein Wort erzählt.« Elisabeth war plötzlich unendlich traurig. Sie hätte all diese Dinge gern zu Lebzeiten ihres Onkels erfahren, hätte sie gern von ihm selbst in seinen eigenen Worten gehört. Sie hatte den Mann, der sie großgezogen hatte, über alles geliebt. Aber sie hatte ihn kaum gekannt.

Sie betrachtete den Brief. »Dann werden wir den Grund wohl nie erfahren.«

»Vielleicht ist es besser so. Wir fangen neu an, ohne von der Vergangenheit belastet zu sein.«

»Sie glauben, das ist möglich? Kann man die Vergangenheit so einfach ablegen wie einen alten Mantel? Ist sie denn nicht ein Teil von uns?«

Javier runzelte die Stirn. »Ich weiß es nicht, aber ich hoffe, dass es nicht so ist. Ich habe jedenfalls beschlossen, lieber nach vorn zu schauen als zurück.«

»Meine Freundin Margaret würde Ihnen sicherlich heftig widersprechen. Sie glaubt, dass es wichtig ist, seine eigene Geschichte zu kennen. Sie hat mich übrigens zu der Reise nach Spanien überredet. Wäre sie nicht gewesen, würden Sie wahrscheinlich immer noch Briefe von meinem Anwalt bekommen, statt mit mir in einem Café in Paris zu sitzen.«

»Dann muss ich mich wohl bei dieser Margaret bedanken.«

»Sie würde sich gewiss freuen, Sie kennenzulernen.«

»Dich kennenzulernen«, verbesserte Javier und legte seine Hand auf die ihre. »Ich finde, es ist Zeit, dass wir Du zueinander sagen.«

Elisabeth sah verlegen auf seine Hand hinunter. »Wie Sie … wie du meinst.«

»Ich bin froh, dass der Familienzwist mit uns ein Ende hat, Elisabeth. Dass du stur genug warst, mich dazu zu bringen, meinen Hass zu überwinden.«

»Du musst deinem Großvater sehr nahegestanden haben, wenn du wegen des Schmerzes, der ihm zugefügt wurde, mit der gesamten Familie nichts mehr zu tun haben wolltest.«

»Er hat mich großgezogen. Meine Eltern starben, als ich ganz klein war. Er war mir Vater und Mutter zugleich.«

»Dann haben wir noch etwas gemeinsam. Auch ich habe meine Eltern früh verloren.«

»Schon merkwürdig, du bist vom Sohn großgezogen worden und ich vom Vater.«

»Und wäre das Testament nicht, hätten wir nie voneinander erfahren.«

»Dann bin ich wohl auch deinem Onkel zu Dank verpflichtet. Ein ganz so schlechter Mensch kann er nicht gewesen sein. Schließlich floss das Blut meines Großvaters in seinen Adern und …« Javier verstummte und sah sie an.

Wortlos erwiderte Elisabeth seinen Blick. Ihr Herz schlug so wild, als wäre sie gerade einen Berg hinaufgerannt.

Draußen hupte ein Wagen. Javier nahm seine Hand weg und zog eine altmodische Taschenuhr hervor.

»Ein schönes Stück«, sagte Elisabeth, bemüht, sich ihre Verlegenheit nicht anmerken zu lassen.

»Sie hat meinem Großvater gehört.« Er klappte sie auf. »Wir sollten uns allmählich auf den Weg zum Bahnhof machen, sonst verpassen wir den Zug.«

Es dämmerte bereits, als sie sich dem Kölner Hauptbahnhof näherten. Hier würden sie erneut umsteigen müssen, in den Nachtzug über Hannover nach Hamburg. Mit etwas

Glück würden sie einen Platz im Schlafwagen bekommen und ein wenig Ruhe finden, bevor sie in den frühen Morgenstunden in Lüneburg ein letztes Mal den Zug wechseln mussten. Allerdings bezweifelte Javier, dass er würde schlafen können. Vermutlich würde er wie in der vergangenen Nacht stundenlang grübeln. Die Sorge um Los Pinos drückte schwer. Er kam sich vor wie ein Feigling, weil er die Flucht ergriffen hatte, statt um sein Gestüt zu kämpfen. Manchmal dachte er, dass es sich doch um einen Irrtum handeln musste, der längst aus der Welt geräumt war. Dann wieder sah er vor seinem inneren Auge zerstörte Gebäude und verwesende Tierkadaver auf den Koppeln, weil man all seine Bediensteten in den Kerker geworfen oder, schlimmer noch, auf der Stelle erschossen hatte.

Sorgen und Schlaflosigkeit zehrten an Javier, er fühlte sich deprimiert und ausgelaugt. Zumindest hatte er in Honnef anstandslos ein Visum für die britische Zone erhalten. Da war er bereits schwer erschüttert gewesen durch den Anblick von Städten wie Trier und Koblenz, die sie unterwegs passiert hatten. So viele zerbombte Häuser, so viel Dreck und Schutt.

Trotz dieser Vorwarnung trafen ihn die Zerstörungen in Köln vollkommen unerwartet. Javier erstarrte innerlich angesichts der zahllosen Ruinen, Schuttberge und komplett dem Erdboden gleichgemachten Häuserblöcke, die ihr Waggon im Schneckentempo passierte. Bis zum heutigen Morgen war der Krieg für ihn kaum mehr als eine abstrakte Vorstellung gewesen. Nun wurde ihm allmählich bewusst, wie viel Leid und Elend sich hinter diesem einen Wort verbarg. Es gab ganze Straßenzüge, in denen nicht ein Stein auf dem anderen geblieben war. Zwar war ein Großteil der Trümmer beiseitegeräumt worden, sodass der Verkehr passieren konnte, doch das verlieh der düsteren Szenerie lediglich einen absurden Anstrich von Normalität, der sie noch grauenvoller wirken ließ.

Nahezu unversehrt ragte direkt neben dem Bahnhof der Dom auf. Vielleicht betrachteten ihn die Menschen hier als wundersames Symbol der Hoffnung, für Javier jedoch machte er das Ausmaß der Verwüstung erst richtig sichtbar.

Schlimmer noch als die zerstörten Gebäude waren die Menschen, ihre vom Hunger ausgezehrten Körper und ihre versteinerten, leeren Gesichter. Javier kannte den Anblick von Armut aus seiner Heimat zur Genüge und auch den Ausdruck von Angst und Resignation in den Gesichtern der Menschen. Doch selbst in der schlimmsten Not fanden seine Landsleute immer noch Anlass zu Geselligkeit und zum Feiern. Die Menschen hier sahen hingegen aus, als hätte man ihnen jede Lebensfreude geraubt.

Vielleicht war es die Düsternis des Winternachmittags, die alles besonders trostlos aussehen ließ. Zumal vor wenigen Minuten auch noch leichter Schneeregen eingesetzt hatte, sodass die Menschen mit hochgeschlagenem Kragen und gesenktem Kopf durch die Straßen eilten, um Kälte und Nässe zu entfliehen.

Als der Zug in den Bahnhof rollte, wandte Javier den Blick vom Fenster ab und bemerkte, dass Elisabeths Gesicht nass von Tränen war. Ohne darüber nachzudenken, setzte er sich neben sie und legte ihr den Arm um die Schultern.

»Schon gut«, sagte er sanft.

»Das ist alles so schrecklich.«

»In London sieht es bestimmt ähnlich schlimm aus.«

»In vielen Straßen, ja, aber ...«

»Aber was?« Er zog ein Taschentuch aus seiner Manteltasche und reichte es ihr.

Elisabeth presste es gegen ihre nasse Wange. »Ich habe nie darüber nachgedacht, dass auch hier Menschen gelitten haben«, gestand sie. »Dass auch wir in diesem Krieg Unrecht begangen haben könnten.«

Er entgegnete nichts, hielt sie bloß fest. Sie lehnte den Kopf an seine Schulter. So verharrten sie, bis der Zug zum Stehen kam.

Es war zehn Uhr vormittags, als sie in Jesteburg ausstiegen. Ein kalter Wind wehte, aber wenigstens war es trocken. Der Bahnhof bestand lediglich aus einem winzigen Gebäude, das in einen Warteraum mit zwei Holzbänken und einen Schalterraum unterteilt war. An einer Wand hingen ein Fahrplan, der nur wenige Zeilen umfasste, und mehrere Plakate mit Anordnungen der britischen Besatzer auf Deutsch und Englisch. Sie bestanden vor allem aus Verboten. Untersagt waren unter anderem das Schmuggeln von Waren, der Besitz von Waffen und der Transport von Vieh in den Personenwaggons.

Ein Plakat unterschied sich jedoch von den übrigen. *Eltern suchen ihre verlorenen Kinder* stand ganz oben, darunter waren Dutzende Fotos von Kindern abgedruckt, samt einem kurzen Steckbrief, der verriet, wann und wo sie zuletzt gesehen wurden. Viele waren auf der Flucht von Ostpreußen oder Schlesien von ihren Müttern getrennt worden.

Erschüttert wandte Elisabeth sich ab. All das Elend, das sie in den vergangenen vierundzwanzig Stunden gesehen hatte, bedrückte sie zutiefst. Hinzu kam die Angst vor dem, was sie erwartete. Je mehr sie sich Seydell näherten, desto unruhiger wurde sie. Javier ging es anscheinend ähnlich. Seit ihrer Ankunft in Köln am Vorabend hatten sie kaum gesprochen. Elisabeth war es unangenehm gewesen, vor ihm zu weinen. Zum Glück hatte Javier sehr verständnisvoll reagiert.

Als sie einmal mitten in der Nacht aufgewacht war, hatte sie ihn aufrecht sitzend vorgefunden, den Blick ins Leere gerichtet, ähnlich wie in der Nacht zuvor. Sicherlich machte er sich Sorgen um sein Gestüt. Noch immer wurde sie nicht ganz schlau aus ihm. Manchmal fühlte sie sich ihm nah, ähnlich wie damals im Luftschutzbunker Hugh, dann wieder schien eine unsichtbare Wand zwischen ihnen zu stehen, und es fiel ihr schwer, auch nur zu ahnen, was in seinem Inneren vorging.

Sie hätte gern mit Margaret gesprochen, sich den Rat ihrer Freundin geholt. Immerhin hatte sie es geschafft, in Paris auf dem Weg zum Gare de l'Est an einem Postamt zu halten und den Brief nach Durham aufzugeben. Vielleicht ergab sich die Gelegenheit, von Seydell aus mit Margaret zu telefonieren. Sie musste zudem dringend Mr Saunders informieren, wie der Stand der Dinge war. Der Anwalt machte sich sicher Sorgen, weil er so lange nichts von ihr gehört hatte.

Vor dem Bahnhof herrschte gähnende Leere. Es gab weder Taxis noch andere Fahrzeuge. Der einzige Mann, der mit ihnen ausgestiegen war, hatte sich zu Fuß auf den

Weg gemacht. Elisabeth wurde klar, wie unvorbereitet sie aufgebrochen war. Sie hätte dem Gestüt Bescheid geben müssen. In den Unterlagen ihres Onkels war ein Verwalter erwähnt, der ein regelmäßiges Gehalt aus England bezog. Hätte Elisabeth daran gedacht, den Mann über ihre Anreise zu informieren, hätte er bestimmt dafür gesorgt, dass sie am Bahnhof abgeholt wurden.

»Und nun?«, fragte sie. »Es sind ungefähr fünfzehn Kilometer bis Seydell. Wir müssen eine Fahrgelegenheit finden. Zu Fuß schaffen wir das nicht.«

Javier stellte die Gepäckstücke ab. »Warte hier.« Er kehrte ins Bahnhofsgebäude zurück.

Wenig später hörte Elisabeth einen Knall. Sie erschrak, erkannte aber im nächsten Moment, dass es ein Motor gewesen war und kein Schuss, denn schon knatterte ein alter Adler Standard hinter dem Bahnhofsgebäude hervor. Gleichzeitig eilte Javier nach draußen.

»Das ist der Bruder des Bahnhofsvorstehers«, erklärte er. »Er hat sich bereit erklärt, uns zu fahren.«

»Wunderbar.«

Javier befestigte den Koffer und die Reisetasche auf der Gepäckablage am Heck des Wagens, dann nahmen sie beide auf der Rückbank Platz.

Der Mann am Steuer war alt und weißhaarig und saß so weit über das Lenkrad gebeugt, dass Elisabeth fürchtete, er wäre halb blind. »Nach Birkmoor wollen Sie also«, sagte er.

»Ja, bitte.« Elisabeth rieb sich die kalten Finger. Eine Heizung schien der Wagen nicht zu haben.

Er holperte über das Kopfsteinpflaster aus dem kleinen

Ort hinaus. Die Wiesen und Äcker waren mit einer dünnen Schicht Schnee bedeckt, alles war starr und steif gefroren. Auf den kahlen Bäumen saßen Raben, die aufflogen, als der Wagen an ihnen vorbeifuhr.

»Besuchen Sie jemanden in Birkmoor?«, fragte der Alte nach einer Weile.

»Wir wollen zu dem Gestüt«, antwortete Elisabeth vorsichtig.

Der Mann warf einen Blick über die Schulter, bevor er sich wieder auf die Straße konzentrierte. »Nach Seydell, ja?«

»Genau.«

Wieder herrschte Schweigen. Elisabeth war es recht so, denn sie wollte nicht mehr Fragen beantworten als unbedingt nötig. Sie war sich mit Javier einig, dass sie ihre Pläne zunächst nicht an die große Glocke hängen würden.

»Darf man fragen, was Sie auf Seydell wollen?«, setzte der Alte schließlich erneut an.

»Wir besuchen den Verwalter«, erklärte Javier. »Georg Horitza.«

»Aha.«

Sie erreichten ein Dorf. *Birkmoor* stand auf dem Ortsschild. Jetzt war es nicht mehr weit. Neugierig spähte Elisabeth aus dem Seitenfenster. Ein paar Höfe, eine Kirche, ein kleines Postamt. Der Wagen bog in eine Straße, die aus dem Dorf hinausführte. Links und rechts ragten Baumstümpfe aus der dünnen Schneeschicht.

»Hier wurde wohl zum Heizen abgeholzt«, bemerkte sie.

»Schön wär's«, stieß der Alte hervor. »Das waren die

Engländer. Alles haben sie mitgenommen. Haben uns fast nichts gelassen. Hätte bloß gefehlt, dass sie uns das Dach über dem Kopf abdecken. Jetzt haben sie's schön warm, und unsereiner hat weder zu heizen noch zu essen. Na ja, sie haben gewonnen, da ist das wohl ihr gutes Recht …«

Elisabeth schluckte und warf Javier einen verstohlenen Blick zu.

»Ich schätze, nach diesem Krieg geht es allen miserabel«, sagte der diplomatisch und deutete nach vorn. »Ist das Seydell?«

»Das ist es, mein Herr.«

Elisabeth beugte sich vor, um besser zu sehen. In der Ferne waren mannshohe rote Backsteinmauern auszumachen, dahinter reetgedeckte Dächer, eines davon sah eingefallen aus. Ein mulmiges Gefühl stieg in ihr auf.

Der Alte hielt vor einem großen Tor aus dunklem, leicht verwittertem Holz. »Da wären wir.«

Javier zahlte den vorher vereinbarten Preis von einer Mark und legte einen zweiten Schein darauf. »Für Ihre Umstände.«

»Das ist wirklich zu großzügig, mein Herr«, sagte der Alte mit einem dankbaren Lächeln. »Soll ich warten und Sie wieder mit zurücknehmen?«

»Das wird nicht nötig sein.«

»Wie Sie meinen.«

Sie stiegen aus, Javier nahm das Gepäck von der Ablage und stellte es auf dem Boden ab. Der Alte fasste sich an die Mütze, wendete den Adler und fuhr knatternd davon.

»Dann wollen wir mal.« Javier rieb sich die Hände. »Bist du bereit?«

»Das bin ich.«

Javier klopfte ans Tor. Nichts rührte sich.

»Vielleicht gibt es irgendwo eine Klingel.« Elisabeth suchte das Tor mit den Augen ab, konnte jedoch nichts entdecken.

Javier versuchte es erneut, diesmal fester. Das Tor knarrte und schwenkte ein paar Zentimeter nach innen. »Es ist offen. Umso besser.« Er griff nach dem Gepäck und stieß das Tor mit dem Ellbogen ein Stück weiter auf. Mit einem Kopfnicken signalisierte er Elisabeth voranzugehen. »Nach Ihnen, gnädige Frau.«

Lächelnd schritt sie durch das Tor und blieb im nächsten Augenblick entsetzt stehen, versuchte zu begreifen, was sie sah. Hinter sich hörte sie Javier nach Luft schnappen.

Tränen schossen Elisabeth in die Augen, ihr Herz krampfte sich zusammen. Sie hatten eine wertlose Ruine geerbt.

Kapitel 10

London, Februar 1916

Robert betrachtete den Zettel mit gerunzelter Stirn. *Nacht auf halb sieben*. Egal, wie er es drehte und wendete, die Worte ergaben keinen Sinn. Es musste an dem britischen Soldaten liegen, der sie notiert hatte. Viele der Männer verstanden wenig oder gar kein Deutsch und schrieben nieder, was sie hörten, ohne den Sinn zu begreifen.

Robert schob den Zettel von sich weg und lehnte sich im Stuhl zurück. Am Nachbarschreibtisch kritzelte sein Kollege Dan Watford eifrig Zahlenkolonnen aufs Papier. Sie saßen im großen Hauptbüro des MI1, der Auslandssektion des Secret Service Bureau in London. Die Abteilung war im Whitehall Court Nummer zwei untergebracht, in unmittelbarer Nachbarschaft des Kriegs- und des Außenministeriums.

Seit seiner Ankunft in Großbritannien arbeitete Robert hier. Nach den Schreckensstunden in der Arrestzelle in der Schweiz war der Rest der Reise ohne weitere Zwischenfälle verlaufen. Noch am Abend waren sie aus der Wohnung in Zürich abgeholt, zu einem Flugplatz gebracht und nach London geflogen worden.

Schon am nächsten Tag hatte man Robert die Arbeit beim MI1 angeboten. Seine Aufgabe bestand darin, abgefangene Funksprüche und mitgehörte Telefongespräche auszuwerten. Manchmal bekam er auch einen Brief auf den Schreibtisch, dessen Inhalt er analysieren sollte. Oder eine Landkarte, die in einem verlassenen Frontabschnitt oder in der Jacke eines toten Soldaten gefunden worden war.

Es war merkwürdig, den Krieg aus der Ferne mitzuerleben. Es fühlte sich falsch an. Während seine Kameraden in den Schützengräben froren und täglich ihr Leben aufs Spiel setzten, hockte er bequem auf einem gepolsterten Stuhl am Schreibtisch. Aber man hatte ihm keine Wahl gelassen. An der Front war er verbrannt. Zwar hätte er als einfacher Soldat aufseiten der Entente kämpfen können, das jedoch wäre vollkommen sinnlos gewesen. Mit Stift und Papier erwies er seinen neuen Herren einen viel größeren Dienst als mit der Waffe.

Mary Bonham arbeitete ebenfalls für den MI1, tippte als Schreibkraft Berichte. Sie wohnte wieder bei ihren Eltern in einem eleganten Stadthaus in Belgravia, einer der vornehmsten Wohngegenden von London. Robert hatte man eine Wohnung im nicht ganz so schicken Pimlico zugewiesen, von der aus er zu Fuß zur Arbeit gehen konnte.

Er nahm sich den nächsten Zettel vor, die Mitschrift eines Funkspruchs. *Die dicke Bertha hat Hunger.* Die Bedeutung war offensichtlich. Es wurde um Nachschub an Munition für das Mörsergeschütz gebeten, dem man den Spitznamen Dicke Bertha verpasst hatte. Er notierte die Übersetzung ins Englische und dazu seine Einschätzung, was die Bedeutung der Nachricht anging.

Obwohl er seit drei Monaten Unterricht erhielt, beherrschte er die englische Sprache noch immer nur mäßig. Deshalb tippte eine Schreibkraft seine Berichte in korrektem Englisch ab.

Die Bürohilfe, ein junger Mann, der nach einer Schussverletzung kriegsuntauglich von der Front heimgekehrt war, näherte sich mit einem Wagen, auf dem Ordner gestapelt waren. Er reichte Watford einen dünnen Hefter, wandte sich dann an Robert.

»C will Sie sehen, Mr von Seydell.«

C war der Spitzname von Mansfield Smith-Cumming. Der Chef des MI1 hatte die Angewohnheit, seine Briefe und Nachrichten grundsätzlich nur mit dem Buchstaben C zu unterschreiben. Er war ein ehemaliger Marineoffizier und ein Arbeitstier. Stets war er morgens der Erste im Büro und abends der Letzte, der ging. 1914 war sein Sohn bei einem Autounfall in Frankreich getötet worden. Er selbst verlor dabei sein linkes Bein. Seither, so gingen die Gerüchte, arbeitete er noch besessener als früher.

»Sofort?«, fragte Robert.

»So habe ich es verstanden.«

Robert erhob sich und eilte aus dem Raum. Er erreichte das Vorzimmer von Cumming, seine Sekretärin deutete auf die Tür.

»Gehen Sie einfach durch, er wartet bereits.«

Robert betrat das Büro, einen kleinen Raum voller Akten. Cumming saß hinter dem Schreibtisch. Sein Monokel verlieh seinem Äußeren trotz der Härte seiner Gesichtszüge etwas Großväterliches.

Er nahm es ab. »Seydell, nehmen Sie Platz.«

»Sehr wohl, Sir.« Robert setzte sich auf den Stuhl vor dem Schreibtisch.

»Ich brauche Ihre Einschätzung«, erklärte Cumming ohne Einleitung und schob ihm ein Blatt hin. »Ich muss wissen, ob das echt ist. Oder eine Falle.«

Robert beugte sich über das Papier.

Unternehmen Gericht wartet auf klares Wetter.

»Wann ist das gekommen?«

»Der Funkspruch wurde heute Morgen aufgefangen.«

»Und das ist der genaue Wortlaut?«

»So hat die Dechiffrierungsabteilung den Code entschlüsselt. Bei dem ›Unternehmen Gericht‹ soll es sich um einen Angriff auf den Festungsgürtel einer eher unbedeutenden Stadt namens Verdun an der Maas handeln. Der Angriff sollte angeblich heute Morgen losgehen, so zumindest lauten unsere Informationen. Doch alles blieb still. Allerdings ist das Wetter im Augenblick tatsächlich katastrophal. Schlechte Sicht, Schneeregen. Die Frage ist, ob die Deutschen uns nun wochenlang mit einer vermeintlich verschobenen Offensive ablenken wollen, während sie ihre Kräfte heimlich an einem anderen Ort zusammenziehen, wie der französische Oberbefehlshaber Joffre annimmt, oder ob die Attacke doch noch kommt. Eigentlich sollen alle französischen Truppen an der Somme versammelt werden, wir planen dort einen gemeinsamen Vorstoß, sobald das Wetter besser ist. Wenn unsere Verbündeten jetzt Tausende von Soldaten wegen eines angeblich drohenden Angriffs nach Süden verlagern …« Cumming beendete den Satz nicht.

Robert rieb sich das Kinn. Er war sich darüber im Klaren, dass er nicht der Einzige war, der um seine Einschätzung gebeten wurde. Dennoch konnte von seinem Urteil das Leben vieler Männer abhängen oder sogar der Ausgang des Krieges.

»Welche deutsche Armee steht dort? Die fünfte unter Kronprinz Wilhelm?«

Cumming nickte.

»Ich glaube, dass es keine Täuschung ist. Sie werden angreifen, sobald die Witterung es zulässt.«

»Danke, Seydell. Sie können wieder an Ihre Arbeit gehen.«

Im Flur vor Cummings Büro atmete Robert einige Mal tief ein und aus. Er hoffte und fürchtete zugleich, dass er sich nicht getäuscht hatte.

Mary wartete schon in ihrem neuen Vauxhall, als Robert aus dem Gebäude trat. Sie winkte. Er schlug den Kragen hoch und eilte zu ihr. Es war bitterkalt, was Mary jedoch nicht davon abhielt, mit offenem Verdeck zu fahren. Mary Bonham war eine wildere, lebenslustigere Version der Frau, die als Emma Friedmann in seiner Stabsstelle gearbeitet hatte. Und manchmal hatte er das Gefühl, nicht mit ihr mithalten zu können.

»Lust auf einen Drink?«, fragte sie.

»Immer.«

»Dann los.« Sie gab Gas, bog in die Horse Guards Avenue und fädelte sich an der nächsten Kreuzung geschickt in den Verkehr auf der Whitehall ein, in das Gewusel aus Omnibussen, Fuhrwerken, Fahrrädern und Automobilen.

Im letzten Licht der rot glühenden Februarsonne fuhren

sie zum Hippodrome Varietétheater auf der Charing Cross Road, wo sie an der Bar zwei French 75 bestellten, einen Cocktail aus Gin, Zitronensaft, Sirup und Champagner, der nach einem französischen Feldgeschütz benannt war.

»Du siehst müde aus«, sagte Mary, nachdem sie sich eine ruhige Ecke gesucht und angestoßen hatten.

»War ein anstrengender Tag.«

Sie sprachen Englisch, wie immer in der Öffentlichkeit. Nur wenn niemand zuhören konnte, wechselten sie ins Deutsche, weil Robert dann nicht so viel nach Wörtern suchen musste. Seit sie gemeinsam aus Deutschland geflohen waren, verband sie eine ganz besondere Freundschaft. Manchmal stellte Robert sich sogar vor, dass mehr daraus werden könnte, doch er machte sich keine Illusionen. Mary Bonhams Vater war Diplomat, sie bewegte sich in den höchsten Kreisen der britischen Gesellschaft, während Robert ein Niemand war. In Deutschland mochte der Name Seydell etwas bedeuten, in England interessierte bloß, dass es ein deutscher Name war.

Mary sah ihn mit zusammengekniffenen Augen an. »Das ist doch nicht alles.«

Er zuckte mit den Schultern. »Ich musste heute eine Nachricht bewerten, und ich bin nicht sicher, ob ich mit meiner Einschätzung richtigliege. Was, wenn ich einen Fehler gemacht habe?«

Sie legte die Hand auf seinen Arm. »Ging es um eine wichtige Sache?«

»Ich denke schon.«

»Dann haben sie auch noch andere gefragt.«

»Trotzdem.«

»Ich verbiete dir, so viel zu grübeln, Robert von Seydell. Du willst mir doch nicht den Abend verderben, oder?«

»Das würde mir nicht im Traum einfallen.« Er hob die Hand wie zum Schwur. »Ich gelobe Besserung.«

»So ist es brav.« Mary öffnete ihre Handtasche und nahm eine Dose mit dem blauen Aufdruck *Embassy* heraus. Sie klappte die Dose auf und steckte sich eine Zigarette zwischen die Lippen.

Als Robert in die Tasche seines Jacketts griff, um ihr Feuer zu geben, berührten seine Finger ein Stück Papier. Das hätte er beinahe vergessen. Er hatte den Zettel auf dem Schreibtisch seines Kollegen gesehen, als er aufbrechen wollte, und rasch eingesteckt. Da war Dan Watford schon fort gewesen. Es war ein spontaner Impuls gewesen, der Name war Robert ins Auge gestochen. Legrand. Die Mitschrift war auf Deutsch verfasst. Anstatt sie einfach nur zu überfliegen, hatte er den Zettel mitgenommen. Er hatte vor, ihn zu Hause zu lesen und morgen früh unbemerkt zurück an seinen Platz zu legen.

Vermutlich hätte sich niemand über seine Neugier gewundert, wenn er erklärt hätte, dass Maurice Legrand der Mann war, der ihm das Leben gerettet hatte, nachdem er übergelaufen war. Doch aus irgendeinem Grund scheute er sich davor, jemandem davon zu erzählen.

Plötzlich war ihm klar, dass er nicht bis zu Hause warten konnte.

»Entschuldige mich bitte kurz«, bat er die verdutzte Mary und drängte sich nach draußen, wo er um die Ecke in eine Seitengasse bog und den Zettel hervorzog.

Es war schon dunkel, er musste sein Feuerzeug anzünden, um im Licht der Flamme den Text zu lesen. Offenbar handelte es sich um die Mitschrift eines Telefongesprächs.

Die Untersuchung zum Tod von Capitaine Maurice Legrand wurde eingestellt. Es ist nun offiziell ein Unglücksfall.

Und inoffiziell?

Wer weiß.

Suizid?

Möglich. Wir haben keine genaueren Informationen bezüglich der Todesursache.

Was ist mit dem möglichen Kontakt zu Major S.?

Nicht bestätigt.

Also ist die Spur kalt.

Leider.

Hier endete die Mitschrift. Robert klappte das Feuerzeug zu und lehnte sich gegen die Hauswand. Alexander war tot. Sein Vater war gestorben.

Major S. war er selbst, daran hegte er keinen Zweifel. Die Deutschen hatten offenbar nach Legrand gesucht, weil sie glaubten, er hätte Kontakt zu ihm. Sie mussten irgendwie herausgefunden haben, dass Legrand für seine Rekrutierung verantwortlich gewesen war.

Er glaubte nicht, dass Alexander von Seydell sich umgebracht hatte. Der Mann war kein Feigling, keiner, der sich aus dem Leben stahl. Aber was für eine Art Unfall mochte er gehabt haben?

Robert presste die Hand auf die Brust, spürte die Uhr unter seinen Fingern und stöhnte auf. Er rutschte an der

Mauer entlang auf den Boden und vergrub sein Gesicht in den Händen.

»Großer Gott, was ist passiert?« Mary kniete plötzlich neben ihm und legte ihm die Hand auf die Schulter.

Robert sah sie an, durch die Tränen war ihr Gesicht verschwommen. »Mein Vater ist gestorben.«

»Wie schrecklich, das tut mir leid.«

»Ich hatte ihn gerade erst kennengelernt. Er war… er war nicht offiziell mein Vater. Er hat aufseiten der Franzosen gekämpft.«

»Ist er gefallen?«

»Ich weiß es nicht.« Er gab Mary den Zettel, entzündete das Feuerzeug.

Sie las. »Maurice Legrand war dein Vater?«

»Es war nicht sein richtiger Name.«

Sie las noch einmal. »Du kannst nicht sicher sein, dass er tot ist.«

»Aber…«

»Gäbe es einen Grund, weshalb er hätte verschwinden wollen?«

Ein winziger Funken Hoffnung glomm in ihm auf. »Er ist durch einen dummen Zufall eingezogen worden. Eigentlich lebt er in Spanien. Er war zur falschen Zeit am falschen Ort.«

»Siehst du.« Sie strich ihm über die Wange. »Wenn er nur halb so clever ist wie sein Sohn…«

Robert griff nach ihrer Hand und küsste sie. »O Mary. Was würde ich nur ohne dich tun?«

»Robert.« Sie schlang die Arme um seinen Hals.

»Mary, Mary.« Er presste sie an sich, küsste sie. »Mary

Bonham, Emma Friedmann, Erna Keller oder wie auch immer du heißen magst, ich liebe dich.«

»Ich liebe dich auch, Robert von Seydell.«

Lüneburger Heide, einen Monat später, März 1916

»Ha!« Ludwig schlug triumphierend mit der flachen Hand auf den Tisch.

Sie saßen beim Frühstück, Ludwig war in die Zeitung vertieft, Luise kaute auf dem faden Brot. Seit Kriegsbeginn durften die Bäcker kein reines Weizenbrot mehr backen, sondern mussten Roggenmehl beimischen, zudem wurde das Mehl feiner ausgemahlen, um es zu strecken. Beides trug nicht gerade zum Geschmack bei.

»Was ist denn?«, fragte sie, nicht weil es sie interessierte, sondern weil Ludwig es ihr ohnehin erzählen würde.

»Unsere U-Boot-Flotte hat schon wieder ein britisches Schiff erwischt. Die *Sussex*, eine Fähre im Ärmelkanal. Zwar ist sie nicht untergegangen, aber sie wurde stark beschädigt. Das ist schon der vierte Treffer für unsere Flotte in diesem Frühjahr.«

»Eine Fähre? Dann waren Zivilisten an Bord?«

»Ja und? Wir haben Krieg, alles, was dem Feind schadet, führt schneller zum Sieg. Glaubst du, die Franzosen, die Briten oder die Russen würden vor deutschen Zivilisten haltmachen, wenn sie sie in die Finger bekämen?«

Luise entgegnete nichts, sondern biss von ihrem Brot ab, legte es dann jedoch angewidert weg. Seit Bruno an der Front war, schwärmte Ludwig wieder vom Triumph des

Reiches, wie er es in den ersten Kriegswochen getan hatte. Plötzlich war das deutsche Heer wieder unschlagbar und der Sieg nah.

Luise verstand, dass er sich damit selbst Mut machte, doch es fiel ihr schwer, seine Monologe unwidersprochen hinzunehmen. Sie las ebenfalls die Zeitung und wusste, dass es nicht gut um das Reich stand, auch wenn man dies natürlich nur zwischen den Zeilen lesen konnte. Wenn der Krieg sich noch länger hinzog, würde es kein Volk mehr geben, das den Sieg bejubeln konnte. In den Städten hungerten die Menschen, immer mehr Lebensmittel wurden behördlich zugeteilt. Es gab die Brotkarte, die fettlosen Tage, und neuerdings war auch das Fleisch rationiert.

Auf Seydell hatten sie noch immer genug zu essen. Sie verfügten über Geld, um teuer auf dem Schwarzmarkt einzukaufen, außerdem hatten sie schon im vergangenen Jahr den Gemüsegarten vergrößert und einige Ferkel gekauft. Als Selbstversorger durfte man mehr von dem Fleisch behalten, außerdem kam niemand, um die Tiere zu zählen, vor allem nicht bei hochgestellten Familien wie ihnen.

Auch den Menschen im Dorf ging es vergleichsweise gut. Sie konnten sich selbst versorgen und von dem, was sie abgeben mussten, noch etwas abzweigen, das sie unter der Hand für einen höheren Preis verkauften.

Dennoch mangelte es an Dingen, die früher selbstverständlich gewesen waren. Knuspriges Weißbrot, duftende Seife, nicht dieser Ersatz, der stank und überhaupt nicht schäumte. Bohnenkaffee. Schokolade. Stattdessen gab es Ersatzprodukte, die nicht einmal entfernt an den Geschmack des Originals erinnerten.

»Schmeckt es dir nicht?«, fragte Ludwig mit Blick auf ihr verschmähtes Brot.

»Ich habe keinen Appetit.« Luise sah zum Fenster. »Ich glaube, Fritz spannt gerade die Wagonette an. Anna-Maria ist bestimmt auch schon draußen. Ich schaue mal, ob alles in Ordnung ist.« Sie erhob sich.

Ludwig warf ihr einen unergründlichen Blick zu.

»Ist etwas?«

»Wenn die Kerle nicht alle so grauenvoll verstümmelt wären, würde ich vermuten, einer von ihnen wäre deine neueste Eroberung.«

»Mach dich nicht lächerlich, Ludwig.«

»Oder ist es der Arzt?«

Luise schüttelte ungläubig den Kopf. Der Arzt war über siebzig. Eigentlich war er längst pensioniert, doch da viele seiner jüngeren Kollegen an der Front Dienst taten, war er aus dem Ruhestand zurückgekehrt. Er versorgte die Bevölkerung von Birkmoor und den umliegenden Dörfern ebenso wie die Kriegsversehrten. Sie wandte sich ab und ging ohne eine Antwort nach draußen.

In Wahrheit lenkte die Arbeit mit den Kriegsversehrten sie vom Grübeln ab. Anfangs hatte sie nur ihrer Tochter unter die Arme greifen wollen, doch dann hatte sie gemerkt, dass es half, wenn man etwas zu tun hatte. Von Bruno hatten sie immerhin inzwischen vier Briefe bekommen. Der erste war noch euphorisch gewesen. Voller Stolz hatte er davon berichtet, an welchen Teil der Front man ihn geschickt habe und wie großartig alles sei. Die nächsten Briefe waren weitaus nüchterner und knapper. Der letzte bestand gerade einmal aus zwei Sätzen.

Liebe Mutter, lieber Vater,

macht Euch keine Sorgen, mir geht es gut. Bloß die Kälte nachts ist schrecklich.

Grüßt alle von mir.
Euer Bruno

Luise bezweifelte, dass es die Kälte war, die ihrem Sohn am meisten zu schaffen machte. Aber sie war das Einzige, was er in Worte fassen konnte. Immerhin gab es von ihm wenigstens Lebenszeichen. Von Robert hatte sie noch immer nichts gehört. Mehr als vier Monate waren inzwischen vergangen, und nicht ein Wort. Anfangs war Luise froh gewesen. Nichts von Robert zu hören bedeutete auch, dass er nicht gefasst worden war. Doch inzwischen zweifelte sie. Wäre er in Sicherheit, hätte er sich bestimmt gemeldet. Er musste doch wissen, wie sehr sie sich um ihn sorgte. Vielleicht war er längst tot, lag in irgendeinem Graben zwischen unzähligen anderen Toten, und niemand scherte sich darum. Vielleicht würde sie nie erfahren, was aus ihm geworden war.

Luise drängte den Gedanken weg, drückte die Schultern durch und trat auf den Hof. Der Himmel war blau, die Sonne strahlte, und es duftete bereits nach Frühling. Gerade kam Anna-Maria mit einem Korb frischer Wäsche aus der Waschküche. Ihre Wangen leuchteten rosig, nicht nur von der frischen Märzluft. Seit einigen Wochen schon ging es ihr besser, sie aß mit Appetit und hatte an Gewicht zugenommen.

Luise vermutete, dass es nicht nur an der Arbeit mit den Kriegsversehrten lag. Einer der Patienten hatte anscheinend ihr Herz erobert oder zumindest den Teil davon, den sie freigegeben hatte. Wer auch immer es sein mochte, Luise war ihm unendlich dankbar.

»Soll ich helfen?«, fragte sie.

»Nicht nötig, das war der letzte Korb.« Anna-Maria rieb sich die Hände. »Kommst du mit?«

»Noch nicht. Ich muss mit Sevenich sprechen. Heute werden die Zweijährigen abgeholt.« Luise presste die Lippen zusammen, ihr Blick wanderte zu den Stallungen. Der Pferdemeister hatte heftig dagegen protestiert, die Tiere herauszugeben, sie waren noch viel zu jung. Doch ihnen war keine Wahl geblieben. Bisher waren sie glimpflich davongekommen, hatten den Großteil der Zuchtstuten behalten können, als zu Anfang des Krieges viele Pferde beschlagnahmt wurden. Nun standen sie vor der Wahl, entweder die Zweijährigen oder die wertvollen Stuten herauszugeben. Luise hatte sich durchgesetzt, woraufhin Karl Sevenich tagelang nicht mit ihr gesprochen hatte. Dann jedoch machte er sich daran, die Tiere, so gut es ging, auf ihren Einsatz vorzubereiten. Innerhalb von wenigen Wochen brachte er ihnen all die Fertigkeiten bei, die er normalerweise auf viele Monate verteilte. Tatsächlich hatte er ein kleines Wunder vollbracht. Alle Tiere beherrschten die Gangarten vorbildlich.

Doch Sevenich hatte sie gewarnt. »So junge Pferde bieten oft mehr Leistung an, als für sie selbst gut ist«, hatte er gesagt. »Die Gefahr ist groß, dass man sie überfordert.«

»Das weiß ich«, hatte Luise erwidert. »Aber das steht

nicht in unserer Macht. Wir haben getan, was wir konnten, alles andere liegt in Gottes Hand.«

Luise wandte sich wieder Anna-Maria zu. »Ich komme später nach und helfe beim Mittagessen.«

Anna-Maria strahlte. »Danke. Dann bis nachher.« Sie wollte auf den Bock der Wagonette steigen, wo Fritz bereits wartete, hielt jedoch inne, als sie einen Mann erblickte, der vom Tor her die Lindenallee heruntergelaufen kam. Er trug die Uniform eines Gefreiten und hinkte leicht.

»Bin ich hier richtig?«, rief er. »Ist das Seydell? Das Gestüt?«

Anna-Maria lächelte ihn an. »Das stimmt. Aber Sie wollen sicherlich in das Heim für Kriegsversehrte. Das liegt in Birkmoor, Sie müssen daran vorbeigelaufen sein. Steigen Sie auf, wir sind gerade auf dem Weg dorthin.«

»Ähm, nein.« Der Mann zog seine Mütze vom Kopf. »Ich wollte zu dem Fräulein Anna-Maria von Seydell.«

»Zu mir?«

Luise schob sich vor ihre Tochter. »Ich bin Luise von Seydell, ihre Mutter. Worum geht es denn?«

Der Soldat blickte unsicher zwischen Luise und Anna-Maria hin und her. Dann zog er etwas aus seiner Hosentasche. »Ich soll Ihnen das geben. Von Enno.« Er öffnete die Hand, ein Ring lag darin. Enno Klimmecks Verlobungsring.

Luise stöhnte innerlich auf. Ausgerechnet jetzt! Warum musste der Kerl hier auftauchen und alte Wunden aufreißen, wo es Anna-Maria gerade ein wenig besser ging? Warum war er nicht eine halbe Stunde später gekommen? Dann hätte ihre Tochter nie davon erfahren müssen.

Anna-Maria starrte auf den Ring.

»Nehmen Sie ihn«, forderte der Fremde sie auf. »Enno hat darauf bestanden, dass Sie ihn bekommen, Fräulein von Seydell. Ich habe es ihm auf dem Totenbett versprochen.«

»Sie waren bei ihm, als er starb?«, flüsterte Anna-Maria.

»Bin nicht von seiner Seite gewichen. Er war so tapfer, Ihr Verlobter.«

»Danke.« Anna-Maria nahm den Ring aus seiner Hand und betrachtete ihn. »Danke, dass Sie bei ihm waren.«

»Sicher sind Sie hungrig«, ging Luise dazwischen. »Ich führe Sie in die Küche, wo man Ihnen etwas zurechtmachen wird. Meine Tochter muss jetzt los.«

Luise machte ein paar Schritte und wartete darauf, dass der Soldat ihr folgte, doch Anna-Maria hielt ihn auf.

»Warten Sie«, bat sie. »Erzählen Sie mir, wie er gestorben ist. Hat er sehr gelitten?«

»Anna-Maria, bitte!«

»Ich will es hören.«

Luise sah den Soldaten beschwörend an.

»Es ist alles ganz schnell gegangen«, erklärte dieser und senkte den Blick. »Ihr Verlobter hat nicht gelitten.«

»Lügen Sie mich nicht an.« Anna-Marias Stimme zitterte, dennoch war ihr Tonfall hart. »Ich habe ein Recht auf die Wahrheit.«

»Aber …«

»Sehen Sie mich an und unterstehen Sie sich, mir ins Gesicht zu lügen.«

»Wie Sie meinen, Fräulein.« Der Mann sah Luise entschuldigend an, bevor er an Anna-Maria gewandt fortfuhr.

»Eine Granate hat ihm die Unterschenkel weggerissen, er ist verblutet. Er war in vorderster Linie, ich war nicht bei ihm, sonst hätte es mich ebenfalls erwischt. Ich habe dafür gesorgt, dass er schnell ins Lazarett gebracht wird, aber der Arzt konnte nichts mehr für ihn tun.«

Anna-Maria schluchzte auf.

»Das Tragische ist, dass er gar nicht hätte dort sein sollen«, fuhr der Soldat fort, ohne auf Luises warnenden Blick zu achten. »Er war ja gar nicht bei der Infanterie, so wie ich, sondern bei der Artillerie. Dort hätte er viel bessere Überlebenschancen gehabt. Man hatte ihn sechs Wochen zuvor strafversetzt, weil er zu spät aus dem Urlaub an die Front zurückgekehrt war. Er hatte seinen Zug verpasst.«

Navarra, am selben Tag, März 1916

Seit Tagen regnete es nahezu ununterbrochen. Zudem hatte in den Bergen die Schneeschmelze eingesetzt, sodass der Río Erro über die Ufer getreten war und die Straße überschwemmte. Weiter oben war es zu Erdrutschen gekommen, seit Donnerstag wurde ein Schäfer vermisst, der in einem Seitental einige entlaufene Schafe einfangen wollte. Eine Suchmannschaft aus Freiwilligen war noch am selben Abend losgezogen. Spät in der Nacht waren sie unverrichteter Dinge zurückgekehrt und am nächsten Morgen gleich wieder aufgebrochen. Auch heute würden sie es versuchen. Ob sie den Mann fanden, war jedoch fraglich. Die Berge waren wie die See, sie gaben nicht alles wieder her, was sie verschluckt hatten.

Alexander trat vor das Haus und knöpfte die Jacke zu, bevor er durch den Regen die Einfahrt hinunter zu den Stallungen rannte. Die Jacke war ein Überrest des Mantels, den er von der Front mitgebracht hatte. Drei Tage nach seiner Rückkehr hatte Flora beim Abendessen gefragt, wie es gekommen war, dass er aufseiten der Franzosen im Krieg gekämpft hatte. Sofort hatten ihn alle neugierig angesehen. Alexander hatte gezögert, dann jedoch davon erzählt, wie die Familie Legrand ihn versteckt hatte, wie er verraten wurde und sich nur retten konnte, indem er sich als Maurice Legrand ausgab. Er erzählte auch, dass er an der Front für den Nachschub zuständig war und nicht kämpfen musste, woraufhin Flora sich mehrfach bekreuzigte.

Er sprach nicht über den Gasangriff und auch nicht über Robert von Seydell, seinen Sohn, der auf der gegnerischen Seite gekämpft hatte und übergelaufen war. Am Ende holte er den Mantel und bat Eduardo, ihn zu verbrennen.

»Aber das können Sie doch nicht tun!«, empörte sich Jorja. »So ein gutes Stück, das darf man doch nicht zerstören.«

»Der Mantel könnte mich verraten«, gab Alexander zu bedenken.

»Geben Sie ihn mir«, bat Jorja.

Und das tat er. Die Magd nähte einen kleineren Mantel für Cristina daraus, den sie mit neuen Knöpfen und einer Kapuze versah. Aus dem Rest des Stoffes nähte sie eine kurze Jacke für Alexander, eine Erinnerung an Maurice Legrand, die ihm jedoch nicht mehr gefährlich werden konnte.

Alexander hatte Frédéric einen Brief geschrieben, ganz offiziell als Geschäftsfreund Alexander von Seydell aus Spanien, sich danach erkundigt, wie es der Familie gehe, und der großartigen französischen Nation einen baldigen Sieg gewünscht.

Legrand hatte geantwortet, dass alle wohlauf seien. Adrien sei jetzt auch an der Front, kämpfe in der Deuxième Armée bei einem Ort namens Verdun an der Maas gegen die Deutschen. Allerdings trauere Frédéric um seinen Vetter Maurice, der bei einem Unglück ums Leben gekommen sei. Ein Général Sauton habe höchstpersönlich bei ihm vorgesprochen, um die Nachricht zu überbringen. Er habe betont, was für ein tapferer und aufrechter Mann Legrands Vetter gewesen sei, dessen Verlust auch ihn schmerze.

Frédéric Legrands Worte hatten tagelang auf Alexanders Stimmung gedrückt. Er bat Sauton stumm um Vergebung und betete für Adrien.

Patschnass erreichte Alexander den Stutenstall. Heute sollte ein Fohlen kommen. Felipe und Cristina waren schon da. Gemeinsam mit Cervantes untersuchten sie die Stute.

»Es dauert nicht mehr lange«, sagte der Pferdemeister. »Und bei Buenaventura geht es auch bald los.« Er deutete auf die Schimmelstute in der Nachbarbox. »Die Kruppe ist schon ganz weich. Außerdem ist sie unruhig, hat sich mehrmals hingelegt und ist wieder aufgestanden.«

In den nächsten drei Stunden hatten sie alle Hände voll zu tun. Kaum war das eine Fohlen auf der Welt und mit Stroh abgerieben, platzte bei Buenaventura die Wasserblase, und die Fruchtblase mit den Vorderbeinen und dem Köpfchen ihres Nachwuchses darin war zu sehen. Schließlich standen zwei kleine Hengste auf wackeligen Beinen neben ihren Müttern und ließen sich von ihnen ablecken.

Als Alexander aus dem Stall trat, erschöpft und glücklich zugleich, hatte es aufgehört zu regnen. Er ging zur Pumpe und wusch sich die Hände.

»Wenn es trocken bleibt, können wir heute Nachmittag endlich mal wieder länger ausreiten«, sagte Cristina, die sich zu ihm gesellt hatte.

»Aber nicht in die Berge«, wandte Alexander ein. »Das ist zu gefährlich. Selbst wenn es nicht mehr regnet, drohen in den nächsten Tagen weitere Erdrutsche.

Er hörte Hufschlag, und im nächsten Augenblick kam Cayetano durch das Tor geritten. Er gehörte der freiwilligen Suchmannschaft an.

»Gibt es Neuigkeiten?«, rief Alexander ihm zu.

Cayetano saß ab. Er war vollkommen durchnässt, die Hose schlammig. Pedro kam angelaufen und nahm ihm das Pferd ab.

»Von dem Schäfer keine Spur«, berichtete Cayetano. »Aber dafür haben wir etwas anderes gefunden. Oder besser gesagt, jemand anderen.«

»Wen denn?«, fragte Felipe erstaunt, der hinzugetreten war und den Arm um Cristinas Schultern gelegt hatte.

»Das wissen wir noch nicht. Bisher sind es bloß ein paar Knochen. Definitiv nicht von einem Tier, das hat der Arzt bereits bestätigt. Drei Männer sind vor Ort geblieben und suchen nach dem Schädel und weiteren Knochen. Wer auch immer es sein mag, er ist vermutlich schon lange tot. Die Gebeine müssen in einer Schlucht weiter oben gelegen haben, eine Schlammlawine hat sie ins Tal gespült.«

Am nächsten Tag, März 1916

Alexander führte Amaranto am Zügel aus dem Stall. Die Sonne schien, ein wunderbarer Tag zum Ausreiten, doch er konnte sich nicht daran erfreuen. Zu sehr saß ihm der Schock in den Gliedern.

»Ich reite die Koppeln ab«, rief er Eduardo zu, der die Scharniere am Tor ölte. »Ich nehme Amaranto, er ist schon seit Tagen unruhig, ein längerer Ausritt wird ihm guttun.«

Der Schimmel war vier Jahre alt und hätte eigentlich längst verkauft werden sollen. Doch Cervantes hatte gezögert, die Entscheidung nicht ohne Alexander treffen wollen, weil Amaranto ein besonders schönes, gut gebautes Tier war, das sich auch zur Zucht eignen würde. Da Rey del Viento zu alt und Elano in Frankreich zurückgeblieben war, blieb ihnen sonst nur Zafiro als Zuchthengst.

»Soll ich mitkommen, Don Alexander?«

»Nein, das ist nicht nötig.«

Keinesfalls wollte Alexander in Begleitung ausreiten. Deshalb hatte er auch einen Augenblick abgepasst, in dem Cristina und Felipe anderweitig beschäftigt waren. Er musste ins Dorf und herausfinden, was es mit den Gebeinen auf sich hatte. Waren es die sterblichen Überreste des Franzosen? Des Erpressers, der vor so vielen Jahren in die Schlucht gestürzt war?

»Wie Sie meinen, Don Alexander.« Eduardo wandte sich wieder dem Tor zu.

Alexander wollte gerade aufsitzen, als er zwei Reiter entdeckte, die sich über die noch immer schlammige

Landstraße näherten. Ein ungutes Gefühl beschlich ihn. Am liebsten wäre er in den Sattel gesprungen und in die entgegengesetzte Richtung davongeprescht, aber er zwang sich, ruhig abzuwarten.

Als die Reiter nur noch etwa zweihundert Meter entfernt waren, erkannte Alexander den Tricornio und dann auch die grauen Röcke mit dem roten Kragen. Die Uniform der Guardia Civil. Sein ungutes Gefühl verwandelte sich schlagartig in Panik. Ihm wurde übel. Nur mit äußerster Willenskraft unterdrückte er seinen Fluchtinstinkt.

Bloß nicht die Nerven verlieren, sagte er sich. Niemand weiß, dass du den Franzosen kanntest, niemand hat dich je mit ihm zusammen gesehen. Es gibt nichts, was dich mit ihm in Verbindung bringt.

Vor dem Tor saßen die Männer ab und traten näher, die rechte Hand aufs Holster gelegt, wo der Griff der Smith & Wesson herausragte. Einer trug etwas über dem Arm, das Alexander nicht genau erkennen konnte.

»Alexander von Seydell?«, fragte der andere. Er war älter und hatte einen verkniffenen Zug um den Mund.

»Der bin ich. Was gibt es?«

»Sargento Esquiroz. Ich bedaure, Sie stören zu müssen, Don Alexander. Sicher haben Sie von dem Toten gehört, der in den Bergen gefunden wurde.«

»Und?«

»Wir fragen überall herum, ob jemand weiß, um wen es sich handeln könnte.«

»Ich habe keine Ahnung. Der Mann ist doch schon viele Jahre tot, habe ich gehört. Wurde er denn nicht vermisst?«

»Wir wissen es noch nicht.«

»Ich schätze, er ist verunglückt.«

»Möglich. Es könnte aber auch ein Verbrechen vorliegen.«

»Mord?« Alexander musste seinen Schreck nicht spielen. Auch Eduardo gab einen schockierten Laut von sich. Er unterbrach seine Arbeit und stellte das Ölkännchen weg. Beunruhigt wanderte sein Blick zwischen Alexander und den Polizisten hin und her.

»Gestern Nachmittag wurde sein Schädel gefunden, am Hinterkopf ist ein großes Loch.«

»Und das stammt nicht von einem Sturz?«

Esquiroz zuckte mit den Schultern. »Jedenfalls muss ein zweiter Mann bei ihm gewesen sein. Wir haben eine Lederweste gefunden.«

Alexander starrte ihn an, seine Kehle war mit einem Mal ganz eng.

»Das Kleidungsstück gehörte ganz sicher nicht dem Toten, denn der hatte seine Weste noch an, wir haben Reste der Kleidung an den Knochen gefunden.«

»Und die Weste ...« Alexander schaffte es nicht, die Frage zu beenden. Er bekam kaum Luft, so eingeschnürt fühlte sein Hals sich an. Großer Gott, nach all den Jahren! Es war, als würde der Erpresser ihn aus dem Grab heraus verhöhnen.

Der zweite Guardia trat vor. Jetzt erkannte Alexander auch, was er über dem Arm trug. Es war die Weste. Seine Weste. Er hörte Eduardo neben sich scharf einatmen.

»Haben Sie dieses Kleidungsstück schon einmal gesehen, Don Alexander?«, fragte Esquiroz. »Wissen Sie, wem es gehört?«

Alexander wurde schwindelig. »Nein«, stammelte er tonlos. »Keine Ahnung.«

Eduardo schob sich zwischen ihn und die Polizisten. »Lassen Sie mich mal sehen. Das ist doch die Weste von Todor Vázquez, dem Kerl, der oben bei Arrieta einen Masthof besitzt.«

»Der Schweine-Todor? Sicher?«, fragte Sargento Esquiroz argwöhnisch.

Eduardo kratzte sich am Kopf. »Ich habe ihn in einer solchen Weste gesehen«, antwortete er. »Aber ob es die hier war, kann ich natürlich nicht sagen. Zumal das Leder ganz verschlammt ist.«

»Wir werden das überprüfen. Vielen Dank für Ihre Mühe, Don Alexander.«

Die Guardias saßen auf und ritten davon. Alexander sah ihnen hinterher, unfähig, sich zu rühren. Eduardo riss ihn aus seiner Erstarrung.

»Sie müssen verschwinden, Don Alexander. Sofort.«

Alexander fuhr zu ihm herum. »Aber …«

»Ich weiß, dass es Ihre Weste ist, Don. Irgendwann haben Sie sie plötzlich nicht mehr getragen, ich habe mich immer schon gefragt, was geschehen ist. Und es gibt andere Menschen, die sie erkennen werden. Also beeilen Sie sich, bevor es zu spät ist.«

»Ich kann nicht einfach Hals über Kopf abhauen.«

»Was wollen Sie denn tun? Wegen Mordes aufgeknüpft werden?«

Alexander schloss die Augen. Hörte das denn nie auf? »Was ist mit Todor Vázquez? Was, wenn sie ihn wegen Mordes anklagen?«

»Das werden sie schon nicht. Er hat tatsächlich eine ähnliche Weste. Wenn er sie den Guardias zeigt, ist er aus dem Schneider. Außerdem ist er mindestens einen Kopf kleiner als Sie, Don Alexander. Ihre Weste würde ihm niemals passen, das sieht sogar ein Blinder.«

»Trotzdem kann ich nicht alles stehen und liegen lassen.«

»Sie müssen, Don«, drängte Eduardo.

Nachdenklich sah Alexander ihn an. »Du fragst gar nicht, was geschehen ist.«

»Sie sind ein guter Mann, Don Alexander, mehr muss ich nicht wissen. Es gibt Situationen im Leben, wo auch ein guter Mann etwas tut – tun muss, das nicht recht erscheinen mag. Das macht aber keinen schlechten Mann aus ihm.«

Alexander musste daran denken, dass Eduardo ebenfalls jemanden getötet hatte, im Streit, um die Ehre eines jungen Mädchens zu verteidigen. »Es war ein Unfall«, sagte er leise. »Ich habe sogar versucht, ihn zu retten.«

»Ich glaube Ihnen, Don. Aber das Gericht wird das womöglich nicht tun.« Eduardo klopfte dem Hengst auf den Hals. »Beeilen Sie sich. Sie brauchen einen Vorsprung. Wenn die Guardia Civil herausfindet, dass es Ihre Weste ist, müssen Sie außer Landes sein.«

»Ich muss mich wenigstens von Cristina verabschieden. Sie würde es nicht verstehen.«

»Sie wird verstehen, wenn ich es ihr erkläre. Es ist ja nur für ein paar Wochen. Bis Gras über die Sache gewachsen ist.«

Alexander sah seinen Knecht an. »Ich verlasse mich auf dich, Eduardo.«

»Das können Sie, Don Alexander. Leben Sie wohl, und kommen Sie heil zurück.«

Alexander saß auf und ließ Amaranto antraben. Er fühlte sich benommen, wie in einem Albtraum, aus dem er jeden Augenblick erwachen musste. Fast wie an dem Tag, an dem er als Capitaine Legrand neben Leutnant Bruno Maleux an die Front geritten war. Kurz bevor er das Dorf erreichte, bog er nach rechts auf die Passstraße ab, die nach Zaldaiz und von dort weiter nach Westen führte, genau in die entgegengesetzte Richtung von Arrieta, wo die beiden Guardias den armen Todor Vázquez befragen wollten. Während er tiefer in die Berge ritt, fragte er sich, wohin er fliehen sollte. In Frankreich wäre es zu gefährlich für ihn. Aber welche Alternative hatte er?

Lüneburger Heide, zwei Tage später, März 1916

Ein Schrei gellte durchs Haus, Luise erstarrte. Sie war gerade dabei gewesen, einen Bittbrief zu formulieren. In dem Heim für Kriegsversehrte fehlte es am Nötigsten. Es gab kaum noch Verbandsmaterial, und auch Schmerzmittel und andere Medikamente waren knapp.

Normalerweise kümmerte sich Anna-Maria um diese Dinge, doch seit sie vor drei Tagen erfahren hatte, wie Enno gestorben war, hatte sie das Bett nicht mehr verlassen. Sie gab sich die Schuld am Tod ihres Verlobten. Sie hatte ihn aufgehalten, ihretwegen hatte er den Zug verpasst. Das konnte sie sich nicht vergeben.

Luise hatte alles versucht, doch Anna-Maria hörte ihr

nicht einmal zu. Sie redete mit niemandem. Wenn jemand das Zimmer betrat, schloss sie die Augen und drehte sich zur Wand. Sie verweigerte jegliche Nahrung, wusch sich nicht, trug noch immer das Kleid, das sie an dem fatalen Morgen anhatte. Nur Martha war es gelungen, ihr wenigstens eine Brühe einzuflößen. Das war vorgestern gewesen.

Das Schreien ging in laute Hilferufe über. »Gnädige Frau! Gnädiger Herr, zu Hilfe!«

Luise ließ den Füllfederhalter fallen und stürzte aus dem Zimmer. Die Schreie kamen nicht von unten aus der Halle, wie sie zunächst angenommen hatte, sondern vom Ende des Korridors, wo Anna-Marias Zimmer lag.

Ida stand im Türrahmen, bleich und zitternd. Ihr Schreien war in ein leises Wimmern übergegangen.

Luise hatte plötzlich das Gefühl zu ersticken. Sie fasste sich an die Kehle, schnappte japsend nach Luft. Aber es kam ihr vor, als wäre immer weniger davon in ihrer Lunge. Wie unter Wasser bewegte sie sich auf das Zimmer zu, jeder Schritt ein Kraftakt.

Hinter sich hörte sie jemanden die Treppe heraufpoltern, dann Annis Stimme. »Was ist denn los?«

Ida schüttelte nur den Kopf.

Luise erreichte die Tür, wortlos trat Ida zur Seite.

Anna-Maria lag auf dem Bett, und im ersten Moment sah es aus, als würde sie schlafen. Doch das Blut, mit dem die weiße Daunendecke beschmiert war und das auf dem Boden einen dunklen Fleck gebildet hatte, machte unmissverständlich klar, dass ihr Herz nicht mehr schlug. Es klebte auch auf Anna-Marias blassen Armen und auf dem Kleid.

Benommen vor Schmerz betrachtete Luise ihre Tochter. Ihr Kopf ruhte auf dem Kissen, die Augen waren geschlossen. Ihr linker Arm hing über die Bettkante, darunter lag etwa ein Dutzend Umschläge auf dem Boden, auch sie voller Blut. Es waren die Briefe, die Enno ihr von der Front geschickt hatte. Daneben blinkte die Rasierklinge, mit der Anna-Maria sich die Pulsadern aufgeschnitten hatte. Ihre rechte Hand lag auf ihrer Brust. Die toten Finger umklammerten das Vögelchen aus Porzellan, Ennos Verlobungsgeschenk.

Luise sank auf die Knie. Der Boden schien sich unter ihr zu öffnen. Nein! Großer Gott, nein! Ein glucksender, würgender Laut entfuhr ihr. Nein, nein. Mein armes Kind, mein kleines Mädchen. Sie schluchzte auf. Ihre Schultern bebten, ohne dass die Tränen fließen wollten.

Kaum nahm sie wahr, wie eine Hand sie an der Schulter berührte. Sie wollte sie abschütteln, doch die Hand war stärker als sie. Jetzt wurde sie gepackt und hochgezogen. Ludwig nahm sie in die Arme.

»Komm weg hier, Luise«, sagte er sanft.

»Nein!«

»Doch.« Er führte sie aus dem Zimmer. »Du kannst nichts mehr für sie tun.«

»Es ist meine Schuld.«

»Du hast getan, was du konntest.«

»Ich hätte diesen Soldaten sofort wegschicken sollen, ich hätte an ihrem Bett wachen müssen, ich …«

»Schscht.« Er legte ihr den Finger auf den Mund.

Sie schob seine Hand weg. »Unser Kind ist tot!«, fuhr sie ihn an.

»Ich weiß.«

Jetzt bemerkte sie, dass seine Augen feucht schimmerten. Da endlich flossen auch bei ihr die Tränen.

»Unser Kind ist tot«, wiederholte sie schluchzend.

»Ja«, sagte er und nahm sie wieder in die Arme.

Die Tränen flossen immer heftiger, Luise schaffte es nicht, sich dagegenzustemmen, und sie wollte es auch gar nicht. Ludwig hielt sie die ganze Zeit fest. Schließlich brachte er sie in ihr Zimmer und verfrachtete sie ins Bett.

»Bleib liegen«, befahl er. »Ich kümmere mich um alles. Und ich schicke Martha zu dir herauf.«

»Aber …«

»Ich dulde keinen Widerspruch. Du bleibst liegen, bis es dir besser geht.«

Luise ließ den Kopf aufs Kissen sinken und schloss die Augen, überzeugt davon, dass es ihr nie wieder besser gehen würde. Wie auch? Ihre Tochter war tot, und ob sie ihre Söhne je lebend wiedersehen würde, war mehr als ungewiss.

Sie hatte keine Kraft mehr zu kämpfen. Wofür auch? Vielleicht sollte sie einfach liegen bleiben und nie wieder aufstehen, genau wie Anna-Maria.

Drei Tage später, März 1916

Die Beerdigung fand im kleinen Kreis statt. Nur die Familie und die langjährigen Bediensteten, Gustav Meinrath, Karl Sevenich, der Futtermeister Erich Grün, Georg und Martha sowie Anni und Käthe. Else, die Küchenmagd, war zu Hause geblieben, um den Leichenschmaus herzurichten, den Käthe vorbereitet hatte. Lotte wurde dringend bei den Kriegsversehrten gebraucht, Ida hielt im Haus die Stellung und Max in den Ställen.

Bruno war am Vorabend eingetroffen. Ludwig hatte ein Telegramm an die Front geschickt, und Bruno hatte drei Tage Urlaub erhalten, um seine Schwester zu beerdigen.

Als er durch die Tür getreten war, hätte Luise ihn beinahe nicht wiedererkannt. Er war größer und breitschultriger geworden. Außerdem war der stets ein wenig spöttische Ausdruck aus seinem Gesicht verschwunden. Im zweiten Knopfloch der Uniform war das schwarze Ordensband vernäht. Bruno hatte das Eiserne Kreuz zweiter Klasse verliehen bekommen, das er jedoch, wie allgemein üblich, nicht trug. Allein das Band wies auf die Auszeichnung hin.

Am Grab hielt er Luises Hand. Selten hatte sie sich ihrem jüngeren Sohn so nah gefühlt. Dennoch vermisste sie Robert schmerzlich. Sie wusste, wie bekümmert er sein würde, wenn er erfuhr, was geschehen war. Und er würde den Rest seines Lebens bedauern, seine Familie an diesem schweren Tag allein gelassen zu haben.

Mit Ludwig sprach Luise nie darüber. Für ihn war Robert gestorben, egal ob er noch lebte oder nicht. Er fühlte sich von Robert verraten, gerade so, als wäre er einzig und allein zum Feind übergelaufen, um seine Familie bloßzustellen.

Luise hätte gern gewusst, was geschehen war. Sie glaubte nicht, dass Robert leichtfertig gehandelt hatte. Falls es überhaupt stimmte und er nicht Opfer einer Verleumdung geworden war.

Als Luise ans offene Grab trat, zitterte ihre Hand so sehr, dass Bruno ihr helfen musste, den Strauß gelbe Narzissen, den sie eigenhändig am Morgen im Garten gepflückt hatte, auf den Sarg zu werfen. Ihre Beine waren plötzlich ganz schwach, und am liebsten hätte sie sich zu ihrer Tochter in das dunkle Loch gestürzt.

Beim Leichenschmaus bekam Luise kaum einen Bissen hinunter. Es gab kalten Braten, grüne Bohnen und Kartoffelsalat. Käthe hatte sogar Mayonnaise dazu gemacht, obwohl Öl schwer zu bekommen war. Ludwig schaufelte das Essen mit starrem Blick in sich hinein, Bruno war anzumerken, dass er lange kein so üppiges Mahl bekommen hatte. Doch Luises Hals war wie zugeschnürt. Nach wenigen Minuten entschuldigte sie sich.

»Mir ist nicht wohl, ich lege mich ein wenig hin.«

Ludwig legte die Gabel weg. Bislang war ihm offenbar gar nicht aufgefallen, dass sie ihr Essen fast nicht angerührt hatte. »Du hast schon dein Frühstück stehen lassen«, sagte er halb vorwurfsvoll, halb besorgt.

»Ich habe keinen Hunger.«

»Du musst aber etwas essen, Mutter«, schaltete sich nun auch Bruno ein.

»Später. Versprochen.«

Auf dem Treppenabsatz begegnete ihr Anni. Sie hielt ihr einen Umschlag hin. »Ein Brief, gnädige Frau.«

»Ich hatte doch darum gebeten, alle Post meinem Mann zu übergeben.« Luise hatte keinen einzigen der unzähligen Kondolenzbriefe gelesen, die in den vergangenen beiden Tagen eingetroffen waren. Vielleicht würde sie irgendwann später die Kraft dazu haben.

»Dieser ist an Sie persönlich gerichtet, gnädige Frau.«

Zögernd nahm Luise den Umschlag entgegen. Schweres

Büttenpapier, keine Hiobsbotschaft also. Sie drehte den Brief um und entzifferte den Absender. *Alva Larsson, Viktoriagatan, Ekholmen, Karlskrona.* Ein Brief aus Schweden? Luise kannte keine Alva Larsson und auch sonst niemanden, der in Karlskrona lebte.

»Danke«, sagte sie zu Anni, die noch immer abwartend dastand. »Ich ziehe mich zurück, ich möchte nicht gestört werden.«

»Wie Sie wünschen, gnädige Frau.«

In ihrem Zimmer legte Luise den Brief auf dem Sekretär ab und warf sich aufs Bett. Sie schloss die Augen, doch an Schlaf war nicht zu denken. Sie bekam das Bild ihrer Tochter in der dunklen kalten Erde nicht aus dem Kopf.

Schließlich stand sie wieder auf und lief im Zimmer hin und her. Vielleicht sollte sie ausreiten. Auf Morganas Rücken hatte sie noch immer alle Sorgen vergessen, zumindest für eine Weile. Sie blickte aus dem Fenster. Bei der Beerdigung hatte die Sonne geschienen, doch inzwischen zog der Himmel sich zu. Einerlei, Regen hatte sie noch nie vom Reiten abgehalten.

Luise ging zum Schrank und nahm ihr Reitkleid heraus. Als sie es über den Stuhl warf, fiel ihr Blick auf den Brief. Sie zögerte. Dann siegte die Neugier. Sie schlitzte den Umschlag auf. Ein einzelnes Blatt befand sich darin. Einfaches Papier, ganz anders als der Umschlag. Luise faltete den Bogen auseinander und sog scharf die Luft ein, als sie die Handschrift erkannte.

Dem Himmel sei Dank! Sie schloss für einen Moment die Augen, dann setzte sie sich auf den Stuhl und begann zu lesen.

Liebste Mutter,

bitte verzeih, dass ich mich erst jetzt bei Dir melde. Bestimmt bist Du krank vor Sorge, aber ich musste zunächst einen sicheren Weg finden, wie wir korrespondieren können. Alva ist die Freundin einer Freundin, sie ist absolut vertrauenswürdig. Wenn Du mir schreiben willst, sende Deinen Brief an ihre Adresse, sie wird ihn an mich weiterleiten.

Wo ich mich aufhalte, verrate ich Dir lieber nicht. Es wäre zu gefährlich. Nur so viel: Ich bin in Sicherheit und erfreue mich bester Gesundheit.

Sicher hat man Euch erzählt, dass ich für die Franzosen spioniert habe. Was soll ich sagen? Es ist die Wahrheit, und ich hatte gute Gründe dafür. Ich bereue nicht, was ich getan habe, und würde jederzeit wieder so handeln. Vielleicht bekomme ich eines Tages die Gelegenheit, es Dir zu erklären, dann wirst Du verstehen. Bei Vater mache ich mir da allerdings keine Illusionen.

Ich hoffe, Ihr seid alle wohlauf. Gib Bruno einen Stüber und Näschen einen dicken Kuss von mir, aber verrate ihnen nichts.

An der Stelle musste Luise innehalten, weil die Schrift vor ihren Augen verschwamm. Sie legte den Brief weg und tupfte sich mit einem Taschentuch die Augen trocken, dann setzte sie die Lektüre fort.

Liebste Mutter, ich hatte eine äußerst bemerkenswerte Begegnung an der Front. Als ich mich durch die Linien zu den Franzosen durchschlug, geriet ich in Lebensgefahr. Ein französi-

scher Capitaine rettete mir das Leben. Als er meinen Namen hörte, reagierte er ganz seltsam. Später erklärte er mir, dass er meine Familie kenne. Er vertraute mir eine goldene Taschenuhr an, die er bis zu dem Zeitpunkt immer bei sich getragen hatte. In den Deckel sind sein Name und ein Pferd eingraviert.

Der Capitaine ist ein Mann von untadligem Charakter und mit einem großen Herzen. Was auch immer ich früher Schlechtes über ihn dachte, bereue ich nun. Ich bin stolz und dankbar, mit ihm verwandt zu sein. Ich bete, dass auch er den Krieg heil übersteht.

Liebste Mutter, schreib mir bald zurück, ich brenne darauf zu erfahren, wie es Euch geht.

Verurteile mich nicht.
Dein Sohn Robert

Luise musste erneut zum Taschentuch greifen. Sie schnäuzte sich, dann nahm sie den Brief wieder zur Hand und strich behutsam mit dem Finger über die Buchstaben.

Robert lebte. Er war in Sicherheit. Und er war seinem Vater an der Front begegnet. Alexander, der aufseiten der Franzosen kämpfte, hatte Robert das Leben gerettet. Es war wie ein Wunder.

Luise stand auf und trat ans Fenster. Ihr Blick wanderte die Lindenallee hinunter, über die schon so viel Freud und Leid nach Seydell gekommen waren.

Es war nicht alles verloren. Das Schicksal hatte ihr die Tochter geraubt, Anna-Maria würde ihr bis ans Ende ihrer Tage fehlen. Aber sie hatte noch ihre Söhne, und das war Grund genug, voller Hoffnung in die Zukunft zu schauen.

Nachwort

Auch im zweiten Band unserer Familiensaga haben wir versucht, unsere Geschichte möglichst nahtlos mit realen historischen Ereignissen verschmelzen zu lassen. So treten wieder einige historische Persönlichkeiten auf, wie etwa Sir George Mansfield Smith-Cumming, der erste Direktor des Auslandsgeheimdienstes Secret Service Bureau, das damals MI1 hieß und heute als MI6 bekannt ist.

Auch den Maler Amedeo Modigliani haben wir so in unseren Roman integriert, dass er Luise tatsächlich an jenem Abend hätte begegnen können. Er hat zu der Zeit in Paris gelebt, war Stammgast im Café La Rotonde, und sogar der Streit mit Diego Rivera über die Landschaft in der Malerei ist belegt. Ebenso wie seine Angewohnheit, sein Croissant in Absinth zu tunken. Wenige Wochen nach seiner Begegnung mit Luise lernte Modi, wie er von seinen Freunden genannt wurde, die Schriftstellerin Beatrice Hastings kennen, mit der er eine Weile liiert war und von der wir einiges über das Privatleben des Malers wissen.

In manchen Fällen haben wir jedoch bewusst die Namen von Personen geändert, auch wenn diese bekannt sind, so etwa bei allen Militärs des Ersten Weltkriegs. Die Ereignisse und Abläufe haben wir aber so akkurat wie möglich dargestellt. So hat der Gasangriff bei Ypern sich in etwa so abgespielt wie von uns beschrieben, übrigens unter Teilnahme vieler Freiwilliger, darunter auch eine Anzahl Chemiker und Chemiestudenten. Diese bliesen 180 000 Kilogramm Chlorgas in Richtung der feindlichen Linien. Bei der genauen Zahl der Verwundeten und Toten, die qualvoll in der sechs Kilometer breiten Gaswolke verendeten, gehen die Angaben der Quellen weit auseinander. Es müssen jedoch mehrere Tausend gewesen sein.

Manchmal haben wir der Historie etwas hinzugefügt, das es so zwar nicht gab, aber hätte geben können. So haben wir die politischen Auseinandersetzungen in Spanien um eine weitere Gruppierung ergänzt, die Esku Beltza, benannt in Anlehnung an die »Schwarze Hand«, die es um 1880 tatsächlich in Andalusien gab.

Wichtiger, als die Quellen gegeneinander abzuwägen, um die Vergangenheit möglichst korrekt darzustellen, war uns auch diesmal, unsere Figuren so lebendig werden zu lassen, dass ihr Schicksal Sie, liebe Leserinnen und Leser, nicht kaltlässt. Wir hoffen sehr, dass uns dies gelungen ist und dass Sie ebenso wie wir selbst dem Fortgang der Geschichte entgegenfiebern.

Düsseldorf, Juni 2020
Sophie Martaler

Lesen Sie hier schon die ersten Kapitel

Lüneburger Heide, August 1922

»Achtung! Feind im Anflug! Maschinengewehr bereitmachen!«

Luise von Seydell schaute zu dem Jungen hinüber, der vollkommen in sein Spiel vertieft war. Er hatte die beiden Flugzeuge zum Geburtstag bekommen, sieben Jahre wurde er heute alt. Am liebsten hätte sie ihm das Spielzeug aus der Hand gerissen und seine Mutter und ihn zum Teufel gejagt, aber damit hätte sie womöglich eine Katastrophe heraufbeschworen.

»Da kommt Meisterflieger Leutnant Georges Guynemer angeschossen, doch gegen unseren Helden Ernst Udet kann der Franzose nichts ausrichten! Udet vollführt ein Immelmann-Manöver, greift Guynemer von oben an. Doch was ist das? Ladehemmung! Ladehemmung! Udet muss schnell abdrehen, bevor der Feind merkt, was los ist. Aber er tut es nicht, er gibt nicht auf.«

»Kann bitte jemand dem Kind die Flugzeuge wegnehmen?« Gesche von Seydell sah ihren Mann auffordernd an. »Ich ertrage das nicht.«

»Er spielt doch bloß«, entgegnete Bruno.

»Das ist kein Spiel«, widersprach Gesche, so leise jedoch, dass Luise sicher war, dass es außer Bruno und ihr keiner gehört hatte.

Der Junge ließ indes die Flugzeuge aufeinander zurasen. »Der tapfere Udet versucht es noch einmal«, rief er. »Doch seine MGs feuern nicht.«

Gesche stöhnte. Ihr Mann reichte ihr die Hand. »Komm, wir machen einen kleinen Spaziergang.« Er half ihr auf, nahm ihren Arm und führte sie von der Picknickdecke weg.

Luise atmete auf, als die beiden sich entfernten. Bruno schien einen seiner guten Tage zu haben, zum Glück.

Der Junge spielte ungerührt weiter. »Da! Der Franzose merkt, was los ist. Er hält auf Udet zu. Der kann nicht mehr entkommen, sein Schicksal ist besiegelt. Aber seht nur, seht nur, Guynemer grüßt und dreht ab.« Der Junge legte das französische Jagdflugzeug auf der Decke ab und führte die Hand in militärischem Gruß an die Stirn. »Udet grüßt zurück und fliegt davon.«

»Bravo, bravo!« Gerti König, die Mutter des Jungen, applaudierte.

Luise konnte den Anblick nicht länger ertragen. Sie wandte sich ab und ließ den Blick über die beiden zwischen dem Heidekraut ausgebreiteten Decken wandern, über die Picknickkörbe, das Obst, die Platte mit dem Kuchen, die halb vollen Weingläser und die Menschen, die zu diesem Ausflug zusammengekommen waren. Gerti, Harald, Martha, Georg und Paula. Gesche und Bruno waren hinter einer Gruppe Bäume verschwunden.

Es war ein schöner Tag. Der August hatte kühl und regnerisch angefangen, aber heute war es trocken, und der Wind riss Löcher in die Wolkendecke, sodass sogar ab und an die Sonne hervorkam. Dennoch fühlte sich Luise unbehaglich. Wenn es nach ihr gegangen wäre, hätte dieses Picknick nie stattgefunden. Aber sie hatte keine Wahl gehabt. Schon Anfang der vergangenen Woche hatten ihre ehemalige Zofe Martha und sie es geplant, als kleine Überraschung für Marthas sechsjährige Tochter Paula. Die ging seit Ostern zur Schule und wurde vom Lehrer in den höchsten Tönen gelobt.

Da hatten sie noch nicht geahnt, dass Gerti und Harald aus heiterem Himmel auftauchen würden. Hin und wieder stattete das frühere Hausmädchen, das seit Kriegsende in Lüneburg wohnte, dem Gestüt einen Besuch ab, um in der Küche ein wenig mit ihren alten Kollegen zu plaudern. Das konnte Luise ihr schlecht verbieten, auch wenn sie es gern getan hätte. Sie war sicher, dass Gerti dabei Hintergedanken hegte. Offiziell war Haralds Vater Walter König im Krieg gefallen, in Wahrheit jedoch war ihr Sohn Bruno der Erzeuger des Jungen. Gerti hatte eine großzügige Abfindung bekommen, und die Seydells waren bereit, für Haralds Ausbildung zu zahlen, was seiner Mutter jedoch nicht das Recht gab, sich als Familienmitglied zu betrachten.

Das schien Gerti jedoch nicht zu scheren, ebenso wenig wie die Tatsache, dass Bruno Anfang des Sommers geheiratet hatte. Luises Schwiegertochter Gesche war eine stille, ernste Frau. Vor dem Krieg mussten die Männer ihr reihenweise verfallen sein. Sie hatte ein herzförmiges Gesicht, eine Stupsnase und große strahlend blaue Augen. Der kecke Bubikopf, zu dem ihr blondes Haar geschnitten war, verlieh ihrem Aussehen zusätzlich etwas Mädchenhaftes. Doch Luise hatte Gesche noch nie glücklich strahlen sehen, nicht einmal an ihrem Hochzeitstag. Wenn sie lächelte, verzog sich bloß ihr Mund, die Trauer in ihren Augen verschwand nicht. Wie Luises Tochter Anna-Maria hatte Gesche ihren Verlobten im Krieg verloren, er war 1916 an der Somme gefallen. Anna-Maria hatte sich das Leben genommen, Gesche schien entschlossen durchzuhalten. Luise empfand große Sympathie für sie. Gesche war kein Ersatz für ihre Tochter, doch sie erinnerte Luise an Anna-Maria. Und die junge Ehefrau hatte Geduld mit Bruno. Was auch immer sie also dazu bewogen hatte, seinen Antrag anzunehmen, Luise war ihr dankbar.

Auch dafür, dass sie die Zukunft in sich trug. Gesche war schwanger, das Kind sollte im Frühjahr kommen. Und sie war die Einzige, die nicht wusste, dass Bruno bereits Vater war. Das machte den Besuch von Gerti und ihrem Sohn so heikel. Eine kleine Andeutung, eine unbedachte Bemerkung, ein allzu väterlicher Blick von Bruno, und alles würde auffliegen. Doch ausgerechnet heute war Haralds Geburtstag. Also war ihnen keine Wahl geblieben, als Gerti und ihn einzuladen, sie in die Heide zu begleiten.

Zum Glück hatte Luises Mann Ludwig ohnehin nicht vorgehabt, an dem Picknick teilzunehmen, sonst wäre die Situation bestimmt längst eskaliert.

»Warum sollte ich mich in den Dreck hocken, um zu essen, wenn ich einen Tisch habe?«, hatte er sich mokiert, als Luise ihn fragte.

Sie hatte nicht versucht, ihn zu überreden.

Am späten Vormittag waren sie aufgebrochen. Bruno, Gesche und Luise zu Pferd, Georg, Martha, Gerti und die Kinder mit der Kutsche. Zwar gab es längst ein Automobil auf Seydell, doch für Ausflüge oder Besorgungen im Dorf wurde noch immer lieber eines der von Pferden gezogenen Fahrzeuge genommen. Für das Picknick an diesem schönen Augusttag hatten sie die offene Victoriakutsche gewählt. Paula durfte, sehr zum Verdruss von Harald, neben ihrem Vater auf dem Bock sitzen und half stolz, das Gefährt zu lenken.

Früher wäre es niemandem von der Familie eingefallen, zusammen mit dem Gesinde einen Ausflug zu machen. Aber die Zeiten hatten sich geändert. Die Kluft zwischen den Schichten war kleiner geworden, seit Deutschland eine Republik war. Es gab keinen Adel mehr, vor dem Gesetz waren die Seydells eine gewöhnliche bürgerliche Familie. Zudem waren die Grenzen schon vorher verwischt gewesen. Marthas Mann Georg war Luises illegitimer Halbbruder, die ehemalige Zofe somit ihre Schwägerin.

Marthas Stimme holte Luise zurück in die Gegenwart. »Jemand noch Kuchen?« Sie hob die Platte an.

»Ich, ich!« Harald ließ die Flugzeuge fallen und schnappte sich ein Stück.

»Harry«, ermahnte ihn seine Mutter. »Nicht einfach nehmen, erst fragen.«

»Aber Frau Horitza hat doch gesagt …«

»Schon gut.« Martha lächelte. »Wenn er Pilot werden will, muss er groß und stark werden.«

»Will er das?«, schaltete sich Georg ein.

»Ja, Herr Horitza. Ich werde Kampfpilot, ich will den Kaiser und das Reich gegen den Feind verteidigen.«

»Es gibt keinen Kaiser mehr«, rief Paula, die bisher ins Spiel mit ihrer Puppe versunken gewesen war. »Nur einen Reichspräsidenten. Und der heißt Friedrich Ebert.«

»Ist mir doch egal«, fuhr Harald sie an, sichtlich verärgert darüber, von dem Mädchen verbessert worden zu sein.

»Na, Kinder«, mahnte Georg. »Vertragt euch. Harald wird sicher ein großartiger Pilot.«

»Trotzdem gibt es keinen Kaiser mehr«, murmelte Paula und stand auf.

»Wohin gehst du?«, fragte Martha.

»Vögel füttern.« Paula streckte ihrer Mutter eine Hand voller Krümel entgegen.

»Das ist ja ein halbes Stück Kuchen, Kind!«

Georg lachte. »Unsere Tochter hat ein großes Herz, sie liebt alle Kreaturen.«

»Darf ich?« Paula sah ihren Vater bittend an.

»Aber lauf nicht zu weit weg, bleib in Sichtweite der Decke.«

Das Mädchen rannte los. Mit einem Stich in der Brust schaute Luise ihr hinterher. In dem Alter war Anna-Maria genauso gewesen. Lebendig, ungestüm, voller Leben. Ihr großer Bruder hatte sie Näschen genannt, weil sie ihre neugierige Nase in alles hineingesteckt hatte. Doch dann hatte etwas ihre Seele verdunkelt.

Rasch sah Luise zu dem Wäldchen hinüber, in dem Gesche und Bruno verschwunden waren. Das war ihre Zukunft, ihr Sohn, ihre Schwiegertochter und ihr Enkelkind. Und sie hatte auch noch Robert, ihren Erstgeborenen. Eines Tages würde sie ihn wiedersehen. Immerhin schrieben sie sich gelegentlich. Er war verlobt, würde ebenfalls heiraten und Kinder bekommen. Sie würde ihn so gern besuchen, aber sie schreckte davor zurück, aus Gründen, die sie sich nicht einmal selbst eingestehen wollte.

Ihre Gedanken flogen zu einem kleinen Zimmer, von dessen Fenster aus der Blick auf die Gipfel der Berge fiel. Und zu dem Mann, den sie in diesem Zimmer zum letzten Mal gesehen hatte. In seinem Blick lag so viel Schmerz und Verachtung, dass es Luise auch jetzt noch, acht Jahre später an einem warmen Augusttag in der Heide, ins Herz schnitt.

Suffolk, am selben Nachmittag, August 1922

Ein lautes Hämmern ließ Alexander von Seydell aus dem Schlaf hochschrecken. Ruckartig setzte er sich auf und horchte. Wieder hämmerte es. Jemand schlug gegen die Haustür.

Alexander sprang aus dem Bett und tastete nach dem Lichtschalter, doch nichts geschah. Er riss die Zimmertür auf und stolperte die Treppe hinunter. Der Mond schien durchs Fenster, tauchte die Stufen in silbriges Licht. Das Hämmern gegen die Tür wurde immer lauter. Nun kam das Geräusch von splitterndem Holz hinzu.

Ich komme ja schon!, wollte Alexander rufen. Aber er bekam kein Wort heraus, sein Hals war wie zugeschnürt.

In dem Moment sprang ein Stück Holz aus der Tür. Durch den Spalt war ein blank polierter Stiefel zu sehen. Sekunden später gab die Tür ihren Widerstand auf und zerbarst mit einem ohrenbetäubenden Krachen, Männer in Uniform drangen ins Haus. Erschrocken blieb Alexander auf der unteren Stufe stehen.

Einer der Männer packte ihn am Arm. »Alexander von Seydell, Sie sind verhaftet.«

»Aber …« Mehr brachte Alexander nicht heraus.

Der Soldat zerrte ihn nach draußen, seine Kumpane richteten die Gewehre auf ihn.

Alexander versuchte, sich zur Wehr zu setzen. Das muss ein Missverständnis sein, wollte er sagen. Doch sein Mund blieb stumm.

Verzweifelt schoss sein Blick hin und her. Wo waren die anderen? Wo war Cristina? Wo Felipe? Wo waren Eduardo, Flora und Jorja? Da erblickte er seine Tochter. Mit verschränkten Armen stand sie in der zerstörten Haustür und starrte ihn hasserfüllt an.

»Mörder«, zischte sie.

Bevor Alexander etwas zu ihr sagen, sie anflehen konnte, ihn anzuhören, stieß der Soldat ihn die Stufen hinunter. Seine Kumpane fesselten ihm die Hände auf den Rücken und brachten ihn zu einem Kübelwagen. Kaum saß er, ging es los. Über holprige Pisten fuhren sie durch die Nacht. Alexander wagte nicht zu fragen, wohin. Wieder und wieder wanderten seine Gedanken zurück zu seiner Tochter, zu ihrem Blick voller Verachtung. Warum hasste sie ihn so sehr?

Endlich hielt der Wagen. Die Soldaten zerrten ihn nach draußen. Sie waren in einem Wald, kein Haus war weit und breit zu sehen.

Der Anführer ließ seine Männer Aufstellung nehmen. »Alexander von Seydell, du bist wegen Mordes zum Tode verurteilt«, verkündete er und senkte den Arm.

Schon feuerten die Männer. Alexanders Körper wurde vom Kugelhagel durchlöchert, aber seltsamerweise spürte er keinen Schmerz.

Stattdessen hörte er eine Stimme. »Sir?«

Er riss die Augen auf, blickte erschrocken und erleichtert zugleich in die Augen des Schaffners.

»Verzeihen Sie, Sir. Sie haben geschlafen. Sie müssen aussteigen, wir sind in Bury St. Edmunds.«

»Oh, vielen Dank.« Alexander rieb sich über das Gesicht, um den bitteren Nachgeschmack des Traums loszuwerden.

Rasch erhob er sich. Der Schaffner hatte bereits seinen Koffer ergriffen. Alexander folgte ihm zur Tür und stolperte auf den Bahnsteig. Er drückte dem Mann einen Shilling in die Hand und bedankte sich. Die Zugtür wurde zugeknallt, eine Pfeife schrillte. Ein Gepäckträger eilte auf Alexander zu, doch er winkte ab. Die wenigen Schritte bis vor den Bahnhof würde er seinen Koffer allein tragen. Während der Zug sich stampfend in Bewegung setzte, hielt Alexander auf das imposante, mit Zinnen und Türmen bewehrte Backsteingebäude zu, passierte die Sperre und trat auf der anderen Seite auf den sandigen Vorplatz.

Der Bahnhof lag ein Stück außerhalb des Ortes, dennoch herrschte geschäftiges Treiben. Menschen eilten an ihm vorbei, Automobile wirbelten Staub auf, ein Schuhputzer warb um Kundschaft. Niemand achtete auf Alexander. Er schaute auf die Uhr, noch immer benommen von seinem Traum. Vielleicht war er zu früh. Jedenfalls schien seine Verabredung noch nicht da zu sein. Er stellte den Koffer ab, zum Glück regnete es nicht. Hauptsache, das Ganze war kein Missverständnis. Merkwürdig genug war es jedenfalls gewesen. Die strengen Verschwiegenheitsklauseln im Vertrag, die ganze Geheimniskrämerei.

Allerdings waren die Briten in Alexanders Augen ohnehin ein exzentrisches Volk mit seltsamen Ritualen, und Pferderennen waren fast so etwas wie eine Religion für sie. Deshalb hatte er sich nicht weiter gewundert. Vielleicht hätte er doch seinen Sohn um Rat fragen sollen, bevor er unterschrieb. Aber jetzt war es zu spät.

Ein Hupen ertönte, und im gleichen Moment hielt ein schwarzer Austin 12 in einer Staubwolke vor ihm. Ein kleiner schlanker Mann sprang heraus.

»Mr Seydell?«

»Der bin ich.«

»Steigen Sie ein.« Der Mann nahm Alexanders Koffer und warf ihn auf die Rückbank, bevor er ihm die Beifahrertür aufhielt.

Kaum saß Alexander, ging es los. Er hätte dem Mann gern ein paar Fragen gestellt, aber er wusste nicht einmal, wie er ihn anreden sollte. Er trug Knickerbocker und ein offenes Jackett. Also war er kein Knecht. Aber für einen Herrn sah er nicht gepflegt genug aus. Jedenfalls war es nicht der Mann, mit dem er in London den Vertrag geschlossen hatte. Bestimmt erwartete der ihn auf dem Anwesen. Mr Coleman war Inhaber eines Stalls, wo Pferde für Rennen trainiert wurden. Hier würde Alexander in Zukunft arbeiten. Nicht als Trainer, dafür verstand er zu wenig vom Rennsport, sondern als Betreuer der Tiere, für deren Wohl er verantwortlich sein würde.

Vor einigen Wochen hatte ihn ein Fremder angesprochen, als er auf dem Reitplatz einen Einjährigen seine Runden drehen ließ. Seit fast fünf Jahren arbeitete er da schon auf dem Zuchtgestüt bei Dorchester, doch er kam mit seinem Herrn nicht zurecht, der Menschen und Tiere gleichermaßen schindete. Lord Broadmayne war ein herrschsüchtiger, aufbrausender Mann, der Alexander entfernt an seinen Bruder Ludwig erinnerte. Immer wieder hatte Alexander sich auf andere Stellen beworben, aber niemand wollte den Deutschen einstellen, so kurz nach dem Großen Krieg. Da hätte es auch nicht geholfen zu beteuern, dass er aufseiten der Franzosen gekämpft hatte. Zumal er es nicht beweisen konnte.

Natürlich hätte Alexander seinen Sohn um Hilfe bitten können. Robert hatte im Krieg für die Entente spioniert, war hoch angesehen und über jeden Zweifel erhaben. Aber Alexander wollte das nicht. Robert hatte schon genug für ihn getan. Alexander hatte ihm nicht einmal erzählt, wie schlecht es ihm in Dorchester erging.

Der Besuch auf dem Reitplatz war wie ein Wink des Schicksals gewesen.

»Wir suchen einen Mann, der ein Händchen für Pferde hat«, sagte der Fremde. »Und der verschwiegen ist.«

»Verschwiegen?«, fragte Alexander nach. »Wozu das?«

»Bei Pferderennen geht es um viel Geld. Es kommt leider immer wieder vor, dass die Konkurrenz versucht herumzuschnüffeln. Manchmal werden sogar Knechte bestochen.«

»Ich bin nicht käuflich. Mich interessiert allein das Wohl der Tiere.«

Der Fremde nickte. »Aus diesem Grund bin ich hier.«

Eine Woche später trafen sie sich in London, und Alexander unterschrieb den Vertrag samt Verschwiegenheitsklausel. Bei der Gelegenheit lernte er auch seinen zukünftigen Arbeitgeber kennen, Mr Derek Coleman, einen dürren Kerl mit einer Kriegsverletzung, die ihn sein rechtes Bein nachziehen ließ.

Der Austin hatte das Städtchen längst verlassen und ruckelte über eine Landstraße. Jetzt bog der Fahrer in einen Feldweg und hielt kurz darauf vor einem schlichten Steinhaus.

Alexander spähte durch die Scheibe, erkannte einen Stall und eine kleine Scheune. »Warum halten wir hier?«

Der Fahrer lachte auf. »Wir sind da.«

»Das ist es?« Alexander schaute noch einmal nach draußen. Doch er sah weder Koppeln noch Pferde. Ihm wurde mulmig zumute. Worauf hatte er sich da eingelassen?

Der Fahrer war bereits ausgestiegen und hievte Alexanders Koffer von der Rückbank. Alexander blieb nichts anderes übrig, als ihm zu folgen. Sie umrundeten das Steinhaus. Dahinter lag ein Sandplatz, es roch nach Pferd, doch Tiere waren nirgendwo zu sehen.

Dann hörte er plötzlich Hufschlag, und zwei Männer kamen aus dem Stall. Einer führte einen Rappen am Zügel, der andere war Mr Coleman.

Alexander hatte nur Augen für das Pferd. Es war wunderschön, zugleich elegant und kräftig. Ein edles Tier mit perfektem Exterieur, das sah man auf den ersten Blick. Es erinnerte Alexander an seinen geliebten Sturmkönig. Und an dessen Doppelgänger Rey del Viento. Nur dass dieser Hengst ein größeres Stockmaß besaß und weiße Fesseln hatte. Auch seine Kopfform war ein wenig anders, ebenso wie die Hinterhand. Sturmkönig war Araber gewesen, dieses Pferd war ein englisches Vollblut.

Mr Coleman reichte Alexander die Hand und grinste ihn

an. »Mr Seydell, herzlich willkommen in meinem bescheidenen Reich. Darf ich Ihnen Ihren Schützling vorstellen? Das ist Black Arrow. Er wird uns alle reich machen.«

Lüneburger Heide, am selben Nachmittag, August 1922

Paula legte die Beere zu den anderen und vollendete so das Wort. Leuchtend rot zeichnete sich ihr Name vom sandigen Boden ab. Sie hatte die Beeren für die Vögel gepflückt, nachdem sie die Kuchenkrümel viel zu schnell verstreut hatte.

Erst hatte sie zurück zum Picknickplatz laufen wollen, um ihre Mutter zu fragen, ob sie noch ein Stück Kuchen haben dürfe, aber dann entdeckte sie in einiger Entfernung die Eberesche. Am Baum angekommen fiel ihr das Versprechen ein, in Sichtweite zu bleiben. Rasch probierte sie es aus. Wenn sie sich auf die Zehenspitzen stellte, konnte sie gerade noch den Kopf ihres Vaters und dahinter die grasenden Pferde ausmachen.

Sie pflückte alle Beeren, an die sie heranlangte, und legte sie auf dem Boden aus, erst in langen Reihen, dann als Buchstaben. Sie sahen appetitlich aus, doch Paula wusste, dass sie für Menschen giftig waren. Nur die Vögel konnten sie unbeschadet essen. Dabei waren sie doch viel zarter und kleiner als Menschen.

Ein Rascheln ließ sie herumfahren. Harald stand über ihr, die Hände in die Taschen seiner kurzen Hose geschoben, die Mütze schief auf dem Kopf.

»Was machst du da?«, fragte er.

»Ich lege Beeren für die Vögel aus.« Hastig fuhr Paula mit der Hand durch die Früchte, damit er den Namen nicht mehr lesen konnte. Ihr Spiel kam ihr plötzlich kindisch vor.

»Das ist doch langweilig.«

»Ist es nicht.«

»Ich weiß was Besseres.«

Paula wischte sich die Finger an ihrem Kleid ab. »Und was?«

»Dort hinten habe ich ein Kaninchen gesehen.« Harald deutete hinter sie.

»Ehrlich?«

»Es ist in eine Grube gestürzt, bestimmt hat es sich die Beine gebrochen.«

»Wir müssen ihm helfen!« Paula sprang auf. »Los, zeig es mir.«

»Dem ist nur noch mit einem Schlag ins Genick zu helfen«, verkündete Harald ungerührt.

Paula schossen die Tränen in die Augen. »Sag nicht so etwas Gemeines!«

Er zuckte mit den Schultern. »Ist aber so.«

»Führ mich hin.«

Er rannte los, Paula kam kaum mit. Nach ein paar Schritten drehte sie sich um, jetzt war gar nichts mehr von der Picknickstelle zu sehen. Sie zögerte, dann lief sie weiter. Sie war ja nicht allein, Harald war bei ihr.

Endlich blieb der Junge stehen und deutete auf den Boden zu seinen Füßen, wo sich ein fast quadratisches Loch auftat. Paula trat näher und spähte in die Dunkelheit, doch sie konnte nichts erkennen.

»Wo ist das Kaninchen?«

»Siehst du es nicht?«

»Nein.«

»Wir müssen hineinklettern.«

»Aber wie denn?«

»Ganz einfach, ich helfe dir. Ich halte deine Hand, und du lässt dich langsam hineinrutschen.«

»Aber wir wissen doch gar nicht, wie tief es ist.« Paula flüsterte unwillkürlich. Das Loch war ihr unheimlich. Aber wenn dort unten wirklich ein verletztes Kaninchen lag, durften sie es nicht seinem Schicksal überlassen.

»Keine Sorge«, beruhigte Harald sie. »Das ist eine Wildererfalle, sie ist höchstens zwei Meter tief. Ich kann dich an meiner Jacke wieder herausziehen.« Er zog seine Strickjacke aus und ließ sie in das Loch baumeln. »Siehst du? Ganz einfach. Du musst dich bloß daran festhalten.«

Zweifelnd betrachtete Paula das Kleidungsstück. Würde die Wolle nicht reißen, wenn etwas so Schweres wie ein Kind daran hing?

»Hast du etwa Angst?«, fragte Harald. »Mädchen.« Er verzog verächtlich den Mund. »Hätte ich mir denken können.«

»Ich habe keine Angst!«

»Worauf wartest du dann? Soll ich etwa reinspringen? Willst du mich hochziehen?« Er betrachtete ihre dürren Arme.

Paula wusste, dass Harald recht hatte. Sie besaß nicht genug Kraft, um ihn herauszuziehen. Er war zwar nur wenige Monate älter als sie, aber fast einen Kopf größer und viel stärker. Und klüger, wenn man seiner Mutter glauben durfte, die behauptete, er wäre der beste Schüler der ganzen Schule. Paula war bloß die Beste unter den Erstklässlern, und das waren außer ihr lediglich die Hansen-Zwillinge, zwei Bauernjungen aus dem Dorf.

Sie hob die Schultern, sie hatte keine Wahl. »Also gut. Aber lass erst los, wenn ich es sage.«

Sie hockte sich an den Rand der Grube, griff nach Haralds Hand, drehte sich vorsichtig auf den Bauch und ließ sich hinabgleiten. Tatsächlich sah sie nun den Grund, nur wenige Fußbreit unter sich.

»Loslassen!«, rief sie.

Schon plumpste sie auf den Boden, der jedoch zum Glück weich war. Sie sprang auf die Füße und schaute sich um. Es dauerte einen Moment, bis ihre Augen sich an die Dunkelheit gewöhnt hatten.

»Hier ist kein Kaninchen«, rief sie.

»Reingelegt!«, ertönte es von oben.

»Du gemeiner Schuft!« Wütend starrte Paula nach oben.

Haralds Gesicht war gegen den hellen Himmel kaum zu erkennen, doch sie glaubte, sein triumphierendes Grinsen zu sehen.

»Das erzähle ich deiner Mutter!«, schimpfte sie.

»Versuch's doch!« Der Kopf verschwand.

»Hol mich sofort hier raus!«

Keine Antwort.

»Harry! Das ist nicht lustig!«

Oben blieb alles still.

Wieder und wieder rief Paula, bis ihr Hals kratzte und sie husten musste. Aus der Wut wurde Angst. Plötzlich glaubte sie, ein unheimliches Flüstern aus der hintersten

Ecke der Grube zu hören. Waren es Geister? Paula drückte sich an die Wand. Hatte Käthe, die Köchin auf Seydell, ihr nicht erzählt, dass ganz in der Nähe von Birkmoor der Totengrund lag, eine Senke fernab jeder menschlichen Siedlung, durch die früher die Verstorbenen zum Kirchhof gebracht wurden, weil man sie nicht über die Straße kutschieren durfte? Angeblich fanden die Geister der Toten keine Ruhe und suchten die Heide noch immer heim.

Paula kamen die Tränen. Warum hatte sie nicht auf ihre Mutter gehört? Warum war sie mit Harald gegangen, statt bei den Erwachsenen zu bleiben? Sie versuchte, sich zu beruhigen. Alles würde gut werden. Ihre Eltern würden sie suchen, und sie würden sie finden. Ganz bestimmt.

Aber was, wenn nicht?

Wie schade, dass Cäcilie das nicht mehr miterleben darf, dachte Martha. Sie hätte sicherlich großen Spaß bei diesem Picknick gehabt. Marthas jüngere Schwester war kurz vor Ende des Krieges gestorben. Martha war traurig gewesen und doch zugleich dankbar. Für ihre Verhältnisse hatte Cäcilie ein hohes Alter erreicht. Die meisten Menschen, die wie sie an mongoloider Idiotie litten, wie die Krankheit gemeinhin genannt wurde, starben schon als Kinder. Cäcilie war stolze sechsunddreißig Jahre alt geworden.

Verstohlen schaute Martha zu Gerti hinüber. Obwohl sie nicht hatte ahnen können, dass das ehemalige Dienstmädchen samt Sohn ausgerechnet heute auftauchen würde, fühlte Martha sich dafür verantwortlich, dass sie die beiden hatten mitnehmen müssen. Es war ihre Idee gewesen, das Picknick zu veranstalten, sie hatte die Herrschaft da hineingeritten.

Gerti war durchtrieben und verstand es, den maximalen Profit aus ihrer heimlichen Verbindung zur Familie Seydell zu schlagen. Etwas, worauf sie von Anfang an aus gewesen war, da war Martha sicher. Obwohl sie sich vermutlich mehr erhofft hatte. Martha hätte gewettet, dass Gerti darauf spekuliert hatte, dass Bruno von Seydell sie heiraten würde, wenn er von der Schwangerschaft erfuhr. Doch daraus war nichts geworden. Zum Glück. Bruno war kein Junge gewesen, der Verantwortung für seine Taten übernahm. Und seine Eltern hatten alles getan, um die Entgleisung ihres jüngeren Sohnes zu vertuschen.

Leider hatte Harald etwas an sich, das Martha an seinen Vater in dem Alter erinnerte. Etwas Falsches, Durchtriebenes. Vielleicht tat sie ihm aber auch unrecht. Es war nicht fair, von den Eltern auf das Kind zu schließen. Der Junge konnte ja nichts für seine Herkunft.

Ein kühler Windzug strich Martha über die nackten Arme, sie fröstelte und blickte nach oben. Dunkle Wolken ballten sich am Himmel zusammen. Die blauen Löcher, die eben noch das Sonnenlicht hindurchgelassen hatten, waren verschwunden. Martha schaute sich nach ihrer Tochter um. Paula sollte ihre Jacke anziehen, damit sie sich nicht erkältete. Sie war so dünn, dass sie immer gleich fror. Als sie ihre Tochter nicht entdecken konnte, erhob sie sich von der Decke.

»Paula!«, rief sie und ließ den Blick über die Heide wandern.

»Sie wollte doch die Vögel füttern«, erinnerte Georg sie.

»Aber sie sollte in Sichtweite bleiben.«

»Ist sie das denn nicht?« Nun erhob sich auch Georg. »Paula, wo steckst du?«

Marthas Blick fiel auf Harald, der wieder mit seinen Flugzeugen beschäftigt war. Es wirkte, als wäre er vollkommen ins Spiel vertieft, doch Martha glaubte, ein Feixen in seinem Gesicht zu erkennen.

»Weißt du, wo Paula steckt, Harry?«, fragte sie ihn.

Er blickte auf. »Ich? Woher sollte ich?«, fragte er mit großen Augen.

»Weil du eben erst zurückgekommen bist«, erwiderte Georg an Marthas Stelle und stemmte die Hände in die Hüften. »Wo warst du, Junge? Los, sag schon!«

»Was fällt euch ein, meinen Sohn zu bedrängen«, schaltete sich nun Gerti ein.

»Ich will nur wissen, wo er gesteckt hat«, gab Georg zurück.

»Du glaubst doch nicht etwa …«

»Das genügt!«, ging Luise dazwischen. »Statt uns zu streiten, sollten wir ausschwärmen und nach Paula suchen. Sicher ist sie ganz in der Nähe und hat bloß über dem Spiel alles andere vergessen.«

»Ich suche erst, wenn der Bursche mir geantwortet hat«, knurrte Georg.

Martha hielt beunruhigt nach Bruno Ausschau, doch dann fiel ihr ein, dass er mit seiner Frau zu einem Spaziergang aufgebrochen war.

»Mein Sohn hat nichts getan!«, rief Gerti nun und sah dabei Luise an, als wolle sie diese auffordern, ihr beizuspringen.

Martha wurde es mulmig zumute.

»Lass gut sein«, raunte sie Georg zu. »Wir finden sie schon.«

»Kommt nicht infrage«, erklärte Georg. »Harald weiß etwas, und er wird es mir sagen.«

»Lüge!«, schrie Gerti. »Ihr habt euch alle gegen meinen Sohn verschworen, aber das lasse ich euch nicht durchgehen.«

Georg beachtete sie gar nicht. Er baute sich vor Harald auf. »Ich warne dich, Bürschchen. Wenn du jetzt nichts sagst, und am Ende stellt sich heraus, dass du doch etwas wusstest, kriegst du eine Tracht Prügel, die du dein Lebtag nicht vergisst.«

Harald wurde blass. Einen Moment lang war es still, sogar die keifende Gerti war verstummt.

Schließlich verschränkte Harald die Arme. »Was kann ich denn dafür, wenn die dumme Pute unbedingt das Kaninchen suchen will. Ich habe ihr noch gesagt, dass es gefährlich ist. Aber sie wollte ja nicht auf mich hören.«

»Was denn für ein Kaninchen?«, rief Martha. »Wovon redest du?«

»In der Grube. Sie hat sich eingebildet, es wäre hineingefallen, und wollte es retten.«

Martha schrie auf und schlug die Hände vor den Mund. Vor ihrem inneren Auge sah sie ihre Tochter mit zerschmettertem Körper auf dem Grund eines dunklen Lochs liegen.

»Führ uns hin, sofort!« Georg stieß den Jungen an.

Harald stand auf und ging los, die Erwachsenen folgten ihm. Nervtötend langsam trottete der Junge durch die

Heide. Martha sah, wie Georg sich zwingen musste, das Kind nicht ungeduldig vorwärtszuschubsen. Sie selbst war so gelähmt vor Angst, dass sie kaum laufen konnte.

Endlich blieb Harald stehen und deutete auf den Boden, wo sich zwischen einigen Sträuchern ein Loch auftat, etwa einen Meter mal einen Meter groß. »Da drin.«

Martha trat an den Rand und sank auf die Knie. Mit zitternden Fingern klammerte sie sich an ein Büschel Heidekraut, beugte sich vor und spähte hinab. Doch es war zu dunkel, um etwas zu erkennen.

»Paula!«, rief sie.

Alles blieb still. Marthas Herz krampfte sich zusammen.

»Paula! Hörst du mich?«

Da endlich ertönte ein Rascheln. »Mami?«, drang ein dünnes Stimmchen zu ihr hoch.

Vor Erleichterung brach Martha in Tränen aus. Sie spürte, wie jemand sie hochzog und ein paar Schritte wegführte. Luise legte ihr die Hand auf die Schulter. »Warte hier, wir holen sie hoch.«

Zehn Minuten später hatten sie Paula mit vereinten Kräften befreit. Sie war von oben bis unten mit Dreck und Erde beschmiert und vollkommen durchgefroren, aber unverletzt. Glücklich schloss Martha sie in die Arme. Inzwischen waren auch Bruno und Gesche zu ihnen gestoßen.

Nachdem ihre Tränen getrocknet waren, berichtete Paula stockend, was geschehen war. Martha wurde dabei immer unbehaglicher zumute. Als Paula endete, trat Bruno zu Harald und verpasste ihm eine schallende Ohrfeige.

»Schäm dich!«, fuhr er den Jungen an. »Bloß ein Feigling tut so etwas.«

Harald verzog keine Miene, herausfordernd starrte er Bruno an.

»Dem armen Jungen fehlt der Vater«, erklärte Gerti und zog ihren Sohn zu sich.

»Blödsinn«, gab Bruno zurück. »Was ihm fehlt, ist eine ordentliche Tracht Prügel.«

»Wir sollten aufbrechen«, schaltete Luise sich ein. »Paula braucht ein Bad, außerdem sieht es nach Regen aus.« Sie wandte sich an Gerti. »Georg bringt euch mit der Kutsche zum Bahnhof.«

»Kommt gar nicht infrage!«, gab Gerti zurück. »Ich lasse mich nicht einfach so wegschicken. Diesmal nicht.« Sie nahm ihren Sohn bei der Hand und baute sich vor Bruno auf. »Der Junge braucht eine harte Hand, da hast du ganz recht. Die Hand eines Vaters. Also tu verdammt noch mal deine Pflicht, Bruno. Oder hast du wie alle Seydells keine Ehre im Leib?«